너의 얼굴

너의 얼굴

이충걸 장편소설

은행나무

차 례

너의 얼굴

7

작가의 말

416

1

일주일 내내 비가 내리다 잠깐 멎었다. 4월인데도 스웨터를 걸치지 않으면 추웠다. 도시의 지평선, 스카이라인의 다른 지점마다 청회색 구름이 다시 몰려들고 있었다. 모든 것이 계절에 맞지 않는다고 느꼈다. 멀리 앞니 빠진 것 같은 쌍둥이 빌딩 사이로 교각의 검은 윤곽이 비쳤다. 시야가 좁았다. 나는 덤불을 살피는 어린 병사처럼 도로 표지판을 찾았다. 요즘 내가 한 일이 나에게 별 기대가 없는 큐레이터를 만나러 외곽 순환도로를 운전하는 것뿐이라면 서울은 필시 우울한 곳이어야 마땅했다.

하늘이 다시 칙칙하게 기침을 했다. 나는 길의 모든 돌출부를 느꼈다. 도시 자본주의의 아찔한 전율을 빌리는 순간이었다. 뒤차가 으르렁거리며 경적을 울렸다. 남성적인 자기과시인지 태초의 자기표현인지, 또는 천국을 향한 으쓱거림인지.

차에서 물속에 몇 시간 있을 때 나는 비린 냄새가 풍겼다. 섬유에 묻은 오래된 세제 냄새 같기도 했다. 10년 넘게 탄 캠리는 죽이기로 결심해서 요 몇 년간 오일을 바꾸지 않았다. 금호동 수영장 가던 작년 여름에도 파라는 뒷좌석이 없는 차가 좋다고 마쓰다 MX-5로 바꾸자고 했다. 파라 옆에 앉아 휴대폰에 얼굴을 처박고 원격의 전자 역학에 몰두하던 보나도 룸 미러로 내 눈을 보며, 우주선의 시대에는 차도 명왕성까지 날아갈 만큼 날렵해야 한다고 거들었다. 워낙 자기 경쟁자는 일론 머스크인데, 미래에 공기역학 엔지니어가 되어 날아다니는 받침 접시를 타고 태양계에서 퇴출된 명왕성을 위로해주러 가겠다는 아이였다. 파라는 오스틴 파워처럼 "와우!" 한마디만 하고는 전문적인 무관심으로 돌아갔다. 나는 열일곱 살 아이들이란 공허할 정도로 마르고, 덮어놓고 냉소적이며, 영원히 피곤하다고 생각했지만, 파라도 보나도 현실 속에 있는 부류가 아니었다. 오히려 〈스타트랙〉에서 튀어나온 종족들이었다.

그사이 풍향이 바뀌고 하늘은 백랍 색으로 바뀌었다. 구름이 살아 있는 것 같아서 어쩐지 무서웠다. 기후 변화 평가 보고서 같은 데서는 앞으로 30년간 기온이 요동칠 거라고 했다. 여름엔 48도까지 오르다가 건기가 수십 년 지속될 거라고, 결국 적도와 가까운 나라는 국민들이 죄다 탈출해 완전히 텅 빌 거라고. 그렇다 한들 나와 상관없는 일이었다.

나는 한남동에서 성수동 가는 두무개길을 좋아했다. 구부러진 주랑으로 진입할 때마다 이 도로를 설계한 사람은 긴 장갑을 떠올린 거라고 생각했다. 아니면 바람의 튜브거나 고래 몸속이었을 거라고. 혹시 레닌 시절 구소련의 건축에서 따왔는지도 모르지. 원천이 무엇이든 정신나간 건축가의 은밀한 통로라는 사실은 달라지지 않을 것이다.

바람이 반원을 통과하며 무시무시한 소리를 냈다. 나를 추월한 차들은 곧 방향을 틀어 모서리가 없는 지평선 뒤로 사라졌다.

바람이 가드레일을 타고 축축하게 미끄러졌다. 폭풍의 영역에 들어간 듯 차체가 잠깐 들썩거렸다. 측면의 보호 덮개가 떨어졌는지 공기를 흡입할 때 나는 쉭쉭 소리가 들렸다. 풍절음에 맞춰 웜홀을 빠져나가듯 문득 공간이 휘었다. 동시에 컨베이어 벨트에서 가방이 떨어질 때처럼 횡격막이 들썩했다. 나는 창틀이 안팎으로 구부러질까봐 핸들을 세게 쥐며 뇌 속으로 길을 만들었다. 브레이크 페달을 밟았다 떼었다 반복했지만 어딘지 느슨했다. 크게 신경쓰인 건 아니었다.

총소리가 들렸다고 생각했다. 타이어가 터진 걸까? 라이닝을 간 지 얼마나 됐지? 지금 나는 도시의 정비된 도로가 아니라 절벽 밑을 달리는 걸까? 아니면 평형 감각에 문제가 생겼나? 발밑의 아스팔트가 어딘지 폭신폭신하다고 느꼈다. 로봇을 닮은 레미콘 회사를 끼고 P턴 할 때도 속도는 느려지지 않았다. 내가 뜨거운 금속에 매달려 있을 때 가로등이 내뿜는 오후의 불빛은 토네이도 사이렌을 외치고 있었다.

그때 노란색 트레일러가 반대편 도로에서 이쪽 차선으로 방향을 틀며 돌진했다. 나는 핸들을 오른쪽으로 꺾는 동시에 브레이크를 밟았다. 마찰 계수를 잃은 뒷바퀴가 중앙 가드레일에 살짝 부딪치더니 핸들이 완전히 90도로 꺾였다. 변속 레버를 잡아당기자 차체가 다시 절반 돌면서 반대편 차선으로 파고들었다. 나는 그 광경을 침묵 속에서 보고 있었다. 정면으로 마주친 트레일러가 급커브를 틀었다. 뒷부분이 내 차로 기울며 측면을 때리고, 그 반발로 뒤따라오는 SUV에 부딪친 뒤 다시 튕겨나오는 과정에는 작은 화면에 몰린 픽셀처럼 놀라운 명료함이 있었다.

차는 말벌에 쏘인 공룡 소리를 내며 섰다(고 생각했다). 틀림없이 정지선에 멈추었다. 곧바로 차창 밖의 하늘이 사라지고 풍경이 덮쳤다. 차가 아들 잃은 마리아처럼 울부짖으며 임시 철교 아래로 구르고 있다는 걸 자각하기까지는 시간이 조금 걸렸다.

늘어뜨려진 강줄기는 무자비하게 흐린 하늘 아래 경련하고 있었다. 철 조각이 하늘로 내던져졌다가 다시 주저앉을 때 차 덮개가 캔 콜라의 탭처럼 날아갔다. 순식간에 아마겟돈으로 모아진 음향. 지옥의 하강. 똑딱거리는 시계는 시간이 계속 앞으로 나아간다고 말한다. 그 순간 시계는 반대로 행동한다는 것을 보여주었다. 시간은 늘어나고 압축되다가 한 박자 건너뛰고, 다시 두 박자 뒤로 갔다. 시침과 분침이 없는 시계가 되어.

2

유리창에 매단 아톰 피규어는 뒤틀린 패널 사이에 끼어 있었다. 얼굴이 뜯겨져나간 아톰은 그때 처음 보았다. 뇌는 발이 있어야 할 플로어 매트에 머리가 있다는 것을 이해하지 못했다. 파인 지붕이 시야를 가렸다. 정확히는 롤처럼 말려 있었다. 나는 공중에 뜬 채 왼쪽으로 꺾인 타이어를 올려다보았다. 허리 아래는 벨트에 묶여 있는데, 워셔액 탱크가 깨진 건지 오줌을 쌌는지 치마 아래가 척척했다. 기울어진 감각은 우스꽝스러운 공포와 비슷했다.

들려진 보닛 사이로 빛이 새어들어왔다. 임사 체험을 한 사람들은 눈부신 하얀 빛이 맞아주었다고 증언한다. 그것이 불멸의 첫 번째 마중이라면 극한의 순간에 빛이 비춘다는 사실은 위로를 줄 것이다. 그 터널 끝엔 빛이 보이지 않았다. 아무것도, 암흑조차 없었다.

조수석까지 밀려난 대시보드에 팔목이 걸쳐져 있었다. 그 아래로 팔찌가 건들거렸다. 나는 센터페시아와 조수석이 붙어 사과 박스보다 좁아진 공간 사이로 손을 뻗었다. 그때 휴대폰이 울렸다. 내 질척이는 손은 기어와 시트 사이에 끼인 가방을 더듬었다. 누구일까? 인간의 숨소리 같지 않은 저 가쁜 호흡은 무엇일까? 황량한 곳에서 불어오는 바람 소리일까? 빈 컵에 담긴 지푸라기가 내는 소리? 아니면 누가 나에게 주의를 주는 걸까? 그렇다 해도 심각할 리 없었다. 나만은 지구 종말의 날에도 괜찮을 거라고 영원히 생각할 준비가 되어 있었기 때문에. 전화는 바로 끊겼다. 나는 천천히 바닥으로 내리꽂힌 룸미러를 거꾸로 폈다.

그 외침이 나의 것이었는지 누구의 것이었는지는 중요하지 않았다. 부르짖음인지 흐느낌인지 허공의 인용 부호인지 구분하기 힘든 소리를 들으면 터미네이터의 강철 척추에도 오싹한 기운이 흐를 것이다.

지금이 아침인지 저녁인지는 불분명했다. 동시에 코도 턱도 입도 보이지 않는다는 사실에 의심을 품었다. 뇌가 비워진 느낌은 상상력이 주는 감정이입이었을 것이다. 눈썹부터 머리 꼭대기까지 부풀어오른 고무 덩어리로 보였다. 이마는 종이처럼 찢기고, 눈꺼풀은 도려내다시피 뚫려 있었다. 어떤 면으론 직관과 어긋나 보였다. 무슨 일이 일어났는지 누군가의 설명이 필요한데, 근육은 비명을 지르며 나를 만든 창조주와 화해를 청했다.

귓바퀴에서 지직거리는 음향은 단테가 〈신곡〉에서 묘사한 지옥의 아홉 번째 서클 같았다. 실은 림프절의 체액이 흉부를 채우는 중인지도 몰랐다. 목소리가 들렸다. 불운을 탓하는 목소리. 삶이라는 업보가 끝장났다는 목소리. 외계에서 온 옵티머스의 목소리.

감각은 스스로를 보호하기 위해 아픔 직전에 경고한다. 물집이 생기기 전 느슨해진 신발 끈을 다시 묶듯이. 통증은 없었다. 육체적이지 않았고, 체내에서 일어나는 감정도 아니있다. 통승은 뭔가 잘못되었을 때 찾아올 것이다. 그것은 단순히 버려진 감정이었다. 작은 보트에 타고 있다가 항로를 잃은 느낌. 두 개의 인격 중 하나가 다른 하나를 먹어치운 느낌. 약간 혼란스러웠다. 피가 머리에서 턱 아래로 흐르고 있다는 것을 알 때까지는. 그리고 맹세컨대 피의 맛을 느꼈다.

누가 내 겨드랑이 밑에 손을 넣어 술 취한 사람을 끌어내듯이 나를 들어올리고 가위로 옷을 잘랐다. 차가운 용액이 하복부를 적셨다. 무언가 왼쪽 허벅지를 누르더니 뾰족한 것으로 재차 찔러댔다. 곧 실처럼 긴 것이 안으로 끼워지고 건전지에 혀를 댈 때의 찌릿함이 등골을 휘감았다. 어떤 손이 내 입이 있던 구멍으로 알 수 없는 주머니를 넣고는 연거푸 가슴을 눌렀다. 괜찮다고 말하고 싶었지만 왠지 방해될 것 같았다.

가톨릭 신자는 아니지만 신과 완전히 분리된 상태란 이런 것인지도 몰랐다. 나는 눈을 깜빡이지 않고 정면을 응시했다. 나를 내려다보는 눈은 모래가 퍼부어진 듯 충혈돼 있었다. 나는 생각했다. 나는 죽을 거야. 그러니까 이 사람은 나의 마지막 10분을 함께 한 목격자가 될 거야. 이미 죽었는지 모르지만.

3

신경외과 중환자실은 두 가지 필수 조건으로 압축된다. 깨어 있는 것과 지각이 있는 것. 나의 상태는 둘 다 아니었다. 치명적인 감각도 무심한 평화도 없었다. 오직 꿈만 이어졌다. 꿈에서 깨야만 그것이 꿈인 줄 알았다. 언제 올지 모르는 배를 타려고 강 아래로 떠내려가는데 원숭이 시체가 썩지 않고 부두 기둥에 걸려 있는 꿈, 그 원숭이가 살아나 강폭보다 긴 팔로 강을 건너는 꿈. 모르는 사람의 팔을 베고 누웠는데 그가 일어나 나에게 뭔가 집어던지는 꿈도 꾸었다. 3분의 1만 남은 팔에 손만 달려 있기도 했다. 내 몸에서 나온 것은 아니었다. 아니, 내 팔이었다.

꿈은 영고성쇠를 거듭했다. 점멸하는 뉴런의 고속도로, 타버린 숲, 덩굴 손을 길게 늘어뜨린 외계인의 골. 바다의 손가락이 작은 계곡으로 차올랐다. 잠복한 복수심은 소용돌이치다 잦아들었다. 부드럽고 아주 느리게. 그러다 다시 위험하게 달그락거렸다.

얼마나 오래였는지는 몰랐다. 결국 떠올랐다. 귀환의 순간, 간호사가 반복해서 내 이름을 불렀다. 머리 위로 올려진 두 팔 사이로 화가 난 것 같은 질문이 퍼부어졌다. 환자분 이름이 뭐예요? 오늘이 며칠이죠? 눈을 떠볼래요? 가장 아픈 상태가 10이라면 지금 어느 정도예요? 내가 말하고 싶은지, 말할 수 있는지는 묻지 않았다. 질문을 막기 위해선 소리를 질러야 하겠지만 막대기가 끼워진 철 가면 호흡기가 내 입을 덮고 있었다.

파라를 낳은 해, 뇌 MRA를 찍은 적이 있었다. 의사는 아주 의아해하면서 내 두개골 속에 보통 사람보다 훨씬 큰 줄기가 열네 개 있다고 했다. 종양은 아니지만 몇 개는 이례적으로 크다고 했다. 그때 그 줄기가 지금 뇌 밖으로 비어져나온 건 아니겠지. 타는 냄새가 계속 났다. 실제로 타는 건 아닐 것이다. 나를 본 누구라도 내가 냄새를 맡으리라곤 생각도 못 할 것이다. 나는 고깃덩어리. 오른발로 의사를 걷어차면 조금은 야생적인 고기가 될 것이다.

시야 속으로 흰 옷을 입은 사람들이 들어왔다. 상징과 코드를 갖춘 비밀 결사체는 망원경으로 나를 내려다보고 있었다. 그들은 가슴부터 머리까지 붕대로 감긴 채 윙윙거리는 기계가 대신 숨을 쉬는 물체를 무엇이라고 생각할까?

출혈이 너무 심해 앰뷸런스에서 호흡기를 삽관할 수 없었다는 말, 피가 돌지 않아서 가슴 위가 온통 파랗게 질려 있었다는 말, 응급실에 도착하자마자 CT를 찍고 바로 수술했다는 말이 오갔다. 나는 무음으로 외쳤다. 나는 내가 알아듣고 있다는 사실을 알고 있어. 내 머리는 없어지지 않았어. 감정을 담은 나의 편도체는 다치지 않았어. 영원히 곁에 있을 듯 서 있던 사람들은 1분 만에 염소 떼처럼 사라졌다. 아무 설명도 없이.

갑자기 전체 궤도가 가시적으로 보였다. 죽음 안에 전이되는 어둠은 나를 수포에 가두었다. 입술이 사라진 입에서 끝없이 침이 나왔다. 침은 얼굴을 싸맨 거즈를 적신 다음 병원 로고가 새겨진 환자복 단추를 피해 애매하게 흘렀다.

얼굴이 지워졌다는 것은 말이 되지 않지만, 빈틈없는 사실이었다. 내 이마부터 오른쪽 눈꺼풀과 코, 턱과 입천장을 포함한 얼굴 하부 골격이 완전히 으깨졌다. 머리카락으로 숨기던 왼쪽 귀의 절반도 사라졌다. 안구 뼈가 함몰되었으나 눈 자체는 보전된 상태며, 시야가 흐릿한 것은 후두부의 타격 때문이라는 설명이 끼얹어졌다. 내 얼굴에서 온전한 것은 눈과 혀뿐이었다. 보이지 않는 조직의 상처는 더 깊었다. 나의 침묵에는 어색함이 없었다. 정말 어색했다면 레지던트들의 수선스러움이 공기를 누그러뜨렸을 것이다.

여중 3학년 때 대관령 말 목장에 놀러갔는데, 그때 말이 고통스러우면 어떤 자세를 취하는지 알았다. 말굽에 못이 박힌 말은 고통을 잊기 위해 두 앞다리를 들어올리곤 했다. 나는 그 장면을 돌에 새겼다. 그사이, 나는 코미디 프로에나 나오는 전신 깁스에 플라스틱 산소 마스크를 끼고 반 코마 상태로 누워 있었다. 혜성이 몸에 박힌 듯 꼼짝도 못하고, 내 피를 회로로 흐르게 하는 기계에 묶인 채 전신을 급유 펌프로 채웠다.

한기는 발가락에서 시작해 위로 기어올라 심장을 목표로 삼았다. 돌베개를 베고 자던 야곱도 나처럼 추웠을까. 눈을 깜빡일 수 없었다. 눈꺼풀을 이식하는 수술은 들어본 적이 없었다. 붕대 사이로 손가락을 넣어 눈꺼풀을 아래로 끌어내리고 싶었지만 자칫 안구를 긁을 것이다. 오른손을 가슴까지 올리고 싶은데 무엇인가 팔을 잡고 놓지 않았다. 꿈틀대는 손가락을 다시 턱으로 올렸지만 아무것도 잡히지 않았다. 눈을 내리깔고 정지된 팔을 내려다보자 상황이 명확해졌다. 오른팔 전체가 깁스로 싸여 있고, 세 손가락만 깁스 밖에서 무심하게 건들거렸다.

사람들은 말했다. 죽는다는 건 한 번에 끝나는 일이라고. 내 생각에 죽음은 저녁이 밤으로 넘어가는 순간, 진통제로 위장하는 호기심이었다. 아픔은 모든 주제를 타고 넘었다. 진통제 두 배 용량을 갈망하는 세 번째 물결을 삼키고 나면 완전히 비참해졌다. 하나, 둘, 셋. 눈을 깜빡이며 내려오는 펜타닐과 미다졸람은 꽃의 수관처럼 고였다가 곧 투명 플라스틱 줄 너머로 사라졌다. 그때마다 거의 초월적으로 메스꺼웠다. 메스꺼움이 나를 부수었다가 다시 잦아들면 곧 압도적인 평화의 감각이 찾아왔다. 나는 죽음이 일종의 끌림이라는 것을 알았다. 어쩌면 눈부심이었다. 도마뱀 데칼코마니처럼 생긴 피 주머니를 바라보며 나는 한 번도 만족스럽게 답하지 못했던 질문을 반추했다. 나는 살고 싶은 걸까, 죽고 싶은 걸까.

4

모하의 잿빛 표정. 거인처럼 커 보이게 짓는 표정. 한껏 열이 오른 독감처럼 팽창된 표정. 누구라도 그 표정을 보면 이 아이가 뭔가 끔찍한 일을 겪었다고 생각할 것이다. 그러나 투명한 립프액이나 맑은 혈장에 적셔졌다 해도 나는 얼굴을 싸맨 것들에 안도했다. 오직 창백한 소변 줄만 신경쓰였다. 네가 보고 있는 건 내가 아니야. 내가 맞지만 나의 전부는 아니야. 내 얼굴은 아직 다 없어지지 않았어. 나는 일어나 뛰어다닐 수 있었다. 눈을 크게 뜨고 생기로 채울 수 있었다. 모하를 위해 춤도 출 수 있었다. 다만 그럴 기분이 아니었다.

"이렇게 됐어."

나는 소리 없이 말했다. 모하는 어떤 일도 일어나지 않은 척했다. 아무것도 못 본 척했다. 나는 모하가 감춘 혐오를 뒤졌다. 나에게 남은 건 불명예조차 잃어야 한다는 것뿐이라서.

모하의 손은 시트 밖으로 꺾인 내 왼손을 쥐었다. 요청하고, 약속하고, 부르고, 묵살하고, 위협하고, 기도하고, 간청하고, 부인하고, 심문하고, 경외하고, 회개하는 손. 환영받길 원하는 손. 마중과 접촉과 유대를 원하는 손. 말을 하고 답을 끌어내는 손. 감각과 감정을 모으는 손. 조였다가 이완되는 손. 나는 그 손만이 나라고 여겨주길 바랐다. 인간의 몸 중에서 가장 추한 발도 지금 내 얼굴보단 나을 것이다.

"응급센터에서 저한테 전화가 왔어요. 어머니 휴대폰에서 가장 최근에 찍힌 전화번호라고요. 정신없이 달려갔더니 응급처치는 했지만, 2차 처치를 위해 어느 병원으로 갈지 정하라고 했어요. 고모부한테 전화하니까 여기로 바로 모시라고 했어요. 어차피 파라도 이 병원에 있으니까요. 그동안은 너무 위급한 상황이라 면회가 되지 않아서, 겨우 이제 왔어요. 죄송해요."

모하에게 지금 나는 어떻게 보일까? 어떤 얼굴이 내 역할을 하고 있을까? 거즈와 가면 중 어느 것을 쓰기가 더 쉬울까? 현실은 2군 슈퍼히어로처럼 얼굴에 붙은 천을 떼어낼 수 없다는 것이었다.

딸의 남자친구가 나의 가장 가까운 가족이 되었다니. 내가 장님 유아가 되었다니. 그러나 내가 낼 수 있는 건 사과하는 듯한 숨소리밖에 없었다.

5

여름의 문턱. 자만심 가득한 오후의 태양은 보이지 않는 튜브로 에너지를 빨아들이곤 영혼에 무기력을 주입하고 있었다. 동시에 나의 마이크로 감정은 새로운 계절을 맞는 어린아이의 황홀경을 느꼈다. 내 그림이 한 점 팔렸기 때문에. 경사 길 끝 공터에서 소년들이 바퀴처럼 달그락거리며 농구를 하고 있었다. 녹색 우레탄과 광택이 나는 나무 때문에 코트는 항상 폴리카보네이트로 만든 저류의 방공호처럼 보였다.

나는 뜨거워진 거실 유리에 손을 대고 아이들이 목청을 다 쓰는 광경을 내려다보았다. 소년들은 테리어처럼 골대로 몰려갔다 와르르 밀려왔다. 네온 장식이 번쩍이는 농구화에 흰 모자를 단단히 눌러쓴 소년은 실수 없이 모든 걸 가져오고 다시 갖다 버리는 집사처럼 코트를 주도했다. 소년이 슬로 모션으로 움직이며 플레이를 과시할 때 느릅나무의 톱니 모양 이파리 아래서 햇빛을 피하며 어깨로 하이파이브하는 아이들은 수컷 먹이사슬의 중간쯤으로 보였다.

그 순간, 나의 역사에 속하지 않는 장면을 보았다. 파라가 코트를 가로지르며 등장했다. 파라는 팔다리를 이용한 미터법의 걸음걸이로 공간을 이동하며 세계를 자기 쪽으로 끌어당겼다. 중간 길이 머리는 바람도 만들지 못할 형태로 물결쳤고, 쇼트팬츠는 허리에 붙은 엉덩이 위로 탄환 같은 곡선을 그렸다.

소년들은 대열을 맞춰 파라를 쳐다보았다. 파라는 한 번 나타나는 것만으로 무리의 활기를 빼앗아버렸다. 성적인 장면은 아니었다. 곁눈질도 추파도 없었다. 파라는 곧바로 농구공을 드리블하며 자기가 펼친 무대로 뛰어들었다. 파라를 막지 못해 자존심이 상한 소년들은 손을 휘저으며 쫓아다녔다. 농구는 스텝의 예술이고 예술은 행동의 스포츠일 것이다. 미스터리하고 당황스러운 것은 깨트리고 나면 그것으로 종료. 소년들이 맨투맨 플레이에서 지역 방어로 전환하다가 스프레드 포메이션으로 우왕좌왕할 때 파라의 진격은 잭슨 폴록의 드립과 톰블리의 휘갈김을 합친 것 같은 충격을 주었다. 파라는 공을 잡기 위해 움직일 필요가 없었다. 돌진하는 물체를 무서워하지도 않았다. 파라는 공을 뒤로 떨어트려 굴린 다음 손을 앞으로 뻗는 척 다른 곳을 보며 흰 모자의 소년에게 패스했다. 소년이 상체를 움찔거리다 백 패스를 하며 스크린 플레이를 하자 파라는 그 자리에서 공을 날렸다.

공은 거의 7미터를 날아가 그물 없는 원으로 쏙 들어갔다. 파라는 아무렇지 않게 소년의 큰 손이 자기 손에 부딪치도록 놓아두었다. 작년 4월, 파라는 열일곱 살이었다.

6

나는 어릴 때도 혼자 그림을 보러 다녔다. 문 닫기 직전의 미술관은 이상하게 마음을 동여맸다. 대리석 관에 누워 있던 남자 조각상은 내 꿈속에서 이틀 내내 걸어다녔다. 한산한 미술관에서 발자크를 전시한 미로 정원을 통과할 때는 다른 차원으로 들어가는 줄 알았다. 시간은 빨리 가고, 아이는 더 빨리 자랐다. 나 스스로 부모로서의 확신은 적었지만, 파라에게 예술에 감사하고 그림을 이해하는 법을 가르치고 싶었다. 그애는 속으로 아무 선택권이 없었다고 분노했는지 모르지만. 전시를 다 보고 나면 미술관 카페에서 카탈로그를 넘기며 "몸을 기울인 발레리나를 보니 어때?" "성 수태 고지를 본 느낌은?" "쇠라의 점묘법이 뭔지 이제 알겠지?" 하고 파라에게 묻곤 했다.

일제 시대 봉제 공장을 개조한 미술관 창문은 고의로 깨져 있었다. 풍차 비슷한 녹색 구조물은 갤러리보다 높이 세워져 있었고, 그 옆으로 시계탑이 비뚜름하게 설치된 장소는 물러나는 작가를 위한 최적의 무대로 보였다. 데이비드 호크니와 똑같은 안경을 쓴 탓도 있었지만, 호크 또는 후크라고 불리는 학과 교수 은퇴 전시회가 있던 날도 나는 파라와 같이 갔다.

오프닝까지 40분이 남았기 때문에 우리는 지하 상설 전시장을 둘러보기로 했다. 전시장은 보트 객실처럼 캄캄해서 선원들이나 좋아하지 싶은데 파라는 "여긴 꼭 동굴 같아. 엄만 내가 사라지면 찾을 수 있어?" 하고 엉뚱한 질문을 했다. 현대 미술 경험이 원시인의 동굴과 유사하다는 건 확실히 파볼 만한 화두일 것이다.

전시장은 평범한 사회학 지도를 그리는 어른들과 공부 빼면 뭐든 열중하는 학생 들로 붐볐다. 실핀을 꽂은 소녀가 라테를 들고 오락가락하다가 사람인지 설인인지 모르겠는 그림 앞에서 큰 턱으로 건방진 미소를 날리는 남자애에게 말했다. "마이클 잭슨이랑 똑같이 생겼네." 남자애는 빨대를 세게 문 탓에 쪼글쪼글해진 여자애 입술을 손가락을 톡 치며 "마이클 잭슨이 아니라 프린스야"하고 말했다. 소녀는 뾰루퉁한 입술로 콜린 모빌처럼 일렁거리는 지도를 가리켰다.

"저건 우리 조카 모빌하고 똑같이 생겼다."

"손대지 마. 얼마나 비싼 건지 알기나 해?" 남자애는 벌써 소녀에게 싫증난 것 같았다.

파라는 푸른 세라믹 볼에 담긴 과일 그림 앞에서 미동 없이 서 있었다. 극사실주의적으로 표현된 살구는 먹고 싶을 정도였다.

"그림이 맘에 들어?"

파라는 붓놀림을 따라 손가락으로 허공을 문질렀다.

"엄마가 그랬잖아. 그림엔 구도하고 표면이란 게 있다고. 멀리서 볼 땐 진짜 같지만, 이렇게 자세히 보면 가짜란 걸 아는데도 무서워진다고."

입구 쪽, 총알 발사 순간을 찍은 영상에서 귀가 찢어질 것 같은 소음이 튀어나왔다.

일주일 전에도 샤임 수틴 전시를 보러 시립 미술관에 같이 갔다. 갤러리 흰 벽을 배경으로 수틴의 유화 초상화가 열세 점이나 붙어 있었는데, 그날 따라 비대칭적이고도 실존주의적인 이미지 앞에서 온갖 감정이 쏟아져들어왔다. 어떤 그림은 물감이 조금 벗겨지기도 했는데, 색깔이 만드는 조화 앞에선 결코 냉담할 수 없었다. 나는 그림이 아니라 그려진 것 자체를 어렴풋이 바라볼 뿐이었다. 수틴이 어떤 기분으로 그렸는지 아무리 상상해도 타넘을 수 없었다. 강한 감정은 공포와 비슷했다. 에너지를 완전히 빼앗는 음산한 습기랄까. 수틴의 초상화가 현실이 아닌데 왜 그렇게 무서운지 도무지 불가해했다. 그때 방백하듯 읊은 말을 파라가 그대로 기억해줬다는 것에 나는 차라리 작은 경외심을 느꼈다.

미술관 문을 닫기 30분 전, 옆 전시장에 갔는데 지팡이를 짚은

할머니가 캡션 보드에 코를 대고 설명을 읽고 있었다. 그 옆에서 그림을 기웃거리면서도 검은 옷을 입은 채 웅성거리는 까만 덩어리가 사람이라는 것을 몰랐다. 군중과 나무 사이로 희끄무레하게 떠밀려가는 물체가 상여라는 것도. 바짝 앞으로 다가서자 오른쪽에 등을 돌리고 선 사람들이 보였다. 그림 위쪽으로 보이는 것이 갈라진 틈인지 희미한 길인지는 판독하기 어려웠다. 숨은그림찾기는 또 있었다. 그림 좌측 아래, 묘지 뒤편으로 죽은 나무가 서 있는데, 허약한 줄기에 붙은 가지 두 개가 애매하게 거슬렸다.

그림을 점유했던 할머니가 반대쪽 벽으로 걸어가자 벤치에 앉아 휴대폰을 보던 파라가 고개를 들었다. 소녀의 아득한 눈길은 그림의 어두운 배경과 대비되어 무게 없이 떠다니고 있었다.

"저게 뭘까?"

나는 나뭇가지 두 개에 시선을 고정시키고 혼잣말을 했다.

"십자가잖아."

나는 그것이 화가의 붓놀림이 만든 우연한 결과라고 생각했는데, 내 눈길을 따라간 파라는 명확히 십자가로 인식했다. 나는 그림을 본다고 생각했지만 실은 그려진 것 자체를 어렴풋이 흘낏 대는 것에 지나지 않았다. 그림이 제대로 보이자 깊은 열패감이 들었다. 내가 지나쳤으나 딸이 놓치지 않은 것들은 그 자체로 논리적이었기 때문에.

7

저녁 7시에 메인 플로어로 올라갔다. 피트니스 센터에서 트레드밀을 탈 때 나올 법한 10rpm의 음향이 튕겨나왔다. 벽면에는 마돈나 공연 영상이 세로 비율로 움직이고 있었다. 예수는 십자가에서 내려와 노래하지 않았는데, 마돈나는 십자가에 달린 채 불구속적으로 즐거워하고 있었다.

일흔다섯 살 노작가의 일괄 150호 사이즈 누드화가 공간 전체를 잠식하고 있었다. 후크는 학부 때 우리가 제출한 누드 크로키를 훑으며 "왜 이렇게 여자가 적어?" 하며 투덜대다 말고, 가슴을 그릴 수 없었다면 그림을 그리지 않았을 거라고 주석을 달던 사람이었으니까.

작품은 온통 중년부터 노년에 이르는 여성들이었다. 중력의 직격탄을 맞은 턱과 가슴, 짧고 휜 다리와 굴곡 없이 뭉툭한 몸들은 비자발적인 것이되 획득된 것. 더 이상 좋은 일이 없으리란 걸 수긍하는 여인들의 표정은, 아무리 사지를 조지아 오키프의 꽃처럼 펼친다 해도 세상에 늙고 예쁜 피조물은 없다고 선언하고 있었다.

나는 늘 인체의 상호작용에 홀렸다. 열 살 때 자전거 체인에 끼어 발목뼈가 드러났을 때도 울지 않고 환부를 들여다보았다. 목욕탕에서 치모를 드러낸 여자들의 무심하다고밖에 말할 수 없는 알몸을 볼 때마다 말벌 떼의 습격처럼 머릿속이 웅웅거렸다. 나는 신체의 축축함을 경멸하는 척 내가 흥분했다는 사실을 변명했다. 사람들은 버스 안에서 낯선 이와 닿는 걸 싫어하지만, 거기엔 타인과 접촉한 스스로의 강렬함이 있을 것이다. 근육과 회로가 만드는 인체의 강렬함이.

대학원 시절 나의 주제 역시 '벗은 몸'이었다. '두 남편'도 그렇지만 '중혼(重婚)'은 추상적인 페니스가 질과 합치기 전 공중에서 멈춘 그림이었다. 신체의 매너리즘, 머리카락과 피부, 회상에 잠긴 가슴처럼 평범한 접촉은 내 관심사가 아니었다. 나는 '생식 불구' 또는 '몸을 부끄러워하는 두려움'을 표현하려고 했다. 내가 그리는 뚱뚱하고 벌거벗은 여자들에 대해서는 말들이 많았다. 특히 후크는 얇은 입술로 독순술을 하듯 내 작품이 자기 비하에 찌든 살덩이라고 평했다. 흥얼거리는 살덩이. 그 말을 들었던 9월처럼 고독했던 때도 없었다.

파라는 외국 공항에 떨구어진 듯 어슷어슷한 표정으로 셀룰라이트가 멋도 없이 들러붙은 둔부 클로즈업을 들여다보고 있었다. 얼핏 보이는 유두와 엉덩이 피부에 떠 있는 푸른 정맥의 대비가 묵시록적인 고난을 말하는 것 같긴 한데, 빛과 어둠의 명암 대비가 두드러지는 카라바조의 인물 표현과 뭐가 다른지 확실히 떨떠름하긴 했다.

후크는 냅킨으로 감싼 와인을 쥔 채, 주고받은 명함을 카지노 칩인듯 만지작거리는 사람들 사이를 노련하게 미끄러지고 있었다. 그 세대의 DNA에 견주어 비율 좋은 장신에 타조처럼 가는 체형, 항상 단추 세 개를 푼 셔츠는 그의 유니폼이었다. 사람들이 미술가를 미술보다 흥미로워한다는 것은 확실히 오류로 보였다. 셰익스피어 자신이 작품보다 흥미를 끌었다면 그는 굳이 글을 쓰지 않았을 것이다.

곧 각목만큼 두꺼운 뿔테 안경에 코가 팥죽색으로 눌린 미술 평론가가 천장 채광창 아래서 후크 교수를 소개했다.

"이분은 얼굴도 정말 잘생겼죠. 저는 솔직히 살면서 인간적으로 이렇게 잘생긴 사람은 본 적이 없어요. 척 봐도 미켈란젤로가 조각한 모세하고 진짜 닮았잖아요? 아, 아니다. 자코메티의 거대한 젊은 남자 상하고 더 닮았네요!"

미켈란젤로의 모세는 정말 못생겼다. 자코메티는 말도 안 되는 소리였다. 후크는 명함을 셔츠 포켓에 넣고는 다문 입을 싱글

거리며 앞으로 걸어갔다. 예전보다 입가 좌우로 법령선이 깊어졌지만 한물간 느낌은 하나도 없었다.

"내가 런던에서 대학 다닐 때, 의미는 중요하지 않았어요. 감정이나 생각, 섹스나 사랑은 나쁜 거였어요. 나는 그 반대를 그렸어요. 선제 공격이었죠. 예술은 모양과 형태가 아니라 내용이 중요하잖아요. 난 내 작업이 좋았어요. 아침에 아이디어가 떠오르면, 점심때 구상한 걸 실제화시킬 수 있는데 어떻게 들뜨지 않을 수 있어요? 그렇지만 나는 진짜 목숨 걸고 작업하는데, 누가 나보고 운이 좋다고 말하면 너무 억울한 거 있죠?"

천창으로 흘러들어온 햇살이 그 목에 걸린 캥거루 실버 체인에 떨어질 때 왼쪽으로 가른 가르마조차 에고로 버무려져 있었다. 그는 한참 미학적으로 지분대다 손등으로 가슴팍을 두드렸다.

"오늘 제가 입은 셔츠는 이상하기 때문에 멋진 거예요. 언제나 별의별 일을 바짝 하게 해주거든요."

"바짝 뭘요?" 말총머리 남자가 목울대가 꿀꺽하도록 로제 와인을 삼키곤 대들듯이 물었다.

"예술이죠!"

그가 지휘하듯 팔을 들어올릴 때 시분침이 정확히 10시 10분에 고정된 채 움직이지 않는 빈티지 조디악 시계가 꽃보다 도드라졌다.

"나는 보통 시리즈별로 세 점을 그려요. 캔버스를 세 면에 세운 다음 가운데 들어앉아서 그리는데, 싫증나면 시리즈의 다른 그림을 그리죠. 데미안 허스트는 잘 팔린다고 수천 개나 만들지만 나는 절대 그러지 않아요. 절대로!"

미술 평론가가 제때 거들었다.

"제 생각에 이 작품들은 세상 모든 그림을 다 합해도 최고라고 확신해요. 무슨 비평가나 미술 시장과 타협하지 않거든요. 게다가 프랜시스 베이컨하고도 달라서 보편성에 대한 욕구랄까 인간의 조건 같은 막연한 주술로 사람들을 이끌지도 않죠."

후크의 엔진 계기판 바늘이 화단 최고의 위치라는 걸 부인하는 사람은 없었다. 평론가는 한술 더 떴다. "자세히 보시면 이번 마지막 전시는 전작과 다르게 구체적이고 선명한 진실, 탁월한 힘과 초월적인 순수성을 양산하는 진실의 에센스가 보일 거예요. 한마디로 교묘하게 조작된 여성스러움에 대한 음탕한 해명이랄까요."

나는 장황한 문어투에 어질머리를 느끼며 미적지근해진 에비앙을 들이켰다.

"여긴 다 뭐 하는 사람들이 모인 거야?"

길고 예민한 안테나로 전체를 느끼던 파라가 무관심하게 쿠키를 집으며 물었다.

"예술을 만들거나 향유하거나 소비하는 사람들?"

"좋은 예술이든 나쁜 예술이든 예술 자체는 좋은 거지만, 그래도 다들 예술 갖고 무슨 올림픽 하는 것 같아."

파라는 내가 바라던 대로 해석했지만 그 말에 수긍하면 내 속이 다 보일 것이다.

전시 카탈로그에는 '관음의 성적 불균형을 통해 세계를 발견한다'고 적혀 있었다. 모두가 구름 위의 바보 같았다. 이것이 딜레마에 빠진 현대 회화의 답이라고? 나는 황혼빛 면류관을 쓴 포르노그래피 흑기사가 난포 개수를 세듯 질의 경계를 날름거리는 리비도에 아예 물려버렸다. 나는 언짢을 때 짓는 표정(파라의 관찰에 의하면 한쪽만 위로 치켜 올라가는 눈썹)을 만들며 미간을 구겼다.

8

　화가는 항상 타당성에 관한 문제를 일으킨다. 전쟁과 해일로 불과 몇 분 사이에 몇천 명이 죽는 순간, 그들에게 예술이 무슨 상관일까? 그런데 그때의 나에겐 또 무엇이었을까?

　대학원 졸업 작품에 전력투구하던 그해 12월은 시베리아보다 추웠다. 후크는 작품에 대해 몇 가지 조언할 게 있다면서 조교를 시켜 나를 찾았다. 그가 종종 자기 작업실에서 학생들과 와인을 마시며 경마 DVD를 본다는 얘긴 공공연한 사실이었다. 말 그대로의 경마 DVD였는지는 불명확했지만. 교수와 얼마나 시간을 보내느냐가 학생들의 장래를 좌우하는 것도 아닐 텐데, 작업실 문턱을 넘은 학생들은 거슬리는 응시와 애매한 속삭임의 대상이 되었다. 그때 나 자신에겐 마음에 드는 구석이라곤 하나도 없었다. 그러나 그의 호명은 복종하지 않으면 범죄라고 느끼게 만드는 습한 강제성이 있었다.

　1층에 유명한 만둣집이 있는 상가는 버려진 잠수함처럼 허술

했다. 4층 계단을 올라가며 그의 작업실이 중세 수술실 비슷할 거라고 상상했는데, 문을 밀자마자 아마인유와 테레빈유의 휘발성 풀 냄새가 페인트 냄새와 섞여 속을 뒤집었다.

요즘 아무도 안 쓰는 등유 난로는 고장나 있었다. 작업실 3면을 두른 철제 선반 꼭대기, 18세기 프랑스 신사의 세밀화가 세공된 자개 상자는 베르사유에서 왔는지도 몰랐다. 그는 거북이 등껍질 무늬의 갈색 안경을 이마에 걸친 채 스크루가 박힌 와인 코르크 냄새를 맡으며 턱으로 소파를 가리켰다. 탁자에는 그가 현시대 유일한 지적 생명체라며 칭송하는 미술 잡지가 펼쳐져 있었다. 나는 편집 디자인이 《새농민》보다 못한 그 잡지를 밀어버리고 내 원룸이 통째 들어가고도 남을 연두색 소파에 앉았다. 쿠션을 지지대로 허리를 세운 채.

"런던 해로즈 백화점에서 공수한 거야. 배송비가 소파값보다 비싸다는 게 말이 돼?"

그는 자랑인지 자책인지 알쏭달쏭한 말을 하며 쪼글쪼글한 아몬드를 오도독 씹었다. 나는 애매하게 수긍했다. 후크 앞에서 모델이 처음 자세를 잡을 때도 이렇게 거북했을까. 나는 옆자리에 앉은 파리 한 마리 쫓는 것 말고는 아무 소리도 내지 않고 이젤 옆으로 뚜껑이 걸쳐진 물감 통을 쳐다보았다. 다른 물감을 칠하기 전에 밑그림으로나 쓰지 싶은 음침한 회색이었다.

"왜, 뭐가 불편해?"

그는 라디에이터 위에 놓인 떡볶이와 마개 열린 몬테스 알파를 탁자에 내려놓았다. "불편하다고 느끼는 순간은 말이야, 지식에 눈을 뜨기 시작하는 시점이기도 해." 그러곤 물때가 낀 플라스틱 잔 두 개에 와인을 따랐다. 내가 술을 못 마신다고 하자 그는 실망스러운 표정에 익히 알려진 교태를 섞고는 나를 짐짓 노려보았다.

"무슨 학생이 술도 못 마셔? 모든 감각이 합쳐져 와인의 영혼이 된다는 말도 못 들어봤어?"

그는 눈썹을 아치로 만들며 선 채로 와인을 들이켰다.

"오늘 다 마시거든 병 갖고 가. 나하고 마신 와인병도 언젠가 희귀 수집품이 될지도 모르니까. 얼마나 비쌀지는 나도 모르지. 한 10억?"

자기가 한 모든 것이 주요한 예술 행위로 기록되리라고 떠드는 득의의 순간. 가청 범위 안의 사람들에게 자기가 나머지 인류보다 얼마나 나은지 떠드는 신경 쇠약의 찰나. 나는 잔을 타고 흘러내리는 와인 방울을 보며 그가 해준다던 조언을 기다렸다.

시간은 거의 다 쓴 치약 튜브에서 치약을 짜내듯 고역스럽게 흘렀다. 그의 침묵 인플레이션에는 문제가 있었다. 1분, 2분, 3분. 정적이 엉겼다. 실내가 더운데다 공기가 두꺼워서 숨 쉬기 불편했다. 입김이 서린 창문 너머로 공사 중인 빌딩이 젠가처럼 수직 교차하며 올라가고 있었다. 나같이 열외된 냄새를 풍기는 학생이 돌려줄 것은 지루함뿐이었다. 나는 피 묻은 티셔츠 액자와 변색된 발톱이 담긴 아크릴 상자로 눈길을 돌렸다. 그는 팔짱을 낀 자세로 세르비아 내전 때 죽은 병사한테서 수거해왔다고 말했다. 내가 소스라치자 그는 안경을 내려 쓴 다음 천장에 매달린 모빌을 톡 쳤다.

"지금 그게 중요한 게 아니야. 이 모빌은 숨 한 번만 쉬어도 움직여. 재질이 포피처럼 얇거든. 표피 말고 포피. 다른 말이란 건 알지?"

그는 화병에서 백장미를 꺼내 가위로 싹둑 자른 다음 침을 뱉고는 부패한 지혜의 열매를 나눠주듯 나에게 내밀었다.

"그리고 이건 방금 섹스한 여자."

이번에는 포크로 떡볶이를 찍었다.

"이건 뭔지 알아? 뭐 같아 보여?"

움츠러든 손으로 받아들며 이런 것도 미술이란 얘기야? 하고 생각하는 사이 그는 파리가 떠난 내 옆자리에 앉았다. 그 다리로 편한 자세를 만들기까지 1분이 걸렸다.

"여기 좀 봐."

그는 와인병을 눕히며 여자가 누울 때 가슴 한쪽이 어떻게 납작해지는지를 시연했다.

"이게 나의 붓이 그리는 커브야. 나는 좀 특이하게 배부터 그리 거든."

그는 마른 손가락으로 병을 쓸었다. 얼마나 말랐는지 와인잔 기둥을 뽑아 손목에 붙인 것 같았다. 남아도는 지방 세포도 없으 니 감정도 없어 보였다.

"그러고 나서 몸을 움직이면 붓이 천천히 올라가. 납작해진 가 슴의 커브를 타고 부드럽게 타올라가면 꼭지가 갑자기 튀어 나 온단 말이야."

그는 유두나 유륜이라고 말하지 않았다.

"여자가 누워 있을 때 젖꼭지가 어떻게 튀어나오겠어? 뻔하지. 그다음에 우아하게 아래로 미끄러지는 거야. 그러고 나면 무슨 일이 벌어지겠어?"

커브를 다 그렸는데 거기서 무슨 일이 일어난다는 건지, 그림 과 수음이라도 한다는 얘긴지 알 수가 없었다.

그는 무릎이 닿도록 내 옆으로 바짝 당겨 앉았다.

"나한테 궁금한 거 없어? 물어보고 싶은 거."

나는 대답하지 않았다. 침묵은 반대를 표하는 강조된 느낌표 니까. 그는 무념무상인 내 눈을 살피곤 재미없다는 뉘앙스를 피 우며 안경을 벗었다.

"왜 그렇게 뻣뻣해? 무슨 종이 인형도 아니고."

"네?"

"나한테 궁금한 거 없냐고?"

"네?"

"글쎄, 뭐 물어볼 게 없냐고. 학생들도 다들 나하고 얘기하고 싶어서 그렇게 안달하는데."

이럴 때 꼬리라도 흔들어야 하는 건지, 손이라도 핥아야 하는 건지에 대해선 들은 바가 없었다. 내이(內耳)에 들리는 말을 입으로 꺼낼 순 없었다. 이 작업실에 온 건 내 의지가 아니니까.

"내 말은, 내가 누드를 어떻게 그리는지에 대해서랄지, 나만의 기법 같은 거랄지, 아니면 화단에서 인정받는 법이랄지."

"저는 제 작품에 대해 조언해줄 게 있다고 하셔서 온 건데요?"

"그런데?"

그가 사진용 미소를 짓자 타일 줄눈보다 촘촘한 라미네이트 치아가 희번쩍했다.

"그런데 그 말씀은 안 하시고……."

"그럼 내가 학생이 온다고 현수막까지 걸어야 하나? 저 앞길부터 여기까지 레드 카펫이라도 깔아줘야 했냐고?"

나는 손전등에 비춰진 토끼처럼 얼어붙었다. 그가 기습하듯 내 손을 잡았다.

"좀 마셔. 사람이 술 없이 어떻게 살아?"

안 된다는 생각이 들진 않았다. 내가 생각하는 세상사에 이론(異論)은 없었다. 지배적인 권력에 고분고분하게 군다면 아무 문제 없을 것이다. 나는 모든 타격에 휘둘릴 만큼 유순했으니까. 본능이 아니라 충격에 따라 움직이는 희생자인 동시에 성적·문화적 약자 역을 맡았으니까.

나는 거부하지 못하고 한 모금 넘겼다. 와인이 무엇과 결합했는지 머릿속에서 버섯 구름이 퍼졌다. 혀가 몽롱할 정도로 어질어질한 맛이 나는 건 아주 빨리 삼켜서였을 것이다. 형광등에서 푸른 연기가 어른거렸다. 어떤 반응도 하면 안 될 것 같았지만 엄청나게 마시고 토할 때처럼 속이 메슥거리고 눈물이 났다. 그는 거울을 보라고 말했다. 거울 속에서 일그러진 내 얼굴은 집에 가고 싶다고 말하고 있었다. 그가 자기 얼굴을 거울로 들이밀자 사람이 아니라 물체가 보였다. 잘 차려 입은 옷 위로 두꺼비 형상을 한 음습한 미술 엘리트.

차갑게 미끌거리는 두꺼비의 손이 내 손을 쥔 채 자기 허벅지에 올렸다. 손놀림이 너무 능란해서 기계에 밝은 학생 같았다. 급작스러운 진공 상태 속에 나는 없었다. 나는 식당 주인이 냄새나는 화장실 옆에 앉혀도, 택시 기사가 차 안에서 담배를 피워도, 화장품 가게 점원이 반말 존댓말을 어슷하게 섞어 써도, 남자가 열쇠를 차 안에 두고 문을 잠가도 불평하지 않는 타입이었으니까. 내가 처음으로 타인에게 인식되었다고 느낀 건, 베트남 여행 중 호치민의 영묘 앞에서 보도블록을 밟았을 때 티 하나 없는 흰색 유니폼의 경비병이 나를 가리키며 경고 휘슬을 불었을 때뿐이었다.

1초의 찰나, 그의 얼굴이 완전히 변했다. 코에 주름이 지고 치아가 드러나더니 눈썹이 처졌다. 분노란 누군가 이미 가지고 있는 경멸일 것이다. 치켜뜬 그의 눈꺼풀은 혐오가 아니라 분노의 구성 요소 같았다.

그는 엎드리라고 지시했다. 놀랍게도 나는 그 말을 따랐다. 논리를 넘어서는 세상에 들어가며 나는 '뭐야, 미쳤어?' 하고 생각했다. 그러나 나에겐 심리적인 두 개의 위치가 있었다. 묵인 아니면 부인. 그 사이에 분명히 겹치는 부분은 내가 어떤 불운(종종 성적인 사건들)에 태연하게 끌린다는 것이다. 그땐 누가 나에게 농담이나 키스를 해도 아무렇지 않았다. 나의 다른 면은 가만히 숨어 나를 기다리고 있었다. 더 순수하고 보다 파괴적인 나를.

그의 구두가 잠깐 숨었다가 다시 나타났다. 그는 앞으로 숙인 내 앞으로 돌아와선 다리를 벌리고 선 채 벨트를 풀었다. 그 상태에서 까맣고 역겨운 종양 같은 것을 내 입으로 밀어넣다 말고 나를 일으켜 세운 뒤 오른손을 등 뒤로 꺾었다. 내 뒤의 동상(銅像)이 파도를 밀어붙이듯 앞뒤로 진자 운동을 할 때 스물셋 유령의

사지는 바다나 땅, 공중에 매달려 있었다.

새벽 4시의 택시는 인생을 틈 없이 캄캄한 곳으로 밀고 나갔다. 무엇을 마친 것도 방해받는 것도 아닌 내 손은 나 자신, 완전히 쓸모 없는 일회용이라는 자각 위에 놓여 있었다. 인생은 쉽지 않았다. 내가 잘못한 게 아니라고 알기까지는 긴 시간이 걸렸다. 그날 일을 밝히고 싶었던 몇몇 순간이 있었지만 내가 제 발로 걸어갔다는 자책감이 더 컸다.

그때 나는, 추행이란 모르는 사람이 목에 칼을 대는 건 줄로만 알았다. 뭔가 일어났다는 것은 알았지만, 그 안에 내 이름을 포함시킬 수는 없었다. 그날의 일과 어두운 계단에서 벌어지는 성폭행의 차이는 그의 얼굴을 학교에 갈 때마다 봐야만 한다는 것이었다. 나는 거리로 나가 말할 수 있었다. 신고할 수도 있었다. 그런데 누가 나를 믿어줄까? 아무도, 아무도. 사람들은 오히려 나를 맹공격할 테고, 나는 교수에게 자발적으로 접근한 학생으로 낙인찍힐 것이다. 나는 뭔가 말할 권리가 없는 것 같았다. 미술 대가의 고상한 길에 소란을 피우려는 생각도, 그 같은 인지도의 사람을 정말 추락시키고 싶은 마음도 없었다. 나는 차라리 유괴당한 죄수 같았다. 무엇이었을까? 다음날 절대로 전화하지 않을 남자와 술 취한 성교를 한 뒤, 싸구려 귀걸이를 사며 스스로를 다독이는 마음과 얼마나 다른 것이었을까?

딱 한 번 같은 과 언니에게 말한 적이 있었다. 선배는 서로 합의된 건지부터 물었다. 그때 후크가 나를 돌려세웠던 장면을 진술하는데, 오히려 아무도 믿을 수 없고 내가 하는 모든 말이 거짓말이라는 생각이 들었다. 그랬는지도 몰라. 그런데 나중에 떠올려보니 동의할 정도로 제정신은 아니었어.

퇴짜 맞은 피난처에서 내가 내뿜던 침묵의 분노는 나조차 미스터리였다. 그냥 흔한 일로 받아들였다면 후회가 사라졌을까. 적어도 잠을 잘 순 있지 않았을까. 그런 고압적인 분위기 속에서 강제적이라고 해도 누가 나를 만지려 한다는 상태는 차라리 던져진 편안함을 주었다. 그때 나는 필시 미쳤으니까. 세계에서 가장 수동적인 인간이었으니까. 나는 진실을 반으로 쪼갠 후 다시 4분의 1로 나누어 분쇄기에 간 다음, 혹시 벌어질지도 모를 미래의 재판에서 증거로 쓸 수 없게 만들었다.

9

후크는 장엄한 목소리로 작품을 설명하기 시작했다.

"이 전시가 마지막인 이유는 아이디어가 고갈되었기 때문입니다. 솔직히 저는 이 세상의 모든 그림을 싫어합니다. 나는 마라톤을 뛰지만 항상 40킬로미터에서 멈춥니다. 멈출 때의 기분을 알고 싶어서. 나는 그런 게 좋아요. 미완성인 것. 아직 여지가 있는 것. 이상하게 들리겠지만, 나는 세례도 받았고, 갠지스강에서 목욕도 했어요. 그렇지만 자기발견이 없다면 그런 게 다 무슨 소용일까요?"

그는 한쪽 얼굴이 짓눌리도록 손바닥으로 비벼대며 최고의 작가는 관습을 따르지 않고 일체의 세속과 떨어져 있다고 덧붙였다. 그럼 그가 랄프 로렌에게서 직접 샀다면서 자랑하는 빈티지 애스톤 마틴 뱅퀴시는 다 뭘까? 모두가 알아주는 작가의 심오함을 이해하기엔 나는 여전히 행성에서 가장 아둔한 인종이었다.

"난 이젠 경쟁을 하지 않아요. 게임에서 벗어나 있으니까요. 내가 외로운 건 다시 게임을 하지 않으리라는 걸 알기 때문이에요. 나보다 더 성공한 다른 작가를 봐도 별로 속 안 쓰리다고 말했지만, 아니야, 가끔 그럴 때가 있었어요. 이게 문제예요. 나는 너무 은퇴하고 싶었는데 이 전시 이후에도 하고 싶은 게 많다는 게요. 작품이 완판된 로이 릭턴스타인이든 앤디 워홀이든 따지고 보면 다 죽은 작가들 아닙니까? 식어버린 노스텔지어란 말이죠. 로이 릭턴스타인은 운동화 밑창 같고, 앤디 워홀은 종이 성냥 같으니까요. 그런데 저는 이렇게 살아 있단 말입니다. 살아 있다는 것 자체가 나에겐 예술이 되었죠."

파라는 그 세대 아이들의 성향과 달라서 집 밖에서는 감정을 내보이지 않았다. 그것이 나약함으로 읽히진 않았다. 도예가 동창과 같이 온 또래 여자애는 불균형한 줄무늬 원피스를 입고는 그것 자체가 또 다른 훈장인 듯 건성으로 박수를 치고 있었다. 나에겐 그편이 나아 보였다.

"자기가 무슨 워홀 형인 줄 아나봐."

파라가 못마땅하게 속삭였다.

후크는 일률적이고도 광활한 치아를 번쩍거리며 말을 이었다.

"나에게 이 전시가 더더욱 뜻깊은 건 아버지로부터 딸까지 이어지는 불멸의 메타포이기 때문입니다."

그는 자기 딸을 호명했다.

카운터를 등지고 미술관이 소장한 마크 로스코 그림을 보던 여자가 주저하는 척 마이크를 따라갔다. 시호가 후크의 딸이라는 건 소수의 비밀이었고, 알은체하지 않은 것은 나의 조붓한 자존심이었다.

은색 머리칼과 담청색 재킷과 뱀가죽 하이힐을 끼었은 각진 포즈에는 학생 때 다스 베이더의 육감적인 분위기가 하나도 없었다. 확대된 유두 앞에 서 있던 차이나 칼라 셔츠의 남자도 회의적인 눈으로 후크 부녀를 쳐다보았다.

나는 메인 플로어와 계단참에 설치된 〈구름의 마음〉을 보고도 정작 그게 시호 작품이라는 걸 몰랐다. 구름이 머리카락보다 얇은 줄에 매달린 채 폭약 상자 안에서 태양 에너지로 움직이는 작품을 보며 "저건 미술이 아니라 발명품인데?"라고 말한 건 파라였다.

시호는 이 시리즈가 평생의 주제였다면서 이중 가장 큰 작품은 뉴욕 휘트니 미술관에서 구입 문의가 왔다고 위엄 있게 주춤거렸다. 옛날처럼 공모하듯 살짝 걸걸한 목소리에 계산된 손 제스처까지 곁들이자 다들 흰자위를 넓게 드러내며 서로 마주 보았다. 나는 불시에 걸어차인 것 같았다. 시야도 좁고, 재능이랄 것도 없는 채 자판기 커피나 좋아하던 네가 휘트니가 알아주는 작가가 됐다고? 그 정도였다고? 눈앞의 광경은 내 여생 동안 시호를 따라잡을 수 없다는 걸 말해주고 있었다. 뼈가 살갗을 뚫고 나올 것 같은 질투와 그날 밤의 수치심이 딸려나왔다. 작가라면 후크의 눈에 드는 것이 주류 입장권이 된 미술계니까 그들만의 유통 시스템 안에서 뭔가 약속받은 것이 없을 리 없었다. 아버지 프리미엄 없이는 예술원 회원급은 되어야 초대받는 유수의 미술관 코너를 채우지도 못했을 것이다. 파라는 보라색으로 변한 내 얼굴을 살피곤 손을 세게 잡았다. 파라는 알고 있었다. 중추 그룹 밖에서 연명하는 나의 연료란 지리멸렬한 시기심이라는 것을.

"아버지하고 저는 한 달에 한두 번 정도 만나서 아침을 먹어요. 그것 빼곤 1년 내내 매일 밤낮으로 작품만 했어요. 잠도 하루에 세 시간이나 잤을까? 거의 먹지도 않았어요."

내가 숭상하는 예술적 예민함도 센세이셔널해야 한다는 강박도 없이 마냥 더부룩했던 애가 그렇게 강철 같은 규율로 살았다고? 그때 시호가 나를 알아보고 손을 흔들었다. 나는 손바닥을 들어 위로 까딱해 보이는 것으로 아무렇지 않은 척 모멸감에 저항했다.

"예술 좀 안다는 사람들은 다 괴짜가 되어야 한다는 강박증 환자 같아. 다들 오골계처럼 까맣게 입고 와선."

파라는 샤넬 백을 팔에 건 채 얼굴 전체로 실리콘 서커스를 벌이는 과 후배의 빨강 블라우스를 보며 리드미컬하게 이죽거렸다.

"살아 있는 양인 척하는 양고기는 정말 별로야."

나는 감정에 치우치고 핵심을 피하며 순차적인데, 파라는 논리적이고 분석적이며 대담했다. 나는 얼마간 파라의 더해가는 냉담함을 즐겼다. 우리는 케이터링 음식에 손도 대지 않았다. 어차피 소화능력을 즐기려고 오프닝에 온 것도 아니었다. 그때 관람객 사이를 상냥하게 나부끼던 후크가 나를 보곤 그로테스크한 미소를 지으며 걸어왔다. 파라는 마돈나가 물러난 스크린에 등장해 외가 식구들이 너무 많이 자살했다고 토로하는 데이비드 보위에게 집중하는 중이었다.

"근데 딸이 이렇게 예뻤어?" 후크의 우묵한 눈이 파라를 훑었다.

"저하고는 장르가 다르죠."

파라는 오소리를 무시하듯 후크를 쳐다보지 않았다. 그가 도넛을 마저 베어 물자 까만 구찌 로퍼 위로 흰 가루가 나풀거리며 떨어졌다.

"나, 뭔가 다시 시작할 수 있을 것 같아."

후크의 눈가가 기름 바른 국수보다 유들거렸다.

"뭘요?"

"따님이 내 모델이 되어주면 뭔가 다시 그릴 수 있을 것 같단 말이야."

그림 모델이 될 만한 목표물을 찾으면 5분 안에 포획해버린다던 그가 내 눈치를 보며 환심을 사려 하고 있었다.

"한 번도 보지 못한 얼굴이야, 진짜."

나긋나긋하게 집요한 눈. 입은 웃지만 눈은 그대로인 웃음. 나는 파라를 끌어당겨 내 뒤로 숨기며 후크 앞으로 한 발짝 다가갔다. 그 긴팔원숭이에겐 포도 한 알도 줄 수 없었다.

"제 딸 초상화는 엄마가 그려야죠. 명색이 엄마도 화가인데."

그는 '하하' 소리를 묘하게 발음하며 물미역처럼 한들거렸다. 그 입꼬리에 묻은 흰 가루가 침과 섞여 보글거리는 거품이 되었다.

"진심이야? 진정?"

나는 대놓고 노골적인 아양에 깜짝 놀랐다. 파라의 입에서 기분 나빠 하는 한숨이 터졌고 전혀 최소화되지 않았다.

"정말 토 나와요."

파라는 팽팽해진 눈으로 후크를 보았다. 그가 엉터리라는 것을 다 안다는 표정으로. 그의 큰 미소가 방향을 잃고 일그러졌다. 나는 필요한 순간에 대담해지는 파라의 천성이 부러웠다. 파라는 눈으로 나를 당기며 동의를 구했다. "지금 제가 꺼져, 재수없는 변태 늙은이야! 이렇게 말하면 버릇없는 거죠? 그죠, 엄마?"

자아로 무장한 파라의 오라에 노회한 육식 동물조차 움츠러들었다. 그는 낚아채듯 고개를 돌렸다. 정말이지 고양이보다 민첩하게. 그리고 그 나이의 남자가 그럴 거라고 믿기 어려운 속도로 자리를 떴다. 나는 야생적인 파라의 눈을 보며 내 딸이 어떤 종류의 유기체인지 궁금해했다.

10

시호가 한남초등학교 북쪽에 새로 열었다던 이탈리안 레스토랑은 커피 향과 소스 냄새로 법석대고 있었다. 벽마다 르네상스 궁정 화가들의 프린트가 잔뜩 걸려 있어서 인색하게 말하자면 터키 부호가 차린 식당과 비슷했다.

뚱뚱한 오비완을 닮은 이탈리안 셰프는 푸치니 오페라 목소리로 스태프들을 조율하고 있었다. 중앙 기둥 옆에 앉은 두 여자는 서로를 무시하며 내내 휴대폰 화면을 스크롤하는 중이었다. 테이블의 작은 화분에는 언제 열릴지 모르는 초록 봉오리가 단단히 주먹을 쥐고 있었다. 시호를 기다리며 앞뒤로 딸랑거리는 리듬에 빠져들고 있을 때 오달리스크 그림에서 뛰쳐나온 것 같은 여자가 내 앞에 섰다. 당구공만 한 선글라스와 필름보다 얇은 블라우스와 풀색 스커트 차림에 청자색 아이폰을 든 채.

"찾기 어렵지 않았어?"

"택시가 길을 잘못 찾았는데 갑자기 굉장한 데가 나타나서 깜짝 놀랐어."

"잘 모르니까 하는 소리야. 나같이 정신 없는 애가 알아보지도 못할 영수증을 매일 체크한다는 게 상상이나 돼?"

레스토랑 오너라는 감염성 있는 매력과 매일 자리를 지켜야 하는 고단함을 내가 어찌 알까.

시호는 코끼리 버킨 백을 옆 의자에 놓으며 반려견인 듯 토닥거렸다. 그 옆에서 끈으로 조이는 내 복조리 핸드백은 아이들이 바닷가에서 갖고 노는 양동이로 보였다.

"그때 너 알뜰살뜰 챙기지 못해서 미안했어. 사실 나도 그렇게 럭셔리하게 차리고들 와서 서로 키재기하는 자리, 불편해. 나 물고기자리잖아. 그래도 오랜만에 보니까 너무 반갑더라. 뭐 먹을래? 내가 알아서 시켜?"

시호는 그새 곁으로 온 홀 스태프에게 미소 지으며 도망치는 앞 음절을 따라잡듯 재빨리 말했다. "늘 먹던 거 주세요. 살짝 익힌 계란에 아보카도 샐러드 라지 사이즈. 계란은 꼭 반숙인 거 까먹지 말고요. 그리고 아스파라거스 볶음하고 미디엄 레어 안심 스테이크 하나."

여자들이 여자만의 자신감을 전달하는 데 사용하는 목소리였다. 말 끝이 말리면서 있는 줄도 몰랐던 교양이 비쳤다. 시호는 선글라스 프레임 위로 눈썹을 올렸다. 원하는 게 있으면 더 시키라는 듯이.

나는 흰 기름기가 듬성듬성 보이는 스테이크를 좋아했다. 지방이 많을수록 더 좋았다. 안 그래도 성경책만 한 고기를 홱 뒤집어 위아래 겉면이 고루 탄 스테이크를 먹고 싶었다.

시호는 선글라스를 벗으며 촉촉해진 눈으로 실내를 둘러보았다.

"스테이크는 네가 먹을 거. 아는지 모르지만, 나 비건이야. 애 가졌을 때 고기 사진도 못 볼 정도로 입덧이 심했거든. 여기 메뉴 개발할 때 일주일에 두 번은 억지로 먹었어. 한 입 먹고 냅킨에 다시 뱉고, 계속 그랬지만."

시호는 호호호 웃다 말고 문자를 확인하더니 큰 숨을 내쉬었다. 호르몬의 변덕조차 시호에게만은 비켜간 줄 알았는데 깨끗해 보이던 눈자위가 문득 불결해 보였다.

"오랜만에 봐도 하나도 낯설지 않네. 우리 그렇게 친한 사이는 아니었는데."

"나도 그래."

"근데 넌 많이 변했어. 나쁜 의미는 아니고."

"너는 어떻고?"

나는 집에서 염색하느라 얼기설기 진갈색을 띤 내 머리칼을 의식하며 은색 가발을 쓴 것 같은 시호의 머리에 눈길을 주었다.

"은색이 제일 젊게 보여서. 자동차도 그렇잖아. 은색이 제일 모던하고. 잘 팔리고. 실은 한 달에 한 번 동네 미용실에서 호일을 붙여서 이래. 우리 모계가 내 나이 때 흰머리가 났으니 할 말 없지. 엄마처럼은 안 되고 싶었는데."

그렇다고 흰머리의 친환경 주부로 보일 리 없었다. 부주의한 사람들은 우리 나이를 두고 폐경을 말할지 모르지만, 시호는 스테로이드를 맞은 마놀로 블라닉처럼 세상에서 가장 육감적인 구두를 신고 있었으니까.

"근데 내 생각에 머리가 망가져서 꾸미는 건 내 세대가 처음인 것 같아. 옛날에는 머리 때문에 늙어 보인다는 생각을 못했잖아."

그사이, 대왕 보울에 수북이 담긴 샐러드가 서빙되었다. 시호는 냅킨에 떨어진 해바라기씨를 입으로 쏙 던졌다.

"사실 미술계에서는 작가가 너무 꾸미고 그러는 거 별로 안 좋게 봐. 너무 파티 피플처럼 보인다고. 역으로 사교계는 아트를 심각하게 보지 않거든. 아주 민감한 경계선이야."

시호는 입술 양끝을 당겨 짧은 미소를 만들었다.

졸업 다음해, 시호에 관한 기상천외한 무용담이 떠돌았다. 시호가 마이애미 아트페어에 갔을 때, 미슐랭 쓰리 스타 레스토랑에서 파티가 있었다. 두드러져 보이고 싶었던 시호는 엄청난 짓을 벌였다. 진줏빛 스카프를 치마 대신 두르곤 호텔방 샹들리에를 분해해 귀걸이, 팔찌, 목걸이로 만든 다음 크리스털을 휘감고 파티에 갔다. 체크아웃 직전에 샹들리에를 다시 조립했는데, 원래보다 훨씬 멋지더라는 얘긴 필시 각색되었을 것이다.

입구 코너 자리에서 검정색 민소매의 늘씬한 여자가 빵에 버터를 바르고 있었다. 건너편 여자는 버터를 아예 빵에 짓이겼다. 내 접시에도 탐스러운 페스트리가 놓였다. 나는 페스트리가 점점 부풀어올라 날아갈까봐 포크로 열심히 찔러댔다. 시호는 피우고 남은 담뱃재의 모양을 잡는 마임을 보여주곤 자기 접시를 내 앞으로 내밀었다.

"나, 탄수화물은 안 먹어. 글루텐이 사람을 너무 늘어지게 하고 슬프게 만들어서. 아, 담배 당긴다. 근데 안에선 피울 수 없으니까……."

시호는 뭔가 누그러뜨려진 미소를 날렸다.

"내 작품 어땠어? 아빠 그림 말고 내 작품."

"음…… 색달랐던 것 같아."

딱히 생각해둔 말이 없었다. 시호에게 아첨하자고 하나 마나 한 소리를 하고 싶지도 않았고, 그림을 방임했다는 핑계만으로 살아온 나로선 감탄사를 얹을 에너지가 없었다. 중년의 비효율적인 화가의 감정이 어떤지에 대해서라면 아주 잘 설명할 것이다. 나는 아보카도에 반숙 달걀을 얹고 무료하게 노른자를 깨뜨리며 집에서 꼭 이렇게 해 먹어야겠다고 마음먹었다.

"진짜? 고마워. 사실 〈오렌지 풍차〉가 영구 전시된 뒤로 목표가 생겼어. 그거 말고는 사람들이 잘 몰라서 다른 시리즈도 좀 알리고 싶어. 너도 작품 쭉 하지? 사실 나, 네 전시 가본 적 있어. 5년 전에. 알은척 안 했던 건 서먹해서라기보다 좀 샘이 났었어."

스테이크를 썰며 레어가 나왔을걸, 아쉬워하다가 그런 말을 들으니 불만족한 충족감이 들었다.

"누가 나한테 질투한단 얘긴 태어나서 처음 듣네. 온 척이라도 좀 하지."

"아니야. 나, 네 작품 좋아해. 나한테 없는 게 너무 많아서."

시호가 내 작업 얘길 꺼낸 건, 크리틱을 원해서가 아니라 업적을 남기겠다는 야심을 진작에 버린 내 앞에서 아닌 척 으스대려는 것 아닌가. 자기 작품이 굉장한 미술관 안팎에 있다는 사실만으로도 앞으로 100년은 우쭐댈 거면서.

칭찬에 익숙한 사람은 다음 대화의 영역으로 능숙하게 움직일 것이다. 나는 얼음이 조잡하게 담긴 탄산수 컵을 달그락거렸다. 내가 그리는 헐렁한 괴물들은 사조를 만들기는커녕 보기 좋게 잊혔다. 삶은 농구의 점프 볼과 달라서 뛰어오른다고 잡을 수 있는 게 아니었다. 욕망엔 끝이 없지만, 키 작은 남자가 다리뼈를 자르고 벌리고 조이는 수술로 몇 센티미터 키를 더 얻는다 해도 농구 선수 키는 아닌 것을. 즉, 내가 갖지 못한 전부를 자기가 가졌다는 것이 시호의 포인트였다.

"난 네가 잘나가는 게 싫었어."

맹세코 나는 혀끝에 공격적인 말을 올리는 느낌을 좋아하지 않았다. 그 순간, 공허한 웃음소리가 터졌다. 장난감 태엽을 한번 감았다가 저주를 받아 영원히 멈추지 못하는 웃음소리. 남들에겐 자매의 파안대소로나 들릴 것이다. 시호는 전기회로가 끊기듯 기묘하게 굳은 얼굴로 남은 웃음기를 정리하곤 탁구공만 한 서양 양배추를 앞니로 물었다.

"아무리 생각해도 나는 글러버린 난파선인데, 내 인생이 이것밖에 안 된다는 게 무서워 죽겠는데, 너한테 인생은 언제나 쉬웠고 계속 쉬울 거니까. 게다가 나를 설명하는 건 무명이라는 것밖에 없는데 넌……."

나는 하도 운이 없어서 나 자체가 징크스라고 생각했다. 내 말이 농담인지 진담인지는 나도 애매했다. 시호는 히죽거리며 백에서 샤넬 르 블랑 크림을 꺼내 발뒤꿈치에 발랐다. 누르고 있던 그녀의 우쭐거림이 최고조에 이른 순간이었다. 나는 푸른 정맥이 유리처럼 흩뿌려진 시호의 종아리를 내려다보았다. 핏줄이 얼마나 도드라졌는지 눌러보고 싶을 정도였다. 토우 링이 끼워진 엄지발가락의 폴리쉬 색도, 시추 콧등인 양 주름 잡힌 무릎도

다 부자연스러워 보였다 시호는 어쩌면 지금 다리를 타고 올라가는 핏줄에 감겨 미쳐가는 중일까.

"뭘 잘 모르면 그렇게 말할 수 있어."

시호가 허리를 굽힌 자세에서 눈을 치켜뜰 때 말갛게 늘어진 턱살에 감정이 비쳤다.

나는 스테이크를 다 썬 다음 소금을 치고 발사믹 식초를 반 컵 끼얹었다. 다 먹어치운 다음엔 골막까지 발라 먹고 싶었지만 뼈가 없었다.

"그 빽적지근하던 결혼생활은 어때?"

나는 와인을 조금 머금고 입안을 헹구었다. 시호는 눅눅해진 머리를 귀 뒤로 넘기고 와인을 한번에 들이켰다. 퍼부어진 레드와인이 입꼬리에 음모를 품은 조커의 미소를 만들었다.

"그 새끼, 두바이 사막에서 바주카포로 날려버렸어. 쩨 된 얘기야. 딸뻘인 직원이랑 놀아났거든. 정말 가관이었어. '가관'의 원래 뜻은 좋은 거지만. 둘 다 터진 청바지에 가죽 점퍼, 야구 모자까지 맞춰 입은 건 뭐야? 심지어 선글라스도 똑같애. 젊은 남자처럼 보이고 싶어 하는 나이 든 남자만큼 황당한 게 있는 줄 아니? 몸은 늙는데 마음이 안 늙으니 자기도 미쳐 죽을 노릇이었겠지. 솔직히 난 내 인생의 절정이 마흔네 살인 줄 알았어. 숫자도 대칭이잖아. 마흔다섯 살은 절대 아니야. 5자는 못생겼잖아. 근데 꼴 좋게 망한 거지. 그런데," 목소리에 이상한 아이러니가 섞여 있었다.

"애가 있었어. 여자애. 뺨이 자두 같은 애였어. 세 살 때 죽었어."

익숙한 플롯이 뒤틀렸다. 포크가 꽂힌 스테이크 조각이 흠칫했다. 시호는 계속 먹으라고 손짓하며 매캐하게 말을 이었다.

"나는 부모가 될 수 있을 만큼 안정적인 사람은 아닌 줄 알았어. 혼자서 멋대로 맘대로 날뛰는 사람이 아이를 낳거나 기를 수는 없다고 생각했어. 그러다 애가 생긴 거지. 나한텐 완전히 초현실적이고 꿈같은 일이었어. 그런데 이유식 끝나고 겨우 고기 먹을 수 있는 나이가 되니까 죽더라. 그런데 그때부터 내 가슴이 부푸는 거야. 신생아 때 죽은 것도 아닌데. 젖이 하도 돌아서 유축기를 써야 할 정도였어. 내 몸은 아이가 사라졌다는 걸 이해하지 못한 거지. 거의 몇 드럼은 짜서 버린 것 같아. 그렇지만 애가 살아 있기만 하다면 젖꼭지가 어떻게 되든 무슨 상관이겠어?"

스테이크에서 제5원소를 떠올리게 하는 맛이 났다. 아예 석회 덩어리로 보였다. 옆 테이블 사람들이 일제히 일어났다. 턱이 궤짝처럼 네모난 남자가 회색 코트를 쫙 펼치는데, 옷자락이 팬더 화장을 한 여자를 뒤덮었다. 여자가 코트를 들추자 남자는 분홍소시지 같은 혀를 날름 내밀었다. 창틀에 나사로 고정된 플라스틱 망치 상어가 어리둥절한 눈으로 그들을 쳐다보고 있었다.

이제 긍정적인 반전에 기뻐할 순서일까. 나는 주먹에 약해진 볼을 기댔다. 시호의 눈에 뭔가 더 원하는 에로틱한 통증이 비쳤다.

"문제가 하나 더 있어." 시호는 머리를 뒤로 젖히고 블라우스 단추를 하나 풀었다.

"나, 남자 있어. 혼인신고 안 하고 같이 산 지 좀 됐어. 아주 이성적이고 외골수적인 남자라서 끌렸는데, 그게 자충수가 됐지. 같이 살면서도 손끝 하나 안 댈 줄 누가 알았겠어? 난 아무래도 수절 과부나 무슨 빅토리아 시대 여자처럼 살 팔잔가봐. 뭐, 어쨌든!"

시호는 이야기에서 발을 빼듯 아무렇지 않게 말했다. 문득 시호와 훨씬 친해진 기분이 들었다.

"그 사람한테 아들도 하나 있어. 아이큐도 되게 높고 잘생기긴 했어. 근데 굉장한 오타쿠라 대학에도 관심이 없고, 만사에 시큰둥해. 요즘은 카메라에 푹 빠졌어. 여자친구 사진 찍어서 나중에 전시한대나, 뭐래나? 그때 갤러리는 내가 잡아줄게, 그랬지."

그녀는 연신 두리번거리며 바게트 컷 다이아몬드가 줄까지 덮은 위블로 시계를 들여다보았다. 누가 홀에서 곧 아쟁 연주라도 하려는지. 뺨이 있는 자리에 계곡을 만드는 그 유명한 시호의 광대뼈가 도드라져 보였다. 휴대폰이 울리자 시호는 흘낏 들여다보곤 "금방 전화 다시 할게요." 하고 끊었다.

"며칠 전에 술 진탕 마시고 대리를 불렀는데 우리 차가 앞차를 살짝 들이받았잖아. 그거 때문에 보험 회사에서 자꾸 전화 오네, 귀찮게."

아스파라거스 볶음이 마지막 코스로 나올 때 시호는 "나 화장실 좀" 하며 일어났다. 그다음 깨달은 것은 시호가 이미 모서리를 돌아 문을 나갔다는 것이다. 옆 테이블의 안경 쓴 남자가 헤드치즈 조각을 샌드위치에 끼워 맞은편 여자에게 건네주고 있었다. 일행이 헤드치즈 원료가 돼지 족발이라고 알은척을 하자 "돼지 족발?" 남자가 되물으며 고개를 갸웃했다.

"설마. 편육이면 몰라도."

모두가 한꺼번에 웃었는데 나는 무엇이 웃기다는 건지 알 수 없었다. 나는 다른 테이블에 앉은 남자가 기껏 펜네를 주문하곤 반밖에 먹지 않은 광경을 보고 있었다. 그는 시금치 샐러드까지 한쪽으로 밀며 먹지 않겠다는 결의를 비쳤다.

포크로 찍어 먹기가 아스파라거스와 은행 중 어느 게 더 힘들까. 아스파라거스를 열세 줄기나 먹을 때까지 시호는 오지 않았다. 나의 직감은 상대에 따라 불이 들어오기도 하고 나가기도 했다. 화장실에서 넘어져 뇌진탕 걸린 건지, 뭔가 기절초풍할 일을 벌이는 건지, 아니면 취해서 시비가 붙은 건지, 떠오르는 생각은 죄다 굉장한 것들뿐이었다.

유니폼을 입은 여성 매니저가 문 닫을 시간이 되었다면서 계산서를 테이블에 올려놓았다. 갑자기 초조해졌다. 나를 무인도에 표류 중인 채 대책 없이 고도를 기다리는 여자라고 생각할까봐.

"저, 계산······."

매니저는 철사 같은 눈으로 나를 주시했다. 내가 원래 이렇게 중요한 존재였나? 나는 화장실 좀 다녀오겠다고 말하고, 계단을 한층 내려갔다. 시호가 취해서 집에 갔다면 결국 내가 내야 하는 건지, 뭔가 어슷하게 소심해졌다.

나는 화장실 문을 노크했다. 삶의 결함은 저 화장실 안에 웅크리고 있을 것이다. 결함은 삶 자체고, 인생은 지루한 오해니까.

문고리를 비틀어 열었을 때 나의 지각이 분리되었다. 웅크린 형상 두 개가 세면대에서 꿈틀대고 있었다. 스팽클 작업으로 얼추 알려진 신진 여성 작가가 왼쪽으로 고개를 돌리고 다른 여자 목을 밀어올리듯 핥고 있었다. 목을 젖힌 여자가 팔을 움직일 때 누구 것인지 모를 스테인리스 팔찌 두 개가 달그랑거렸다. 두 개의 가슴은 이것저것 많이 들어간 팬 위의 돼지고기처럼 서로 부딪쳤다. 번들거리는 화장실 바닥이 편두통 환자 같은 성적 매력을 더하고 있었다. 그 여자의 셔츠가 조금 들리자 엉덩이 골 위로 잠자리를 무는 개미 문신이 보였다. 개미들은 엉덩이를 지나 허리를 돌면서 열을 지어 걷고 있었다. 25년 전, 시호는 화장실에서 "너한테만 보여주는 건데, 개미들은 모두 여기서 나오는 거야"라면서 치골 아래를 가리켰었다.

절대로 끝나지 않을 것 같은 순간, 그들은 시간을 벗어나 있었다. 여자가 목을 뒤틀자 스팽글 작가는 분열하는 머리카락 너머로 나를 보았다. 물고기를 닮은 눈은 깜빡이지 않았다. 부산스러운 손으로 절그렁 소리를 내던 여자가 토탄색 얼굴로 변한 작가를 막아서듯 고개를 돌렸다. 발광하는 두 눈은 펜던트처럼 번쩍거렸다. 너무 살아 있어서 오히려 내가 거울 앞에 선 것 같았다. 나는 채혈할 때 마음을 비우듯 LED 등을 올려다보고 소리 없이 문을 닫았다. 불안정한 기류가 구경꾼들을 숨겼는지 주위를 둘러보곤 덜컹거리며 계단을 올라갔다. 결정할 수 없는 감정에 몰두하느라 마저 먹어야 할 메뉴도 잊는 여자. 그것이야말로 시호의 근황이었다.

11

시호는 아찔한 힐 위에서 위태롭게 휘청거리며 자리로 돌아왔다. 시호의 깍지 낀 손가락이 심하게 떨렸다. 그때 내가 느낀 감정은 연약함이었다.

"우리, 연락이 또 뜸해지면 가장 친한 친구를 잃은 느낌이 들 것 같아."

내 입에서 그런 말이 나올 줄 나도 몰랐다.

"나 지금 솔직하지 않아. 하지만 뭐에 대해서 솔직하지 않은지 모르겠어."

시호가 키득거리며 말했다. 우아한 태연함과 사치스러운 날씬함에 딱 맞는 경박한 웃음소리. 들깨 빛깔 주근깨가 박힌 가슴골이 거품 두 개로 보였다. 시호의 눈썹에 순간적으로 땀이 맺혔다.

"토할 것 같아."

시호가 화장실로 다시 달려가자마자 기세 좋은 매니저가 또 와선 "차 좀 주차장 밖으로 빼주시겠어요? 주차 아저씨들이 다

퇴근해서요"라고 말했다.

"근데 계산은……?" 나는 굴욕적으로 물었다.

"사장님이 좀 전에 다 하셨어요."

안개가 습한 이끼 사이로 뻗은 나무 틈새를 채우고 있었다. 공기에 완충물을 댄 듯 사방이 반투명으로 보였다. 시호는 눈꼬리에 질척한 눈물을 매달고 주차장 부스를 덮은 단풍나무에 엉겨붙어 있었다. 가까이 있는 아무 나무나 붙잡고 그네를 타는 다섯살처럼.

미술관이 산중턱에 있어서인지 대리 기사가 잡히지 않았다. 20분 뒤 시호를 흰색 벤틀리 옆 좌석에 태우고 시동을 거는 순간만은 장대한 여정을 떠나는 기분이 들었다. 차 유리창에 벌레들이 모여들었다. 나는 머뭇거리며 신기한 패들 시프트를 바라보았다.

"그냥 패들을 당기기만 하면 기어가 바뀌어."

시호가 창밖으로 고개를 젖힌 채 말했다. 라운드 버튼을 눌러 시동을 걸었다. 실내등 때문에 황동빛이 된 손바닥에 땀이 고였다. 차를 망가뜨릴까봐 수전증이 왔다. 컵 홀더가 여덟 개나 장착된 차를 운전하느니 자동차 키로 망막을 긁는 편이 쉬워 보였다. 나는 전봇대를 들이박고, 차문을 긁고, 문손잡이를 일그러뜨리는 상상으로 바들거리며 좁은 도로를 내려갔다.

소요하는 밤, 헤드라이트는 짙은 안개를 뚫고 나갔다. 나는 지식과 문화와 군사를 관장하는 오딘에게 눈을 떼지 말아달라고 기도했다. 바다 여행자들을 지키는 토르에게는 이 오디세이 같은 상황에서 구해주기를 빌었다. 그때 미동도 없던 시호가 읊조렸다.

"다 피곤해. 다 촌극 같고 다 지긋지긋해."

'피곤'과 '지긋지긋'이란 낱말은 조바심과 환멸을 포함한 아주 긴 음절로 들렸다.

12

우리의 우정은 확실히 모호했다. 그 관계에 확신도 적었다. 시호는 먼저 전화한 적이 없었고, 나도 마찬가지였다. 연락은 자연스럽게 끊겼다. 어떤 면으론 내가 음지에 있다는 인상을 심어준 게 차라리 잘된 일 같았다.

두 달 뒤 시호가 더블린에서 문자를 보냈다. 지금 모허 절벽이 보이는 호텔에 묵고 있어. 기회 되면 놀러와.

이 아이는 어떻게 인생을 관광객처럼 사는 걸까. 어떻게 여전히 비현실적인 소녀일 수 있을까. 그러나 우리는 발을 디딘 대지 자체가 달랐다.

13

햇빛이 블라인드 사이로 들어왔다. 모하가 침대 가장자리에 엎드려 잘 때 오른쪽 뺨의 적갈색 얼룩이 꼭 별자리처럼 보였다. 모하가 보여준 것은 침묵이 얼마나 강한가, 하는 사실이었다. 필수적이고 영원하며 흔한 침묵. 나는 다문 입술만으로 슬픔을 감추는 것이 얼마나 사려 깊은 것인지를 생각했다.

나는 모하의 눈 밑을 쳐다보았다. 그애의 티셔츠에 그려진 선분과 사각형을, 영원히 배운 적 없는 글자를. 그 기호들은 파라가 어떤 상태인지 말해주지 않았다.

질문은 나를 빨리 감았다가 멈췄다. 나의 질문은 가설이기 때문에. 그러나 파라에 대해 묻지 않고는 그 글자를 읽을 자격이 나에겐 없었다.

"파라는 똑같아요. 나빠지지도 나아지지도 않았어요."

붉은 테를 그린 모하의 눈이 나를 살피며 먼저 입을 열었다.

엔딩의 첫번째 침묵. 감각은 아무것도 없는 상태에서 시작해

배고픔, 따끔거림, 썩은 맛, 아래로 떠내려가는 부유물, 아직도 내 자신인 이상한 몸으로 해부되었다. 딸이라는 단어는 길고, 창백하고, 슬펐다. 고개를 돌린다는 것은 파라를 본다는 사실을 의미했다. 머리가 젖혀진다는 것은 부동체가 된 그 몸을 의미했다. 얼굴을 가린다는 것은 억누르는 슬픔을 의미했다. 팔을 항아리처럼 들어올린다는 것은 하늘에 딸의 재를 뿌리는 것을 의미했다. 나는 여전히 파라의 비명을 들을 수 있었다. 비명은 벗겨지지 않는 피부처럼 나에게 달라붙었다. 나도 파라하고 같이 앰뷸런스에 실려갔다면 좋았을걸. 그러나 내가 할 수 있는 것은 뒤꿈치에 엉덩이를 대고 쪼그려 앉아 파라의 손가락에 입 맞추고 그 목덜미에 모여드는 공기를 들이마시는 것뿐이었다.

오늘 새벽의 꿈은 길고 복잡했다. 파라는 내 꿈이 아니라 다른 이의 꿈 속에 있었다. 나는 그 안에서 일어나는 모든 일을 볼 수 있었다. 내 꿈은 다른 꿈에 딸려나가 수십 개의 빽빽한 꿈들과 평행을 이루었다. 꿈들은 색색의 비눗방울 속에 들어차 있었다. 나는 파라와 같은 꿈을 꾸는 사람들을 제치고 그들의 자리를 차지하고 싶었다. 달걀 노른자만 덜어내듯 손가락으로 그들의 꿈을 찢으려고 했지만 내 꿈의 막을 깨뜨리지 않고는 그럴 수 없었다. 나는 파라가 나에게 오기를 참을성 있게 기다리다가 그애의 꿈 속으로 걸어갔다. 곧 두세 걸음만에 쓰러졌다. 설명할 수 없는 뭔가가, 더 깊은 뭔가가 있었고, 파라는 더 멀리 갔다. 그 꿈은 너무 실제적이어서 깨어 있지 않은 상태에서 겪는다는 것을 몰랐다.

반쯤 깬 채로 이어진 꿈은 짧은 필름 같았다. 부엌에서 오믈렛을 만들고 있을 때 밖에 파라가 서 있다가 부엌 문을 열고 들어왔다. 이상하게 아주 나이 들어 보였다. 나는 파라를 꼭 안았는데 그 애 어깨 너머로 어린 파라가 보였다. 나는 나이 든 파라를 안은 채 어린 파라를 주의 깊게 관찰했다. 그사이에 내가 안은 파라는 얼굴 전체에 피멍이 든 나로 변해선 "누가 내 얼굴에 상처를 냈어? 너지?" 하고 소리치기 시작했다.

생각은 너무 얽혀 있어서 하나의 가지가 끝나고 또 다른 가지가 시작되는 지점이 어딘지 알 수 없었다. 생각이 동시다발적인 수백만 개 신경 회로를 따라 일어나고, 그 각각의 회로가 과거의 자극으로 만들어진 뒤 지금 이 상태로 몰려오는 와중에, 어떻게 이 순간을 가지런하게 이해한단 말인가. 나는 눈물을 흘려야 했다. 지금 눈물이 필요하기 때문에.

공기 방울이 병원 창문에 흘러내려 얼룩을 만들었다. 그 탓에 모든 것이 흐릿했다. 창밖으로 반포대교가 축 늘어진 물속의 식물처럼 이리저리 휘청대고 있었다. 나는 강이 흐르는 방향을 따라갔다. 보이지 않는 움직임은 유리에서 유리로 메아리처럼 옮겨져 내 눈에 닿았다. 세상은 강물 밖에 있었고, 모든 것이 개인적인 낯섦에 맞춰져 있었다. 그런데 참수된 내 차는 어디 있을까? 폐차됐을까? 누가 보관하고 있을까? 그냥 우리 집 마당에 위패처럼 세워둬야 하는 거 아닌가?

검은 창문의 유령은 나를 세계에 묶어두는 밧줄이 닳아 끊어졌다고 으르릉거렸다.

14

6월이 되자 구강 주위의 살이 달라붙었다. 눈을 번갈아 찡그리고 혀를 엉킨 근육 사이로 넣어 침을 바르려고 했지만 톱밥 만지는 느낌밖에 없었다. 간호사들은 수시로 피를 뽑았다. 팔 안쪽에 알코올 패드를 문지른 다음, 고무 마개로 막힌 병에 바늘을 꽂았다 즉시 빼곤 손목이나 팔 안쪽 피하로 찔렀다. 손등을 집고 수직으로 앰플을 꽂기도 했다. 정신을 잃을 만큼 신중히 맞을 때도 있었다. 천장을 보고 있다가 머리를 살짝 들었는데 몸 전체가 깃발 꽂힌 골프 코스처럼 보여서 깜짝 놀란 적도 있었다.

그들이 "따끔합니다"하고 말하면서 미소를 지으면 나는 신음하지 않는 것으로 대항했다. 나는 의학적 관점에서 특별하리만치 복잡한 환자인 동시에 규율을 따르고자 하는 환자의 심리를 보이고 있었다. 수술 조건에 대한 미슐랭 가이드에서 별 세 개짜리 환자. 그때마다 안에서 올라오는 작은 감정의 거품을 느꼈다. 사람들이 나만큼 참을성 있게 주사를 맞는다면 세상은 더 나은 곳이 될 것이다. 문득 불안이 줄어들면 스스로에게 더 친절해진 기분이 들었다. 왜냐하면, 나는 영원히 주사기에 익숙해질 수 없기 때문에.

　가끔은 체내 전기 반응 같은 약간의 화학적 즐거움도 느꼈다. 어떤 의미로 신체 접촉은 외톨이라는 감정을 덜어주었다. 누군가 날 만질 때의 감각적 정보는 내가 숨 쉬고 있다는 자존적 형태를 보였지만 곧바로 스러졌다. 지시 사항은 절대적으로 명확했다. 언젠가 나을 수 있는 병이라면 결국 장기적이고도 일시적인 두통에 불과할 것이다. 베이지색 벽. 형광등의 누그러진 조도. 바닥용 세제의 얼얼한 냄새. 무시무시하게 이데올로기적인 간호사. 크롬 뚜껑이 덮인 유리병. 나무 무늬가 프린트된 캐비닛. 오직 내가 어떤 것과도 관련돼 있지 않다는 자의식만이 나를 흡족하게 했다.

15

부종은 가라앉았지만 에너지는 점점 줄어들었다. 두 손가락에 집히도록 마른 엉치뼈는 그대로 섹시한 유령의 사지를 만들었다. 자각의 한계점 너머로 숫자가 깜빡거렸다. 어차피 7시에 일어나 7시 10분에 볼일을 보고, 7시 20분에 아침을 먹고, 7시 30분에 화장을 하고, 7시 40분에 정찰하러 밖에 나가는 오소리처럼 살지 않았다.

많은 날은 하나의 날로 축소되었다. 나는 스스로 돌볼 능력이 없는 낙오자, 신경 회로의 저항자, 평생 주거지를 찾는 노숙자가 되었다. 돌아눕지 않는 한 벽 말고 볼 게 없었다. 대신 소리를 들었다. 주사액이 출렁거리는 소리, 마른 솜을 만지는 소리, 티슈를 대는 소리, 건조하나 섬유질이 많은 소리, 나의 담즙에서 나는 소리, 사도 바울이 자기 고통을 설명할 때 속삭이는 소리.

병실에 철저히 유기돼 있다는 사실도 치료 과정과 막연히 대기하는 시간의 단조로움도 달라지지 않았다. 벽시계가 내 침상 높이 붙어 있어서 몸을 틀지 않고는 시간을 볼 수 없었다. 나는 빛을 내뿜는 형광등 아래 누워, 하루는 왜 24시간이고 12시간이 아닌지 의구심을 품으며 나만의 시간 모델을 만들었다. 왼손 엄지손가락으로 네 손가락 12마디에 인덱스를 만든 다음, 엄지를 계산 시스템으로 사용하여 천천히 숫자를 세고 있으면 몇 시인지 어렴풋이 알 수 있었다. 그러나 시간은 앞으로 나아가지 않고 계속 뒤로 순환했다. 아무도 말해주지 않았다. 내가 회복될 수 있을지, 먹고 말하는 데 아무 문제 없을지. 지금은 힘들지만 그것도 지나가리란 진부한 말조차 해주는 사람이 없었다. 이 시기가 성숙을 위한 양식이 될 거라는 잠언은 나도 옳지 않았다. 망할 내면의 평화는 절대 찾아주지 않았다. 나는 살아 있다는 사실만으로는 만족할 수 없었다.

열두 살 때 나의 질문에는 종교적 어조가 있었다. 지성과 종교적 호기심은 분리되어야 했다. 엄마가 복음주의에 뿌리를 둔 장로교 권사였기 때문에. 교인들이 우리 집에 심방 왔을 때 나는 하나님이 어디서 왔느냐고 물었다. 목사님은 손가락을 쫙 펼치더니 하나님은 반지처럼 시작과 끝이 없다고 했다. (하지만 누군가는 그 반지를 만들었을 것이다.) 그럼 지진 때문에 슬퍼하는 나라는 뭐냐고 물었더니, 그들이 단층이 발달한 불안정한 지역에 살기 때문이라고 말했다. 그럼 내 친구의 고모를 불과 마흔에 쓰러

트린 식도암은? 그러자 여호와의 방식은 이해할 수 없고, 이해할 수 없음 이전에 욥의 겸손을 배워야 한다는 대답이 돌아왔다. 하지만 내가 읽은 성경에서 욥은 성인이라기보다 매일 무력하게 불평하는 사람이었다. 나는 똑똑한 시비를 거는 이상한 아이라는 소리나 들을까봐 더는 묻지 않았다. 그러나 지금 생각해보니 욥의 "왜?"와 나의 "왜?"는 다를 것도 없었다.

엄마는, 그래도 구약 성서에는 사고사가 한 번밖에 없다고 말했다. 무엇때문에 고난을 받든 늦가을, 잎이 시들고 색깔이 변해 떨어질 때면 다들 합창으로 그분에게 영광을 돌릴 거라고. 엄마는 구약을 신약보다 좋아했다. 구약에 나오는 신은 예측불가능한데 그녀가 그동안 겪은 신이 딱 그랬기 때문에. 그런데 '사고'라는 말에 '의도하지 않은'이라는 의미가 있다면 엄밀히 말해 유대 소설에 사고사는 없을 것이다. 그렇다면 지금 나의 상태는 어떻게 설명할 수 있을까? 수감되고 제한되었으며 지독하게 단순한 삶. 잔인하게 쥐어짜인 채 한 번으로 요약된 삶. 평범무쌍하게 살다가 쉰두 살에 끝난 삶. 그 자체로 지루했던 삶. 그런데 그분은 내가 다칠 때 어디 있었을까?

코로 짐작되는 자리에 유동식 튜브를 꽂은 날, 평정심을 압살하는 뉴런 폭풍이 불었다. 나는 아직도 모르는 고통이 있는지 궁금했다. 이런 괴로움엔 도대체 어떤 이름이 붙을지. 나는 좀비에게 쫓기는 인물이 되어 튜브를 잡아 빼려고 몸부림쳤다.

나는 캄캄한 창고를 상상했다. 현실과 나란히 존재하지만 욕구를 들어낸 창고. 모하가 들어와 손전등을 켜면 그 안이 다 보였다. 복도에서 흘러들어오는 불빛과 형형색색으로 깜빡이는 텔레비전 불빛만 빼면 오히려 아늑하게 느껴졌다. 아늑함은 상태가 아니라 감정이었다.

16

모하는 늘 혼자 걷는 고양이처럼 병실로 들어와 간이 소파에 웅크리고 앉았다. 그 침착함은 거의 과시적으로 보일 정도였다. 모하의 나이는 하나의 모순 어법이었다. 모하는 나의 유일한 보호자로서 내가 의식이 없을 때 사고 관련 절차를 처리했고, 보험 회사에 연락했으며, 사이사이, 치료 전반에 관해서도 논의했다. 담당 레지던트와는 내가 알 리 없는 유대까지 생겼다. 치료비와 수술비, 입원비는 엄마의 채근으로 들어둔 보험 몇 개가 충당할 것이다.

6월 둘째 주에 모하는 수건과 양말, 치약과 비누, 파라에겐 손도 못 대게 하던 내 속옷까지 챙겨왔다. 그리고 잉크병만 한 상자를 열고 엄지 마디보다 작은 시계를 꺼냈다.

정박지를 잃어버린 홍대 시절, 엄마는 나에게 시계를 선물했다. '해밀턴의 귀부인'이라 불리는 시계는 계동 아줌마하고 보석상이 밀집한 뉴욕 26번가 어느 지하 구역에서 샀다고 했다. 시계

뒷면에는 숫자 1927과 W. H. B.라는 영문 이니셜이 새겨져 있었다. 첫 번째 구매자의 이니셜인 듯 싶었다. 아니면 선물받는 사람이거나. 요즘도 케이스 백에 메시지를 새기는 풍속이 있는지는 몰랐다.

나에겐 부적과도 같은 시계였다. 나는 일 년에 몇 번 그 시계를 들여다보며 알지 못하는 사이에 내 곁을 떠난 일들을 생각하곤 했다. 그런데 물고기가 아무도 모르게 자기 뱃속에 넣었는지 도무지 보이지 않아 찾는 둥 마는 둥 하다 아예 잊고 있었다.

"전에 가끔 차시던 걸 봤는데, 파란 서랍장 맨 밑에 있더라고요. 올리브색 파우치에. 어머니가 늘 그러셨잖아요. 시계는 시침 분침이 움직여서 시간을 가리켜주는 기계가 아니라 우리에게 시간에 대한 감각을 가르쳐주고, 영원한 게 뭔지, 유한한 게 뭔지 알게 해준다고. 근데 시계가 없으면 시간이 흐르지 않잖아요. 시간이 안 가면 너무 심심하잖아요. 그래서 갖고 왔어요."

내가 아이들 앞에서 그렇게 멋진 관점을 서술했다고? 실은 더 심오한 말도 했었다. "난 너무 열심히 살지 않을 거야. 인생엔 끝이 있지만 일에는 끝이 없으니까."

나도 모르는 것을 끝도 없이 요구해온 시계의 초침, 그러나 우아한 분침. 모하는 왼손에 시계를 채워주었다. 꺼진 전구 같은 손목이 잠깐 환해졌다.

17

낮이 조금씩 길어졌다. 아직 불충분하고 조금 색다른 빛이지만. 3월의 어느 토요일, 정확한 날짜를 원한다면 작년 3월 2일, 거실에서 홈쇼핑 채널을 틀어놓고 한가롭게 담배를 피고 있었다. 나는 늘 담배를 코처럼 몸의 일부로 여겼다. 피부의 질감에 영향을 주니까. 매일의 삶에 대한 걱정도 없이 무료한 날, 계동 아줌마의 전화는 사이렌이 되어 나를 불러냈다.

엄마는 무엇이든 집시처럼 짊어졌다. 어느 것 하나 버리지 않았다. 특히 미술은 주식 같아서 점점 가치가 오를 거라고 기회 있을 때마다 강조했다. 등받이가 부러진 암체어는 회색 먼지와 흰 얼룩이 섞여 마냥 얼룩덜룩했지만 가구를 보는 엄마 나름대로의 안목을 드러냈다. 비록 자기 작품에 둘러싸인 채 그림을 그렸던 뭉크의 암체어는 아니라고 해도.

엄마는 돌아가시기 전에 아줌마한테 암체어 수리를 맡겼다. 아줌마는 그걸 갤러리 창고에 보관해두고는 까맣게 잊고 있다가 이제 다 고쳤다고, 가지러 오라고 했다. 시간의 벽이 허물어지고 잊고 있던 엄마의 물건은 통풍구로 빨려 들어가는 담배 연기 속에 현실로 나타났다.

두 번째 개인전을 열기 전까지 나는 역삼동, 일층에 장어 집이 있는 상가 이층을 화실로 썼다. 그러나 옆 호실 인디 밴드 청년들은 밤낮 무개념으로 시끄러웠다. 새벽 4시에 전기 기타를 치는 게 문제라는 인지 자체가 없었다. 오른편 방에는 파티 테러리스트 학생들이 밤마다 찢어발길 듯 술판을 벌였다. 이따금 소리가 끊겼는데, 조용히 하자고 서로 조심하는 대화가 오갈 때조차 시끄러웠다. 무슨 돈 많은 로댕의 아틀리에도 아니고 세상의 모든 불쾌에 시달리면서까지 거기를 쓸 이유가 없었다.

심호흡을 하고 찾은 필동 집은 옆집 비상계단밖에 보이지 않지만 작업의 절대 요소인 간섭받지 않는 공간이 있었다. 나는 지하로 난 차고를 화실로 개조할 생각이었다. 전 주인은 ㄴ자로 꺾인 채 두 개의 면으로 분할된 차고 벽에 철사로 된 격자 그물망을 붙이고 망치며 톱, 전동 드릴 같은 도구들을 오브제로 걸어두었다. 나에겐 세상에서 가장 조형적인 남자들의 놀이터로 보였다.

작업실 계단을 내려갈 때마다 끝없이 이어진 어둠 속에서 다음 계단을 못 밟을 것 같은 기분이 들었다. 저 아래엔 어쩌면 세상 건너편의 존재하지 않는 동굴이 있는지도 몰랐다. 밤마다 고깃

덩어리 하나가 러그 밑에서 꿈틀거리는.

　계단 벽에는 이사 오던 날, 인부들이 소파 다리로 긁은 자국이 파형을 그리고 있었다. 피처럼 붉은 스위치를 켤 때마다 폭발할지 모른다는 공포는, 형광의 밝음이 원래 자리로 돌아오는 순간 고고학적인 웅장함으로 바뀌었다. 나의 충격적인 발굴지는 고색창연한 습기와, 푸르딩딩한 빛과, 예전 물건들에 달라붙은 곰팡이 냄새로 버무려져 있었다. 가로 벽에 세워둔 초벌 그림은 도서관 열람실 사이를 배회하는 사서 유령처럼 보였다. 손대다 만 내 그림들을 두고, 마무리짓지 못하는 의지 박약이 아니라 다작 직전의 위대함이라고 누가 말해주면 얼마나 좋을까.

　작업실은 엄밀히 말하면 엄마 인생의 축적이었다. 엄마의 유물이 분배되었을 때 그녀가 가진 모든 것은 사막으로 여행할 준비가 되어 있었다. 나는 친밀한 접촉이 사라진 엄마의 암 체어를 작업실로 실어날랐다. 살아 있는 사람과 죽은 사람은 물건하고 같은 관계를 맺지 않았다. 나는 엄마의 감정을 물려받았을 뿐, 1963년 산 옥색 파이렉스 컵과 러시아 마트료시카 인형은 나보다 오래 살아남아 세상과 무(無) 사이에서 고동칠 것이다.

　청동 종이처럼 얇은 녹색 남자는 구름에서 늘어뜨려진 지팡이를 쥐고 있었다. 엄마는 아줌마 갤러리에서 그 남자 조각을 보자마자 '갈대의 순정'이라고 이름 붙였다. 〈갈대의 순정〉은 엄마 친구들의 얕은 식견 앞에서 슈렉이 아니라는 걸 증명하는 기나긴 DNA 테스트를 거쳤다. 엄마가 두 번째로 산 작품은 칠이 약간 벗겨진 새카만 코뿔소 조각이었다. 계동 아줌마는 가격 얘기를 민망해하면서도 작가한테 후려쳐서 더 싸게 해주겠다는 둥 매번 거드름을 피웠다. 그때 나는 열세 살이었지만 화랑 주인과 작가 사이, 치우친 힘의 균형은 어딘지 부당해 보였다.

엄마는 그 코뿔소가 "세미 추상적이라서" 맘에 든다고 했다. 특히 코에 생긴 흠 때문에 더 그래 보인다면서 이렇게 덧붙였다. "세상에 흠이 없는 게 있다면 아기 예수뿐이지."

백토로 구운 하마 도자기에는 '역도산'이란 이름을 붙였는데, 얼마나 할인받았는지는 듣지 못했다.

엄마의 구입 목록 중에 내가 제일 좋아한 것은 요정이 노래하는 독버섯 자기였다. 독버섯은 엄마가 알던 사람들의 총체였지만, 나에겐 예술의 위악을 폭로하는 상징이었다. 나는 날마다 요정의 입에 담배를 물려주거나 성적으로 조롱하고 싶은 충동을 느꼈다.

오후 3시. 바닥에서 3분의 2 높이로 난 창에 햇빛이 들어와 모르타르 바닥에 검은 뿌리가 달린 흰 꽃 무늬를 만들었다. 트렁크는 침몰한 배에서 출토된 듯 할 말이 많아 보였다. 나는 미대 시절부터 모은 카탈로그며 잡지 스크랩, 도록까지 그때의 심장이 노래하던 것들을 트렁크 안에 다 쑤셔넣었다.

　황토색 서류 봉투는 전에 주고받았던 카드로 빼곡했다. 영국 정원 엽서는 졸업식 날, 엄마가 반지 선물에 끼워 보낸 것이다. 나는 붉은 작약 주위를 푸른 라벤더가 두 겹으로 에워싼 정원이 왜 프랑스나 독일이 아니라 영국이라고 생각했을까.

　"너는 언젠가 라벤더 정원이 있는 집에서 살아. 나는 시대도 그렇고, 꿈만 꾸다 말았지만."

　엄마의 만년필 글씨는 마른 부싯돌처럼 굳어 있었다. 나는 침착하게 자리를 잡고 앉아 A4 사이즈의 조르주 루오 도록을 펼쳤다. 나는 루오의 특정한 형태와 거친 선을 좋아했다. 특히 〈광대가 있는 정물〉을 좋아했다. 루오가 나에게 준 개인적인 공명은 "광대는 바로 나였어. 우리 모두였어. 우린 어쩌면 다 광대인지 모르겠어"라던 그의 언어로부터 출발했다.

18

내가 열두 살 때 엄마는 철공소와 자동차 부품 가게가 밀집한 문래동에서 양장점을 열었다. 과일 시장이 내다보이는 창으로 작업대가 펼쳐진 곳이었다. 엄마는 대학 때 잠깐 배웠던 패턴 일을 썩히기 아까워 호구지책으로 친구들 재킷이며 치마를 만들었는데 그게 입소문을 타면서 자신이 붙었다.

인형 옷 분야가 따로 있었다면 엄마는 최고로 유명해졌을 것이다. 엄마가 만든 인형 옷은 굉장히 공학적이었다. 노출된 솔기는 각 부위를 생체적으로 연결하고, 허리를 두른 띠 장식은 입기만 해도 좋은 일이 생길 것 같았다.

매장에서 팔렸는지는 생각나지 않지만, 엄마는 군 담요와 커튼을 뜯어 코트를 만들기도 했다. 여성 정장을 리폼해 아기 옷을 만들고, 낡은 점퍼를 분해한 다음 그것들을 재배치해 미래적인 옷을 만들기도 했다. 심지어 당시 신부님이 미사 때 입는 옷까지 만들었다.

"미사복이 너무 덥고 불편해 보여서 가만 있을 수 있어야지. 높고 두꺼운 칼라를 셔츠로 대신하고 편한 밴드로 바꿨더니 다들 너무 좋아했어. 디자인이란 그런 거야. 이제 나도 천국에서 한 자리쯤 차지하려나?"

엄마가 재봉틀 앞에 앉아 반복해서 발판을 누르면 커다란 밸런스 휠이 시네마 릴처럼 돌아갔다. 주황색 전구는 레버에 붙어 있다가 오르락내리락 작은 구멍으로 사라지는 색색의 실을 비추었다. 엄마는 문 닫는 일 없이 연두색 싱거 재봉틀과 재봉용 마네킹 사이로 난 뒷문을 들락날락하며 나름대로의 반사회적 패션 미학을 세웠다. 밤새 가위질을 하는 엄마 옆에 앉아 있는 날에는 꼭 그 꿈을 꾸었다. 누군가 긴 숟가락으로 내 살을 떠 은색 새틴 껍질에 나를 꿰매고 있는.

문 하나로 나뉜 양장점과 방 사이, 심리적 통근 거리는 얼마나 되었을까. 엄마가 재봉틀을 돌리면 멈추었던 시간이 다시 흘렀다. 목이 마르면 엄마는 곳곳에서 풍기는 세제와 스프레이 냄새를 맡으며 메추리 문양이 새겨진 사기 그릇에 수돗물을 받아 마셨다.

우리 집 천장은 가게 말고는 모두 낮았다. 계단 아래쪽 천장은 더 낮아서 거길 지나려면 언제나 머리를 숙여야 했다. 엄마가 가게 문을 닫는 9시까지 나는 뒷목에 뻐근한 전기를 맛보며 방 안에 방임되었다. 엄마가 나를 돌보지 않으면 나는 유령과 조우했다. 공부는 나의 친구가 아니었고, 학교에서도 나를 잃어버린 소녀 취급을 했다.

대신 나는 엄마의 충실한 보조자였다. 엄마가 점심 먹으러 자리를 비우면 충견처럼 가게를 지켰다. 손님들에게 믹스 커피를 타주거나, 팔뚝으로 옷감을 우아하게 늘어뜨리며 싹싹하게 만져보게 하고, 금전등록기 열쇠를 따로 보관한 대가로 박스째 아이스크림을 먹는 것은 우리 둘 사이의 거래였다. 엄마가 평화시장에서 사준 우산 그림 원피스는 일종의 보너스였다.

포악한 고객에게 철저히 휘둘린 날이면 엄마는 늘 토넷 의자에 앉아 담배를 피웠다. 강황빛 손가락과 흰자위가 많이 보이는 눈은 그때마다 무력한 섬광을 내뿜었다. 당시 한미 연합사 영내에서 근무하던 미국 군인의 아내는 엄마의 열광적인 고객이었는데, 남편 복무가 끝나 콜로라도로 돌아가기 전, 그 의자를 선물로 주었다고 했다.

팔걸이가 없어 앉았다 일어날 때 팔뚝을 받쳐주진 못했지만, 엄마는 그 의자가 흑빛이 되도록 어루만졌다.

엄마의 들끓는 좌절감은 기분이 좋을 때도 벌컥 튀어나왔다. 양장점 입구의 벽, 요트가 그려진 유화와 어딘가 다른 곳 다른 시간에 있었을 것 같은 선원의 자수는 세속에 지지 않겠다는 엄마의 자존심을 은유했다. 동시에 창문 사이, 바닷물이 차올라 절반이 기우뚱 물에 잠긴 배 그림은 아내를 때리는 남편과 갈라선 엄마의 비밀을 비스듬히 숨기고 있었다.

작업대 앞에 서 있든, 진열장을 뒤져 도매시장에서 산 옷감을 분류하든, 다리를 마타하리처럼 꼬고 앉아 있든, 담배와 라이터는 엄마 손에서 떨어지지 않았다. 엄마의 설명은 단순했다. "담배가 없으면 술맛이 안 나거든."

여중 때 엄마 몰래 피웠던 담배에선 그냥 일산화탄소 맛이 났다.

19

엄마는 여러모로 뜨거운 모순으로 패션과 이어져 있었다. 미도파 백화점에는 출근하다시피 자주 들렀지만, 디자이너 브랜드 매장 근처에도 안 갔다. 엄마는 당신보다 못 만들어서라고 했지만, 진실은 더 복잡했을 것이다.

기억에 모순되는 일도 있었다. 대학 1학년 겨울이 지나면서 나는 청소년기를 갓 벗어난 시기 특유의 반란을 벌였다. 나는 벼르고 별러 코스모스 백화점에서 체크 무늬 캐시미어 카디건을 샀다. 그날 저녁, 물끄러미 나를 바라보던 엄마는 얼마냐고 물었다. 내가 송년 세일 가격을 말하자 엄마는 충격을 감추지 못했다. 엄마가 반발했던 건 가격이 아니라 문제의 본질이었다. 그 카디건은 엄마가 만든 어떤 옷보다 비쌌기 때문에.

그날, 나는 스케치북에 푸생의 유화를 연필로 모사하느라 엄마가 내 방에 들어온 것도 모르고 있었다. 엄마는 내가 고개를 돌려 당신을 봐줄 때까지 끈질기게 서 있었다. 문득 소스라쳐 고개를 돌렸을 때 나는 성장(盛裝)한 엄마를 보았다. 옅은 회색에 붉은 색 세로 줄이 더해진 더블 브레스티드 슈트는 고상하면서도 화려했다. 키도 훨씬 커 보였다. 슈트는 엄마 몸을 따라 움직였다. 옷감 자체가 노래라도 부르는 것 같았다. 엄마는, 여자란 복장과 관련된 모든 것이라는 신조를 몸으로 설명하고 있었다. 그때만큼은 딸을 충격에 휩싸이게 하고, 매혹에 빠져들게 하는 한편 소외시키고 싶었던 엄마의 의도에 동조하고 싶었다.

여중 2학년 늦여름, 행거에 외계인이나 입을 세라복이 걸려 있었다. 빳빳한 아크릴 천은 가벼운데다 방수 기능도 있었다. 꼭 아폴로 13호 우주인이 달에 갈 때 입은 여압 월면 우주복 같았다. 엄마는 의기양양했다. "우주복은 실험 삼아 만들어서 걸어둔 건데 지나가던 여자가 얼마냐고 물어보는 거야. 그래서 그 손님 사이즈대로 수선해서 팔기로 했어. 나도 내가 먹힐 줄 알았어."

불이 켜진 양장점은 그날 이후 마법의 동굴로 변했다. 캄캄한 어둠을 걷어내며 집에 돌아오는 길은 하나도 무섭지 않았다.

며칠 뒤 주산 학원에 갔다가 집에 오니 눈이 깊고 생각이 많아 보이는 여성이 그 우주복인지 세라복인지를 입고는 다른 옷들을 뒤적거리고 있었다. 계동 산다는 그 여자는 전에 이 동네에 살았는데 우연히 가게에 걸린 옷을 보고 엄마의 작품 세계에 홀딱 반했다고 했다. 어쨌든 양장점은 엄마에겐 생계용 업장인 동시에 고유 디자인을 제작하는 실험실이었다. 아줌마는 나중에 "난 너무 현실적이라서 환상 같은 거 없어"라고 말했지만, 처음 봤을 때도 평균적인 사람으로 보이진 않았다. 아무튼 그 초월적인 옷은 그렇게 깊은 밤, 둘 사이를 매단 채 허공을 유영하는 말 그대로 우주복이 되었다.

손님으로 들르던 아줌마는 곧 엄마의 친구가 되었다가 순식간에 가족과 마찬가지인 존재로 격상되었다. 엄마는 변화무쌍한 양장점의 야수적인 디자이너, 아줌마는 엄마의 충실한 페르소나이자 피팅 모델이며 첫 번째 희생자였다.

사실 계동 아줌마의 치장에는 진지한 경쟁 동력이 있었다. 아줌마는 나이보다 스물세 살은 젊어 보이는 외모를 아낌없이 자산으로 사용했다. 장 보러 갈 때도 트위드 치마에 스웨터, 팥죽색 앤티크 브로치와 스웨이드 구두를 챙겼다. 게다가 세상에서 가장 환상적인 지갑을 가지고 다녔다. 아라베스크 무늬가 양각된 악어가죽 지갑에는 유리 구슬이 앞뒤로 꾸며져 있었는데, 아줌마는 그게 푸시킨 시인이 쓰던 거라고 설명했다. 푸시킨이 죽던 날 그의 주머니에서 발견되었기 때문에. 그걸 또 어떻게 알았냐하면, 계동 아줌마의 외할아버지 친구가 세기 초에 러시아 대사였는데, 진기한 골동품에 관심이 많았으나 자식이 없는 탓에 돌아가시기 전, 아줌마의 외할아버지에게 선물하면서 털어놓았기 때문이라고 했다.

아줌마의 직업이 모든 것을 말해주었다. 아줌마는 전직 노스웨스트 승무원이었는데 서른세 살 때 홍콩발 런던행 비행기 이륙 도중 머리와 어깨에 금속 상자가 떨어져 큰 부상을 입었다고 했다. 사고 후 2년간 아줌마는 짧은 거리 이상 걷지 못해서 그렇게 좋아하던 쇼핑을 할 수 없었다. 심지어 방에 변기 겸용 의자까지 놓았다고 했다. 당시 의사들은 그 병에 대한 이해가 거의 없어서 항공사 편에서 입장을 정리했는데 나중에 존재 자체가 부인되었던 섬유근육통 진단을 받았다. 아줌마는 복수에 불타는 에너지를 그러모아 부동산과 그림을 사모았고, 그 열매로 화랑 두 개를 가진 관장이 된 것이다.

엄마와 아줌마는 같은 흥미로 연결되어 있었다. 무엇보다 한 치처럼 오종종하게 생긴 남자를 두고 여자들이 눈을 부라리는 드라마를 경멸했다. 대신 그들은 히치콕 감독의 〈새〉에 나오는 티피 헤드렌과 〈이창〉의 그레이스 켈리, 둘 중 누가 예쁜지, 히치콕은 누구를 더 좋아했을지 여중생처럼 추리했다. 《나르치스와 골드문트》를 읽고 토론할 때는 서로 자기가 골드문트를 닮았다고 우겼다. 아줌마는 말했다. "우린 상상 속에서 살아. 이 친구가 버지니아 울프 얘길 하면 나는 펄 벅을 생각해. 그럼 그동안 이 친구는 버지니아 울프가 뭘 입고 있었는지 상상하는 거야. 그러다

보면 도무지 지루할 틈이 없어."

　가을 메뚜기의 마지막 노래, 귀를 간질이던 모기, 작업실 의자의 삐걱거리는 소리, 내가, 안성기가 광고하던 맥스웰 커피에 프림을 타서 가게로 들고 갔을 때 반색하던 아줌마, '명승' 담배를 입에 물고 두꺼운 카라멜색 가죽 견본을 고시생처럼 들춰보던 엄마. 엄마와 아줌마가 만난 지 200일 되던 날, 왼손에 붉은 와인 잔을 든 아줌마는, 장부를 편 채 계산기 위를 내달릴 때마다 조개 껍질처럼 윤이 나는 엄마의 손가락을 나른하게 만지작거리고 있었다.

20

작업실 옷장 절반을 차지한 것은 새 같은 몸매의 여자나 입을 발레복이었다. 현대 무용에도 어울릴 법한 연하늘색 원피스는 파라의 중학교 졸업 선물로 엄마가 직접 만들었는데, 당신 입장에선 찬란했던 한때의 기념물이자 아무도 알아주지 않는 또 하나의 면류관인 셈이었다.

여중 1학년 때, 리틀엔젤스 회관에서 엄마가 의상을 맡은 〈호두까기 인형〉을 보았다. 그때 나는 맨 앞자리에 앉아 토슈즈를 신고 빙빙 도는 소녀들을 보았다. 무용수들이 뛰고 돌고 또 뛰고 돌자, 내가 앉은 좌석 밑이 흔들리는 것 같았다. 아주 가까이에서 보니 누구도 예쁘지 않았다. 얼굴은 벌겋게 얼룩졌고, 목의 힘줄은 불거져 있었으며, 증기를 뿜는 머리카락에선 어두운 빛이 났다. 먼지 앉은 바닥은 토슈즈를 신은 소녀들의 발에 벌을 주는 것 같았다. 공연이 끝났을 때 나는 피와 멍과 땀이라는 추한 진실을 보았다. 그러나 엄마의 폐로 빨려들어갔던 공기는 한숨이 되어 밖으로 나왔다. 내내 조여졌던 눈이 풀리고 눈물이 엄마의 볼을 타고 내려오고 있었다.

커튼콜 때 엄마가 갈채를 보내던 기억은 튀튀를 신고 춤추는 발레리나를 바라보는 관객의 시점으로 뒤바뀌었다. 캐릭터마다 생명을 불어넣는 예술성은 어쩌면 본능이나 직감이라는 정서적 면모에서 나올 것이다. 나는 어떤 교활함으로 서정성을 상쇄시키는 엄마의 익살을 상상해보았다.

발레복은 다소 과장되고 프릴 장식이 많아서 보기만 해도 얼마나 손이 많이 갔는지 알 수밖에 없었다. 별 무리가 패치워크된 가슴에는 크리스마스트리에나 장식될 사슴이 새겨졌는데, 허리께에 쫑긋 솟은 사슴의 귀는 굴곡진 길에서 들리는 소리를 천연덕스럽게 엿듣고 있었다.

졸업식 날, 발레복을 입어본 파라는 기쁨을 연기했다.

"외할머니, 요새 편찮으시다면서 언제 이런 걸 만들었어요?"

"난 한다면 하니까."

얼굴이 코코넛만큼 작은 아이가 외할머니 앞에서 코어에 힘을 딱 주고 핑그르르 턴 하자 휘핏처럼 늘씬한 몸이 두드러졌다. 나는 견갑골 아래까지 올라붙은 파라의 궁둥이를 보며 이질적인 열패감을 느꼈다. 나와는 완전히 장르가 다른 체형이었다. 세대 사이는 아주 멀고, 종의 변형은 적어도 한 세대가 걸릴 텐데, 파라는 유전적 결함을 뛰어넘어 모계의 성질을 완전히 바꾸었다. 누군가 유리 DNA 코드를 찾고, 검출하고, 수정한 것처럼.

파라는 외모가 특별한 이익을 준다는 사실을 모르는 것 같았다. 모두가 자신만의 트루먼 쇼 주인공인 세태로부터 홀로 떨어져 나온 아이. 한마디로 혼돈의 중심에서 스스로 통제하는 아이. 게다가 자기 또래처럼 틴트 입술이나 인조 속눈썹에 관심이 없었다. 보이 그룹이며 걸 그룹에도 시큰둥했다. "자기가 이쁜 걸 아는 사람들을 왜 나까지 좋아해야 돼?"

문제는, 파라는 처량해 보이는 봉숭아 셔츠만 입고도 '작은 아씨들'이 된다는 것이었다. 금속 조각이 달린 포스트잇 크기의 시퀀 백을 들면 내가 봐도 디오르 그 자체였다. 그러니까 상표만 숭배하는 아이들은 파라 앞에선 여지없이 소외된 외계인이 될 것이다.

엄마도 말했다. "얘. 쌍꺼풀은 나도 있잖니? 근데 파라 속눈썹은 어떻게 따라갈 수가 없어. 속눈썹 긴 여자가 옆모습 보이고 있다가 눈을 깜빡할 때 혹시 눈물이라도 맺히면 어떤 남자가 무릎이 안 꺾이겠니?"

엄마는 무엇이든 푹 젖는 것을 좋아하는 사람이었다. 흠뻑 적시자. 얼룩진 블라우스, 상처 난 무릎, 줄이 그어진 스타킹. 그 모두를 묵주가 넘실대는 방으로 들여보내 무릎 꿇고 몇 시간을 기도로 채우자. 파라를 낳고 우울증이 10톤이나 가슴에 모였을 때 예고 없이 집에 온 엄마는 파라의 볼에 당신 얼굴을 짓뭉개며 말했다. "이렇게 이쁜 애를 니가 낳았을 리가 없어."

엄마가 좌절로 얼어붙은 언어를 다시 꺼내지 못하도록 나는 혼란스럽게 웃었다. 미안해. 그렇지만 나도 이런 얼굴로 태어날 줄 몰랐어.

엄마는 내가 낯선 이들이 가득한 방 안에서 인민재판을 받으며 "난 못생겼어요" 하며 울먹이길 바랐을 것이다. 차라리 그게 21세기적인 풍경일 것이다. 못생김이라는 병은 곧 어느 집에나 있는 세균, 빈곤, 약한 면역 시스템과 짝을 지어 위협적으로 들이닥쳤다.

엄마가 내 종아리를 조롱했던 단옷날 이후 나는 치마를 입지 않았다. "나 진짜 인간적으로 장담해. 네 장딴지가 집 밖에 나가려면 무슨 포클레인이라도 대령해야 한다니까?"

엄마의 말은 낙인이 되어 여름에는 누구를 만날 수도 없었다. 그땐 누가 나를 찾을 때까지 물 위에서 뻘건 복부를 드러낸 채 기다리고 기다리고 또 기다리는 짓은 영원히 하지 않을 거라고 이를 악물었다. 나도 모르게 생긴 목의 밧줄 자국은 자국이 아니라 밧줄 그 자체였을 것이다.

그날 저녁, 싱크대에 기대선 파라의 사진을 찍었다. 싱크대는

정확히 나의 허리 높이였는데 파라에겐 허벅지 정도였다. 거기
서 있는 자체는 이상하지 않았다. 내가 10센티미터 더 크다면 나
에게도 같은 높이였을 것이다. 내 키가 작다는 건 내 자신에게 설
명하는 방법이었다. 조깅용 운동화를 찾으러 매장에 갔을 때, 투
견을 닮은 여직원은 나를 비웃으며 굽이 아주 높은 컨버스를 권
했다. 나는 허리 밑 몇 센티미터를 올리고 싶어 하지도 않았는데.
그녀에게 나는 몇 미터만 달려도 운동화를 땀에 젖은 스펀지로
바꿔버리는 미친 햄스터일 뿐이었다.

21

졸업식 다음날, 파라가 평소 갖고 싶어 하던 알파인더스트리 MA-1 재킷을 사러 갔을 때 독화살이 꽂히는 순간이 있었다. 백화점 푸드코트의 아이스크림 가게에서 파라는 바닐라 아이스크림에 휘핑 크림과 마시멜로와 너트를 올려달라고 말했다.

"체리는요?"젊다 못해 콩비린내 나는 직원은 대놓고 음침한 눈빛을 파라에게 꽂았다.

"괜찮아요."

"누텔라 초코는 안 필요해요?"

어린 것이 어쩌면 그렇게 역한 미소를 지을 수 있는 걸까?

"필요하면 말했죠."

"여기서 드실 건가요? 아니면 가져가시나요?"

파라는 비아냥거리는 손가락으로 아이스크림 냉장고 안을 가리켰다. 고분고분해진 직원이 얌전히 아이스크림 위에 토핑을 얹고 납작하게 누른 뒤 재빠르게 두드릴 때 질투란, 인정하기 싫지만 확실히 부자연스럽고 부끄러운 감정이라는 것을 알았다. 나는 내 몸을 사랑할 수 없었기 때문에 딸에게서 육체적 균형을 찾으려는 진화생물학적 의무감이 있었다. 그런데 요점은, 내가 여성성의 가장 중요한 부분을 잃어가고 있을 때 딸은 활짝 피어나고 있다는 것이다. 그 직원을 물어뜯을 수는 없었다. 나보다 어리고 아름다운 여자 때문에 비교당해서도 아니었다. 그 여자가 우연히 내 딸이었을 뿐.

이를 녹일 것처럼 달달한 아이스크림의 뒷맛은 집에 와서까지 남아 있었다. 그날, 내가 파라를 낳았을 때 엄마가 보였던 감정이 질투였다는 것을 비로소 이해했다. 엄마에게 불가능한 출산을 내가 했다는 사실은 당신에겐 삶의 큰 부분이 끝났다는 슬픈 확신이었을 것이다. 내가 마트 계단에서 크게 넘어져 발목을 삐었을 때, 너같이 뼈마디 굵은 애가 허구한 날 다치는 게 말도 안 된다면서 내가 아버지의 억센 골격을 물려받았다는 사실을 기어이 상기시킨 것을 보면.

22

한 사람의 인생은 사건의 종합으로 구성될 것이다. 그중 마지막은 전체의 의미를 바꿔놓는다. 마지막이 이전 것들보다 중요해서라기보다 사건이 연대기 대신 내부에 상응하는 순서로 나열되기 때문에. 내 목숨은 과거에 있었다. 이렇게 될 거라곤 한 번도 생각해보지 않았던 그때. 아무것도 추가할 수 없는 닫힌 전체.

미확인 비행물체가 회전하는 태양 위에 머무르던 오후 다섯 시에 바이크 여덟 대가 자동차 사이로 즉석 레이스를 펼치고 있었다. 무리 중앙에서 은색 헬멧을 쓴 까만 바이크의 소녀가 흰색 슬리브리스 탑과 백팩을 메고 질주하고 있었다. 15도 경사로 올라가던 바이크 군단은 체인으로 연결된 중앙 분리대와 연신 부딪치면서도 그녀를 호위했다.

정지선에 멈춘 채 신호를 기다리는 추진체들은 페달 위에서 발가락을 실룩거렸다. 도로의 제1법칙은, 다른 타이어가 자기

를 추월하는 것은 공공장소에서 오줌을 싸는 정도의 모욕이라
는 것. 그들은 어딘지 한적하고 평화로워 보였지만, 거리의 시
민들을 경멸했고, 자전거 전용도로를 경멸했고, 통행로를 점
령한 차들을 경멸했고, 도로에서 꼼짝 못하는 차들을 경멸했
다. 장갑차모양의 녹색 화물차가 예고 없이 옆 차선으로 바꾸
며 그들을 몰아세우자 두 바퀴의 종족들은 화물차 운전자의
사각지대 안에서 매연을 들이마시며 네 바퀴의 적수를 에워쌌
다. 공간이 부족하면 다위니즘이 승리하고 강한 것만 살아남
을 것이다.

혜화동 로터리에서 경찰들이 대낮 음주 단속을 하고 있었다.
그사이 화물차는 경찰 앞에 줄을 선 것으로 방어벽이 되어준 바
이크를 조롱하며 지나갔다. 바이크 무리는 화물차 따위는 콧등
으로 날리며 일사불란하게 좌회전 신호를 받고는, 소년 소녀들
이 결집해 아이스콘을 먹는 공원 앞에서 멈추었다. 테두리 안쪽
튜브 전체가 빨간 바이크의 주인은 짧은 치마를 입은 소녀였는
데, 방금 떨어뜨린 담배 불덩이를 찾느라 바닥을 헤집다가 은색
헬멧을 쓴 소녀를 보곤 형제처럼 환대했다. 지나간 시대의 빛바
랜 사진 같으면서도 미래에서 온 것 같기도 한 장면이었다.

나는 이 광경을 나와 겹친 바이크의 동선따라 홀린 듯 바라보
았다. 그때 무리의 가운데 있던 소녀가 헬멧을 벗었다. 미끈한 목

덜미를 옆으로 틀자 중간 길이 머리가 활개치다 풀썩 가라앉았다. 그 소녀가 내 딸이라는 사실에 놀라기 전에 나는 경의를 표할 만큼 번쩍거리는 아름다움에 전율을 느꼈다.

23

6월 중순이었다. 일 년 중 인간의 살점이 가장 울퉁불퉁하고, 머리는 특히 둔해지고, 피부는 한물 가는 때. 오후 4시에 서해의 개인전을 보러 동대 후문으로 걷고 있는데, 작은 돌 하나가 장딴지 뒤에 꽂히는 느낌이 들었다. 종아리를 살펴보았지만 돌멩이는 없었다. 나는 다시 걸음을 떼다가 그대로 곤두박질쳤다. 내 아킬레스건이 자발적으로 끊어지기로 결정했기 때문에.

나는 절뚝거리며 가속화된 노화의 계단으로 걸어갔다. 갤러리는 관람객이 아예 없는데다 조도가 약해 폐장 직전의 동물원에 온 기분이 들었다. 안내데스크에도 후줄근한 난초밖에 없었다. 대학원, 학부 때 전시 도록 만드는 아르바이트를 하면서 안 사실이지만, 시든 꽃이 보이는 화랑은 반드시 문을 닫았다. 꽃은 필경 전시 정보와, 거래의 향방과, 갤러리 자체의 흥망성쇠를 드러내는 징조였다. 그때 나는 부들레이아를 '거리에서 노숙하는 젊은 아티스트', 팬지는 '검은 종말'이라는 의미로 해석했다.

주식 단기 투자가 주업이고, 뜨문뜨문 그림을 그리는 서해는 어떤 점으론 화단의 유일한 동맹이었다. 보다 시적이고 유기적인 그림을 그리고 싶고, 포스트모던한 잡동사니 말고 형태 부여자가 되고 싶었으나 생생한 감각으로 살아 있던 적이 없었다는 점에서. 우리 둘 다, 화가란 캔버스에 허리를 구부리고 작은 꽃잎을 똑바로 처넣으려고 애면글면하는 족속일 뿐이라고 생각했다. 나처럼 그녀의 가장 큰 딜레마는 인생을 낭비한다는 것이었다. 그렇지만 서해는 늘 일시적이고 변덕스런 삶이 그래도 낫다고 태평하게 말했다. 솔직히 잘 나가는 선배들 이야기만 듣다가 나와 같은 언어를 구사하고 충동적으로 재앙을 불러들이는 누군가가 있다는 게 나로선 천만다행이었다. 우리에게 내일은 없다고 해도. 그러나 서해는 적어도 핑계만 대거나 회피하지 않았다. 어쨌든 오늘 그녀는 '나아갔다'.

나는 여전히 집시의 생활방식을 고수하는 서해를 위해 난초에 새로운 의미를 부여했다. '다시 못할 작업을 즐겨라.'

나는 아는 얼굴이 없어서 충분히 시간을 들여 그림을 감상했다. 특히 〈무제〉라는 작품을 유심히 보았다. 두꺼운 유화 속에서 흐느적거리는 아이가 얼굴이 비뚤어진 젊은 엄마의 무릎에 앉아 있었다. 그 엄마의 피부는 파란색이었다. 파란색에는 다가오는 손실과 이미 생긴 손실이 선험적으로 새겨진 듯 보였다. 나는 어쩐지 서해의 상황이 학생 때보다 불행해졌다고 생각했다. 그러나 이미지는 증거지만 반드시 진실은 아니다. 이미지 전후의 프레임은 완전히 다른 이야기를 들려주고 있었다.

아이는 거의 미끄러지기 직전이었다. 구름을 통해 걸러진 빛 속에서 엄마의 피부에 나뭇결 무늬가 나 있었다. 그 얼굴은 바위처럼 어색해 보였다. 나의 과학적 미학의 관점으로는 그 그림 하나에 많은 것을 지적할 수 있었다. 얼굴은 사회적 상호작용에 아주 중요하다는 것. 상대를 찾고 감정을 나타내는 데도 마찬가지라는 것. 사람들이 초상화에 집중하는 건 그래서 아닌가.

우리는 카운터에 나란히 앉아 도시 재생공간의 표준이 된 빨간 벽돌 공장을 내다보고 있었다. 듬성듬성해진 마음으로 하루의 시계를 늦추며 믹스 커피를 같이 홀짝댔다.

"나, 요새 중학생 딸내미 때문에 미쳐 죽어."

그녀는 감기 기운이 있는 으슬으슬한 톤으로 기상천외한 이야기를 꺼냈다.

"그거 알아? 요즘 여자애들 태반이 중학교 졸업 전에 섹스를 한대. 원해서가 아니라 해야 한다고 느끼기 때문이래."

서해는 개네들이 사전에 술도 마신다고 가소로워했다. 더 개인적이거나 덜 개인적인 행동을 하기 위해. 유쾌하건 아니건 불가피한 섹스를 각오하는 세대. 관계를 만들기 전에 평생의 문제를 안아야 하는 세대. 우리는 한참 못 보던 사이에 서로 같은 고민을 떠안은 나이가 되었다. 엄마의 생체 시계가 시드는 시기에 딸의 기세가 오르니 순식간에 균형이 무너지고 만 것이다.

커피가 목구멍에 걸렸다. 성형을 고민하는 아홉 살, 풀 메이크업 없이는 밖에 나가지 않는 열다섯 살, 구강 성교를 이야기하는 열여덟 살이 드문 것도 아닐 것이다. 그렇다면 파라는 포르노를 찾을 필요가 없다. 포르노가 파라를 찾을 테니까.

나는 파라에 대해 얼마나 아는지 생각해보았다. 파라가 신생아로 내 품에 맡겨졌을 때, 방어할 수 없는 첫 파도의 순간에 나는 예상했을까. 그날 너무나 실망스러웠던 건 내 속에서 파라가 누구와 어디에 있는지 항상 알아야 하는 구식 부모가 꿈틀댔기 때문이었다.

갤러리 문을 닫기 전에 서해는 차재 선배 이야기를 했다. 이젠 작품을 만들자마자 팔려나가서(대기 고객 중에는 테일러 스위프트도 있다고 했다.) 남양주 작업실을 잠실 운동장만큼 크게 증축했다고. 머리 속이 메시지로 번쩍거렸다. 나도 작품을 하고 싶은 욕구에 선배의 충고를 버무려 새로운 숨을 쉴 수 있을까?

24

남양주로 가는 길은 독립문부터 막혔다. 터널 입구까지 시위 행렬이 밀려오고 있었다. 나는 물티슈로 자동차 핸들을 닦으며 뒤를 돌아보았다. 물티슈는 손과 입 말고도 자동차 핸들을 닦는 데 얼마나 유용한가. 5월의 공기가 흐트러지고, 거품 낀 목소리가 다시 외쳤다. "우리가 원하는 게 무엇입니까?" 시위대의 응답은 단지 "중얼 중얼 중얼"이었다. 중얼거림은 외침을 따라 계속 이어졌다. "그렇다면 언제 원할까요?" 답은 지체없이 이어졌다. "지금! 지금! 지금!"

시위 행렬이 목표 지점까지 얼마나 가까워졌든 요구의 목적은 생략돼 있었다.

차재 선배는 스테로이드가 들끓는 유행과 상관없이 곡선을 차용한 자연주의 선으로 올해의 미술가상에 3년 내내 수상자 후보로 거론되었고, 그때마다 거부해 파란을 일으켰다. 한마디로 그는 사약 같은 화단 속에서 세례 요한 같은 존재였다.

"나는 그런 상이 도대체 무슨 역할을 하는 걸 본 적이 없어. 이런 상은 시장에서 먹히기 위한 지렛대일 뿐이야. 수상자가 되든 아니든 후보에 오른 것만으로도 효과가 있으니까. 예술은 대화야. 상호적이란 말이야. 그런데 어떤 작가들은 운 좋게 작품 하나 떠서 특권을 누릴 생각이나 해. 그게 뭐야? 물론 이 컨텍스트에서 성공하려면 예술의 의미가 뭔지, 사람들이 좋아하는지를 생각해야 돼. 그래도 집착하면 안 돼. 하루 종일 구글에서 자기 이름이나 검색하게 되니까 나로선 질색할 수밖에 없어."

선배는 신랄한 언사를 내뱉으며 권력이 된 수상 시스템을 조롱했다. 나는 그의 퉁명스러운 사회성이 하나의 천성이며, 오히려 미술계 안에서 잔인하게 거절당하고 싶은 전략이라고 생각했다. 그리고 나는 그의 신념을 사랑했다.

절대로 길을 잃지 않는다던 내비게이션은 내내 오락가락했다. 태양은 자동차 배터리를 흡수해 버거킹 패티로 만들 작정 같았다. 이 정도 기온이면 고물 자동차 안에서 다음날 식은 프렌치 프라이로 발견되어도 하나도 이상할 게 없었다.

선배의 작업실은 텍사스에서나 볼 법한 스케일이었지만, 내가 보기엔 거의 불법 점거한 기자회견장으로나 보였다. 작업실 유리 외벽을 휘감은 케이블은 당장 끊길 것 같았는데, 이것이 시공의 문제인지 건축가의 의도인지는 모호해 보였다. 나는 자갈이

깔린 주차장으로 들어가 바이크 옆에 차를 댔다. 바퀴에 흙이 잔뜩 묻은 바이크는 청파리와 똑 닮아 보였다. 주철 받침대 위에 세워진 바이크 안장에는 그가 무정부주의적 악필로 '이 자전거는 감시당하고 있습니다. 당신도 감시당하고 있습니다'라고 쓴 메모지가 붙어 있었다.

전화를 하니 선배가 작은 창문으로 나타나 제스처를 보이곤 사라졌다. 곧 육중한 문이 열리고 사장님 반, 노동자 반 차림의 유니폼이 나타났다. 작업실 안에 들어서자마자 그는 코너의 간유리 문을 열고는 코 앞에서 증발해버렸다. 그러곤 순식간에 내 뒤의 문으로 다시 나타났다. 그야말로 미술의 유리 겔러였다! 그는 어안이 벙벙한 내 얼굴을 보며 말했다. "이걸로 신출귀몰 나무늘보 작업을 하고 있어."

선배는 어깨가 구부정한데도 체구가 훨씬 커 보였다. 긴 회색 머리칼로 반쯤 덮인 얼굴, 구멍 뚫린 오트밀색 스웨터, NASA 로고가 새겨진 파일럿 작업복은 매번 주시받는 작가의 영리한 룩이었다. 나는 남양주에 있지만 세상 어디에나 있어. 나에겐 국경이 없으니까,라는 메시지를 전하고 있달까.

나는 그가 1930년대 파시스트 군대 징집소에서 쓰던 거라고 자랑하는 철제 책상 앞에 앉았다. 철제 책상의 차가움은, 공업용 에어컨 바람 속에서 녹슨 배타성을 풍겼다. 그는 중국 문화대혁

명 때 당 간부들이 앞다투어 마시던 장미차라면서 백자 주전자를 애완하듯 신중히 따르곤 물이 번진 파이렉스 접시 위에 올려 놓았다.

충고가 높은 작업실 한 면에는 천재 아들을 가진 뒤 침대에 나란히 누워 있는 아인슈타인 부모의 점토 조각이 보였다. 아직 굽기 직전이었다. 나는, 이번만큼은 선배 앞에서 몰아의 경지에 빠져 탄복하는 역할을 안 하고 싶었던 나머지 무심코 "뭔가 제프 쿤스가 떠오르는데요?" 하고 말했다. 그 순간 그는 핵폭탄이라도 터트릴 듯 화를 했다.

"제발 판단이라는 걸 좀 하지 마. 톨스토이가 도스토예프스키를 형편 없는 작가라고 부를 때, 둘을 견주면서 톨스토이를 떠받드는 게 바로 판단이거든. 둘 중 누가 훌륭하다고 어떻게 말할 수 있어?《부활》을《죄와 벌》하고 비교할 수 있냐고? 판단하는 순간, 〈모나리자〉는 캔버스 위에 펴 바른 색소 스프레드에 불과해져. 〈모나리자〉가 그저 색소의 얼룩이라는 게 말이 된다고 생각해?"

선배는 평소 이야기가 한번 터지면 아주 민첩한 재담가가 되었다. 그런데 생각도 못한 지점에서 취조하듯 다그치자 갑자기 혼란스러웠다. 그런 반응을 '예술이 판단받는 것에 대한 자동적인 반사작용'이라고 하는지는 모르지만. 그가 용맹스럽게 사수

하는 신념(이나 신경)이란 악의 없는 한마디를 못 견디는 폭력성
이라는 생각이 들었다. 명성이라는 천국에 들어가기 위해선 천
개의 조소(嘲笑)를 견뎌야 하는 게 아니었나? 나는 비웃은 것도
아니었다.

수증기 속에서 짓눌린 고요가 피어올랐다. 성공한 것과 잘난
체하는 것 사이에는 필시 가느다란 선이 있을 것이다. 나는 입술
이 없는 것처럼 입을 다물고는, 선배 이마에 튄 카드뮴 옐로 물감
때문에 만지지 않아도 뻣뻣해 보이는 작업복 소매만 쳐다보았
다. 전에 그는 《지큐》와의 인터뷰에서 하루의 1초를 무수한 찰나
로 쪼갬으로써 무한히 늘어난 시간을 헤엄친다고 말한 적이 있
었다. 한번 작업에 돌입하면 어떤 잡음도 용납하지 않는다고.

"난 거북이처럼 작업해요. 거북이는 사회 조직도 없고, 커뮤니
케이션 형태도 없고, 서열 구분도 없어요. 그러니까 자유롭죠. 캔
버스 앞에 화가가 있고 캔버스 뒤의 화가가 그를 보호하면, 그게
자유예요. 그러니까 친하게 지내는 작가가 없어요. 누가 뭘 하는
지도 몰라요. 워낙 오프닝에도 잘 안 가니까. 근데 전시 관련해서
내가 꼭 가는 자리는 따로 있어요. 공짜 술을 주되 미술 관계자는
아무도 없는 곳."

기사를 읽으며 나는 상상했다. 나도 "그림이 나를 선택했어요"
라면서 숙명적인 화가인 척 인터뷰할 수 있다면 얼마나 뿌듯할

까. "실은 작가가 되고 싶지 않았어요"라고 교만하게 말할 수 있다면 얼마나 스스로 거룩했을까.

선배는 진공 상태를 미소로 뭉개며 바큇살에 모택동 이미지가 새겨진 스케이트보드를 들어올렸다.

"펜을 거꾸로 잡아도 사람들은 펜인 걸 알잖아. 근데 얼굴을 거꾸로 돌려놓으면 그게 얼굴인 줄 잘 모르거든. 얼굴을 다루는 시스템이 완전히 달라서인데, 후측두 피질 안에 여섯 개의 다른 영역이 있어서 얼굴의 여러 면에 반응한대. 양쪽 눈을 바깥쪽으로 밀어 미간을 벌리거나 가깝게 끌어당기는 식으로 얼굴을 바꾸면 세포는 미쳐버린다는 거지. 사람들이 모택동 만화 그림을 초상화보다 더 잘 알아보는 건 그래서야. 나도 스케이트보드 작업에 경도됐으니만큼 한번 응용해보려고. 지나간 시대의 폐허에 천착할 필요가 뭐가 있어? 나는 내 방법이 독창성이라는 문제로부터 더 진화하고 있다고 생각해. 생각이 꼭 독창적일 필요는 없어. 작가의 명성이란 작은 사건을 확대시키는 데 있거든. 사람들 인정을 받으면서도 흐름을 놓치지 않는 거. 그때 예술가에게 권력이 주어져. 그게 바로 작품의 현대적인 가치야. 타당성이면서 타이밍이야. 내가 말할 수 있는 것은, 내 자신을 질투한다는 거야."

그놈의 경도, 그놈의 천착. 그는 코로 숨을 쉬며 가죽 손잡이에 NASA 로고가 박힌 작업용 칼로 모택동 얼굴을 피해 제조 회사

상표를 긁었다.

"이 부품들로 아주 특별한 걸 만들 거야. 이름만 대면 알 만한 재벌가 사모가 주문했는데, 판교에 아이스크림 가게 차린다고, 거기 디스플레이용으로 쓸 거래. 이렇게 긁다가 아세톤으로 남은 찌꺼기를 제거하면 돼. 간단하지? 나는 어떤 작업이든 시간을 들이는 걸 중요하게 생각해. 중요한 건 표현의 방식이 아니라 표현의 순수함이야. 표현의 목적. 그게 아주 낡고 음란한 혼돈으로 나한테 권능을 준단 말이야. 너도 작품을 보면서 시간에 대해 생각할 거야. 그것들이 어떻게 만들어지는지, 어떻게 죽어가는지. 어디서 구한 것과 손으로 직접 만든 것. 창작한 것이든 어디서 얻은 걸로 만들었든 다 똑같아. 냅킨으로 꽃을 만들 건 꽃잎으로 냅킨을 만들 건 행동의 근원을 떠오르게 하자는 거야. 사람들은 노동이 더 들어갔다는 흔적이 보이면 돈을 내거든."

그가 자랑스럽게 얼굴을 만졌다. 손끝을 덮는 긴 손톱은 수학자가 손질해준 듯 문득 계산적으로 보였다.

"중세 때 교회는 구원을 팔았어. 사람들은 그것 말고 어떤 것도 가질 필요가 없었어. 그런데 미술관이 교회를 대체하기 시작하니까 모든 사람이 큐레이터가 됐어. 예술이 쇼핑이 된 거지. 거기에 문제는 없어. 나는 또 문제 같은 건 작업실 안에 들여놓지도 않거든. 예술은 어려울 수도 모순될 수도 까다로울 수도 있어. 참

혹할 수도 아름다울 수도 위로해줄 수도 있어. 단, 지루해서는 안 돼. 예술의 정의는 그때그때 다르지만."

세상이 가차없는 흑백으로 보일 때, 선배는 나의 영웅이었다. 그런데 그사이 명성의 소작인이자 냉혹한 자본주의자가 되어 탐욕이 최고라고 떠받들고 있다니.

"확실히 잘나가는 작가는 로커 같아. 보여주는 사람과 봐주는 사람의 에너지가 상호작용한다는 점에서. 근데 난 무대 체질이 맞는 것 같아. 남이 날 알아주는 게 좋고, 그 사람들이 좋으면 나도 좋으니까. 누구는 자기한테 쏠리는 관심이 없으면 더 좋다고 하지만, 난 반대야. 봐주는 사람도 없는데 뭐 하러 그려?"

그는 한없이 자기애적인 목소리로 자신만을 위해 말하고 있었다. 예술가는 도전에 응전하고, 예술의 지평선을 여는 사람 아니었나? 그런데 예술가가 밀려오고 밀려가는 유행의 조류를 헤엄치고 있다면 그의 표현이 전적으로 예술과 평행할 수 있을까? 이런 거부감은 내가 봐도 이상했다.

그는 성큼성큼 콘크리트 바닥을 걸어서 반대쪽 벽에 난 미닫이 문을 끝까지 밀었다. 그러자 벽 전체를 덮은 데미안 허스트의 〈알약 캐비닛〉이 보였다. 얼핏 봐도 10미터가 넘는 사이즈였다.

"로스코 작품에 어울리려면 배경이 되는 벽은 옅은 흰색이나 약간 따뜻한 붉은색이어야 돼. 벽이 너무 흰색이면 로스코하고 맞지 않아. 그런데 데미안 허스트는 흰 벽이면 다 좋거든. 나, 허스트 작품 몇 개는 샀어. 걔 경력에는 관심 없지만."

"관심 없는데 왜 샀어요?" 나는 그 작품이 모조품일지도 모른다고 생각했다.

"저걸 팔아서 라파엘 그림을 사려고."

사람들 대부분은 예감을 믿지 않는다. 어디서 비롯되었는지 모르기 때문에. 나는 그 순간의 예감을 설명할 수 있다. 시대정신이 스스로의 떨림을 감지하기도 전에 포착해낼 수 있을 만큼 민감하던 선배가 더 이상 경외로 휩쓸릴 정도는 아니라는 예감을.

그는 돌아와 자리에 앉으며 주제를 바꾸었다.

"사실 뭘 그려도 자기가 뭘 그리는지도 모르는 애들이 얼마나 많은지 몰라. 근데……."

선배는 삽 같은 집중력으로 나를 보았다.

"근데 넌 뭐냐고?"

나는 영문도 모르는 채 나의 약점인 아둔함을 폭발시킬 지대로 다가가고 있었다.

"넌 그림을 그리는 것도 아니고, 안 그리는 것도 아니고."

그는 집요하게 말을 이었다.

"예술가의 조건이 뭔지 아니? 지구력이야. 르누아르는 4천 점도 넘게 그렸어. 피사로도 비가 오나 눈이 오나 한 장소에서 같은 그림을 열세 점이나 그렸어. 너 루오 좋아하지? 루오도 3천 점 넘게 그렸어. 근데 넌 그동안 몇 개 팔았어? 딱 한 점 팔렸다며? 그러니까 뭐야? 생전에 한 작품만 팔렸다는 고흐 코스프레나 하며 예술의 순교자로서 영광스러운 가난의 코드나 찍는다는 거야, 뭐야?"

가슴에 뜨거운 다리미로 누를 때의 열기가 끼쳤다. 나는 찻잔에 고개를 묻었다. 철학적인 듯 수틀린 비평가들은 내 그림을 저평가하고 내 인생을 저평가했다. 그리고 나는 그들의 조롱에 동참했다. 나는 알고 있었다. 내 그림은 후하게 쳐도 미술 숙제 같았다. 그것도 최악의 미술 숙제. 개념 미술엔 설득력이 없었고, 페인팅과 드로잉처럼 확실한 기술이 요구되는 분야도 그저 그랬다. 천재성이 부족하니 광기라도 쌓아두어야 했다. 그래서 집의 하중이 걱정될 정도로 화가들의 도록을 사들였다. 선배 말대로 고독은 예술의 필수 원소라고 우기며 매니큐어 벗겨진 가난한 화가 시늉으로 세월을 마모시켰다.

"그런데도 진짜 그런 식으로 살 거야, 평생?"

나는 물속의 물고기처럼 시간 속에 박혀 있는데 선배는 무너진 뇌의 구석으로 숨은 나를 무정하게 쫓고 있었다. 나는 단지 나의 예술 구루와 하찮은 추억 몇 개를 나누고 싶었다. 밍밍한 삶에 자극 하나를 끌어오고 싶었다.

"너……."

그는 손가락을 튕겼다.

"작가로서의 너에 대해 얘기해봐."

그런 질문은 죽을 때까지 적용될 것이다. 그러나 말할 것이 없었다. 내 그림에조차 손님처럼 살고 있었으니까.

"그게 몇 년이었지? 인사동에서 그룹전 보러 갔다가 네 〈종아리〉 작품 봤어. 인상적이긴 했지만, 그렇게 감동적이진 않더라. 그래도……."

그가 호로록 소리를 내며 바닥이 드러난 차를 들이켰다. 나는 '그래도'라는 부사를 영원히 증오하기로 마음먹었다.

"〈종아리〉는 그나마 괜찮아 보였어."

증오라는 낱말에 '그나마'라는 부사도 추가되었다. 〈종아리〉는 내 발목 바로 위에서 무릎 아래까지 실물 크기로 그린 작품이었다. 〈종아리〉 작품 속의 종아리는 내 거라고 말하자 그는 입술을 씰그러뜨리며 웃었다.

"항상 이미지만 그린 건 아니라는 얘기네? 그렇지만 알아둬. 그림 속에서 새로운 사물이 된 이상 네 다리는 아닌 거지. 뭐, 의도는 좋았어. 좋은 의도만으론 부족하지만."

3학년 겨울에 입장료 3유로를 내고 들어간 베니스의 산타 마리아 델라 살루테 교회 성구 보관실에서 그야말로 죽기 전에 꼭

봐야 할 종아리를 찾았다. 사진촬영은 금지되었기 때문에 나는 선 채로 베첼리오 티치아노의 벗은 종아리를 스케치했다. 그때는 티치아노의 후계자 정도는 될 줄 알았다. 티치아노 그림에는 유달리 다리가 강조되었다. 〈이삭의 희생〉에서 아들에게 칼을 대는 아브라함의 사이클리스트 같은 사다리꼴 종아리는 차라리 자랑스러워 보였다. 이삭의 어린 종아리는 아직 불 붙지 않은 장작더미 위에서 창백하게 짓눌려 있었다. 〈성 마르코와 성인들〉에서 세바스찬의 벌거벗은 오른쪽 다리와 가슴에 있는 화살은 빛을 받도록 회전한 상태였다. 넓적다리는 흐느적거리지만 그 아래쪽은 생생하게 살아 있었다. 그리고 나처럼 창백했다. 그 뒤로 성 세바스찬의 다리를 비밀스럽게 가리키며 튜닉을 끌어올리는 성 로코가 서 있었다. 티치아노는 성 로코의 얼굴에 자기 얼굴을 그려넣은 것 같았다. 어쩌면 다리도. 내가 세바스찬의 다리에 끌린 것은 화살을 맞은 듯한 흉터가 내 상처 위치와 비슷해서였다.

그날 밤, 호텔로 돌아와 전신 거울 앞에 서서 종일 쉬지 못한 발목을 돌렸다. 세바스찬의 포즈와 비교해봐도 내 종아리는 훨씬 말라 보였다.

전시 기간 동안 나는 되도록 내 작품 근처에서 맴돌았다. 〈종아리〉는 금빛 트랙 조명등 아래 걸려 있었는데 갈 때마다 다르게 보였다. 그때 어떤 할아버지 관람객이 어스름한 눈초리로 나를 보며 사진 좀 찍고 싶은데 바지를 들어올려줄 수 있는지 물었다. 내가 당황한 것은 그 제안의 야비함 때문이 아니라 내 종아리에 새겨진 싸구려 양말의 연두색 밴드 자국을 의식해서였다. 그때 나는 그림의 개념을 이해하지 못하는 관객들에게 조금 질려 있었다. 종아리의 법의학적 분리는 나를 불안하게 했다. 내가 손을 그렸다면 그 손은 그저 손이 되겠지만, 종아리가 작품 속으로 들어오자 그냥 갈색과 회색이 섞인 덩어리일 뿐이었다.

전시가 끝나기 하루 전, 머리를 소녀처럼 일자로 자른 35년 경력의 큐레이터가 "작가님은 자기 다리가 자랑스럽나요?" 하고 물었다. 내가 쩔쩔매니까 그녀는 이해한다는 듯 웃어 보였다.

"이런 게 작업인 거예요. 지금 사람들의 반응에 아주 짜증나시겠지만 한번 생각해보세요. 사람들은 작가님 다리를 보고 각자 다른 걸 떠올릴 거예요. 종아리는 사람들을 생각하게 만드니까요."

그녀는 누르듯 속삭였다.

"그러니까 아티스트는 자기 종아리를 자랑스러워해야 돼요. 다시 말하지만, 아티스트니까요."

그 말은 내 종아리에 거의 법적인 자격을 주는 것 같았다. 작가의 역할에 대한 약간의 자격증을. 나는 귀까지 빨개진 얼굴로 말했다. "앞으로 제 종아리를 더 자주 들여다보고, 더 가깝게 느껴야겠어요."

전시 마지막 날, 나는 정말로 마지막인 것처럼 내 〈종아리〉를 바라보았다. 나는 직원이 주위에 있는지 흘낏 둘러 보곤 캔버스 왼쪽 모서리 여백에 지저분한 손가락을 대 갤러리 안에 떠도는 먼지의 고색을 보탰다.

25

스피커 아래로 그가 가장 최근에 그린 〈나무〉 작품이 걸려 있었다, 얼룩덜룩한 갈색 나무껍질이 캔버스 대부분을 차지하는데, 시간의 이끼가 낀 귤색 가죽 트렁크가 왼쪽 하단에 잘린 채 배치되어 있었다. 저 나무가 산 건지 죽은 건지는 중요하지 않았다. 지금은 아무것도 아닌 것처럼 보이니까. 〈종아리〉 전시 때 한 관람객은 종아리가 팔처럼 보인다고 말했는데, 내 종아리가 결국 얽히고설킨 채 길게 뻗은 나무껍질을 보기 위해 여기 온 건지도 몰랐다.

딸랑거리는 피아노 소리가 천장에 매달린 작은 스피커에서 표류하고 있었다. 3시 이후로 시간이 느리게 흘러가고 있었다. 창문 너머, 에코백을 들고 걸어가는 청년의 머리로 축구공이 날아가고 있었다. 동시에 고장 난 자전거가 청년 뒤로 돌진했다. 그 상황은 삼각 드라마를 만들었다. 왜냐하면 나는 저 청년이 왜 길을 안 비키지? 하고 생각했으니까. 그 순간, 알았다. 그 청년이 지금 우울한 상태라면 축구공이 머리를 맞춘들 아무렇지 않을 거라고.

선배는 생각난 듯 그의 경쟁자로 거론되는 동료 교수의 험담을 늘어놓기 시작했다. 항간에 떠다니는 소문을 구체화시키고 상상력까지 보태자 수다스러운 진실처럼 보이기까지 했다. 그는 그 교수가 유행에 한참 뒤처졌으면서도 미술 신에 아부한다고 만연체로 서술하면서 입술 양 구석을 눌러 불쾌한 아치를 만들었다.

"난 그 친구를 좋아해. 그런데 그 친구의 작품은 좋아하지 않아. 혁명적인 충동이 없어. 그냥 어떤 사조에 한 자리 앉고 싶다는 마음만 보이잖아. 난 칭찬은 마르셀 뒤샹, 브루스 나우먼, 존 케이지 같은 고전적인 선조들에게나 하고 싶어."

놀랍게도 그의 모든 제스처는 애견 협회의 승인을 받은 개 품종처럼 규격화돼 있었다. 나는 더럽게 식은 장미차를 마저 들이켰다.

내 몸이 부자연스러운 상황에 갇힌 것 같았다. 그때 담배 이미지가 그려진 캔버스 뒤에서 원시 시대 곤충같이 몸통이 가느다랗고 주둥이가 긴 벌레가 기어나오더니 죽은 동족을 끌며 바닥의 갈라진 틈새로 사라졌다. 그런 벌레들은 뇌가 없어 생각도 없는 줄 알았는데, 이번에는 사방에서 내 쪽으로 기어오고 있었다. 눈을 부릅뜨니 꽃다발 무늬 얼룩이 남은 찻잔에 시들해진 꽃잎이 살랑이고 있었다.

"사실 이 얘기 할까 말까, 고민했는데, 그냥 해버릴래. 나는 화가로서 네가 원하는 게 뭔지 모르겠어. 네가 그리는 건 그림도 아니야. 재떨이도 너보다 더 잘 그릴 거야. 너는 투명인간이라고. 원하는 걸 추구하지 않는데 누가 거들떠나 보겠어? 넌 치열해. 치열하지 않은 게 하나도 없어. 난 기본적으로 네가 화가가 될 수 있다고는 생각해. 지능은 있으니까. 사실 재능이 없는 것도 아니야. 재능을 엉뚱한 데 써서 그렇지. 내 말은, 다른 사람 그림도 좀 보고, 뭔가 시도를 하란 얘기야. 생각 좀 그만하고. 마돈나도 그랬잖아. 꿈은 그만 꾸라고."

그의 목소리가 전기톱처럼 윙윙거렸다. 나는 나 자신에게 무슨 짓을 저질렀는지 아연해졌다. 과 동기들이 계속 작품을 만들며 이름 석 자를 알릴 때 나는 미술계의 난민을 자처하며 스타게이트 문전만 서성거렸다. 스스로 반란자가 될 생각도 없었지만 작가들의 모임에도 가지 않았다. 그들은 항상 제 뜻대로 안 되는 미술판에 화를 내면서 분노에 뒤따르는 자기들의 예술적 순박함을 과시했다. 안 풀리는 상황을 비교하며 수시로 다른 화가들을 헐뜯었다. 나는 근거도 없이 잘나가는 작가들의 비밀과, 그들의 추락과, 치정에 얽힌 가십의 세 가지 주제에 관심이 없었다. 그런데 가슴 발육이 좋은 작가가 갑자기 가격이 치솟은 도예가하고 잤다고 누가 혀를 차면, 다들 냄새나는 이야기의 뒷편으로 우르르 몰려갔다. 그 와중인데도 나는 집에서 슬라이스 치즈와 소시지와 후춧가루로 웃는 얼굴이나 만들다가 파라가 "다음번에 또 어떤 미친 얼굴을 그리려고?" 하고 물으면, 딸 앞에서 재능을 증명하기 위해 찡그린 얼굴을 하나 더 구상했을 뿐이다.

"그래가지고 환갑 되기 전에 개인전 한 번 더 할 수 있겠어? 도대체 언제까지 기다려야 하는 건데? 관 속에 들어가고 나서?"

거의 교회에서 무릎을 꿇고 있는 줄 알았다. 숨 쉬는 것만으로도 죄책감이 들고 눈치가 보였다. 나는 죽고, 또 죽고, 다시 죽었다. 그가 나의 은밀한 곳까지 손쉽게 다다르고, 내가 무슨 말을 할지 예측한다는 사실이 나의 궤도를 처절히 가시적으로 만들었다.

"그만요, 선배. 나도 알아요. 나도 다 알고 있단 말이에요." 나는 거미줄을 풀기라도 할 것처럼 머리를 흔들었다.

하늘은 손상된 색깔로 칠해져 있었다. 나는 서행하는 차들 꽁무니를 따라 파랗게 착색된 강변도로를 달렸다. 강물은 무감각하게 흘렀다. 나 자신, 무쇠솥을 펄펄 끓는 늪 속에 빠트려놓고도 밥상이 저절로 차려지기를 기다리는 노인 같았다. 차라리 홀가분했다. 명예란, 명예 때문에 죽거나 죽일 만큼 중요한 것이되 나에겐 한 톨도 없으니까. '비참한 천재'보다 '덜 예술가'가 더 행복하니까. 내가 역작을 완성할 방법은 하나밖에 없었다. 죽고 난 뒤라면. 어쩌면 선배는 내가 자살하기를 바란 건 아닐까,라고 생각하는 순간, 가로등에 일제히 불이 들어왔다.

26

스테로이드 때문에 혼이 쏙 빠져나간 날, 모하는 헤르만 헤세의 〈요양객〉을 읽어주었다. 내 힘으로는 읽을 수 없었다. 살 깊숙이 꽂힌 바늘이 넘어가는 페이지와 동시에 움직였기 때문에. 큰 손이 참을성 있게 다음 단락으로 나아가면 1분 전에 들은 내용도 생각나지 않았다. 그래도 청각 기능이 살아 있는 것에 안도했다. 그렇지 않았다면 무릎 아래가 없는 피겨 스케이터와 같았을 것이다. 안구가 무사한 것도 다행이었다. 그렇지 않았다면 심벌즈밖에 없는 오페라를 작곡하는 것과 같았을 것이다.

오른팔 깁스를 푼 날, 나는 주사 자국이 녹색과 보라색 얼룩으로 번진 왼팔로 소매에 감춘 오른팔을 꺼내 흔들었다. 공중에서 피아노 치듯이 손가락을 움직였다. 왼팔을 다치지 않았다는 사실은 기묘한 안도감을 주었다. 참다운 예술가도 아니면서 이 와중에 생업 솜씨를 걱정하다니.

모하는 가장 단순한 앱조차 쓸 줄 모르는 나의 무능력에 놀라

위했고 동시에 좋아했다. 액정 화면은 광대하게 반짝이는 바다 위를 움직이는 배 같았다. 스마트폰의 기본 기능도 모르는 나는 무엇을 중년의 블랙박스에 암호화해 저장할 것인가. 침착해 보이겠지만 표면 아래를 보면 누구든 내가 오리 같다고 여길 것이다. 페달을 돌린다, 페달을 돌린다, 페달을 돌린다. 병실이 소등된 밤, 나는 모하에게 배운 대로 휴대폰에서 위대한 작가의 작품을 둘러보았다. 엄격한 수직으로 교차하는 몬드리안의 검정색 선, 그것이 만든 빈 사각형과 빨강 노랑 파랑의 면을 다시금 홀린 눈으로 들여다보았다. 푸생을 볼 때는 그 자체가 삶의 비밀이라고 느꼈다. 마티스는 언어로는 부족한 경탄으로 나를 채웠다. 결국 내가 나를 징벌하는 시간이었다. 아무리 그림을 많이 본다고 해도 나는 세상이 어떻게 돌아가는지 모르니까.

나는 모하가 준 이어폰을 상하지 않은 오른쪽 귓바퀴에 꽂았다. 마리안 앤더슨의 〈딥 리버〉는 500번도 넘게 들었다. 직선의 시간을 품에 안는 노래는 그야말로 자아를 위한 담요였다. 새벽 1시에는 흑인 카운터 테너가 오른손으로 마이크를 단단히 부여잡고 〈옴브라 마이 푸〉를 불렀다. 음표가 고조되자 그는 왼손을 들어 뜻 모를 제스처를 보였다. 손바닥은 아래를 향하는데 엄지는 살짝 구부러져 중지 끝에 닿았다. 검지는 더 구부러지다가 엄지 안쪽에 숨었다. 가사가 "디 베제타빌레 카라 에다마빌레"에 다다르자 팔이 목소리를 따라 위로 움직였다. 곡예사가 중력을 가지고 놀듯이 손바닥도 노래하고 있었다. 그때 가수의 손이 손목 없는 팔에 붙어 있다는 것을 알았다.

그는 손과 표정, 몸짓과 손가락으로 어휘를 만들었다. 눈썹과 눈, 어깨와 손목, 윗입술과 아랫입술, 엄지와 나머지 손가락에 고유한 음표와 박자가 있다는 점은 악기의 요소와 비슷해 보였다. 나는 가만히 앉아 맑은 파장을 받아들였다. 사고 이후 처음 갖는 감정이었다. 천국은 현재를 혐오하고 도그마를 깊이 새긴다. 천국의 행복은 의무이고 연민은 약점이다. 노래의 기도. 기도의 두 얼굴.

27

　매순간 상호작용하지 않는 장면들이 떠다녔다. 나는 내 몸에 생긴 상처에 대해 일일이 읊을 수 있다. 몸은 역사적인 문서와 같으니까.

　내 왼팔에는 길게 휘어진 상처가 있고, 오른팔에도 두 개의 비슷한 상처가 있다. 용평에서 썰매를 타다가 손목이 부러졌을 때 쇠로 된 핀을 박은 것이다. 오른쪽 뺨에 생긴 상처는 여섯 살 때 세 발 자전거를 타다가 넘어져서 생겼다. 살이 찐데다 보조개 때문에 덜 보이지만 혀로 입안을 긁어보면 느낄 수 있다. 왼쪽 눈썹 아래 2.5센티미터가량 파인 흉터는 카드를 지갑에 꽂지 못하고 가방끈만 잡은 채 엉거주춤 택시에서 내리는데 택시문이 그대로 눈으로 들이닥치는 바람에 찢긴 것이다. 대문니 두 개는 아홉 살 때 부러졌다. 기차역 개찰구 레일에 발을 걸고 거꾸로 매달리다가 얼굴이 바닥으로 떨어졌다. 병원에서 흰 옷을 입은 여자는 검은 봉지 같은 마스크를 내 눈 앞에 들어 보이며

"크게 숨을 쉬어"하고 말했다. 벌어진 앞니 때문에 유독 나이들어 보였다. 오늘쪽 팔꿈치는 눈 오는 날, 기차역에서 광장으로 이어진 경삿길로 썰매를 타다가 자전거 가게 쪽으로 방향이 틀어지는 바람에 부서졌다. 열 살 때 빙상장에서 피켜 스케이트를 잠깐 배웠는데 부주의한 남자 애의 스케이트 날이 내 종아리에 스쳤다. 응급실로 가는 동안 엄마는 종아리 다친 것쯤 일도 아니라고 나를 달랬다. 응급실 밖에선 중년 남자가 의사 가운을 입고 담배를 피우고 있었다. 손가락 끝이 타르로 얼룩져 있었다. 그는 상처를 씻고 국소 마취를 했는데 그 다음에는 잘 생각나지 않는다.

코와 입술 사이에 난 흉터에도 할 말이 있었다. 종강 파티 때 광대처럼 차려입고 돌아다니다가 소주 집에서 인테리어로 설치한 가시철조망에 부딪쳐 입술이 얇은 피부조직에 간신히 매달려 있을 정도로 크게 다쳤다(가시철망은 그때 맡은 바를 톡톡히 해냈다). 그 상처들은 지금 내 상태에 영원히 대입할 순 없지만, 그것이 나의 방식이라는 생각이 들었다. 내가 옷을 입는 방식, 말하는 방식, 과거의 방식.

몇 가지 상념은 도저히 흡수할 수 없었다. 나는 갈비뼈 몇 개만 부러진 채 걸어나올 순 없었을까. 타박상이나 찰과상 정도로는 그칠 수 없었을까. 누가 나에게 두 가지 불행 중 하나를 고르라고 했으면 좋겠다. 다리가 부러진 것과 팔이 부러진 것, 속쓰림과 천식, 눈이 안 보이는 것과 귀가 안 들리는 것. 그럼 나는 언제나처럼 가장 달갑지 않을 걸 골랐을 것이다. 누구라도 달갑지 않아 하는 것을.

28

감정을 느끼지 못하는 사람들은 수시로 나를 미지의 장소로 끌고 갔다. 머리카락이 유난히 가는데다 가르마를 탄 뒤로 묶은 직원의 머리는 그다지 정갈해 보이지 않았다. 차분한 어조는 조금 딱딱했는데 어떤 때는 꼼짝 못하게 만드는 바늘처럼 위협적으로 들렸다. 나는 그녀를 좋아했다. 무척 엄격한 코치를 좋아하는 감정과 비슷했다. 내 얼굴은 수시로 바로잡아야 하는 실수와 같았다. 그러나 CT 촬영은 혈압 처방전처럼 DNA를 영원히 망치는 게 아닐 텐데도 도무지 익숙해질 수 없었다.

그녀는 나를 휠체어에 태우고 버클을 잠갔다. 내 신체로부터 뻗어나온 손은 손잡이 위에 걸쳐져 있으나 어디와도 연결되지 않았다. 나는 의지 없이 빈둥거리는 왼손을 무릎 위에 올렸다.

평소 그녀는 급하게 밀지 않았는데 그날따라 조금 서둘렀다. 흥분한 휠체어를 내가 잡아야 할 것 같았다. 둔각으로 경사진 복도를 올라가다 말고 휠체어가 뒤로 밀렸다. 그 순간 그녀도 후퇴하면서 복도 모서리 벽에 부딪쳤다. 휠체어는 조종 불능 상태에 빠진 항공기처럼 이리저리 부딪쳤다. 휠체어가 넘어질 때 느끼는 압력은 나를 덮친 힘에 비례했다. 품위가 복도 바닥까지 떨어질 때 내 얼굴도 보조 바퀴에서 떼어내는 것 같았다.

MRI 촬영을 할 때는 모하가 나를 침상에서 휠체어로 들어올렸다. 살이 바닥에서 들릴 때 나는 무력한 팔로 그애 목을 감았다. 모하는 해마 같은 방향감각으로 복도를 빠져나갔다. MRI 촬영실은 넓고 시원했다. 젊은 여직원이 한 가지 음계로 내 이름을 불렀다. 여러 개의 모니터 앞에 앉은 염소 수염의 남자는 조영제가 든 주삿바늘을 혈관에 꽂으며 말했다. "이상이 있으면 조영제가 그 부분을 밝게 보여줄 거예요."

그는 표정이 시무룩한데다 눈 사이가 넓어 가슴 포켓에 이름을 새기면 고등학생으로 보일 것 같았다. 나는 가운 주머니 안에든 것을 전부 꺼내보라고 시키고 싶었다. 무엇이 나올까? 워키토키? 워크맨? 콘돔? 프레임이 열리고 나는 레일 위로 미끄러져 들어갔다.

사람들은 날렵한 MRI 깡통에 들어가면 공황감과 폐쇄공포증을 느낀다고 했다. 외계인이 사람을 납치해 인체 실험을 하는 기분이라고도 했다. 그러나 리드미컬한 쨍그랑 소리, 두들기는 소리, 쿵쾅거리는 소리는 잔잔한 음악처럼 들렸다. 계속 부딪히는 소리는 오히려 졸리기까지 했다.

때로 병실의 습기는 관조에 빠져들게 했다. 대롱대롱 매달린 링거 팩과 파란색 튜브, 부기와 유출물, 모호한 내부의 열기. 그러나 드레싱을 하는 날이면 나는 으깬 콩이 되었다. 또는 핀에 꽂힌 채 한 달 내내 소리 지르는 벌레. 소독약의 차가운 느낌이 피부에 닿으면 내 입에서 가극풍의 소리가 났다. 칼날이 아홉 번 연속 얼굴을 난자하는 통증이 퍼부어질 때 나는 닭처럼 발가락을 구부렸다. 평생 나를 아는 사람들이 나를 아프게 했는데 이젠 모르는 사람까지 가세하다니. 간호사가 링거 줄을 무료한 듯 만지작거리거나 나를 쳐다보지 않고 혈액 수치를 확인할 때는 뭔가 대상화된 기분도 들었다.

머리카락이 쭈뼛 솟은 레지던트는 손바닥으로 내 머리를 볼링 공처럼 잡았다. 근육질이라고 할 수 없는 자웅동체의 손은 핵무기 부품 다루듯 신중하게 거즈를 걷었다. "살살해주세요"라는 말은 속에서만 울렸다. 나는 턱수염을 정리하지 못한 레지던트에게 상을 주고 싶었다. 의사와 환자 사이의 유대는 보통 제한적이지만, 그의 손길에 집중하는 내가 미쳤다는 생각은 들지 않았다.

거즈를 다 벗기자 땀 냄새와 기름 냄새가 섞여 썩은 치즈 냄새가 날까 저절로 움츠러들었다. 피부 안쪽이 갈색이 될 때까지 숨을 들이마시자 거인 엉덩이에 삼켜진 얼굴로 변했다. 나는 어떤 메스꺼움과 답답한 악관절과 귀의 압력에 대해 말하고 싶었고, 내 상태의 분류와 분포, 통계에 대해 묻고 싶었지만 그를 화나게 하고 싶지 않았다. 대신 그의 표정을 살폈다. 괴물을 대하는 역겨움을 엿보고 싶었다.

직업에서 감정을 분리시킨다는 것은 나에겐 저 너머의 경지였다. 그의 치켜뜬 눈은 움직이지 않았다. 깜박이지 않는 눈만큼 꺼림칙한 것도 없었다. 품위 없는 인생을 바라보는 품위 있는 시선. 나는 그 눈을 감겨주고 싶었다. 한 번도 평화를 찾은 적이 없다 해도.

병원 세탁기 성능이 안 좋은지 얼룩덜룩한 가운 밑단이 얼핏 수영장빛으로 보였다. 나는 가운에서 나는 냄새가 약품 처리를 한 비누 냄새라고 여기며 그가 신은 크록스를 내려다보았다.

"어디 불편한 데 있으세요?"

말이 없는 불가사의한 존재가 처음 입을 열었다. 목소리가 아주 연해서 아이보다 작은 몸에서 나오는 것 같았다.

"아뇨. 너무 아무렇지 않아서 부끄럽네요." 나는 고개를 저으며 묵음으로 말했다.

내 머리를 채우는 것이 섹스일 리 없었다. 나는 그의 가운 뒤에 무엇이 있는지 상상하지 않을 것이다. 마스크를 벗으면 어떤 얼굴일지, 입술은 얼마나 두툼할지 추리하지 않을 것이다. 내 얼굴을 닦으려고 몸을 기울일 때 숨소리가 얼마나 부드러운지, 그 팔이 내 가슴을 어떻게 스치는지 떠올리지 않을 것이다. 입술이 없는 입에 키스하고 싶은 사람은 아무도 없으니까. 결론은, 그는 얼굴 잃은 사람을 대하는 방법을 배우지 않았다는 것이다. 그런 훈련은 필요 없었을 것이다. 나는 그가 무슨 생각을 하는지 알고 있었다. 나는 빌어먹을 모든 것을 이해했다. 그에게 나는 운 나쁘게 얼굴이 날아간 환자일 뿐이었다. 아니면 쉽게 파쇄 처리할 수 있는 종이거나.

"화요일에 전체 드레싱을 할 거예요."

보푸라기 없는 목소리가 울리자 뇌가 반숙 달걀로 변했다. 치료가 의미로 바뀌는 여담의 순간, 영유아기를 갓 벗어난 마음 속의 소녀는 텅 빈 구강으로 중얼거렸다. "나의 얼굴 의사."

밤중에 혼란스러운 외로움에 빠져들었다. 정적의 시간, 흐릿한 어둠 속에서 작은 떨림이 멈추고 희망은 다시 가라앉았다. 나는 낮의 레지던트를 떠올리고 싶었지만, 그의 이미지를 가져오지 못했다. 내 머리가 고통인지 섹스인지, 흰색 벽인지 섹스인지 결정하지 못했기 때문에.

29

후각 체계는 끝없이 재생되는 뇌의 몇 안 되는 부분일 것이다. 한 달 동안 어디 가서 설탕을 먹지 않았다면 돌아와서도 설탕을 덜 좋아할 것이다. 그러나 입으로 들어가는 것이 없는 나는 어떤 통계와도 상관이 없었다. 간호사는 튜브를 연결하고 유동식을 부었다. 물이 배수구로 빠지듯이 귀리색 고형물이 줄을 타고 들어갔다. 오직 무언인가 몸 안으로 들어간다는 사실만이 뚜렷했다. 간호사는 주사기를 다시 채우고 한 번 더 유동식을 밀어넣었다. 그리고 하나 더. 맛이 궁금했다. 하수구의 맛이나, 축구 선수 로커룸에서 날 법한 맛이나, 썩은 발 천 개의 맛일 리 없겠지만 묻지 않았다. 내가 낯선 사람에게 말을 거는 초라한 까마귀 같아서. 간호사는 주사기를 다시 채웠다. 그리고 하나 더. 양이 얼마나 되는지는 몰랐지만, 입이 막혀 죽진 않을 것이다.

7월의 마지막 날, 유동식 관과 비강 튜브를 제거했다. 목의 통증 때문에 오후 내내 얼음을 물고 앉아 있었다. 얼음이 목을 마비시키고 나서야 겨우 잠이 들었다.

누구는 감각의 영역에서 두 가지가 중요하다고 말한다. 보는 것과 듣는 것. 그러나 터치가 곁들여지는 순간, 순서는 바뀔 것이다. 늦은 밤에 눈을 감으면 시력은 사라지고, 미각은 자고 있었다. 이때 청각은 천천히 꿈과 교차하며 시보다 우월한 후각을 부를 것이다.

내가 세상의 터무니없는 법을 전부 어겼다고 해도 먹고 싶은 것은 항상 있었다. 배고픔이라는 본능적 호기심에 이겨본 적 없는 내 안의 영양학자는 수시로 그르렁거렸다. 외롭고 가망 없는 사람에게 아름다움이란 음식이며 온기니까.

나는 탄산이 들어간 복숭아 음료가 먹고 싶었다. 연어 덮밥과 차슈 덮밥을 한꺼번에 먹고 싶었다. 단팥빵과 명란 바게트가 먹고 싶었다. 엽떡이 먹고 싶었다. 딸기 티라미수와 녹차맛 아이스크림도 먹고 싶었고, 좋아하지도 않는 슈크림도 먹고 싶었다. 그러나 나의 식사 계획에는 문제가 있었다. 굶어 죽는 것은 무섭고, 이 상황을 이성적으로 생각하기에는 시간이 모자랐다. 다른 사람에게 소시지는 생명 연장용이 아니겠으나 나에겐 목숨 자체가 되었다.

저녁 7시. 배가 평평하다 못해 안으로 말려 있었다. 침대 헤드 보드에 기대 시트를 갈아주는 병원 스태프를 맥없이 바라보는데 모하가 파티션을 젖히며 들어왔다. 그리고 이런 밤에 대해 잘 안다는 듯 트레이를 펼치고 종이 봉투에서 복숭아 맛 아이스티를 꺼냈다. 관은 뺀 상태였다. 그때 냄새를 맡을 수 있다는 것을 알았다. 사방에 후각의 잠재적인 폭행이 있었다. 침이 목구멍 뒷쪽에 부딪쳤다. 뱃속에서 우르릉거리는 소리는 바스락거리는 포장지 소리 너머로 포효했다.

"고모부가 그러는데 곧 간단한 식사를 할 수 있대요. 딱딱하지 않은 거라면. 그 전에 뭘 드시는 게 좋을지 생각해봤어요. 역시 달달한 게 좋지 않을까."

오직 모하만이 나의 내적 가혹함을 알아챘다. 통증이 섞인 숨소리와, 뜨거운 물병을 집어넣은 것 같은 머리와, 죄의식으로 채운 얼굴을.

나는 머뭇거렸다. 지금 단것을 마셔도 되는지와 상관없이 뭔가 입에 넣기 위해 혀를 내민다는 것 자체가 수치스러웠다. 얼굴이 다 없어졌는데 삼키는 기능만 살아 있다는 것이. 모하는 거즈 사이로 난 틈, 갈라지고 메마른 공간으로 스트로를 밀어넣었다. 단맛은 나를 깜짝 놀라게 했다. 복숭아 아이스티에서는 세제에 묻은 맛이 아니라 이름 그대로의 과일 맛이 났다. 출렁거리던 위장이 순식간에 가라앉고, 치아도 남지 않은 입에서 눈과 혀와 목구멍의 일체감을 느꼈다.

나를 보는 모하의 눈썹이 코믹하게 올라갔다. 뇌는 놀라운 속도로 당분을 사고로 변환시켰다. 다친 부위에 새살이 돋아나 말도 할 수 있고, 얼굴을 움직일 수 있다 해도 누가 나를 안아줄까? 나는 티슈로 입가를 매만졌다. 티슈는 죄 많은 음료를 받아들인 나의 장기를 세척해주는 종이. 나는 들것에 실려온 사람에서 휠체어에 앉은 사람으로, 그리고 아이스티를 마시는 사람으로 변했다. 코가 없지만 냄새를 맡을 수 있는, 입이 없지만 삼킬 수 있는 사람이 된 것이다.

나는 항상 약 먹는 솜씨를 자랑스러워했다. 어렸을 때도 좋은 술이라도 되는 양 한 번에 털어넣고는 의기양양하게 "물은 필요 없어요"라고 말했다. 알약 먹기의 프로가 이번에는 번번이 약을 떨어뜨렸다. 매번 알약 열세 개 중 두 개는 놓쳤다. 오전에 떨어뜨린 약은 파라가 귓병에 걸렸을 때 먹었던 것과 똑같은 주황색이었다.

어떤 약이든 목에서 아래로 내려가는 상태라면 희망이 곁들여 있을 것이다. 내 목에는 불행으로 가는 처방전이 걸려 있었다. 그날따라 약이 아기 주먹만큼 커 보였다.

모하가 화장실에 간 사이 약봉지를 뜯었다. 뼈만 남은 손가락은 불개미가 갉아먹은 나무처럼 비틀려 있었다. 그때 내 손을 '발견'했다. 그 손은 바위나 바나나 같은 물리적 대상으로 보였다. 사물이 움직인다는 것은 얼마나 이상한 일인가. 나는 약이 올려진 손바닥을 구부려 주먹을 쥐려고 했다. 아무 일도 일어나지 않았다. 손은 그냥 거기 있었다. 나는 약을 입안으로 밀어넣었다. 약은 목구멍에 걸려 내려가지 않았다. 뱉지 못한 상태에서 쓴 맛이 빈 공간 전체로 퍼졌다. 삽시간에 얼굴로 피가 몰렸다. 무엇보다 숨쉬기 곤란했다. 구급 벨을 누르려고 했는데 다른 생각이 막았다. 나는 씻지 못했어. 누군가 내 머리에 더러운 물을 붓고는 상처로 흘러가도록 꽉 붙잡고 있어. 그러니까 흰 피부에 두피 깨끗한 여자 환자가 숨이 막힐 때만큼 서둘러 나를 구하지 않을 거야. 한숨을 내쉬자 투포환처럼 약이 튀어나왔다. 나는 범인을 손바닥에 올려놓고 난폭하게 바라보았다. 그때 화장실에서 나오던 모하가 땀에 적셔진 눈시울을 보고 냉장고에서 생수를 꺼냈다.

"고개를 젖히고 약을 먹으면 가끔 식도에 걸리기도 하는데, 그럼 약이 녹느라고 얼마나 쓴지 몰라요. 제가 어렸을 때부터 쓰던 방법인데, 먼저 입에 물을 담고, 약을 넣자마자 고개를 숙이면서 바로 삼키면 쉬워요."

이 행성에서 약 하나 삼키지 못하는 유일한 성인은 사지를 구부리고 누웠다. 마침내 나는 중요한 사람이 되어야 한다는 강박으로부터 발을 빼야 할 것이다. 모하가 내 발을 천천히 주무르다가 정강이를 쓸 때 몸 안에서 자발적 오르가슴 같은 부드러운 미동이 일었다. 그리고 입원한 뒤 처음으로 긴 잠을 잤다.

다음날부터 모하는 귤과 딸기를 실어 날랐다. 나는 간이 오그라들 만큼 놀랐다. 나에겐 상상 속의 과일이었기 때문에. 나는 귤껍질을 문질러 냄새를 맡았다. 나도 모르게 기쁨의 한숨을 쉬었다. 그 냄새는 내 모공에서 나는 특이한 약품 냄새를 완전히 덮었다. 모하가 만들어온 크림 수프를 먹을 땐 입에서 지푸라기 소리가 났다. 나는 숨을 헐떡였다. 내 후각 신경이 그 특정한 분자 조합을 감지한 지 백 년은 지났을 것이다. 나는 한 스푼을 퍼 올리고 습관적으로 어깨 뒤쪽을 흘낏거린 후 앞뒤로 빨았다. 그릇을 뺨까지 들어올리고 가장자리를 핥았다. 테두리에서 테두리를 향해 긴 혀로 이동한 다음 중앙까지 또 한 번 핥았다. 침 분비 기관이 맹렬하다는 수치심은 없었다. 나는 내 안에 절대 사라지지 않을 공동(空洞)이 있다는 것을 오히려 큰 비밀로 여겼다.

일요일 저녁에 모하는 흰죽을 포장해왔다. 나는 플라스틱 대접을 살금살금 곁눈질하며 냄새를 들이마셨다. 모하는 어린아이처럼 즐거워하며 흰죽을 떠먹여주었다. 입 주위로 반쯤 녹은 쌀알들이 침과 섞여 흘러내렸다. 구강으로 음식을 잡아두는 게 얼마나 힘이 드는 줄 이 아이는 알까. 샐러드는 고무 같았다. 씹다 만 풀들은 내 입에 머물면서 좀 더 씹어주기를 바라는지도 몰랐다. 나는 내 자신에게조차 역겨운 무엇이 되었지만 화낼 자격이 없었다. 나는 숭고하게 죽지 못할 테니까. 모하는 입을 헹구고 물을 뱉을 수 있도록 머그컵을 받쳐주었다. 처음 1분은 강렬한 기쁨이었지만 곧 짓눌린 피곤을 느꼈다.

나는 자고 있지 않았지만 완전히 깬 것도 아니었다. 흠칫 잠에서 깼는데 모하의 고요한 눈이 나를 보며 깜빡이고 있었다. 언제까지 모하는 나를 보살필 수 있을까. 이렇게까지 부담을 지는 이유를 알 수 없었다. 치료는 끝도 없고, 기다림도 끝이 없으며, 불확실한 결과도 끝이 없을 것이다. 그게 무엇이든 시간이 갈수록 모하는 나를 더 짐스러워 할 것이다. 간병 역시 하세월일 테고, 결국 그애를 시험할 것이다. 나는 포장지를 붙잡고 글자를 적었다.

"어서 집에 가."

"왜 자꾸 집에 가라고 하세요?"

모하의 눈은 원죄 없이 부화한 병아리 같았다.

"사람은 일요일에 더 바빠."

나는 뭔가 냉담해진 마음으로 팔짱 낀 팔 안쪽에 손을 쑤셔 넣었다. 질문은 모든 것이면서 아무것도 아니었다. 풀고 싶은 수수께끼는 따로 있었다. 내가 괴물의 몸 안에 숨은 미소녀인지 가증스러운 뚱보 여인인지.

나는 강 건너편을 바라보았다. 다리 케이블을 따라 불이 들어오고 있었다. 밤이 되자 과거가 창문에 투사돼 보였다. 내가 어렸을 때 옷을 입히던 엄마의 젊은 얼굴이 비쳤다. 내 얼굴을 감싼 거즈가 희끄무레한 은빛 속에서 꿈틀대고 있었다.

30

하루는 쉽게 끝나지 않았다. 소등되는 순간의 혼란스러운 고독, 무음의 흐릿함 속에선 작은 움직임도 씻겨나갔다. 모하가 돌아가고 시간의 창문이 열린 밤, 누가 네 방위의 벽을 뒤로 민 것처럼 병실이 넓어졌다.

난쟁이 스모 선수처럼 침대에서 기어나오는 여정은 하루가 걸릴 것이다. 그날, 처음으로 팔꿈치를 들고 상체를 일으키는데 몸이 시트에서 뜯기는 것 같았다. 무릎이 완전히 펴지지 않아서 발이 바닥에 닿지도 않았다. 나는 일어나려고 뺨을 크게 부풀렸다. 한 번. 두 번. 나는 역도 선수. 뒷다리가 풀린 한 살짜리 푸들. 나는 스스로도 견딜 수 없을 만큼 느리게, 결국 일어섰다. 약 봉지가 놓인 캐비닛을 누르며 침대 프레임을 잡았는데 이상하게 헐거웠다. 마지막 힘을 쓴 뒤엔 그대로 미사일처럼 내리꽂혔다.

밤 11시. 나는 다시 일어났다. 문제는 혼자 화장실에 들어가는 일이었다. 문제는 환자복을 벗는 일이었다. 문제는 위험한 각도로 휩쓸려오는 물살을 피해 썻어야 한다는 점이었다. 가장 큰 문제는 거울을 보지 않는 것이었다.

먼저 발뒤꿈치를 들어올렸다. 간단한 위치 변화조차 방대하게 느껴졌다. 다시 발을 들어 앞쪽에 놓았다. 근육이 기억을 잊은 건지 바닥을 디뎠던 감각이며 땅에서 찾던 지식은 남아 있지 않았다. 잠시 그대로 서 있었다. 세상에서 가장 어려운 필라테스를 하는 기분이었다. 나는 지중 동물의 시력으로 스위치를 켜고 화장실 문턱을 넘었다. 그리고 세면대를 등지고 신중하게 움직였다. 조금 옆으로 더 돌았다. 다시 조금 더. 그리고 조금 더. 모든 것이 접시 위의 탁구공처럼 아슬아슬했다.

먼저 환자복을 떼어냈다. 목덜미 양쪽 빗장뼈가 소금 그릇처럼 움푹 파인데다 골반에 살집이 하나도 없고, 납작한 가슴은 저 멀리 떨어져 있었다. 어디에도 없는 연극적인 몸이었다.

비누를 집으려고 세면대로 손을 내미는데 종이에 찢긴 듯한 동통이 발바닥을 찔렀다. 상처를 찾자면 목을 깊숙이 수그려야 했다. 허리를 펴는데 선반이 손에서 멀어지고 나는 공중에 떠 있었다. 갑자기 세면대가 왜 올려다보이는 거지? 나는 바닥에 누운 채 희끄무레하게 웃었다. 미소가 적절한지는 몰랐다. 링거 폴더를 잡은 채 미끄러진 적이 있었기 때문에. 지금은 가만히 누워 에너지를 아꼈다.

벌거벗고 있으니 심한 무력감이 들었다. 욕실용 플라스틱 의자에 엉덩이를 절반 걸치고 앉아 왼손을 뻗었다. 샤워기는 바닥과 조금 먼 데 있었다. 샤워기를 집어들고 나는 "절름발이"라고 말했다. 똑똑히 발음하며 일어났다. 엉거주춤한 자세로 샤워기를 틀자 차가운 물이 바닥에 튀었다. 수압과 온도를 조절하고 비눗칠한 손을 물줄기에 넣었다. 갑자기 더운 물이 튀더니 샤워기가 얼굴로 돌진하며 지옥의 나선을 그렸다. 나는 무딘 칼날이 내 얼굴을 반으로 갈라 금속 탁자에 던지는 감각에 소스라쳤다. 발호하는 샤워기를 잡았을 때 거즈는 절반 젖혀져 있었다.

나는 공포의 궤도를 따라 거울을 보았다. 순간적인 무너짐. 찰나의 메마름. 얼굴 거죽으로 보호받지 못하고 관객 앞에 방치된 여자. 누구의 도움도 없이 완전히 상처 입은 소녀. 아무것도 없었다. 논리도 감각도 신체의 마지막 권위도 없었다. 환영(幻影)도 없었다. 나와 거울 사이에 아무것도 없는 상태는 자아의 비극적 손실이란 말로는 부족했다.

광대뼈 아래쪽은 만화 같았다. 조직과 혈관과 동맥이 깎인 얼굴은 다 사라지지 않고 조금 남아 있었다. 크리스마스트리 같은 신경이, 죽음의 침략에 대항하는 밝은 빛들이 피부 아래 근육과 엮인 채 짓이겨져 있었다. 근육과 지방과 머리카락과 합쳐지면서 수지성으로 변한 얼굴. 거들먹거리는 살의 돌기. 둥근 창이었다가 눈꺼풀을 잃은 눈. 틀니를 꺼낸 늙은 여자. 비과학적인 절단. 자멸하는 살. 모든 상처가 최후의 희열로 들떠 있었다.

간호사는 버려진 화장실에 갇힌 채 회색으로 웅크린 몸을 보았을 것이다. 그녀는 젖은 환자복을 벗기려고 했지만 내 다리는 고무로 만들어져 밖으로 빠져나올 수 없었다. 부러진 발톱이나 셀룰라이트는 아무도 신경쓰지 않을 텐데도 맨살을 보이고 싶지 않았다. 간호사의 손길 따라 배와 엉덩이에 신경을 쓰다가 얼굴이 없어졌다는 자각이 들자 비웃음이 새어나왔다. 나는 속옷도 입지 않은 상태였다. 오줌을 빨리 쌀 수 있기 때문에. 그녀가 침대 헤드 쪽으로 나를 밀고 시트를 끌어올리는 동안 간호사복이 크게 부풀었다 줄어들었다를 반복했다. 나는 망원경을 통해 보듯 그녀의 흠칫 벌어진 눈을 올려다보며 다시 짓궂게 웃었다.

31

나는 복도를 뛰어다니고 싶었다. 실성한 듯 춤도 출 수 있었나. 나는 내 키보다 큰 링거 스탠드를 끌고 중앙 복도를 따라 휴게실로 걸어갔다. 병원 안에서의 첫 번째 공식 외출이었다. 내가 걷는 방식이 뭔가 딱딱하고 기계적이라는 것은 알고 있었다. 나는 모든 발자국을 인식하며 식사 트레이가 끼워진 철제 이동차를 피해 더 바보같이 걸었다.

나는 화학으로 버무려진 음료수가 마시고 싶었다. 빛이 나는 휴게실 자판기에는 필수 전해액으로 가득 찬 음료수도 있었지만 그게 설탕과 소금이라는 것은 알고 있었다. 동전이 떨어지는 소리가 들렸다. 플라스틱 덮개를 열고 닥터 페퍼를 꺼내자 로봇 팔이 내려와 기계의 빈 자리에 같은 음료를 채웠다.

손에 단단한 사물을 쥐고 돌아섰을 때 낯선 생명체와 한 우리에 갇혔다는 것을 깨달은 사람들이 보였다. 정수기 옆에 서 있던 소녀는 새 둥지 안에 떨어진 밍크처럼 비명을 지르며 제 엄마 품으로 파고들었다. 그들의 심각한 얼굴은 1밀리미터도 움직이지 않았다. 나는 쏟아지는 관심 속에서 다음 공기를 주입하기 위해 숨을 들이마셨다. 내 손에 상한 푸딩이라도 있다면 오랜만에 던졌을 것이다. 나는 심장과 정신이라는 필수 엔진이 비효율적이라는 것을 인정했다. 곧 오래둔 잎차처럼 열기를 잃으며 엔트로피의 끝에 도달했다. 그때 알았다. 내 얼굴에 마스크가 덮여 있지 않았다는 것을. 내 어깨는 얼굴의 나머지를 짊어지고 있었다는 것을.

내 속의 풍랑을 설명하기 위해선 17층 병실에서 뛰어내려야 마땅했다. 내 비위가 약했다면 목을 매는 식으로 예상하기 쉬운 형태를 띠었을 것이다. 수면제는 다량을 삼킨다고 해도 내가 유배된 곳이 병원인 한 소극적인 방법일 것이다. 손목을 가르는 건 시적으로 보이겠지만 확신이 안 섰다. 결국 차에 치이는 게 최상이었다. 그 정도면 재수없는 사고로 정리될 것이고, 내가 자살했다는 사실 때문에 모하가 오래 괴로워하지 않아도 될 것이다. 그러자면 밖으로 나가야 했다. 하나의 삶이 일기의 페이지 안에서 납작해지듯 최후가 결정된 인생은 그런 식으로 압축되겠지. 나는 그저 하나의 인생, 수백만 인생 중 하나였다. 다른 이의 것만큼 제멋대로이고, 곧 이름 없는 것이 될 이름 있는 임차권. 나는 신이 내린 어둠 속에서 영원히 고통받는 이집트인이 되어 침대 모서리에 걸터앉았다.

　나는 무엇이 될까? 누가 될까? 다시 생각했다. 나는 누구였나? 그것은 무엇이었나? 나는 알고 있었다. 나는 아무것도 아니란 걸. 어떤 존재도 될 수 없다는 걸.

　꿈속에서 최적의 방법을 찾았다. 지하 편의점으로 가는 에스컬레이터 계단은 서로 밀고 당기며 움직이고 있었다. 내려가는 에스컬레이터는 층계 단의 간격을 좁혔다 넓혔다를 반복하며 위로 밀어올리다가 시럽같이 흘러내렸다. 에스컬레이터는 곧 추락하는 엘리베이터로 바뀌었다. 승강 장치와 안전 케이블이 끊어지면서 철 파편이 바닥에 흩어졌다. 나는 하강 상태로 생각했다. 이제 죽을 수 있어. 그렇지만 생각보다 덜 아플 수도 있어. 떨어지는 동안 공기가 뭉쳐 기압이 전신을 감싸면 충격이 조금 덜할지도 모르지. 그 순간 엘리베이터가 다시 에스컬레이터로 변하더니 커다란 금속 파이처럼 병원 로비 중심축을 막고, 위쪽으로 체인이 분리된 채 허공에서 덜렁거리는 바닥면을 휘감았다. 나는 휘어진 아치의 끝을 붙잡고 언제까지나 공중에 매달려 있었다.

32

의학 용어 중에서 코드(Code)처럼 의미가 복잡한 단어가 있을까. 코드는 죽음과 죽음을 둘러싼 모든 것을 의미했다. 예측 불허의 세계에서 심장이 뛰는지 안 뛰는지만큼 원초적인 것도 없었다. 휴게실에서 처음 커피를 마시던 오후에 "코드 블루, 코드 블루" 비상 경보를 알리는 공지가 인터컴으로 울렸다. 공기가 급박하게 돌아가고 레지턴트 무리가 중독자 병동으로 이어진 복도로 내달렸다.

나는 그 호출이 내 딸로부터 온 신호일까봐 아우성치며 메마른 복도를 걸어 상자 같은 집중 치료실 문을 열었다. 나는 파라를 보러 갈 때마다 마지막 작별인사를 한다고 생각했다. 의학적으로는 마지막이 맞을 것이다. 치료실엔 아무도 없었다. 조금 전, 코드 상황을 알리거나 도움을 청하거나 장비를 가지러 달려간 사람들은 이 병실 스태프들이었는지도 몰랐다.

파라는 소인국에 결박된 작은 걸리버. 무중력 상태로 떠 있는 나의 소녀. 입을 가로지른 흰 테이프와 인공 호흡기, 코에 꽂힌 튜브와 디터람스 오디오를 닮은 장비, 색색의 버튼과 플라스틱 관 몇 줄기는 파라 심장의 전기적 리듬을 보여주는 심전도 모니터를 가리키며 눈앞에 드러난 끝을 감지하고 있었다.

브이 자로 깊게 파인 환자복 안에 사다리 같은 흉부의 뼈가 얼룩덜룩하고, 어깨 위론 경추가 뾰죽하게 솟아 있었다. 파인 뺨에는 각질이 옅게 일어나 부스스해 보이면서도 유령 같은 빛을 발하고 있었다.

빛이 사라진 눈동자 옆으로 젖은 눈꼬리가 조금 지저분해 보였다. 어두운 눈은 뜬 건지 감은 건지 모호했다. 숨을 참고 있는 건지도 몰랐다. 그래도 각막이 마르지 않도록 바셀린을 발라줘야 할 것 같았다. 내 손은 소매를 빠져나와 천천히 파라 얼굴을 맴돌았다.

파라의 손목은 가장 작은 손목 시계도 손등으로 미끄러질 만큼 가늘었다. 나는 정맥 주사가 꽂힌 파라의 손목에 손가락을 댔다. 맥이 있는지 없는지를 판단할 순 없었지만 아주 약하게 뛰는 것 같기도 했다. 절실하게 찾다 보니 없는 맥을 상상했는지도 몰랐다. 손가락으로 너무 꽉 누른 나머지 나의 맥과 파라의 맥을 혼동했는지도. 그 순간 내가 움켜쥐고, 문지르고, 어루만졌던 다른 피부를 생각했다. 그 남자의 피부를 만지는 황홀과, 지금 내 손에

촉감되는 메마른 물체. 이 두 가지 개념을 아우르는 틀이 있을까. 유리관처럼 가느다란 오른손은 세심하게 구부러져 있었다. 길게 나온 검지는 어디를 가리키는 중일까. 무엇을 말하고 싶은 걸까. 파라의 손가락을 따라가니 화학 물질이 똑똑 떨어지는 링거가 떠 있었다.

발등은 시트 밖으로 나와 있었다. 맨발은 작고, 말랐고, 평행사 변형에 가까웠다. 파라의 발에서는 냄새가 나지 않았다. 부모의 감정이겠지만 아이 가슴에서 들락날락 휘파람 같은 소리가 들릴 때면 그 숨결에서 초콜릿 케이크 냄새가 난다고 생각했다.

발톱은 아주 생생한 분홍색이라서 차라리 부자연스러운데, 발바닥 질감은 너무 부드러워서 꼭 카스텔라를 만지는 것 같았다. 모든 부모는 아이의 내부에서 어떤 일이 일어나는지 알고 싶을 것이다. 그러나 얼마나 애를 쓰건 파라는 이미 나를 떠나버린 세상에서 살고 있었다. 파라에게 이 시간은 다른 자식들과 같으면서도 달라야 하는, 불가능하고 명백한 과제 수행 기간인지도 몰랐다. 파라는 내가 모든 말을 할 수 있는 유일한 사람, 내가 모든 말을 할 수 없는 유일한 사람, 그러니까 내가 제일 먼저 작별인사를 해야 하는 사람인데 제 기능을 못하는 폐쇄된 세계로 서둘러 밀쳐졌다니. 해부학적 몸의 물리적 실재가 이렇게 또렷한데 살아 있는 사람의 부재라니.

처음 도트 무늬 포대기를 걷은 날, 주름 잡힌 파라의 분홍색 주먹이 내 손가락을 잡았다. 꽉 쥔 주먹 사이로 난 틈은 내 가슴에 광활한 공간을 차지했다. 내 몸에서 미끄러져나온 아기는 내 턱에 얼굴을 대고 몇 초, 몇 분, 몇 시간이 가도록 잠을 잤다. 그때마다 나는 멍한 듯 만족한 기분으로 양감이 두드러진 아기 몸을 훑었다. 부드러운 주름이 콧등에 접히면 내 딸은 꼭 머핏 인형처럼 보였다. 포푸리꽃 향기로 채운 귤색 인형. 지금, 조수석에서 자던 파라가 기지개를 펴며 나를 볼 때 카시트 커버 패턴이 뺨에 남긴 자국만큼 그리운 것이 없었다.

마음에 탐조등 없는 어둠이 비쳤다. 나는 생각했다. 파라가 없다면 모든 게 끝이고, 그때 비로소 나는 세상을 완전히 떠나는 거라고. 다른 의견은 없었다. 파라의 회생 가능성은 점차 낮아지다가 명백히 가망 없는 상태가 되었다. 파라가 나에게 희망을 주려고 계속 애쓴다는 생각은 더 이상 하지 않았다. 엄마를 놀라게 해주고 싶은 딸의 필요에서라면 이미 충분히 했으니까. 어느 때가 되면 레지던트는 파라의 목구멍에서 튜브를 빼고 반창고와 붕대를 의료 폐기물 통에 던지며 말할 것이다. "소용없어요. 다 끝났어요."

그러나 파라의 가슴팍을 칼로 열어 심장을 직접 만져보는 것 말고 모든 수단을 다 썼다고 할 수 없었다. 나는 파라 손에 이마를 묻고 아이의 숨이 드나드는 소리를 들었다. 그 옆에 무릎을 꿇고 앉아 그애와 같은 속도로 숨을 쉬었다. 결국 내 딸이 잠에서 깨기를 기다렸다. 내 무릎의 뿌리가 깊어서 그 자리에 붙박혀 이백 살이 되도록 파라 꿈을 꾸고 싶었다.

파라 손이 밑으로 떨어지는 바람에 정신이 들었다. 나는 담요를 끌어 덮어주고 양손을 가지런히 모아 가슴에 올려놓았다. 좀 더 편하게 머리를 정리하고 베개를 다시 받쳐주는 순간 파라의 속눈썹이 꿈틀댔다(고 생각했다). 몰이해의 한가운데서 보이는 마지막 제스처처럼.

33

가을이 빠르게 다가오고 있었다. 레지던트는 다음 난계를 설명했다.

"시간이 지나도 아무 문제 없으면 옆구리 근육을 가져와 턱에 붙이고, 허벅지 살로 오른쪽 뺨을 만들 거예요."

그는 곧 허벅지와 엉덩이, 장딴지와 팔 근육을 차례로 떼어냈다. 부피가 꺼진 허벅지와 엉덩이는 거즈로 덮었다. 거즈가 말라도 피부를 손상시키지 않고 주걱처럼 패인 단면을 보호하기 위해.

부기가 빠지면서 윤곽이 드러났다. 이식한 살들은 반죽처럼 붙어 있었다. 결과는 딱히 얼굴이랄 게 없었다. 이상한 초기 후생동물은 고등학교 생물 시간에 현미경으로나 보던 히드라에 기생하는 줄 알았는데, 지금 내 얼굴 위에서 뒹굴고 있었다. 그것도 이미 절반은 해체되었다. 다음 단계는 필시 생물 실험실이나 인체 도감에서 본 뼈 모형이 될 것이다.

졸업 전시회 준비 기간에 다들 록 카페로 몰려가 춤을 출 때 나는 가시 조명 아래 앉아 팔다리가 각각 네 개로 태어난 인도 소녀의 우화를 읽었다. 그땐 그 소녀가 나였다면 얼마나 기적적인 일일까, 하고 생각했었다. 선천적인 장애조차 예술의 조건이라고 믿던 때였으니까. 아무튼 그러자면 수십 개의 팔과 다리, 수백 개의 상체와 하체, 수천 개의 눈동자가 필요할 것이다. 그런데 마을 사람들은 소녀에게 매달린 여분의 팔과 다리를 마저 잘라냈다. 소녀는 곧 다른 사람과 같은 팔다리를 갖게 되었다. 그 우화의 메시지는 신체적 공평함이었다. 지금 나와는 완전히 정반대의 이야기.

우울했다. 의학적으로 우울했다. 몸에 남은 살로 더 얼마나 얼굴에 이어 붙일 수 있을까. 결국 더 이상 특정 부위에서 떼어낼 조직이 없는 날이 올 것이다. 절대적으로 그래야 한다면 나를 해체해야 할 것이다. 사람은 남는 부분으로 사는 게 아니니까. 최상의 결과를 얻게 된다 해도 얼룩덜룩하게 기운 얼굴을 갖게 될 것이다. 나는 눈을 부릅떴다. 치아만은 해 넣고 싶었다. 그건 절대적인 거니까.

8월 마지막 주에 의사들은 장딴지 피부를 늘려 맹장 모양의 코를 만든 다음 얼굴로 옮겼다. 귀가 붙을 자리엔 자석으로 된 핀도 이식했다. 입이 있던 자리엔 남아 있는 점막을 뒤집어 입술 비슷하게 만들었다. 눈꺼풀이 있던 자리에는 수중장비처럼 커다란 검정 플라스틱 안경을 씌웠다. 겨드랑이 안쪽 살로는 눈꺼풀을 만들었다. 도마뱀을 닮은 눈꺼풀은 내가 보는 세상의 보호막이 되었다.

얼굴은 점점 얼굴처럼 보이기 시작했다. 그러나 따지고 보면 사자 머리에 뱀 꼬리, 염소 몸통을 가진 신화 속 키메라 잡종이 내 얼굴로 옮겨 앉은 것과 같았다.

34

 9월은 상식을 지배하는 폭식가라서 나중을 위해 무엇을 남기는 법이 없었다. 나의 막연함과 모하의 열은 무궤도하게 흘러갔다. 얼굴보다 큰 마스크와 수풀 같은 버킷햇 모자와 메머드 뿔테 안경은 모하 앞에서 내가 얼굴 없는 사람이라는 사실을 여전히 악랄하게 감추고 있었다.

 오전 회진이 끝난 뒤, 모하는 백석의 시를 읽어주었다. 그사이 모하 얼굴엔 수염이 자라 있었다. 나무도 베어버릴 만큼 보슬보슬하게. 시집을 백팩에 집어넣다 말고 모하의 눈이 침착하게 나를 응시했다.

 "어제, 고모부 만났어요."

 마음을 가라앉히는 주문을 떠올리듯 모하가 입을 뗐다.

 "오늘 진료실로 모시고 오라고 하셨어요. 저녁에, 병원 업무 마친 시간에 같이 가겠다고 말씀드렸어요."

 나는 왜? 하고 보일 리 없는 입 모양으로 물었다.

"안면 이식에 대해 하고 싶은 말씀이 있대요. 저도 잘 몰라요. 거기까지만 들었어요."

뱃속이 미묘한 혐오로 울렁거리는데, 모하는 그 이상한 이야기를 일상적으로 들리도록 말했다.

오후 6시 반에 우리는 긴 복도를 걸어 병동 구름다리를 지나 계단을 내려갔다. 층계참에서 조금 더 내려간 다음 다시 방향을 꺾었다. 리처드 세라 작품처럼 뱅글뱅글 길게 이어진 복도는 어둡고 축축했다. 나는 금속 문 두 개를 지나 단일 지옥계에 이르고 있었다. 아니면 원자력 발전소 투어를 하는 중이거나. 나는 말없이 발을 끌며 모하의 말이 무슨 의미인지 생각했다. 내 몸에서 얼굴로 떼어 붙일 살이 더는 없을 텐데, 무슨 조각술이나 해부학 강의를 할 심산일까?

언제나 무미건조하던 진료실 앞은 텅 빈 교회처럼 무거워 보였다. 플라스틱 의자에 앉아 기별을 기다리는 순간은 일종의 평평한 에너지가 있었다. 문 옆에 걸린 마네의 〈해변에서〉는 농담으로 보였다. 보통은 진료 환자 수칙이나 '낙상 주의' 같은 애꿎은 경고문, 통구이 같은 얼굴로 웃는 의사 사진만 붙어 있을 텐데. 문득 호기심이 생겼다. 금방 사라질 호기심이.

모하를 따라 진료실 안으로 들어갔다. 진료실은 조숙하지만 산만한 십대 아이의 은신처로나 보였다. 머리가 섭금류처럼 성을 내는 남자가 책상 앞에 자리를 마련해주곤 모니터 앞으로 바짝 얼굴을 가져갔다. 스크린 가장자리로 노란색 포스트잇이 테를 두르고 있었다. 나는 얼굴을 머리카락으로 가리는 의식도 못 챙기고 의자에 앉았다. 그는 손가락을 마우스에 대고 읽을 수도 없게 코드가 쏟아지는 창을 열었다. 그 세계관 속에는 스페이스 바를 움직이고 마우스를 스크롤하는 소리만 있었다. 눈앞에 누가 씹다 뱉은 닭 앞다리 살 또는 발효 중인 콩에 낀 실 곰팡이 같은 얼굴 내부 사진이 오르내렸다.

희끗한 청회색 머리가 셔츠 깃 위로 올라와 있었다. 거무튀튀한 피부는 흡연자처럼 모공이 컸다. 몇 살일까? 마흔다섯? 설마. 더 됐겠지. 십수 년을 공부했을 텐데. 나에게 전문의 이미지는 두려울 정도로 남성적이었다. 인내가 한계에 다다랐을 때 여기저기 어질러진 것을 군인 같은 단호함으로 조직화하는 사람. 한 부분은 교활한 독사, 다른 부분은 정글의 왕 같은 방식으로 칭찬과 명령을 전달하는 사람. 그러나 쑥색 셔츠에 치노 팬츠, 해진 뉴발란스는 의사가 아니라 프로그래머나 인디 밴드 기타리스트가 어울려 보였다.

그는 핑그르르 옆으로 돌아 앉았다. 나는 그가 줄지 모르는 신호를 기다리며 검게 착색된 입술에 눈을 고정시켰다. 어떤 침묵은 편안하게 느껴진다. 하지만 의사와 마주 앉았을 때의 침묵만큼 불편한 것은 없을 것이다.

"환자분은 이제 다른 사람의 조직을 이식하는 것 말고는 방법이 없어요. 면역조직 적합성이 맞는 기증자의 얼굴을 이식하는 거죠. 정확히 표현하자면 안면수부 복합조직 동종이식이라고 해요."

상상조차 해본 적 없는 이야기였다. 나는 뇌가 반쪽밖에 없는 사람처럼 완전히 얼빠진 얼굴로 앉아 있었다.

"복합조직이란 얘기는, 이식하는 조직에 뼈, 근육, 신경, 혈관, 피부, 지방이 포함되기 때문이에요. 지름이 아주 작은 혈관과 신경을 머리카락보다 가는 실로 봉합한다는 건 단순히 얼굴을 뗐다 붙인다는 얘기가 아니에요. 그걸 단지 꿰맨다고만 말할 수 없어요. 게다가 신경은 혈관보다 속이 더 꽉 차 있는데……."

나는 눈을 올려뜨고 숨을 크게 쉬었다. 한숨 소리는 나에게도 험악하게 들렸다.

"당연히 면역조직 적합성이 맞아야죠. 면역시스템이 이식 받은 장기를 공격하면 안 되니까요. 거부반응 말이죠. 다른 사람 신경을 이어 붙이면 원래 기능의 절반 정도만 살아난다고, 그게 큰 의미가 없다고 말하는 경우도 있는데, 그렇지만 환자분이, 손이 없다고 가정해봅시다. 그때도 부정적일 수 있을까요? 자기 손으로 기본적인 개인 위생 하나 해결 못하고, 남한테 맡겨야 하는 게 얼마나 괴로운지 누가 알겠어요? 바깥 출입은 고사하고 자녀들도 싫어할 텐데 말이죠."

어떤 의미론 운전 시험 주 코스에서 평행 주차 할 때와 비슷했다. 일자 선에서 반대로, 그리고 빨리 세 번 턴 해야 하는. 그러나 나는 액셀러레이터를 밟을 수 없었다.

"흔히 중요한 것은 뇌라고 생각하는 경향이 있지만, 저는 오히려 얼굴에 인간의 본질이 있다고 생각합니다. 의학 역사를 보면, 이식은 상상 속에서나 벌어지는 실험이 맞아요. 수술에 참여하는 의사 숫자도 그렇고, 수술 시간도 그렇고. 우리나라엔 전례 없는 일이 되겠죠."

설명이 얼마나 잔혹하고 비현실적인지 내 자신의 전기를 읽는 것 같았다. 이 상황을 어떻게 이해해야 할지 몰랐다. 공포는 합당한 반응이다. 그러나 유일한 반응은 아닐 것이다. 결국 진단이 내려졌다는 일종의 충족감 때문인지 그 말은 의학적인 설명이 아니라 어떤 철학적인 제안으로 들렸다.

책상 위에 놓인 유리 녹새치는 의사 영역이 지배하는 비싼 효용성을 감소시키지 않았다. 정서적인 건지 기술적인 건지, 둘 다인지, 그것이 무엇이든 나는 그가 그려 보이는 이미지를 평생 떠올릴 것이다.

그는 갈색 병에 담긴 비타민 B를 입에 털어넣고 물을 마셨다.

"의학적으론 오퍼튜니티가 화성에 착륙한 것과 비슷한 정도로 복잡한 수술일 거예요. 거의 바퀴를 재발명하는 것과 같아요. 단순한 치료를 넘어 몇 광년 앞지르는 의술 옵션이랄까요. 그만큼 위험하고, 솔직히 수술 도중에 죽을 확률도 있어요."

나는 숨을 몰아쉬었다. 아무리 단단한 의지가 있다 해도 이번 일은 의학적인 심연을 마주하고 있었다. 그렇다고 동의할 수 없는 것에 동의해야 하다니.

"확률을 수치로 말할 순 없어요. 거부반응에 따른 변수 때문에. 어떤 병도 결과의 분포도는 있죠. 하나의 표준 편차로서. 그렇지만 솔직히 부작용 제로라는 말은 언제나 거짓이에요."

얼굴은 피부, 뼈, 조직, 근육, 피로 이루어진 덩어리이지만 따지고 보면 심장이나 간 같은 신체 장기 아닌가. 근육과 신경, 뼈, 피부로 이루어졌다는 점에선 손발과 더 비슷할 것이다. 그러나 무수한 시도 끝에 프로토콜을 확보했다 해도 장기 이식과는 뼈대가 다른 완전히 새로운 장르일 것이다. 실험 사례가 충분했다면 페트리 접시에서 키워 배양했겠지.

"저는 잘될 수 있는 케이스에 해당될까요? 어때 보이나요?"

나는 싸늘한 의학적 진실을 기다렸다. 그리고 동전을 뒤집는 식의 승산을 기다렸다. 가망이 없다는 것은 선택의 문제가 아니었다. 현실적인 두려움은 다른 데 있었다.

"운 좋게 수술 자체가 잘됐다고 해도 위험요소가 너무 많아요. 곰팡이 감염 하나로도 죽을 수 있으니까요. 최종 결과가 나오기까지 얼마나 걸릴지도 모르고요."

여기 오는 게 아니었어,가 내 첫 번째 생각이었다. 두 번째 생각은, 잘못되면 나는 죽을 거야, 였다. 세 번째 생각은, 그러나 그렇지 않다면 나는 영원히 이 얼굴로 살다가 죽겠지,였다.

"그렇다면 굳이 왜?"

그는 반투명의 잠수부 같은 눈으로 나를 꿰뚫었다.

"지금보다 더 나쁜 상태가 뭐라고 생각하세요?"

그러곤 모하를 보았다. 상처 입은 새를 고쳐주고 싶은 소년의 얼굴로.

"이대로 가면 환자분 죽습니다."

울퉁불퉁한 이목구비로 앉아 있던 모하가 삼베 스치는 소리를 내며 감정을 드러냈다. 수동적인 의사는 무식을 드러내지만 능동적인 의사는 믿음을 떨어뜨린다. 어느 쪽일까. 그가 자신 있어 했다면 믿지 않았을 것이다.

지금이 중요한 시점이라는 것은 본능적으로 알았다. 그러나 '만약'이라는 감각에 따르는 불안은 관리할 수도 납득할 수도 없었다. 다른 사람 얼굴로 나머지 인생을 살면 나는 어디에 있을까. 누가 봐도 인간적 무의미의 절정일 것이다. 초과된 만족을 위해

한계의 본질을 뚫는다는 것. 우물로 사라진 얼굴을 건져올리는 유토피아. 의학적 추상과 신체의 추리소설. 모든 것이 숨가빴다.

"에모리 의과 대학 재건 파트에서 인턴으로 일할 때였는데, 변전소에서 수리 작업을 하던 직원이 고압선 위로 떨어진 일이 있었어요. 얼굴 반쪽이 완전히 떨어져나갔는데 단면이 꼭 참외를 반으로 자른 것 같더라고요. 그 타이밍에 지도 교수가 15층 공사장에서 추락사한 환자의 코와 뺨을 떼서 직원의 중안면부에 봉합했는데, 문제가 생겼어요. 환자가 얼굴을 뜯어버린 거죠."

그의 억양이 악천후를 헤쳐가는 비행기 기장처럼 비장해졌다.

"이식한 얼굴은 환자 얼굴보다 컸는데, 골격이 맞지 않아서라기보다 그게 자기 얼굴이라고 생각하지 않았어요. 가면 같다고 자꾸만 떼어달라고 졸랐죠. 병동 계단참에서 손으로 얼굴을 떼어내려다가 영상 촬영실 직원한테 들킨 적도 있었어요. 그렇다고 어떻게 그 말을 들어주겠어요?"

"세상에!"

"결국 병실 창문으로 뛰어내리더라고요. 20층 높이에서."

내 눈이 컵 안의 주사위처럼 흔들렸다. 인간은 어디까지 아둔해질 수 있을까. 신체적인 거부 이전에 정신적인 거부로 죽을 수 있다니.

"그 뒤론 짧은 시간 안에 시신에서 얼굴을 분리해 다른 시신에 붙이는 연습도 했어요. 수술 도중 전기가 나가도 당황하지 않을 만큼 노련해야 하니까요."

정말이지 인간의 생물학은 산술로 정리될 수 없을 것이다. 추측이 아니라 산술적 명확함의 영역일 테니까.

"결과가 좋으면 적어도 먹고 마시는 건 편해질 거예요."

"나쁘면요?"

나는 이 순간의 지시 사항이 절대적으로 명확하다고 느꼈다.

"글쎄요."

내가 얼굴 없는 유령이 된다고? 모하가 고개를 숙이며 숨소리를 냈다. 기대고 싶은 목소리조차 예후를 장담하지 못한다면 어떻게 그것을 원할 수 있을까. 그는 비행 시뮬레이션을 하는 초보 조종사처럼 팔을 휘저었다.

"세상이 꼭 교과서대로 되라는 법은 없으니까요."

그는 비자발적으로 미소를 지었다. 어쨌든 영웅의 야심이 없는 좋은 의사는 없을 것이다.

"어떻게 들릴지 모르지만, 극단적으로 말하면 장기가 없는 것과 달라서 얼굴은 심하게 망가져도 살 수 있어요. 사람이 사는 데꼭 온전한 얼굴이 필요한 것도 아니고요. 문제는, 당사자가 얼굴과 얼굴이 연결되었다는 것에 어떻게 반응하는지, 그 사실이 자아를 어떻게 변화시킬지 누구도 모른다는 거예요. 그렇지만 언젠가는 이런 수술이 아주 흔해질 날이 올 거예요."

그 과정은 피가 튀는 스포츠 같으면서도 우아하고, 위험하고, 심오한 의미로 가득했다.

이야기가 끝났을 땐 8시가 넘어 있었다. 이로써 진단상의 추론이 마무리되었다. 그는 오늘 일기에 틀림없이 이렇게 적을 것이다. '동기가 충분한 환자의 수술 전 정신의학과 심리적 선별. 그러나 윤리적 도전에 대한 보호상치를 더 생각해봐야 한다'.

내가 평생 써오던 소설책의 결말이 뒤집히는 중이었다. 이상한 기분이 들었다. 그는 나를 얼굴을 다친 환자가 아니라 자기의 언어를 이해하는 사람으로 대하는 것 같았다. 의사가 나에게 감정적으로 애착을 갖기 바라는 마음 때문에 오해한다는 생각은 들지 않았다. 최선과 최악이 동시에 번쩍거렸다. 그가 실수한다면 불확실한 것을 확신한 데서 올 것이다. 어쨌든 그는 나를 위해 무엇이든 되어야 했다. 의학의 프런티어든, 실험실의 무모한 과학자든, 딱딱한 수학자든, 임의의 시간을 떠도는 이론의 물리학자든.

35

꿈 속에서 나는 힘겹게 복도 코너를 돌고 있었다. 투명 문턱을 넘어 이쪽에서 저쪽으로 타넘을 수 없는 철문 가까이 다가가는데, 어둠 속에서 길고 하얀 얼굴이 튀어나왔다. 젊은 여자 얼굴은 점점 커지더니 입에서 팔이 튀어나오곤 앞뒤로 마구 움직였다. 그 사이, 보이지 않는 손이 내 얼굴을 쥐었다. 내 손이기도 하고 아니기도 한 그 손은 따뜻하지도 차갑지도 않았다.

입안이 부은 채 깼다. 포악한 꿈이었다. 병실에는 먼지 알갱이가 떠다니는 욕조의 고요함이 있었다. 나는 형광등을 올려다보며 얼굴을 줄 사람에 대해 생각했다. 어쩌면 죽은 이에게 도움을 구하는 기분도 들었다.

모든 사람에겐 자기와 흡사한 또 하나의 자아가 있다고 들었지만, 삶이 지구와 정반대인 네모 행성 사람들처럼 지금의 것이 뒤집혀 대체된 현실 속에서 코가 더 길거나, 팔이 세 개거나, 사족 보행을 하는 사람이 나일 수 있을까? 평소에 영화든 사진이든 위에서 아래를 조감하거나 거꾸로 올려다보는 앵글을 좋아한 건 맞지만, 내가 박쥐가 되어 물갈퀴 막과 길고 얇은 팔로 나뭇가지를 붙잡고 거꾸로 매달린다고 해도 박쥐가 된다는 것은 이해불가의 개념일 것이다. 하물며 내가 다른 사람이 된다는 것은 박쥐의 예보다도 그릇돼 보였다.

그러나 나의 야비함은 그가 들려준 수술 과정을 악착같이 복기하고 있었다.

기증자의 시체가 수술실 테이블에서 기다린다. 바나나 껍질을 벗기듯 기증자의 얼굴 조직 층을 한 번에 자른다. 지방 내벽의 피부가 조각조각 떨어져나간다. 금속 집게발이 시신의 얼굴 전체를 들어낸다. 다시 안구를 적출한 다음 수혜자 얼굴에 표시한다. 눈이 있어야 할 자리에 큰 원을 그리고, 코의 위치엔 세모를 그린다. 마침내 기증자 얼굴을 잔해만 남은 얼굴 위에 얹는다. 쉭쉭 하는 펌프질을 따라 빨갛고 노란 액체의 향연이 벌어진다. 나사를 이용해 광대뼈와 턱과 코를 피부 조직에 접합한다. 경동맥을 연결한 뒤 죽은 전기 소켓에 새 배터리를 꽂듯이 스테이플러로 고정한다.

마음 속에 감정적인 위생 체제가 자리잡았다. 내가 살기 위해 누군가 죽기를 기다려야 하다니. 새 얼굴을 받았다 해도 그 사실을 매일 떠올린다면 얼마나 고역스러울까? 생의 끝자락 너머까지 생면부지, 아무 감정도 없고 실제로 알면 싫어할지도 모를 타인에게 얼굴을 준다는 행위는 고귀한 일일까, 단지 유별난 일일까? 어쩌면 극단성인 마조히즘? 아니면 하나의 이타주의? 본능과 충돌하는 이타주의의 동기는 어떤 병리학일까? 그 사회 심리 측면에 관해 아는 사람도 없는데 내가 감당할 수 있을까? 인종과 골격, 이목구비의 형태와 피부, 혈액형과 나이까지 호의적인 기증자가 나타날 확률은 얼마나 될까? 그 여자는 좋은 사람일까? 혹시 나처럼 죽고 싶었을까? 그런데 가장 적합한 기증자가 남자라면, 테스토스테론 때문에 수염이 나진 않을까? 잘려나간 기증자의 얼굴을 보는 가족은 어떤 기분일까? 걷어낸 얼굴은 무엇으로 대체할까? 고무? 분장용 라텍스? 특수 합성 수지? 나는 왜 이름 없는 공포에 이름을 붙이려고 할까?

신체를 기증하는 일이 얼마나 감정의 찌꺼기를 휘젓는지 나는 알고 있었다. 기증자와 수혜자가 육체적 결합(이라는 감정)으로 묶인다는 것이 무엇인지. 가끔은 사랑으로, 더러는 죄책감으로 혹은 감사로 비틀린 감정이 어떤 것인지.

재봉틀과 실 작품으로 베니스 비엔날레까지 참가했던 선배 작가는 기증자와 수혜자의 관계로 시작해 결혼에 다다랐다. 신장을 준 선배는 남편을 훨씬 사랑했다. 시인이 시 안에서 살아가듯 자기 몸에서 뛰던 장기가 타인의 몸 안에서 산다는 것만큼 강렬한 일이 무엇일까. 사람들이 장기 기증을 주저하는 이유는 이기심이나 미신이 아니라 온전함에 대한 욕구, 인간적인 무엇, 신성하기까지 한 신체 감각이 시들지 않았다는 신호일 것이다. 그때 선배 얼굴에 드러나는 표표함과, 착오없이 몰두하는 그 남편의 사랑은 무한하되 아슬아슬해 보였다. 감사는 사랑의 왜곡이 아니라 원형 같았다. 확실히 신체를 공유한다는 것은 섹스로는 결코 다다를 수 없는 경계였다. 그러나 시간이 지나면시 그 행위가 숨긴 고통과 육욕은 무엇으로도 거세할 수 없었다.

내 경우는 신장 기증과 차원이 달랐다. 지구 내핵까지 고속 철도를 연장하는 것처럼 어떻게든 가능하게 만드는 일도 아니었다. 의식은 조금씩 병실을 채우다가 급기야 병실보다 커졌다. 답은 모든 것이면서 아무것도 아니었다.

병실 등의 음영이 길게 빛을 늘였다가 줄어들기를 반복했다. 기증자가 살아 있다면 모두를 감동시키는 인류애를 보인 거겠지만 그는 이미 죽은 사람이었다. 그런데 왜 모르는 사람에게 그런 생각까지 해야 할까? 기증자가 혹시 중증 알코올중독자에 주폭이라면 태어나 가장 잘한 일인지도 모르는데. 그가 일가족을 몰살한 사람이라면, 따지고 보면 나는 그 사람을 구한 셈 아닌가? 아니면 그의 운명을 짊어졌거나. 그러나 수술로 인간을 만든다는 필요가 결국 얼굴만 한 혹을 매다는 짓이라면?

나의 심연에는 새로 얻은 얼굴을 내가 거부할지도 모른다는 두려움이 웅크리고 있었다. 결국 나의 매일은 그 얼굴을 거부하는 충동과 맞서는 전쟁이 될 것이다. 나는 젖은 티슈 투성이 같은 감정으로 중얼거렸다. 나는 알아. 내 얼굴은 나를 포기할 거야.

일주일 뒤 우 교수가 나를 찾아왔다.

"확정된 건 아니지만 어쩌면 기증자를 찾은 것 같아요."

여전히 느리고 낮은 목소리. 나는 어떤 감정을 느껴야 하는지, 느껴도 되는지 알 수 없었다. 사후에 하는 일과 살아서 하는 일은 완전히 다른 이야기일 텐데 두 가지 모두 일촉즉발의 타이밍에 매달려 있었다.

그가 말한 최적의 기증자는 인후비대암으로 세상을 뜬 환자였다. 나보다 어린 몽골인 여성이라고 했다. 기증자의 조건은 암시적으로는 매우 일치하는 듯 보였다. 혈액과 유전자 검사, 조직 샘플 테스트도 최고치의 적합도를 보였다. 그런데 며칠 뒤 그들 가족이 모든 약속을 취소하고 연락을 끊었다. 그녀 남편은, 처음엔 아내의 심장과 간, 폐, 신장을 기증하기로 했고 병원 측의 제안에 얼굴 기증도 결심했는데 마음이 바뀌었다고 했다.

곧 다른 기증자에 대한 에피소드가 속속 들려왔다. 목을 매 자살한 중년 여자는 부천역 지하상가에서 30년 넘게 액세서리 가게를 하며 살았다. 대인기피증이 있던 폭력 전과 2범 발레리나는 교회 신도석에서 심장마비를 일으켰다. 물에 빠진 할머니를 구하려다 익사한 소아과 간호사도 있었다. 목을 매달아 자살한 중년 여자는 그 순간 얼마나 외로웠을까. 나는 기증자가 설마 그런 식으로 죽은 건 아니길 바랐다. 그러나 누구도 공여자가 되지 못했다.

이혼하고 혼자 지내다 자는 동안 죽은 여자는 우 교수 생각에 더할 나위 없는 기증자였다. 수술 당일, 다른 병원에서 신장이 필요하다고 이 병원 센터에 연락했다. 그렇다면 두 시간 일찍 서둘러야 하는데, 그 시간에 퀵 서비스처럼 얼굴 조직을 걷어낼 순 없는 노릇이었다. 우 교수는 다시 협상했다. "우리 환자는 7개월이나 생사를 헤맸어요. 한 시간만 더 주세요."

제안은 받아들여졌으나 그사이 기증자의 딸이 거절했다. 언제일까? 제우스가 뚫을 수 없는 바위 아래 불을 훔친 사람을 묶고 회오리 바람을 보내는 연극의 결말은?

36

생일에 가장 행복한 사람은 누구일까? 실제 나이와 주관적 나이가 아주 다른 고령자? 나이를 핑계로 옥박지를 누군가가 없는 사람? 처지는 피부를 애달파하고, 건망증을 희화화하고, 어려 보이려는 마음을 스스로 야유하는 여자? 6월의 공원은 초록색과 진분홍색이 어우러진 조각보나 다름없었다. 오늘 나를 괴롭히는 단어는 '지금'과 '생일'이었다. 지금의 다른 말은 당혹스러움. 생일의 다른 말은 잔혹함. 생일의 진실에는 소량의 애증과 연민과 지긋지긋함이 오래된 화장품처럼 뭉쳐 있을 것이다. 파라와 내 생일이 같다는 것은 서로를 죄수로 만드는 결정적 동시성이었다. 유전자를 공유하고, 평행한 경험을 나누고, 모녀 사이 이상의 것을 나눔으로써 서로의 안쪽 끝까지 파고드는 동질성. 에고와 모략. 서로 바쁜 세상에 생일상은 저녁에 차리기로 하고 우리는 각자의 생활로 흩어졌다.

땅콩이 범벅된 캐러멜 바를 물고 어슬렁거리다 4시가 넘은 줄도 몰랐다. 이 시간은 어차피 등에 돌기가 네 개인 레드 킹크랩을 준비할 수도 없었다.

그때 파라가 전화를 했다.

"좀 이따 7시에 친구하고 갈게."

"친구?"

"있어. 남자 사람."

"남자면 남자, 사람은 사람이지, 남자 사람은 또 뭐니?"

"오늘 뭐 입고 있을 거야?"

"아무거나."

"설마."

"나뭇잎 프린트 셔츠 입을까?"

그 옷은 사실 삼림원 난롯가에 앉은 벌목꾼 느낌이 나서 사놓고 한 번도 입지 않았다.

"너무 텐트 같잖아. 엄마가 옷을 입어야지, 옷이 엄마를 입으면 되겠어?"

"그럼 표범 무늬 셔츠를 입을까? 아주 섹시해 보이지 않겠니? 누가 보면 저 집에 타잔이 살고 있나? 그럴지도 모르지만."

"그냥 목이 파인 검정 톱 입어. 엄마는 그거 입을 때 제일 예뻐. 가슴도 강조되고."

"난 강조할 가슴이 없어."

"달라붙게 입으면 돼. 아니다. 미키 마우스 티셔츠 입어. 젊어 보이게."

가끔 나와 파라는 쌍둥이로 태어났는데, 나는 학대받으며 따로 양육된 돌연변이일지 모른다고 생각했다. 따뜻한 환경에서 자란 쌍둥이 동생을 시기하는 못난이. 파라와 함께 있는 시간에는 그애의 딸로 사는 시련을 견뎌야 했다. "화장실에 가서 거울 좀 봐. 얼굴이 너무 부었잖아." "낮잠 좀 자두는 게 어때?" "차 막힐 텐데 미리 오줌 좀 누고 와." "오늘은 꼭 따뜻하게 입어. 낮부터 영하로 내려간대."

파라가 없으면 지구가 돌아가지 않았다. 화장도 그랬다. 나는 눈썹을 아주 중요하게 생각했다. 그런데 아침마다 황소개구리처럼 부어오르는 눈두덩이야 그렇다 치지만 아이브로우 스텐실이 있는데도 양쪽 똑같이 커브를 그리지 못했다. 그때마다 파라가 마침표를 찍었다. "자기 눈썹에 만족하는 사람은 없어."

나는 파라가 그림은 그만 그리고 소백산에 들어가 양봉을 치라고 해도 그렇게 할 것이다. 딸이 내가 보여주는 영화를 보고, 내가 시키는 대로 토마토 껍질을 벗기며 나의 도덕률을 따른다 해도 결국 길들여지는 것은 내 쪽이었다. 내 딸은 나의 설리반 선생, 나는 자다가 오줌을 싸는 아이이기 때문에.

결국 연보라색 블라우스를 골랐다. 고생을 덜한 사람 같아 보여서. 나는 젊게 보이려고 애쓰면서 아이들을 당황시키는 것도 무섭지만, 유행 따라 볶아치는 건 두 배 더 무서웠다.

37

문제는 이사 온 지 1년이나 됐는데 아직도 짐 정리가 끝나지 않았다는 사실이었다. 주방 타일은 가스레인지 후드 기능이 별로라서인지 벌써 줄눈에 때가 탔다. 전 주인이 만든 가짜 벽난로 안에 세탁기를 놓고 수도를 설치할 땐 건조기를 그 위에 올려놓는다는 생각을 못했는데, 그게 갈수록 후회스럽긴 했다.

나는 도자기 학교에서 직접 구운 버드나무 무늬 대접을 포함, 그릇은 찬장 안에, 접시는 선반에 쌓아두었다. 그런데 선반이 벽에서 떨어진 탓에 얇은 건 죄다 뒤편 틈새로 떨어졌다. 인부가 선반 받침쇠를 거꾸로 고정하는 바람에 그 아래쪽 방향으로, 마치 팔로 받친 형국이 되었기 때문에. 나는 싱크대 물때를 화장지로 훑으며 이제 와서 할 수 없다고 생각했다. 딸의 남자친구가 이 집을 선망의 눈으로 바라보면 좋겠지만, 성 도마에게 기원해도 정리할 시간은 없었다. 우선은 세탁소에서 가져온 비닐 커버와 철사 옷걸이라도 안 보이게 치웠다.

주방에 대한 나의 도그마는 조금 겸연쩍었다. 법랑 주전자 전 깃줄은 세상에서 가장 짧았다. 냉장실에서 당구공 크기로 뭉쳐진 채 몇 날 며칠 호일에 싸인 덩어리의 정체는 지금도 알 길이 없었다. 찬장 두 번째 칸에 둔 고무 칼은 마늘을 2초 안에 까주길 바랐지만 완전히 무쓸모했다.

모든 주방의 문제는 냉장고를 과신하는 데서 올 것이다. 분홍 플라스틱 용기에는 딱딱한 까망베르 치즈가, 냉장실 문 포켓에는 절반 잘린 소시지가 대충 들어 있었다. 부스러진 초콜릿과 비스킷도 플라스틱 백 안에 밀폐되어 있었는데, 자파 케이크는 왜 딱딱하고 다이제스티브 비스킷은 왜 부드러운지 그 이유를 알 것 같았다. 냉동칸에 오도카니 들어 있는 닭 날개를 보니 조금 마음이 놓였다. 이것이야말로 요리의 꿈만 꾸는 초 핵가족의 진면모 아닌가. 그러나 상관없었다. 우리는 곧 튜브를 짜 먹는 우주인 모녀가 될 테니까.

한마디로 나는 딸에게 뭔가 만들어 먹이는 식을 줄 모르는 기쁨을 몰랐다. 실은 나는 요리의 궁핍한 개척자였다. 파라는 내가 펼치는 환상적인 요리를 좋아하지 않았다. 언젠가는 페리에 탄산수로 커피를 만들기도 했다. 어쩐지 창의적으로 보였지만 두 번 다시는. 마시다 남은 녹차에 인스턴트 커피를 탄 적도 있었다. 차의 녹색과 커피의 타버린 갈색이 섞이자 물감으로도 보지 못한 색이 나왔다. 뭐든 자꾸 만들어보는 건 엄마가 나에게 따로 뭘 만들어준 적이 없어서였는지도 몰랐다.

한 번은 엄마가 성당에서 배운 베네딕트 에그를 우리 집에서 선보였는데, 너무 은혜로운 레시피라서인지 중세의 생경함 때문인지 시종 쩔쩔맸다. 달걀이 얼마나 다루기 어려운 재료인지 솔직히 그때 알았다.

파라는 "화가의 아방가르드 요리에 봉사하자고 혀를 내놓고 싶지 않아"하며 혀를 낼름거리면서도, 참깨 라면에 달걀이라도 얹어주면 내가 산수를 푸는 반려견이라도 되는 양 칭찬해주었다.

오후 5시. 나는 머그잔에 인스턴트 커피를 타서 무심히 젓고 있었다. 뭘 해주면 좋아할까. 아무리 닦아도 갈색 얼룩이 남는 잔은 왜 안 버렸을까.

우선 팬에 기름을 두르고 냉동 닭 다리를 쏟았다. 전자레인지에 먼저 데울걸 그랬나, 갸웃하며 까만 봉지에서 양상추를 꺼내는데 쪼글쪼글하고 시끄러운 소리가 났다. 어깨를 으쓱하곤 썰어둔 채소에 드레싱을 뿌렸다. 샐러드는 곧바로 목욕탕만큼 흥건해졌다. 궁지에 몰리면 금으로 만든 샐러드라 해도 변기에 쏟으면 그만이었다. 그리고 나에겐 아직 뜯지 않은 피자가 있었다. 그 위에 대용량 치즈 가루를 담뿍 끼얹을 것이다.

6시 반에 현관 비밀번호 누르는 소리가 들렸다. 30분이나 일찍? 현관문으로 밝은 빛이 들어와 눈을 가늘게 떴다. 깊은 청록색으로 바뀐 역광이 파라를 통과하자 알파벳 대문자 D가 프린트된 반팔 티셔츠가 보였다. 체격이 통통하면서 가슴이 비오리처럼 부푼 소년이 파라를 따라 땅을 디디듯 들어왔다. 나의 몽롱한 시선 앞에 자기가 본래 있어야 할 곳을 찾은 한 인간이 서 있었다. 얼음이 얼도록 차가운 물에서 수영도 할 수 있을 것처럼 건강한 피조물이.

"얘는 모하야."

파라가 소년의 어깨를 툭 쳤다. 소년은 종이백 두 개를 내밀며 눈썹을 들어올렸다.

"엄마가 마카롱 킬러라고 했더니 뚝섬역에서 샀대. 거기 마카롱의 성지가 있거든."

파라는 포르륵 날갯짓 소리를 내며 나 대신 종이백을 받았다. 모하는 백팩에서 비닐 덩어리를 꺼내 포장을 풀었다.

"옐로, 와인, 블루, 스카이?"

나는 스타카토로 마침표를 찍으며 하늘색과 노란색 줄이 나란히 밑동을 두른 라벨을 읽었다.

"아빠한테 어떤 와인으로 생신을 축하드리는 게 좋을지 여쭤봤는데, 어떤 나이를 살아보지 않고도 모험을 떠나는 신드바드라면 향로 같은 와인을 축하주로 받지 않을까? 그러면서 권해주셨어요."

덧니 없이 고른 치열에, 눈밑의 인디언 보조개를 보니 척추가 간지러웠다. 정확히는 간지럽다는 감각이었다.

"그런데 우리 중에 누가 신드바드야?"

뭐든 선명해야 하는 파라가 모하에게 물었다.

"우리 모두."

파라는 "치" 소리를 내며 마카롱을 에어프라이어 옆에 두었다. 나는 와인을 키친 타올로 감고 물에 적신 다음 냉동고에 넣었다.

나는 의무병처럼 바삐 움직였다. 냉동 피자를 전자레인지에, 감자와 만두를 에어프라이어에 돌린 다음, 나만의 건강 식초 떡볶이를 만들었다. 아까 만든 목욕탕 샐러드에는 방울토마토의 빨간색을 곁들이려다가 파라를 불렀다. 부엌일은 질서가 필요하니까. 한마디로 노동을 요구하니까. 엄마가 딸을 돕는 것이 계층 간 교차 현상이라던 파라는 유순하게 다가왔다. 모하는 내가 뭔가 궁금하게 만들었는지 양 손을 식탁 위에 가지런히 모았다. 그애의 표정 변화는 적거나 짧아서 제대로 볼 수 없었다. 어쩌면 모든 것을 멀리서 관찰하는 유년기의 성향을 아직 간직하고 있는지도 몰랐다.

파스타 삶을 물이 끓기를 기다리며 나는 반들거리는 테이블에 샐러드와 피자와 떡볶이를 차례로 올려놓았다.

"키가 꽤 크네? 183?"

"어제까진 그랬지. 지금은 더 컸을 거야. 먹는 걸 너무 좋아하니까."

파라가 커진 제스처로 대신 대답했다.

"그 샐러드 먹고 집에 가면 오늘 밤 꿈에 채소밭 매고 있을지도 몰라."

요즘 아이들이 이런 농담을 좋아할까? 모하는 침착하게 고개를 숙이며 웃어 보였다.

나는 물이 안 들어가도록 조심하며 파스타 면에 올리브유와 소금을 쳐서 순식간에 오일 파스타를 만들었다.

"누구는 파스타 하나 가지고 예술이니 뭐니 떠들지만 내가 만든 걸 먹으면 그런 말이 쏙 들어갈 거야. 한번 먹기만 하면 망아지처럼 졸졸 따라다닐 걸 뭐."

파스타 면을 포크로 돌돌 말던 파라 입술이 달싹했다. 나는 눈을 부라리며 그 입을 막았다.

바로 어제, 나는 마지막 실습처럼 파스타를 만들었다. 토마토소스를 붓고 있는데 2차 대전 당시 전투기 도록을 들춰보던 파라가 어느 틈에 곁에 와선 "파스타의 진짜 맛은 오일 파스타야. 그렇게 할 거면 아예 칠레 소스를 부어서 멕시칸식으로 하든지" 하고 말했다. 나는 기껏 음식을 만들고 있는데 그런 핀잔이나 듣는다는 게 어쩐지 외롭고 화가 났다. 엄마로서 나의 관점은 오래된 학교 같은 건지 몰랐다. 아니면 가정의 삶이란 나와 맞지 않는 건지.

"그럴 거면 먹지 마!"

나는 제 방으로 획 들어가는 파라의 뒤통수를 노려보며, 3인분이나 되는 파스타 면에 소스를 다 붓고는 바닥까지 핥았다. 독약을 먹으려면 그릇째까지니까.

파라는 그때 일을 자기 입장에서 서술하며 결론을 내렸다.

"우리 자주 싸워."

"가족은 다 싸워."

모하는 포크를 입에서 빼며 단칼에 정리했다.

"엄마는 화를 내면 꼭 볼드모트 같애. 특히 '누구한테도 말하지 마. 절대로', 이렇게 말할 때."

파라가 모하한테서 받은 선물은, 세상에, 그냥 에어팟도 아니고 에어팟 프로였다. 필시 그 나이엔 가장 진심 어린 기기 아닌가. 나의 스무 살 시절엔 기름기 미끌거리는 공중전화를 잡는 것만으로 스페이스 오디세이에 탄 것과 같았는데. 골반에 클립으로 고정한 모토롤라 호출기를 응시하는 희열. 전혀 모르는 사람도 그럴 수 있었던 구애와 거절, 공격과 수비, 술집과 식당의 줄타기. 그러나 나노초마다 새로운 오프로드가 열리는 아이들과는 완전 무결하게 다른 세계의 이야기였다.

파라는 나한테 보여준 적 없는 얼굴로 반색했다. 나는 요즘 애들 선물이 미라의 머리카락이나 골동품 콘돔이 아니라는 것만으로도 마음을 놓았다. 그걸 안전한 섹스에 대해 토론할 기회로 이용할 생각은 없으니까.

나는 냉동고에 둔 와인을 꺼내 주섬주섬 열고는 코르크를 쓰레기통에 던졌다. 파라는 빗맞아 바닥에 구르는 코르크를 주우며 "근데 엄만 내 생일 선물 없어요?" 하며 짐짓 부르짖었다.

"나 좀 바빴어. 엄마도 네가 모르는 일로 바쁠 수 있어. 근데 모하는 고기가 없어서 서운하지 않아?"

나는 와인을 가져오며 말을 돌렸다. 파라는 상관없다는 얼굴로 "얘는 고기 안 먹어"라고 말했다.

"어머, 채식주의자였어?"

볼수록 신기한 아이였다.

"도축당하는 동물은 도살자의 "쉬이이이" 하는 입소리를 마지막으로 들으면서 죽는대요. 도축용 총은 작은 뻥튀기 소리를 내며 발사되는데 도축하는 사람들도 소를 죽이면서 내내 트라우마에 시달린대요. 책에서 그 얘길 읽은 다음부턴 고기를 먹지 않게 됐어요. 괜히 피맛도 나는 것 같아서요."

순간, "쉬이이이" 하며 엄마의 제스처를 막던 계동 아줌마가 떠올라 오싹해졌다. 결국 아줌마는 엄마를 밀렵한 셈일까.

"그럼 내 선물은 내가 벌어서 엄마 대신 나한테 할 거야, 바이크."

"바이크?"

"응. 예쁜 오토바이 있어. 야마하 SR400."

"야마하? 기타 만드는 회사에서 무슨 그런 것도 만들어?"

"오히려 그렇기 때문에 배기음이 좋은 거야. 타본 적은 없지만 덜덜덜 동동동, 그 소리가 너무 좋았어. 나는 기계하고 유유자적, 세상을 다닐 거니까."

농담인지 포부인지 장래 희망인지 분간이 안 되는 소리였다.

"오토바이 배기음에 대해 어떻게 그렇게 잘 알아?"

증발하지 않고 앉아 있던 모하가 분석적으로 끼어들었다.

"SR400은 바이크 타는 사람한테는 로망이거든요. 기어 변속할 때 왼쪽 발바닥을 한 번 내리면 기어가 올라가고, 발등으로 올리면 기어가 내려가니까 번거롭긴 해도 그게 참 맛이 나거든요."

"솔직히 말하면 공랭식으로 사고 싶어. 근데 그게 안 되니까 대신 혼다 슈퍼커브 시티 백을 사고 싶다고."

파라가 점입가경으로 뛰어들었다.

"세상에, 그래서 네 운동화가 그렇게 더러웠구나!"

어떻게 저런 사람이 있을까. 부모 캐릭터는 간교한 진실함이 더해가는 아이들 눈에는 그저 한 입 거리일 뿐이었다.

"기어 변속도 앞 발꿈치와 뒷발꿈치로만 넣으니까 신발 더러 워질 일도 없고, 배달용 오토바이처럼 생겼지만 클래식해서 요 즘 다들 얼마나 열광하는지 몰라."

"발광이 아니고?"

"연비가 얼마나 좋은지 기름 냄새만 맡아도 간다니까? 리터당 아마 60에서 90킬로미터?"

이것이 열망의 대수학적 증거이며 협상의 필수적 적용인가?

"사실, 저도 있어요, 혼다 슈퍼커브."

모하가 내 눈치를 보며 떡볶이를 포크로 찍었다.

"아까도 같이 타고 왔는걸?"

파라도 떡볶이 두 개를 들고 입을 드넓게 벌렸다.

"모하는 전에 이베이에서 120만원짜리 바이크를 샀는데, 출력 이 딸려서 속도를 더 내도록 개조한 적도 있어. 그랬더니 바람의 저항을 가볍게 떨쳐버리고 시속 140킬로미터까지 나온대."

나는 로켓 소음을 질렀다.

"그래. 얼마나 하디?"

"237만원."

파라는 차라리 비열한 표정을 지으며 입을 오물거렸다. 나 같 은 부모도 미칠 수 있다는 걸 모른다는 듯이. 아님 미쳐버린 엄마 를 친구한테 보여주고 싶다는 듯이.

"세상에, 그 비싼 거 타고 죽음의 즉석 레이스를 하시겠다고? 길거리 배기가스 다 들이마시면서?"

"내가 아는 사람은 햄버거 먹으러 갈 때도 스즈키 GSX 1300R 하야부사를 타고 간대. 완전히 로드 킬러래. 별명도 과부 제조기. 근데도 그 사람은 야마하 R6하고, BMW R1100S까지 오토바이가 다섯 대나 있어. 그렇다고 자기를 폭주족으로 생각하지도 않는 대."

"니가 아는 사람 누구?"

"벤 애플렉."

내 입에서 가속 페달을 밟는 요란한 소리가 났다. 나는 파라가 휴대폰을 바꿔달라고 할 줄 알았다. 손바닥 크기의 플라스틱 수류탄을 주기적으로 바꿔주는 건 요즘 부모의 소매적 통과 의례니까.

"자전거라면 지금 당장 사줄 수 있어."

"바이크하곤 다르지. 엄만 바이크 인구가 얼마나 늘었는지 하나도 모르면서. 아마 자전거 인구의 열 배쯤 될걸?"

"너의 비과학적인 추정에 의하면?"

"바이크는 세상에서 마지막 남은 자유의 보루니까."

"자전거가 훨씬 자유로워."

파라는 구겨진 낙심을 표정에 새겼다. 하긴, 자전거의 지긋지

긋한 수요는 고속열차보다 위엄 있는 바이크에게 진작 추월당하
고 남았을 것이다.

"그렇게 따지면 두 다리가 제일 자유롭지."

파라가 방독면을 쓴 것처럼 입술을 내밀었다. 나는 의구심으
로 망설였다. 나의 훈장은 요즘 아이들을 이해하지 못한다는 것
이었다. 논리적인 결론 대신 이해하는 척하느라 분주한 것이 부
모 세대의 근본적인 문제니까. 내가 어떤 원칙으로 교육받았든,
내 부모와 똑같은 실수를 하지 말아야 한다는 강박에 시달리든,
내 한계 밖의 더 나은 부모가 될 순 없었다. 설정된 한계들은 내가
물려받은 유산이라서.

"무조건 안 돼. 여기가 오스트리아도 아니고, 서울만큼 운전 매
너가 함부로인 데가 있을 것 같아? 누가 니들 옆에서 같이 달리다
말고 커피 마신다고 먼저 가라 손짓한대?"

"헬멧 쓰고 조심조심 타면 돼."

"자유의 보루라면서 조심조심이 되니? 차 없는 도로에서 빨간
불이라고 정지선에 맞춰서는 건 쉽고? 너희들 가는 길마다 바이
크 타다가 깔려 죽은 시체들이 시궁창에 쌓여 있을 거라고."

우리는 서로에 대한 관념을 고정화하진 않았지만 어떤 때는
모녀 간의 성마른 역할을 끝까지 써버렸다. 나는 저작근이 도드
라지도록 어금니를 물었다.

"그나저나 면허는 있고?"

"딸 거야."

파라 목소리도 메조 소프라노로 높아졌다.

"그럼 저번달 17일엔 혜화동에서 면허도 없이 바이크를 탔다는 거네?"

나는 도로의 행락지에 집결한 그날의 레이스를 지적했다. 아이들은 충격의 침묵에 싸여 서로 마주 보았다.

"삼청동 갤러리 가는 길에 다 봤어. 너, 아주 떼거리로 달리더라?"

"제 거 빌려준 거였어요. 파라가 타보고 싶다고 해서……."

모하는 다소곳하게 투지만만했다.

"그럼 넌 어디 있었는데?"

"전 다른 애 꺼 타고 뒤에서 따라가고 있었어요."

"헬멧 썼는데 난 줄 어떻게 알았어?"

파라가 입술을 동그랗게 모으며 감탄사를 만들었다.

"딸이 오만 군데 검정 칠을 하고 다녀도 부모는 다 알아. 하기야 흰 톱에 백팩이면 답이 나오지. 그건 그렇다 치고, 헬멧은 사이즈 때문에라도 모하가 빌려줄 수 없었을 텐데?"

모하는 나치 근위병처럼 변한 나를 보고 눈을 내리깔았다. 뼈대가 큰데 반해 유달리 섬세한 속눈썹을 보자 내 기세가 잠깐 꺾였다.

"내 거야."

그 순간에는 조금 고지식하고 팽창된 긴장이 있었다. 집에서는 헬멧 비슷한 것도 못 봤는데, 가방에 책이 아니라 헬멧을 넣고 다녔다는 걸까?

"면허도 없는데 헬멧부터 샀다고?"

"땄어. 작년에."

파라와의 관계에 있어 오히려 내가 감정적인 청소년 같았다.

"모하도 헬멧 갖고 와봐."

모하는 백팩에서 끓어오르는 용암 도안의 헬멧을 꺼냈다. 내 피가 촘촘하긴 한데 표면이 유달리 반질반질해서 도무지 미덥지 않았다.

"이거 쓴다고 사고 나면 안 죽어?"

"안 죽어."

"내 말은, 의도는 알겠는데 방법이 나쁘다는 거야. 목숨 걸린 일에 그렇게 우쭐해할 거면 차라리 암벽 등반을 해."

나는 아무것도 원하지 않거나 전부를 원했다. 그리고 가끔 같은 논쟁으로 둘 다를 원했다.

"내 친구 아들은 공부도 잘하고 아주 똑똑했어. 그애는 오토바이 타는 형이 너무 멋있어 보여서 죽어라 퀵 서비스 아르바이트를 해서 제일 싼 걸로 하나 샀대. 그런데 강변도로를 달리다가 속도를 못 이기는 바람에 고가도로를 못 타고 난간을 들이받은 거지. 헬멧은 완전히 산산조각 났고, 머리에선 피가 끝도 없이 흘렀대. 결국 병원으로 이송되는 도중 죽었어. 상식적으로 생각해봐. 자동차에서 바퀴 두 개를 뺀 게 오토바이 아냐? 병원 응급실에서 일하는 내 친구 동생은 입만 열면 그랬어. 오토바이 사고는 그대로 끝이라고. 차 타면 다칠 거, 오토바이 타면 죽는다고. 너, 오토바이 사고라는 게 그냥 무릎 까지고 허리 삐고 얼굴에 멋지게 흉터 생기고, 그게 또 훈장처럼 멋있고, 그럴 줄 알지? 아니, 코가 없어지고 눈이 없어져. 그건 약과야. 눈꺼풀이 사라졌을 때 안구에 어떤 일이 벌어질지 상상해보면 알 거야. 세상에 눈도 못 감는대. 그럼 어떻게 되겠어? 인공 눈물을 1초마다 달고 살아야 돼. 결국 눈도 못 감고 죽는 거지. 그건 또 그렇다 쳐. 팔 다리 머리 허리 할 것 없이 온몸이 산산조각나는 건 또 어쩔 거야? 스카이다이빙 하다 낙하산이 안 펴져 추락한 사람하고 똑같다는 거 아냐? 뼈가 200군데나 부러졌는데 구급 요원들이 들 수나 있었을 것 같아? 삽으로 펐다고."

삶 전체를 저돌성으로 무장한 시기에는 어떤 환란도 막을 자신이 있겠지. 나는 사실이 아니라 감정을 꺼냈다.

"어쨌든 그 사람이 죽은 건 아니잖아?"

파라는 내 말에 아무 영향을 받지 않았다. 결국 부모는 자녀의 상상 속 세상에서 불쌍한 조연 역할만 할 뿐이다. 공포는 아주 특징적인 두려움이지만, 늘려진 공포심은 딸이 사고로 죽을지 모른다는 불안으로 적셔졌다. 도로는 기필코 도시의 전선이 되어 핏자국처럼 아이들을 따라다닐 테니까.

세 번째 그룹전 때 동료들이 탄 차가 횡단보도 옆에서 좌회전 신호를 기다리며 섰는데, 왼편에서 달려오던 오토바이가 차 범퍼를 벗기듯 스치더니 중심을 잃고 사선으로 도로중앙선을 타넘다가 반대 차선에서 달려오던 소나타와 부딪친 일이 있었다. 모두 비명을 지르며 밖으로 나갔지만 오토바이에 탄 소년은 거의 20미터를 날아가 즉사한 상태였다. 아마추어적인 자기 분석이겠지만 그날 이후 나는 모든 위협을 바퀴 두 개에 전이시켜버렸다. 모하가 다시 끼어들었다.

"저, 사실 오토바이 수리 기술 배웠어요. 자동차 수리도 배울 거예요. 나중에 필요할 것 같아서요."

"나중에 언제?"

"파라하고 내년 봄에 바이크로 유럽을 달리자고 했거든요. 그래서 여행 코스를 어떻게 정할지, 지도의 선과 색과 상징을 해석해서 어떻게 루트를 짤지 공부하고 있었어요. 가고 싶은 데를 찾는 법을 스스로 배우자고요. 그러자면 도중에 고장 나도 고쳐 가며 타야 할 테니까요. 돈 떨어지면 와이너리에서 포도 수확 아르바이트 같은 것도 하고요."

아무리 작은 약속도 평생 지키겠다고 맹세하는 아이의 어조였다.

"정해진 방식대로 살면 자유 같은 건 꿈도 못 꿀 거야, 엄마."

파라의 눈은 더 멀리 내가 보지 못하는 곳을 향했다. 파라는 고집 센 말 위에 앉아 평원을 달리고 있었다. 통제라는 것 자체가 없었다. 아니 통제한다는 환상도 없었다. 파라의 방 벽에는 베를린, 맨체스터, 멕시코시티 지도가 영화 포스터 크기로 붙어 있었다. 특정한 거리와 모퉁이, 광장은 판독 불가능한 낙서로 가득했다. 안 그래도 궁금했었다. 파라는 지도 제작자가 되고 싶은 건지, 도시 건설자가 되고 싶은 건지. 이제 보니 파라에게는 살아 있다는 것이 완전히 새로운 의미를 띠고 있었다.

나는 아이들이 밟으려는 도시와 도시 사이의 거리를 헤아리며 지도상의 점과 점을 연결해보았다. 나는 모든 사람이 모든 사람에게 이건 해도 되고, 저건 하면 안 된다고 윽박지르는 도그마 속에서 자랐다. 나더러 뭔가를 강요한 사람들도 그들의 부모와, 그 부모의 부모가 하라는 걸 하며 살았을 테니까.

내 마음은 분명 무엇을 말하고 있는데, 알 수 없는 것이 그 소리를 막았다. 지금 파라는 〈율리시스〉처럼 퍼즐을 풀며 세상의 뒤편을 뒤지려 하고 있었다. 그 자체로 흥분되는 일을 벌이며 세상을 제어할 수 있다는 것을 증명하고, 낯선 사람들이 자기와 사랑에 빠지게 하고, 서울을 떠난 부재의 향기를 풍기고, 미래의 고독을 창공으로 날리고 싶은 것이다. 결코 가지 못할 화성 여행의 탐미적인 스릴을, 시간의 자장 밖에서 비교당할 수조차 없는 일들을 원하는 것이다.

"니는 이딜 가두 다녀갔다는 표시를 빵으로만 할 거야. 멸종 위기의 안경원숭이며, 자바코뿔소, 코모도 왕도마뱀이나 화이트해마를 위험하게 만드는 짓은 안 할 거야. 길바닥에 인절미를 뿌려서 얼마나 안전하게 다녔는지 표시할 거야."

이 이야기의 핵심은, 파라는 길을 걸을 때도 경사와 도로의 재질을 살펴보는 아이라는 사실이었다. 그러니까, 아이들이 앉아서 로켓을 개발하고, 세계 미술관을 입체로 뒤질 때 나는 어법의 오류나 지적하는 꼴이었다.

"그래서, 그런 데를 모하하고 단 둘이 간다고?"

"피라미드를 건설하려면 노예가 있어야지."

"중간에 힘들어서 포기하면 어쩌려고?"

"포기하고 아니고의 문제가 아니야. 우리가 무슨 일을 하든 세상이 지켜볼 거야. 난 그게 중요하다고 생각해."

뜨거운 데 갇혔다가 찬바람을 맞는 기분이 들었다. 세상에 하나의 기준만 있진 않을 것이다. 아이에게 부모 기준을 따르라고 요구하는 것이야말로 구식 부모의 구식 훈육 아닌가. 파라는 지금 본래의 자신이 되려고 하고 있었다. 나는 행복의 정의를 찾은 파라가 부러웠다. 내 역할은 아이들에게 어디서 객사할지 모르니 여행 보험에 들라고 조언하는 것까지였다. 그래 봤자 이차적인 기피였지만, 십대를 위한 이륜차 보험료를 따지는 순간 부모로서의 비애를 느꼈다.

38

나는 철쭉색 마카롱을 반만 먹고 내려놓았다. 마카롱은 너무나 달았다. 살아생전 더 이상 단것을 먹을 수 없을 만큼 달았다. 정직하게 말하자면 나는 아이들을 시샘했다. 아니, 고통스러운 질투 이상의 감정이었다. 나는 진 적이 없었다. 싸운 적이 없었기 때문에. 다친 적이 없었다. 충돌한 적이 없었기 때문에.

나도 가끔 모험을 상상했다. 거의 고대적인 갈망 속에서 머리를 비통하게 풀어헤친 뭉크의 여자를 살피고, 세잔의 침통한 연둣빛 사과를 보고, 중세 수도원에서 쇼팽 독주회를 듣고, 12시에 튀니지 동굴에서 구운 양고기를 먹는 것. 매일 석양이 지는 뭄바이 강변도 산책하고 싶지만 거기까지 가자면 서울처럼 차도를 너무 많이 건너야 할 것이다.

나는 노동의 대가로 빵을 맞바꾸려다 허리가 굽은 밀레의 농부를 떠올렸다. 그리고 밀레의 성서적 이미지를 베끼던 고흐를. 그러나 고흐는 꿈대로 살았고 자기만의 이미지를 만들었다. 내가 가진 약점의 리얼리티는 인정할 수밖에 없었다. 몸에 불을 지른다고 해도 아무도 나를 쳐다보지 않을 거라는.

나는 현실적인 방패를 꺼냈다.

"너도 알다시피 엄만 돈 없어. 내가 버는 돈이 어디 숨었는지는 우주 최고 제임스 웹 망원경이라 해도 못 찾을 거야. 그렇지만 고흐도 항상 동생한테 불만을 털어놓았대. 예술적이라고는 하지만 딱 생존할 만큼만 버는 그 이상한 직업에 대해서."

파라는 애매하게 고개를 저었다.

"사실 고흐는 그렇게 가난하지 않았는지 몰라. 하늘을 그리는 데 파란색 물감을 그렇게 많이 쓴 걸 보면. 그 코발트 블루 물감은 당시에 그렇게 비쌌대. 평생 천 점이 넘는 그림을 그렸는데 가난했다면 어떻게 그 비싼 물감을 살 수 있었겠어?"

"그런 소린 또 어디서 들었니? 고흐가 가난했다는 건 정설이야. 네가 하는 말은 다 떠도는 야사라고."

나는 태세를 바꾸어 일시적일 리 없는 유아기로 돌아갔다. 그렇지 않다면 내 입에서 반은 장광설, 반은 장송곡 같은 넋두리가 쏟아질 것이다. 나는 방향을 틀었다.

"모하도 고흐 좋아해?"

"저는 고야 좋아해요."

"고흐 아니고 고야 좋다는 사람은 또 처음이네?"

"고야는 종교를 엄청 비판했어요. 전쟁이 사람을 괴물로 만든 다는 얘길 항상 했대요. 당시 기준으로 보면 사회와 엄청 안 맞는 사람이었겠죠. 그러면서도 평생 천 점도 넘는 소묘를 그렸다니, 정말 놀라워요."

모하의 숨결은 내 커피 잔에서 뿜어져나오는 증기만큼이나 눈에 잘 띄었다.

"다른 사람들이 아무리 뭐라고 해도 자기가 그리고 싶은 것만 그린 거죠. 저는 진짜 그게 제일 부러워요."

모하 또래의 집단 어휘는 그 나이가 느끼는 것들이 뇌에서 자발적으로 연소되는 거라고 생각했다. 그런데 열일곱 살 소년은 대상을 바라보며 시각을 바꾸는 법을 이야기하고 있었다.

나는 파라를 보며 달콤하게 미소 지었다.

"바이크 사줄게. 단, 네가 나한테 어떤 선물 하는지 보고."

바이크 선물과 내 얕은 수완의 수렴.

파라는 호방하게 웃었다.

"내가 어떤 선물을 해도 놀라지 않을 거지?"

"당연히."

나는 여전히 인격을 보여주는 표정을 지었다.

"여기 갖고 왔잖아." 파라는 팔꿈치로 모하 옆구리를 찔렀다.

"리본으로 칭칭 감고 올걸 그랬나?"

그 순간, 내 마음 속에서 이런 말이 들렸다. 포장을 풀어봐도 되겠니?

나는 얼굴을 숙이고 내 잔에 와인을 따르려는 모하의 손을 저지하지 않았다.

"작업실에 내려가봐. 네 생일 선물 거기 있어."

파라는 눈사태처럼 달려갔다. 계단의 핸드레일은 파라의 속도를 이기지 못하고 순간적으로 휘청거렸다.

"아직 다 그린 건 아니야!"

내 말은 계단 통로에 닿지 못했다.

39

집의 모든 조명은 모히를 위한 스포트라이드였다. 식탁 등이 그 얼굴 위로 그림자를 만들자, 눈동자에 땅콩색이 돌았다. 나는 모하 얼굴의 밝은 부분과 어두운 부분을 나누어 보았다. 고요는 소음이 새어나가지 않게 스튜디오 벽을 덮은 카펫 같아서 조금 거북했다. 혹은 아무도 나가거나 들어오지 못하는 탱크 안의 느낌? 나는 와인잔을 코에 대보는 제스처도 잊고 입에 부었다. 순진한 맛이 났다. 모험을 떠나기엔 아직 뼈가 여린 아이의 맛이. 두번째 잔도 모하가 채우도록 그냥 두었다. 열일곱 살 남자애가 소주라면 모를까, 와인병 아래를 잡고 차분히 따르다가 마지막 순간에 손목을 돌리는 법은 언제 배웠을까.

"그런데 궁금하지 않아? 어떻게 내가 한 근도 넘는 감자를 신데렐라처럼 혼자 다 깠는지, 닭을 튀기는데 닭이 어떻게 팬에서 뛰쳐나와 내 목을 졸랐는지, 그리고 너는 어떻게 한 시간 넘게 준비한 음식을 그렇게 10분 만에 다 먹을 수 있는지."

나는 스스로 일구어낸 사소한 승리를 좋아했다. 파라를 논리적으로 제압했을 때의 승리감 같은. 모하는 엉뚱한 데 온 불독의 어리둥절한 표정을 지었다.

"죄송합니다."

테스토스테론이 모하의 목소리를 낮게 만들었을까. 목젖이 축구공 크기면 목소리가 저렇게 깊을까. 동그란 턱에 자라다 만 수염이 고슬고슬해 보였다.

"그런 수염은 뭐라고 부르는 말이 있는데?"

"검색해볼게요."

모하가 바로 휴대폰을 찾았다.

"깎으란 말은 아니고."

오십을 넘긴 여자의 두려운 순간에는 이런 대화가 이상한 게 아니라고 생각했다. 친구들끼리 쪽지를 돌리고 공책 사이로 사루비아 문고판 소설책을 들추며 몰래 읽던 백일몽의 시절, 블라우스 버튼 두 개를 풀고 선생님을 올려다보던 마법의 트릭일 뿐.

무엇이 시간을 벌어줄까. 잡아당기거나 늘어뜨리면 될까. 장식장 위의 제라늄은 습한 열기와 뒤엉켜 텁텁해 보였다. 확실히 꾸밈없는 온기로 채워진 담백한 실내라고 말할 순 없었다. 나는 모하가 눈치채지 못하게 발가락으로 러그를 정돈하며 집을 둘러보는 그 눈길을 따라갔다. 아무것도 없었다. 자기가 그린 그림 하나 걸려 있지 않은 화가의 집이 다른 사람에겐 어떻게 보일까?

명색이 화가라면 딸의 초상화 정도는 그릴 법했다. 딸이 달팽이처럼 못났다면 이야기가 다르겠지만. 나는 서 있는 파라를 그릴지 의자에 앉은 파라를 그릴지를 정해야 했다. 서 있는 파라를 그린다면, 발레복 올 사이로 스민 백만 개의 빛깔을 표현할 수 있을 것 같았다. 앉아 있는 파라를 그린다면 의자 자체의 색깔과 발레복의 대비가 비범한 그림자를 만들 것이다.

생각해둔 의자는 있었다. 엄마가 늘 기우뚱한 자세로 앉아 담배를 피우던 토넷 의자. 나는 벨라스케스의 〈시녀들〉을 참고했다. 시녀들 사이에 서 있는 공주는 거울에게 경고하는 동화의 정지 화면 같았다. 거울 안에서 바뀐 실내의 방위는 오묘하게 영적으로 보였다. 진실된 것은 추하게, 추한 것은 왜곡되게 과장한 뒤엔 조각난 거울이 그 장면의 머리 위로 쏟아질 것이다.

나는 거울에 비치는 예쁜 얼굴을 믿어서는 안 되며, 트루 미러로 보이는, 남에게 보이는 그대로의 얼굴이 얼마나 이상한 생쥐 같은지 표현하고 싶었다. 내 인생에는 거울을 보지 않았던 시간도 있었지만 다른 방식으로 내 몸에 거주하는 파라의 시간을 그리고 싶었다. 거울의 환영에 둘러싸인 이면적인 세계에 먹히지 않고 어떤 왜곡으로부터도 손상되지 않는 열일곱 살의 파라를 그리고 싶었다.

작곡가는 시작부터 선율의 불운함을 알 것이다. 화가도 다르지 않을 것이다. 그러나 이젤 앞에 앉기만 하면 덮개를 바꾸는 비행기 출발 안내판처럼 자꾸 서성거렸다. 화가의 최악은 정교하지 않거나 미해결된 상태일 것이다. 렘브란트처럼 속도감 있는 드로잉으로라면 수월했을까.

생일이 가까워져도 몇 가지가 표현되지 않았다. 파라 얼굴의 미묘한 비대칭, 눈에 띄지 않지만 살짝 크기가 다른 눈의 신비스러움, 중성적이면서도 어딘지 이 세상의 것 같지 않은 비물질성에 도무지 다다를 수 없었다. 결국 파라의 초상화는 사회적 인정이 내리막길인 화가의 마지막 안간힘. 나의 치명적 습득 장애는 제대로 된 타이틀 한 번 갖지 못하고 무미하게 생략돼버린 내 작가 인생과 닮았을 것이다.

40

스러져가는 햇빛이 캔버스째 들고 오는 파라를 비추었다. 파라의 머리카락이 진노랑색으로 변했다가 투명해지더니 순간적으로 몸 전체가 보이지 않았다. 모하가 그림을 받아들고 소파 위에 세울 때 뒷목 바깥으로 나온 귀가 백자 손잡이처럼 보였다.

모하는 주의 깊게 그림을 응시했다. 모하가 길고 예민한 안테나로 그림 전체를 느낄 때 나보다 글을 잘 쓰는 친구에게 초고를 보여주는 기분이 들었다.

"아직 미완성이야. 파라 생일에 주려고 서두르긴 했지만. 그렇지만 기한을 못 지킨 건 미켈란젤로도 똑같았을걸?"

"너무 여러 가지가 생각나요. 붓놀림이 촘촘하지 않아서 약간 프랑스 인상파 그림 같아요. 그림이 하고 싶은 이야기가 많은데 구도가 기우뚱하니까 괜히 카라바조도 생각나고요. 잘 모르지만 티치아노 느낌도 있어요. 배경이 어두운데 감정이 드러나는 걸 보면요."

모하가 말하는 방법에는 까다로움이 있었다. 그는 목소리를 높이지 않고 천천히 말했다. 내 관능의 중심에는 내가 상상하지 못했던 목소리의 음색과 사운드가 있었다. 누군가 언어를 사용하는 방식은 그 사람을 보는 나의 방식이기도 했다. 그리고 스쳐 지나가는 감정 하나와 괴로움 하나의 차이를 집어내는 모하의 능력. 나는 모하 앞에서 내가 모르는 방식으로 나를 알게 되었다. 그냥 내 자신을 경험했다. 그러나 어쩐지 숨고 싶었다. 모하의 품평 뒤로 두 박자 늘어뜨려진 파라의 미소가 딸려나왔다. 나는 모하를 보는 파라의 눈동자가 다시 깜빡거리기까지 걸리는 시간을 측량해보았다. 내가 포함된 오버랩의 접점을.

"저도 잘 몰라요. 그냥 느낀 대로 말씀드린 거예요."

베일이 드리워진 눈이 부드럽게 깜빡거릴 때도 동면에서 깨어난 듯 어리벙벙하고 예절 바른 얼굴은 달라지지 않았다.

"너는 어떻게 그림을 그런 식으로 설명할 수 있는 거니? 어떻게 그렇게 다른 방식으로 표현할 줄 아는 거니?"

모하는 보이지 않는 붓을 들고 그림 쪽으로 몸을 기울였다. 눈을 가늘게 뜨고 손가락으로는 붓 터치를 미세하게 조정했다. 감춰진 파라가 그림자 표면에 비치는 것처럼 .

"저는 사람을 보면 얼굴이 제일 먼저 들어와요. 그래서 그림을 볼 때 얼굴이 옷에 묻히지 않는지 봐요. 얼굴을 보면 또 눈이 먼저 들어와요. 사람들은 초상화에 눈이 있는지 잘 모르더라고요. 당연히 있다고 생각하니까요. 그런데 이 얼굴은 제가 보는 파라하고 똑같아요. 자신감을 한 번도 잃은 적 없는 사람의 눈이요."

모하의 공손한 어투는 흐트러지지 않았다. 나는 모하 치아에 닿는 윗입술의 움직임이 좋았다.

"내 눈이 저렇다고?"

파라는 연분홍색과 녹색 얼룩이 섞인 젤리를 씹으며 눈을 크게 떴다. 젤리 색깔과 대비되는 파라의 흰 얼굴은 얼핏 폼페이 벽화의 모자이크처럼 섬세해 보였다.

"난 의자에 앉을 때 저런 포즈 안 취해. 저건 엄마의 상상이니까."

입안에 든 것을 마저 삼키고 파라가 말했다. 모하는 조금 더 신중해졌다.

"발이 안쪽으로 모아져 있어서 조금 부자연스러워 보이긴 해. 고개가 돌아간 각도도 손의 위치도 그렇고. 그래서 그 마음을 하나도 모르겠어. 나를 외면하는 것 같아서 좀 외로워."

이 아이는 내가 꺼내지 않았던 이야기의 어디까지 들추어 본 걸까? 나는 의미를 해석하는 모하의 식견에 어안이 벙벙했다. 파라도 입에 스트로를 문 채 눈을 또르르르 굴리며 모하의 입술을 따라갔다.

210

파라의 발을 그릴 때는 고비가 있었다. 뭔가 치솟아오르다 턱 밑에서 막혀버렸달까. 발을 이질적으로 그린 것도 뭔가 어긋나 있으면서도 직진하며 파고드는 파라의 위엄을 보여주고 싶어서 였다. 의자의 방향을 약간 튼 것도 형태가 배경에 먹히지 않게 하려는 의도였고.

"그런데……."

낙담한 표정이 그 얼굴에 스쳤는데 너무 빨리 지나가 알아챌 수 없었다.

"왜 이렇게 슬픈 느낌이 드는 건지 이제 알았어요. 파라는 엄마를 너무 사랑해서 언젠가 헤어진다는 게 너무 무서운 거예요."

내가 내 그림에서조차 손님이었다는 자책감이 급습했다. 동시에 모하의 감상은 나의 닻을 감아올렸다. 스스로 화단 위계질서의 밑바닥 인생이라고 여기다가 오늘 처음으로 나에게서 특별한 것을 발굴해준 스승을 만난 기분이었다.

모하는 잠시 말이 없었다.

"내가 아무 말도 하지 않았는데 어떻게 그렇게 잘 알아? 나도 이 그림 속으로 한번 들어가서 나한테 물어보고 싶네. 네 말이 맞는지."

파라는 표정을 숨기고 얼음이 달그락거리는 라테 잔을 빙빙 돌렸다.

"저는 물감으로 그리는 그림이 진짜 좋아요. 물감으로 그린 그림은 죽지 않는대요. 그건 시니까요."

모하는 실재하는 세상과 묘하게 어울리지 않는 소년이었다. 그러면서도 이상적인 아이로 보이다니. 파라도 나 같은지는 알 수 없었다. 파라는 자기를 방해하는 것에 휘둘리지 않는 즐거움을 알고 있기 때문에. 이런 사람들에게 아이로 머물러주기를 바랄 수 있을까.

덥수룩한 앞머리 아래 모하의 홍채가 따뜻한 물처럼 나를 어루만졌다. 그 미소가 주는 메시지는 나를 뒤틀었다.

"어쩐지 조금 부끄러워. 나한테는 그림 자체가 현실 도피라는 생각을 했거든."

"아니에요. 역사 속에서 숨 쉬는 시를 쓰고 계신 거예요."

나는 이 순간을 영원히 가슴에 새기기로 결심했다.

"그럼 나, 앞으로 좀 더 그려도 되겠니?"

모하는 입 모양으로 "네"라고 말하며 미소 지었다.

종종 내 손을 사자 입에 집어넣고 내가 대체 무슨 수를 써야 하는지 한 소년에게 물어보고 싶었다. 나는 기다렸다. 나에게 필요한 게 뭔지 가르쳐줄 소년을, 문제를 풀지 못해도 힌트가 되어주는 친구를.

세 잔째의 신드바드 와인은 즐거움을 만드는 수용체가 되었다. 나는 잔을 손으로 감싸고 욕심껏 더 마셨다.

"전시 계획 또 있으세요?" 모하가 물었다.

그 말은 묶인 발로 절름거리는데 갑자기 깁스를 풀고 마라톤 선수가 되라는 것과 마찬가지였다.

"계획 같은 거 없어. 전시 자체가 겁나기도 하고."

"너무 완벽하려고 해서 그런 것 아닐까요?"

"갈수록 그림이 어려워져. 까닭을 알 수 있다면 다시 잘 그릴 수 있을 것도 같아."

언젠가 나만의 사조를 만들 거라는 망상은 조르주 루오를 향한 마지막 존재 증명일 것이다.

나는 두 병째 와인을 땄다. 모하는 잔이 비지 않도록 계속 채워 주었다. 파라의 한 손은 다 마신 라테 잔을 만지작거리고, 다른 손은 카누 같은 모하 다리에 얹은 채 모든 것을 경청하고 있었다. 파라의 시선은 모하의 살짝 굽은 어깨부터 소매 밖으로 뻗은 팔의 움직임에 따라 자욱하게 움직였다. 질투를 떨치는 것은 얼마나 어려운 일까. 문득 내 남은 삶이 절망적일 것 같은 기분이 들었다. 애처로운 탈출구는 공포보다 더할 것이다. 무슨 이런 인생이 다 있나? 가능성은 모두 다른 데로 떠나버린 모래투성이 세상. 걱정 많은 괴물이 되어 평생 돌 밑에서 웅크린 시간.

소년의 껍질은 부드럽고 흠이 없어야 하며, 살은 단단해야 한다. 그건 오픈하고 한참 지나도 마실 수 있는 와인 같은 것. 와인을 한 번에 털어넣지 않고 조금씩 마시면서 나는 또렷하게 호를 그리는 모하의 입술과, 활처럼 뭉툭하게 뻗은 콧날을 응시했다. 살짝 휜 눈썹은 하라주쿠에서 놀러온 아이 같으면서도 이상하게 고전적으로 보였다. 내 속의 나는 아무도 모르는 것을 알고 있었다. 내 속의 나는 다른 사람과 아무것도 나눌 수 없다는 것을.

41

별안간 시야가 흐릿했다. 조명 탓인지 젖꼭지와 배꼽이 따뜻해졌다. 몸이 가벼운지 무거운지 알 수 없었다. 술이 주는 불편함은 가끔 특이한 모욕이나 어떤 침투 같을 때가 있었다. 마음 밖으로 뻗지 못하는 징후는 전적으로 신체적이었다. 믿을 수 없게 더웠고, 뭉개질 만큼 피곤했다. 나는 접시로 눈을 떨군 채 발을 흔들기 시작했다. 두 팔을 엇갈려 상체를 껴안고 앞뒤로 삐걱삐걱 졸았다. 그 상태로 종이 울리는 것처럼 녹녹한 잠에 빠져들었다. 백스테이지 같은 양장점 부엌에서 엄마가 녹두전 부치는 소리를 들으며 나도 모르게 잠들었을 때처럼.

나는 스스로를 먼 미래 부족들이 나를 보는 것처럼 보기 시작했다. 아이들의 대화는 비행기 소리처럼 가물가물 들렸다. 그애들의 증인이 된 기분은 흐뭇함이라기보단 연민과 가까웠다. 눈을 떴을 때 모하와 파라는 아까보다 좀 더 떨어져 앉아 있었다. 술도 안 마셨는데 둘의 얼굴이 붉었다. 나는 단번에 알았다. 파라가 모하의 영혼을 빼내 미치광이 칩을 이식했고, 둘은 키스했다는 것을.

나는 의자 팔걸이에 비스듬하게 기댄 채 진흙보다 짙은 모하의 입술을 보았다. 파라는 위를 쳐다보며 손톱 거스러미를 물어뜯었다. 그 순간 내 상체가 앞으로 기울면서 소금병과 냅킨을 손으로 쳤다. 모하가 허리를 숙여 탁자 아래로 팔을 뻗었다. 올릴 것 같지 않은 티셔츠와 내릴 것 같시 않은 청바지 사이로 팬티 밴드가 솟았다. 나에겐 인생관을 망칠 수도 있는 찰나였다. 말하자면 나는 살짝 드러난 소년의 허리 때문에 죽을 수도 있었다.

"더워."

파라가 셔츠를 펄럭거리며 일어나 창문을 열었다. 바람이 후추 냄새와 함께 씻겨 들어왔다. 아카시아 냄새, 여전히 매달려 있는 옆집 국기 냄새, 옛날 레코드 가게에서 나던 곰팡한 냄새. 모든 것이 혼란스럽게 뒤섞여 있었다.

호기심으로 뻗어나간 시간은 차차 감각을 잃었다. 모하는 여전히 마네의 올림피아처럼 꼿꼿이 앉아 있었다. 손바닥이 고무호스로 맞은 듯 들먹거렸다. 반쯤 남은 물을 길게 들이키자 폐가 조여들었다. 우리는 결국 시계를 본다. 생활 속에서 시계를 보는 눈은 보통 실망스러워 보일 것이다.

모하는 난처한 듯 큰 동작으로 일어났다.

"이제 가보겠습니다."

"벌써?"

파라가 말도 안 된다는 듯 눈을 동그랗게 떴다.

"벌써 9시야." 모하는 턱을 움츠리며 말했다.

"실은 오늘 고모 결혼 10주년이라 저희 집에서 가족 모임이 있어서요. 좀 늦게 간다고는 했어요."

모하가 식탁을 치우려고 손을 뻗자 나는 명령하듯 손사래를 쳤다.

"내가 치워. 그런데 난 어떻게 조금만 뭘 해도 이렇게 온 사방 어지럽히는지 몰라."

순간, 약간 휘청거렸는데, 야생 동물처럼 지방이 없는 모하의 팔이 곧바로 내 허리를 잡았다. 내 입에서 으스러지는 소리가 났다. 그 소리엔 핑계가 필요했다.

"내가 술 취했다고 놀리면 안 돼. 나 술 잘 못하거든. 그렇지만 모하는 취한 어른 정도는 이해해줄 수 있는 나이 아니니?"

"아이, 엄마. 모하 불편해하잖아."

파라가 내 허리에서 모하 손을 떼어냈다. 붙잡은 건 내가 아닌데.

"불편? 어떤 남자가 나랑 술 마시는 걸 불편해해?"

뿌리치듯 손을 정수기로 뻗다가 선반을 쳤다. 선반이 휘청거린다 싶었는데 그 위에 놓인 그릇들이 그대로 쏟아졌다. 심지어 엄마가 준 소금 접시까지, 주방을 예쁘게 만들던 것들이 다 깨졌다. 모하가 "제가 치울게요, 다쳐요" 하며 다가오자 나는 포효했다. "저리 가!"

시간은 모하 얼굴에서 빠져나와 파라의 창백한 표면으로 헤엄쳤다. 뇌엽 먼 구석에서 원시적인 충고가 들렸다. 다시 떠오르기 전에 가라앉히라는.

모하는 어깨를 으쓱하는 중간 정도의 봄짓을 보였다. 잠시 외로움을 느꼈다. 아주 잠시. 나는 접시 조각을 피해 일어났다. 모하는 갸냘프지도 남자답지도 않은 악력으로 내 손을 쥐었다. "조심하세요. 그리고 생신 다시 한번 축하드려요."

현관문이 열리기를 기다리는 불합리하도록 짧은 시간, 파라가 "휴대폰 챙겼어?" 하는 질문이 내 실수인 것처럼 신경쓰였다. 나는 모하와 서로 가볍게 안는 서양식 허그를 하고 싶었는데 장어같이 빠져나가는 몸을 느꼈다.

대문이 닫히는 소리에 맞춰 시기적절하게도 바이크가 붕붕거렸다. 그 소리는 지금까지 나에게 운 좋은 일이라곤 없었고, 앞으로도 그럴 거라는 사인이 되었다.

바이크 소리가 잦아들자 이상하게 눈물이 났다. 내가 소유했던 모든 것이 이 시간과 함께 끝났다는 생각이 들었다. 나는 모하가 떠난 뒤 조금 꺼져 보이는 의자에 스르르 앉았다. 하나 둘 재다

이얼 버튼을 누르며 잔에 남은 와인을 마저 들이부었다. 와인잔을 쓰다듬고 비비며 전류가 통하는 음향을 만들다가, 모하의 입술이 닿아 테두리가 얼룩덜룩해진 유리잔에 입을 댔다. 약간 끈적거리고 조금 딱딱해진 그 입술의 잔여물을 찾을 때 내 마음에는 혐오감이 없었다.

내가 관객도 없는 극장에서 모노드라마를 하는 사이 양파 맛 베이글은 잿빛으로 변해 있었다. 오늘의 결론은, 그들은 청소년이고 지금은 여름이라는 것, 그리고 내가 바보라는 것이었다.

나는 배고픈 아이가 달라붙듯 딸의 친구에게 집적대고 말았다. 모하에게 뭔가 원한다는 느낌을 주지 않도록 애써야 했는데. 유령들은 손가락질하며 나를 놀렸다. 너는 좀 더 나이 들어야 돼. 울지 마. 손을 모으지도 마. 너는 늙어가야 해. 나는 죄짓기 딱 알맞은 입으로 그 말을 되풀이했다. 절망의 울부짖음이 아니라 다른 출발 탑승 안내 방송으로.

네 시간쯤 자고 깼다. 납빛 기운이 베개를 밀어붙였다. 뺨이 화끈거렸다. 폐경기 여성이 새벽 1시에 깬 이상 바로 잘 수 있다는 것만한 오해가 있을까? 나는 쇄골로 흘러내린 옷깃 사이로 모하의 카페모카색 피부를 생각했다. 우툴두툴한 남자애가 남기고 간 부드러움을 생각했다. 나는 그것에 대해 말을 덧붙이지 못하고 그 느낌이 사라지지 않게 붙잡으며 가만히 누워 있었다. 그애의 손이 닿았던 허리가 토끼처럼 떨며 방사열을 내뿜었다. 경험도 확신도 규칙도 없었다. 나는 베개를 치골 아래 두고 조용히 엎드렸다. 나에게 성적인 흥미는 상상 속에서 모하가 나를 어떻게 인지하는지에 달려 있었다. 나는 그것으로 그애의 분홍 뺨과 대비되는 강인한 팔, 팽팽한 피부와 대비되는 볼의 여드름, 온건한 눈썹과 대비되는 강인한 엉덩이를 만들었다.

그애는 너무 차분해서 흥분으로 몸부림치는 상상은 할 수 없었다. 나에게 사랑이란 숭고한 행동이 아니라 타인의 본질과 나의 본질이 통하는 일. 심판 당하는 사람은 욕망을 발견할 것이다. 나는 뜨겁게 수치스러웠고, 더럽게 뒤엉켰고, 축축하게 뒹굴었다.

전류가 빠져나간 몸이 차갑게 식고 나자, 침대에 오줌을 싼 것 같은 느낌이 들었다. 성적인 죄책감과 감정적인 아크로바틱은 나를 완전히 좌초시켰다. 나는 젖은 시트 사이에 다리를 꼬고 어둠 속에 앉아 있었다. 수치스러워하는 것조차 가증스럽다고 생각하면서.

확실히 와인이 몸에 맞지 않았다. 임파선에 염증이 생겼는지 목이 아프고 볼이 후끈거렸다. 통증은 몸에 열기를 전달하는 채널이 되었다. 나는 숨을 내뱉으며 부드럽게 끙끙거렸다. 등 아래가 후들거리고 이불이 자꾸 밀려났다. 나는 모하가 다시 찾아와 주기를 갈망했다. 그러나 그러지 않는 건 모하도 같이 임파선염에 걸렸기 때문일 것이다.

즐거움은 상황이 어떻게 바뀔지 살펴볼 때 생긴다. 산양이 절벽에서 뛰어내릴 때. 새총이 빗나갈 때. 친구가 새로 지은 집 설계가 바보 같을 때. 과식하는 나를 꼬리로 때리라고 고용한 개가 냉장고 문을 자꾸 열 때. 전남편이 코를 고는데 집 안의 모든 가구가 코로 모였다가 숨을 내쉬자마자 원래 자리로 돌아가는 걸 볼 때. 먼지가 새벽 공기 위로 떠올랐다. 마음은 다시 몸으로 돌아왔다. 놀라운 일이 일어날 것 같은 하루였지만 다음날 저녁에는 아무것도 없는 여백의 사악함만 남았다.

42

열흘간의 햇살과 청결한 바람이 지나가자 입맛 다셔지는 7월의 끈적함이 기다리고 있었다. 역사적이면서 평온한 토요일이었다. 차량의 독립권을 따낸 파라는 아침부터 손톱에 열대색 매니큐어를 칠했다 지웠다 하며 절정에 다다를 의식을 준비했다. 파라가 머리를 잡아올려 포니테일을 만드는 과정은 늘 빠르고 능률적이었다. 처음 자전거 페달을 밟던 파라의 네 살이 성인기로 치고 올라왔다. 내가 입 밖으로 내지 않은 시나리오 안에서 파라는 성장이 끝나 있었다.

자양동, 고가도로가 커브를 그리는 시작점에 바이크 수십 대가 정복 불능의 환상을 부수며 수직 주차되어 있었다. 이륜 대기 중인 노랑과 검정, 빨강의 바이크들은 하나같이 프랭크 스텔라의 새처럼 흥미진진해 보였다. 야마하 SR400 앞에서 파라는 열병에 빠진 개구리처럼 헐떡거렸다. 한 번도 본 적 없는 완전히 새로운 경지의 탐욕이었다. 매끈한 금속으로 빚은 강철 개미는 내가 봐도 바이크의 블록버스터였다. 나는 파라가 왜 그것이 바퀴 두 개짜리 탈 것이 아니라 도금된 보닛을 가진 가장 친한 친구라고 묘사했는지 단번에 알았다. 미학적인 엔진 룸과 크롬 몰딩, 만발한 해조류 같은 도색과 고체 메탈 변속 기어, 내장의 구부러짐 속에 살아 있는 유기체로서의 동물성. 파라는 주름 드레스를 입고 살육의 무도회장 같은 교실에서 핑그르르 도는 몽상가는 아니지만, 뻔한 반항아가 나중에 좋은 아이로 밝혀지기 전, 제 엄마 발목을 베어버릴지도 모르는 일이었다.

파라가 협상으로 이끌어낸 혼다 슈퍼커브는 겨울 솜옷을 입은 귀여운 소년이 두 팔을 벌린 형상이었다. 파라가 손가락으로 톡톡 두드려보는 페달은 새끼 양이 귀를 쫑긋 세운 핸들 아래 용솟음쳤다. 파라는 직사의 햇빛을 향해 얼굴을 돌리며 비대칭의 미소를 보냈다. 새를 위해 새장을 열라고. 그렇지 않으면 새가 미쳐버릴 거라고.

"정말 괜찮을까요?"

나는 불신으로 팔짱을 끼며 바이크 가게 주인에게 물었다. 나는 두 번 다 마음의 준비가 안 돼 있었다. 파라가 첫걸음을 디뎠을 때나 지금이나.

"사실 슈퍼커브는 속도가 아니라 감성으로 타는 거거든요. 언더 본 바이크라고 하는데, 보통 스쿠터는 앉아서 손으로만 제어하기 때문에 좀 심심하지만, 슈퍼커브는 매뉴얼과 자동의 중간이라 적당히 수공업적이고 탈 때도 멋이 있어요. 사람을 막 기죽이고 그런 폭주족 오토바이라고 보심 안 돼요."

회백색 도는 사장의 머리칼이 눈썹 위로 꼬여 있었다. 헤어스타일은 도대체 오리무중이었지만 바이크를 대하는 태도는 정박한 배를 들어올리는 선원처럼 경건한 데가 있었다. 그런데 바이크를 얼마나 좋아하면 이런 가게를 차릴까. 바이크의 상세 사항을 어디까지 꿰고 있어야 할까.

"이거 사주면 벌받을 것 같아."

나는 오후의 태양빛이 모여드는 파라의 얼굴을 보며 무력하게 방백했다.

파라와 모하가 다리를 벌려 시트에 올라앉는 동작은 신체를 축으로 우아하게 회전하는 두루미 같았다. 나는 바이크가 누구를 위해 만들어졌는지 알 것 같았다. 파라의 리넨 코트가 천막처럼 펄럭거렸다. 모하의 운동화가 바이크를 휘감아 돌 때 오렌지빛 발목에 힘줄이 모였다 사라졌다. 아이들을 흘겨보는 내가 학교 앞에 출몰하는 변태성욕자처럼 느껴졌다. 이젠 보도의 균열이 심연을 향해 열렸다 해도 그 위를 달리는 수밖에 없었다.

아이들은 단단한 악력으로 핸들을 잡고, 오른쪽 다리로는 레버를 누르며 기어를 조절했다. 비행 전 점검. 무엇인가 갑자기 목적을 세우고 눈부시게 빛났다. 나는 긴장으로 매료되었다. 둘이 동시에 출력을 뿜어내자 날개 없이 시속 천 킬로미터로 날아갈 것 같은 소리가 났다.

아이들은 접안하듯 바퀴를 도로로 들이밀었다. 그리고 차들이 탄환처럼 뛰쳐나오는 도시 한가운데로 불쑥 던져졌다. 무덤 같은 도시의 익살맞은 후광이 소년 소녀의 머리 뒤로 비쳤다.

"지금 온도는 30도. 우리는 모자브 사막을 달리는 거야!"

파라는 순무를 가득 실은 삼륜차가 카르파티아 산맥을 가르듯이 외쳤다. 아이들의 옷자락은 바람을 조종하는 날개가 되었다. 오후 두 시에 소년 소녀는 자연스러운 라이벌이 되었다. 서로 절대 지지 않을 것이다.

맥박이 고동치는 진흙 세상은 재빨리 그들의 것이 되었다. 파라가 질주하면 모하는 추격전에 동참했다. 반투명의 거품 생물들은 화가 난 채 선정적으로 씨근덕거리는 버스 사이를 헤집었다. 그때 구근 모양의 트럭이 미친 왈츠를 추며 아이들 앞을 가로질렀다. 4톤 트럭과 경쟁하는 두 바퀴의 기사들은 서커스 같은 위태로움으로 방향을 틀며 별 볼 일 없는 위협에 대응했다.

"어떡해. 저 차가 너무 가까이 붙었어."

이것이 불만과 역겨움과 지긋지긋함으로 노려보는 중년 여자의 눈길일까? 아이들이 바이크 여정을 시작한 지 1분도 안 돼 부모라는 사람이 한숨부터 내쉬자 바이크 사장은 눈치 빠르게 인스턴트커피를 내밀었다. 경기 후퇴의 여파로 여기저기 기운 도로가 바이크를 쓰러지지 않게 잡아주고 고양이처럼 착륙하도록 도와줄까? 나는 길거리 시스템의 무질서에 자주 열을 냈다. 거대 덩치의 무법자들에게 핸들 통제권을 뺏을 시스템이 있어야 한다! 여기가 언제 폭탄이 터질지 모르는 팔레스타인이나 사자들로 둘러싸인 사파리는 아니지만, 바이크가 충돌이며 전복 사고로부터 안전하다고 믿는 것은 상상 속의 바이크 지리학일 것이다.

나는 나의 특기인 '저 멀리 응시하기'에 돌입했다. 거리는 극장 같았다. 모두가 가죽 점퍼를 입고 비트족으로 보이려는 연극. 후끈한 바람이 지나가자 무명 소설가 같은 처량한 기분이 들었다.

오존이 불어난 하늘 아래 구름의 전압이 차올랐다. 초록 바람이 서둘러 아이들의 흉곽을 채웠다. 영동대교 끝이 소실점으로 보였다. 바이크는 연기색 담요 같은 지평선으로 사라졌다. 공기의 내부를 순환하는 아이들은 나의 문학 속에서 은판 사진으로 인화되고 있었다. 나는 꼼짝 않고 서 있었다. 한여름에 갑자기 진눈깨비가 내릴 것 같아서.

바이크 두 대가 활강하듯 가게 앞으로 미끄러져 들어오는 순간, 감정은 어리석은 행복감으로 가득 찼다. 아이들의 목덜미와 눈썹에 난 깨끗한 땀은 그야말로 아름다움의 삼부작이었다. 그것과 맞설 만한 아름다움은 아무것도 없을 만큼.

파라는 헬멧을 벗으며 모하에게 의미심장한 미소를 보냈다.

"어머니도 타보실래요?"

모하는 시트에 앉은 채 나를 겨냥했다.

"싫어. 무서워."

"아이, 엄마!"

파라가 내 팔을 끌었다. 그 순간을 불질러 없었던 일로 하고 싶었지만, 그새 내 머리 사이즈를 헤아린 주인이 민첩하게 헬멧을 들이밀었다.

"홍진 크라운이에요. 아라이보다 좋은."

파라는 끙끙대는 나의 궁둥이를 밀어 모하 뒤에 태웠다. 무서웠다. 스카이다이빙보다 무서웠다. 마세라티를 타고 눈 덮인 비탈 아래로 달린들 이것보다 무섭지 않을 것이다.

모하가 뒤돌아보며 악마처럼 웃었다.

"갑자기 발진하면 뒤로 넘어가니까 제 허리를 꽉 잡으세요. 오늘은 특별한 날이니까 특별한 방법으로 모실게요."

처음에는 모하의 어깨를 잡았다. 가속이 붙자 모하의 허리를 껴안고 얼굴로 짓눌렀다. 그애가 나를 등뒤로 끌어당긴 것처럼. 그 자세에는 필시 흥분과 수치심, 잠재적인 기의(記意)가 다분했을 것이다.

모하는 바람막이 없는 콩코드기 조종사가 되었다. 엔진의 달콤한 진동조차 잊은 나의 피사체는 속도계 바늘 100으로 달렸다. 중력이 휘청거렸다. 바람 속에서 디젤 엔진 냄새가 끼쳤다. 커피 냄새와 매니큐어 냄새가 동시에 섞여 있었다.

모하는 나를 멀미 직전까지 만들 작정 같았다. 헬멧이 너무 끼어 머리로 모든 피가 몰렸다. 볼이 쑥 올라와 하늘이 보이지 않았다. 좁은 관점에서 보자면 그 순간의 바이크는 종교적이기도 했다. 주인에게 지배당하기보다 존경을 받아야 하는, 이따금 노여움을 삭여줘야 하는 신. 나는 모하의 온몸을 붙잡고 고의적인 무감각화에 전신을 맡겼다. 어느 구간부터 바이크가 흡수하는 모하의 퍼포먼스는 거의 정신적인 수송이 되었다. 비행기에서 뛰어내려본 적은 없지만 그것과 똑같은 느낌일 것이다. 낙하산이 펴지면서 애초의 두려움이 기쁨으로 변할 때 공기가 온화하게 퍼지는 느낌. 느슨해진 마음에 조촐한 안도감이 밀려왔다.

배스킨라빈스 앞에서 유턴하기까지 2킬로미터의 짧은 주행에는 단편적인 기억이 썰려 있었다. 모하가 속력을 내고 기어를 바꿀 때 RPM이 회전하던 급박한 기억. 고속 주행의 무자비한 진동. 탐미적인 스릴. 도로 한가운데서 엔진을 멈추고 나를 표류하게 만들던 순간의 당황스러움. 아직도 손에 남은 금속성 모하의 몸. 그 헬멧에 얼룩덜룩 퍼지던 햇살. 우리 사이의 진가를 인정한 것 같은 구경꾼들의 눈길. 누군가 다른 사람이 다 보는 데서 공공연하게 나를 비난하는 것 같은 당혹스러움.

나이 든 여자가 활짝 열린 바이크 안장에 앉아 십대 딸의 남자친구 허리를 껴안고 도로를 달리는 데는 희극적인 좌절이 있는지도 몰랐다. 어쩌면 나는 욕망의 언어를 배우고 있었다. 내 허벅지 안쪽에서 들리는 언어, 내가 방치했던 세월에는 듣지 못했던 언어.

그날 저녁 파라가 말했다. "나는 인생이 한 시간 남았다면 한 시간 반을 바이크 탈 거야."

43

파라에게 바이크를 사준 일주일 뒤, 내 그림이 팔렸다. 화랑
에 절반이 떼였지만, 틀림없이 인쇄된 사실이었다. 작품이 팔린
화가의 광기는 필요하지도 않은 물건에 돈을 내지르는 것이었
으나, 대신 파라와 모하를 데리고 나섰다. 화장품 코너를 지날
때 선명하게 날이 선 향에 혼란을 느끼며 우리는 4층으로 올라
갔다.

게으르면서도 자신감 넘치고, 느슨하면서도 확고한 태도로 매
장을 둘러보던 파라는 곧 흥미를 잃고 나의 피팅 룸 사령관을 자
처했다. 모하도 쇼핑에 별 뜻이 없어 보였다. 나는 일본식 차도 의
식을 재현하듯 고개 숙여 옷들을 살펴보았다. 어깨가 강조된 은
색 가죽 재킷은 역시 무리였다. 복숭아 색 재킷은 워낙 예뻤지만
나 같은 만두 체형이 붙게 입으면 말라 죽은 모델 귀신이 아무데
서나 나타나 "입을 자격 없는 년" 하고 비난할 것이다. 살짝 무거
워 보이지만 적당히 반짝거리는 스웨트 탑은 스무 살이면 모르

겠지만 오십이 넘은 복부로는 언감생심이었다.

갈색 줄무늬가 있는 스카프를 들여다보고 있으니 점원은 "이 스카프는 칠레에서 온 건데 손님 피부하고 너무 어울려요"라고 했다. 그렇지만 칠레란 분명 스카프와 어울리지 않는 단어였다.

세일 가가 아닌 옷들은 하나같이 뻔하고 실망스러웠다. 파라는 딱 한 번 올리브색 셔츠를 집어들고 가격표를 확인하더니 혀를 쏙 내밀고 도로 내려놓았다. 액세서리 코너에서 연하늘색과 흰색 체크 스카프를 건져올려선 내 목에 감아주었지만, 나는 태그에 적힌 가격을 보고 펄쩍 뛰었다.

GPS가 필요할 정도로 넓은 매장을 다니다 보니 헬리콥터에 쫓기는 것 같았다. 모하는 시들해진 우리를 문구 매장으로 안내했다. 침착한 얼굴의 소년은 가게에서 나는 향에 황홀하게 빠져들었다. 스스로 필기구 숭배자, 정확히는 종이와 연필 숭배자라는 걸 인정하는 미소. 문구점에서 필기구를 고르기 전에 어떻게 신선한 종이 냄새를 맡는지를 누가 가르쳐주었을까. 모하는 화방 구석에서 수채화 물감과 브러쉬를 보고 사랑에 빠지는 나와 너무 닮았다고 생각했다.

모하는 전체가 여백인 노트를 사서 나에게 선물했다. 나는 한사코 만류했다.

"네가 돈이 어디 있다고?" 지체되는 나의 현실감각은 그때만큼은 기민해졌다.

"엄마, 모하 돈 있어. 배달앱 라이더하고 상하차 알바해. 엄마보다 부자일지 몰라." 파라는 나를 논리적으로 저지했다.

"틈 나실 때 스케치나 소묘 같은 거 하시면 좋을 것 같아서요."

모하는 고개를 끄덕이며 웃었다. 그 진동이 내 두개골에 울렸다. 나는 더 이상 사랑 받지 못했던 어린 시절을 살지 않았다. 그러나 노트 선물은 나를 조금 아프게 만들었다. 뭔가 그린다는 것은 혼자 하는 행위이기 때문에.

쇼핑몰을 나오기 전에 겨울의 어두운 날들을 밝게 해줄 긴 부츠를 샀다. 전부터 벼르던 생애 최초의 부츠였다. 아이들은 스파이 같다고 좋아했다. 발목부터 빛나는 검정 기둥이 무릎 바로 아래 넓은 둘레까지 솟아올랐다. 무겁기도 했지만 박물관에나 있어야 할 것 같은 형태라서 자책감이 들었다. 동시에 관습적 예의와 상관없이 분방한 1990년으로 거슬러올라가게 만들었다. 목적지에 다다를 때쯤이면, 나는 극적인 변화의 경계에 있는 떠들썩한 도시의 열일곱 살처럼 변할 것이다.

어쩐지 쇠기둥을 매달고 걷는 느낌도 있었다. 21세기의 습한 서울거리에서 신기에는 너무 눈에 띄고 동물적이었다. 그러나 파라가 너무 완강하게 권해서 살 수밖에없었다. (부츠 안에 발을 넣고 차재 선배의 스무 번째 전시 뒤풀이에서 그의 추종자들

과 같이 마시던 밤, 홍창의 일별을 남기며 비틀린 미소로 걸어

나을 때, 내 종아리를 움켜쥐던 가죽의 완강한 느낌은 아주 길게

남았다.)

44

다음 코스로 간 패스트푸드점에는 콜라에 둥둥 뜬 얼음을 씹어 먹으며 관심받고 싶어하는 아이들이 우르르 모여 있었다. 그야말로 십대들의 바티칸이었다. 파라는 나를 창가 쪽 스툴에 앉게 한 다음 내 쇼핑백과 핸드백, 펠트 천으로 만든 바나나 열쇠고리(사실은 입술이 크고 눈이 게슴츠레한 노란색 달 인간인데 역시 파라 외할머니 솜씨)가 달랑거리는 자기 가방을 내 옆자리에 두었다. "한눈팔지 말고 가방 잘 지켜야 돼." 바뀐 역할에 충실하며 단단히 주의를 주었다.

카운터 앞에는 열렬히 신앙적인 아이들이 참을성 있게 기다리고 있었다. 남자 아이들은 챙이 달린 모자 위에 펑퍼짐한 반팔 티를 입었고, 여자 아이들은 하나같이 느슨한 머리에 헤모글로빈의 빨강 입술을 하고 있었다. 소녀들은 뭐가 됐든 서로의 도플갱어였다. 나는 처음 립스틱을 제대로 바르는 데 일주일이 걸렸고, 누가 그걸 눈치채는 데는 보름이 걸렸건만.

모하는 트러플 머쉬룸 와퍼와 치킨 너겟과 콘슬로와 콜라를 바에 두고 물을 가지러 갔다.

"미국 사람들이 뚱뚱한 건 당연해. 콜라도 햄버거도 다 과부 만드는 기계지 뭐." 파라도 옆자리에 앉아 포장지를 뜯었다.

병아리색 티셔츠를 입은 소녀가 불고기 파니니를 주문했다. 주방 안쪽에서 스테인리스 컵으로 프렌치 프라이를 쓸어 담던 남자애가 복사기를 닮은 다리미로 고기 채운 빵을 꾹 누를 때 조그마한 탄성이 여기저기서 터졌다. 카운터 쪽에 앉은 소녀들은 둑이 무너지는 소리를 내며 박장대소를 했다. 가쁜 호흡으로 끽끽거리며 광대를 연기하는 아이들은 어디서 왔을까. 눈썹을 직각으로 그린 여자애는 찢어진 티슈에 달걀만 한 침을 뱉었다. 파라는 모든 광경을 콧등으로 날렸다. "놀랄 것 없어. 못생긴 애들이 성격 밝은 척 자기에게 과잉보상하는 거야. 요새 화장 안 하면 왕따 당해."

늦은 오후의 어슷어슷한 불빛이 도시의 사파리를 파고들었다. 손거울로 메이크업 수정을 끝낸 아이들은 하나둘 밖으로 나갔다. 나에겐 단순히 그애들이 너무 빨리 성장하는 것이 문제로 보였다. 우리 세대의 20세는 지금의 15세일 것이다. 그때의 15세는 당연히 요즘 10세일 테고. 그러나 형태가 무엇이든 내 딸만은 세상의 모든 경향으로부터 안전해 보였다.

45

"모하가 온다는 시가이 12시라고 했니, 1시라고 했니?"

나는 토마토씨가 묻은 손을 문설주에 얹은 채 파라 방 안으로 머리를 들이밀었다. 파라는 몇 시든 상관없다는 얼굴로 말했다.

"내 생각엔 2시인 것 같은데?"

나는 12시가 아니라 2시라는 것에 안심하며 끄덕였다. 2시라면 음식이 그렇게 중요하진 않을 것이다. 어디서 뭐든 먹고 올 시간이니까.

모하는 조금 일찍 1시 반에 왔다. 셔츠 안에 몸 전체를 넣은 모하에게선 패셔너블한 사서의 느낌이 났다. 그사이 머리칼이 조금 자라 있었다. 보름 동안 누군가를 보지 않으면 함께 있을 때 감지하지 못했던 무한히 작은 움직임을 느낄 것이다.

"혹시 뭐 준비하실 생각이면 제가 아침마다 만들어 먹는 걸 해 드려도 괜찮을까요?"

"모하는 요리에도 얼마나 관심이 많은지 몰라. 그래서 손목에 이렇게."

파라는 백일몽을 흐트러뜨리며 내 눈 가까이 모하의 오른손을 잡아 끌었다. 굵은 정맥이 도드라진 손목에 포크와 나이프가 새겨져 있었다. 나는 날벌레가 입에 들어온 듯 기겁했다. 그러나 갑자기 타인의 괴이함이 신경쓰인다는 사실도 혼자라는 느낌만큼 번거롭지 않았다.

"문신은 불법 아니야? 너희 같은 청소년이 도대체 어디서 한 거냐고? 너희들만 아는 음침한 데가 따로 있니? 타투는 영구적이라서 지울 수도 없는데, 정 그렇게 하고 싶으면 차라리 피어싱을 하지."

파라는 내 말이 유물이라도 되는 듯 다감하게 코웃음을 날렸다. 솔직히 소년의 문신에 대한 나의 견해는 따로 없었다. 모든 것에 무심해 보이는 태도야말로 요즘 어른이 할 바니까.

나는 모하의 손목이 아니라 나이프에 입술을 대고 싶었는데, 그애는 아무렇지도 않게 손목을 빼곤 냉장고에서 달걀과 양파를 꺼냈다. 그러고 보니 케첩과 마요네즈가 당기는 날이었다.

엄마는 우리 집에 자주 오는 사람은 손님이 아니라 가족처럼 대우받아야 한다고 말했다. 모하는 제3의 포지션을 취했다. 태평한 관심.

"여자가 주방을 내준다는 게 얼마나 어려운 일인지 알아?"

나는 싱크대에 기대 김빠진 규칙을 끌어왔다. 모하의 굴곡 없는 눈이 나를 돌아보았다. 나는 모하의 규칙에 맡겼다. 모하는 유리컵과 접시와 소스 그릇의 위치며 출처를 나보다 잘 알았기 때문에.

처음부터 좌절감으로 밀어붙이는 감정은 모하에게 흘러가는 중간적인 상태를 의미했다. 모하 몸에서 호밀빵 냄새가 났다. 내 눈은 그 냄새를 따라갔다. 상체의 질김과 부피의 미묘함을 멀리서도 소유하고 싶은 감각은 눈으로부터 올 것이다.

파라는 눈물 약을 넣다 말고 포니테일로 묶은 머리를 찰랑거리며 달려와 모하 어깨에 얼굴을 얹었다. 모하가 고개를 돌리자 입술이 서로 살짝 닿았다. 그 순간 내가 지을 수 있는 올바른 표정은 무엇이었을까.

팬에 달걀을 풀고 치즈를 살포하는 내 방식과 달리 모하는 양파를 잘게 썰어 평평한 달걀 위에 사뿐히 올렸다. 모하가 케첩을 오믈렛에 뿌리려고 팔을 드는 순간, 나는 거의 그 옷을 날려버릴 준비가 되어 있었다. 나는 얕은 무의식에 인장처럼 남은 리비도를 또다시 움켜쥐었다. 나는 모하의 셔츠 아래를 보지 않으려고 했다. 탐욕은 아니길 바랐다. 탐욕스럽다는 것이 고백까지 해야 할 만큼 섬뜩한 것이 아니길 바랐다.

내가 그릇을 세팅할 때 모하는 길쭉하고 두툼한 오믈렛을 식탁에 올려놓았다. 모하의 팔뚝이 자주 내 살갗에 스쳤다. 수십 억 개의 시냅스가 불타는 실처럼 말려들었다. 공적으로 의지는 위험했다. 내일을 약속할 여지도 없었다. 그랬다간 그리스 비극 한 편이 연출될 거라서. 이 터무니없는 순진함. 다시는 새것처럼 보이지 않는 구겨진 종이 조각. 나는 모하의 목에 비친 태양빛에 대해 누구도 모르는 한두 문장을 적었다. 파라는 그사이 방울토마토를 씻어서 월계수 무늬 법랑 접시에 담았다.

"케첩은 하인즈가 최곤데 아쉬워요."

모하는 내가 제발 좋아하기를 바란다는 표정으로 식탁에 앉았다.

"하인즈가 어째서?"

"저는 색깔만 봐도 하인즈인지 알아요. 비밀은 하인즈 토마토 품종이 따로 있어서래요."

모하는 칭찬이 아니라 어떤 말이라도 듣고 싶은 열한 살 소년이 되었다. 모하의 인디언 보조개는 내 목의 혈관과 흉선을 그을렸다. 파라는 감자 칩을 몇 개나 집고는 입안에서 방울토마토를 터뜨렸다.

모하가 갑자기 트러플 오일을 찾았다. "트러플 오일에는 크리스마스 냄새가 나요. 오늘은 한여름의 크리스마스예요."

모하가 맥락없이 식탁 의자에 올라 맨 윗 칸을 살펴볼 때 또다시 허리가 드러났다. 지금이 아니면 영원히 손 댈 수 없다는 찰나의 조급함이 후려쳤다 나는 "조심해!"하고 생급스럽게 말하면서 그 허리에 손을 댔다. 다시 그 엉덩이를 안고 가슴에 붙였다. 모하는 내가 읽지 못하는 눈으로 나를 내려다보았다. 상대를 점거하며 자유를 찾는 에로틱한 통증. 나는 모하의 살을 붙잡고 선 채 욕망과 공포의 십자가에 매달렸다. 그 순간 유리창 전면에 우리 셋이 잘려진 횡단면으로 비쳤다. 나는 이 장면에서 파라를 누락하고 있었다는 것을 알아차리고 우주에서 얼어붙었다.

파라는 처음 보는 눈길로 나를 보고 있었다. 카레를 데운다고 전자레인지를 30분으로 맞추는 바람에 온 집 안을 똥밭으로 만든 날에도 이런 눈은 아니었다. 나는 차라리 그 완고한 표정에 감명을 받았다. 나는 질문을 걱정하며 피상적으로 웃어 보였다. 이렇게 천천히 익사하는 것이 나쁘지는 않아…….

내 몸에서 풀려난 실이 손가락처럼 내 혀를 잡고 밖으로 당겨 단어의 뿌리까지 꺼냈다. 그러나 시제도 혼란스러워서 내가 미래에 말하는 것인지 과거를 말하는 것인지 알 수 없었다. 모하는 트러플 오일을 들고 선 채 여전히 차분한 무감각을 유지했다.

파라는 아무렇지도 않게 과자 부스러기를 털고 일어나며 내 속의 어휘를 훔쳤다.

"난 부서지지 않는 과자가 있음 좋겠어. 그런 과자가 있다면 당장 노벨상 받을 텐데."

오후 네 시의 태양은 흰 뼈로 만든 디스크처럼 보였다. 나는 퉁명스럽게 손을 씻고 식탁에 앉았다. 왼손으로는 소금통을 만지작거렸다. 의미 없는 피부 거죽에서 질펀해진 땀은 차라리 내 수치심에 안도감을 주었다.

모하가 가고 난 뒤, 쿠션을 네 개나 받치고 소파에 앉아 있던 파라가 조용히 내 옆으로 왔다. 파라의 무관심한 침묵은 고도가 급격히 떨어지듯 공기를 가라앉혔다. 그 하강기류를 타고 나는 모든 것에 대해 사과하고 싶었다. 파라는 고개를 옆으로 젖히며 입을 열었다.

"나는 모하가 엄마의 좋은 친구가 될 줄 알았어."

46

목요일. 파라와 나는 일찍 깨우지 않기로 약속하고 늘어지게 잤다. 오후 1시. 휴대폰의 윙윙거리는 소리에 깼다. 안개가 굴러가며 아름답게 해가 비치는 날이었다. 파라의 작은 얼굴은 동그란 산호색 쿠션에 묻혀 있었다. 벽시계의 은색 분침은 소리 없이 파라의 얼굴을 가리켰다. 나는 베개처럼 살짝 내민 입술과 촘촘한 속눈썹을 황홀하게 내려다보다 매트리스에 손을 넣어 완두콩이 배기지 않는지 살폈다.

유튜브에서 본 대로 브라우니를 구우며 나는 파라와 보냈던 일들을 떠올렸다. 안성 과수원에 놀러갔을 때 동네 축제에서 사과 따먹기 대회가 있었는데 내가 3분 동안이나 파라 머리를 떠받쳐주었던 일, 완두콩을 잔뜩 삶아 데크에 나와 한 알씩 집어먹을 때 상수리 나무에서 도토리가 톡, 소리를 내며 머리로 떨어지던 일.

태양이 창문으로 짤랑거리며 들어오고 있었다. 모하는 약속 시간보다 조금 늦게 왔다. 그리고 종탑에서 종치기가 얼굴을 내

밀듯 종이백 세 개를 내밀었다.

그동안 먹어본 감자튀김 중 맥도날드의 해시브라운은 패스트 푸드 세계의 보이지 않는 미켈란젤로 조각이나 마찬가지였다. 본질적으론 거대하고 길쭉한 한입짜리 감자튀김이지만. 그러나 모하가 만들어온 감자튀김은 그야말로 감자계의 술탄이었다. 감자 표면에 돋아난 산등성이와 이랑은, 모든 감자 변형물에 중요한 것은 바깥의 바삭함이지 그 속의 녹말이 아니라고 웅변하고 있었다.

우리는 소풍에 낙천적일 수 없는 족속이었다. 이상적인 소풍 날씨를 선물받은 적이 없었으니까. 아침에 문득 빗방울이 떨어지는 순간, 썩은 달걀을 씹는 식의 낙심이야말로 가장 진부한 소풍 절차였다. 그러나 우리 셋이라면 모든 소풍을 항해로 바꿀 수 있었다.

우리는 비정상 세포들처럼 모여들었다. 내가 만든 브라우니와 모하가 만들어온 감자튀김, 냉장고에 있던 소시지와 닥터 페퍼와 샤르도네까지 모두가 행복한 의견 일치에 다다랐다. 피크닉 바구니가 없어서 마트에서 사은품으로 준 플라스틱 백에 음식을 담았다. 백은 빵 상자보다 크고 전자레인지보다 작았다.

파라는 반바지를 입었다. 나는 계절의 획일성에서 벗어나 아무도 시기를 짐작할 수 없도록 스카프를 맸다.

담 너머로 보이지 않는 이웃이 아이를 부르는 소리와 젊은 아버지가 웃으며 대답하는 소리가 들렸다. 우리는 타임캡슐을 돌아 공원 배수로와 묘목들을 종류별로 심어놓은 텃밭을 지나, 오후 1시의 지루한 빛이 내리쬐는 저지대로 내려갔다. 그림자가 우리 앞의 길을 따라 먼저 걸어갔다. 발 밑에서 파쇄석이 찰칵거렸다. 다육질 식물 옆에 돋아난 덩굴은 양치류와 비슷했다. 기도하듯 하늘을 보며 말아올린 잎에 회색 이끼가 덮여 있었다. 기생충 위에 기생충이 자라는 형국이랄까. 묘목장을 지날 땐 공기 속에 질산염이 섞인 부엽토 냄새가 났다. 꼭 버스정류장에서 나는 냄새 같았다.

지구 종말의 날, 바나나 나무 아래 앉은 마지막 인류처럼 풀밭 위에 사람들이 드문드문 보였다. 우리는 너도밤나무 쪽으로 걸어 작은 폭포가 떨어지는 냇가에 자리를 폈다.

"이렇게 집 근처로 소풍 온 건 태어나서 처음이야. 익숙하면서도 하나도 익숙하지 않네."

파라는 트리플 살코를 뛰듯이 다리를 X자로 꼬며 상냥하게 말했다. 나는 풀더미 사이에서 말린 고깃덩어리처럼 새카맣게 변한 사과 조각을 옆으로 치웠다.

우리 셋의 부드러운 자아가 함께 붙잡혀 지구의 한 지점에 붙어 있었다. 냇물에서 화학적 물안개가 피어올랐다. 반짝이는 물살을 보니 강물로 이르는 모든 길이 보였다. 내가 상상한 작은 배를 타고 그 길로 가면 세상에는 정지된 형상이 하나도 없다는 걸 알게 되겠지.

어렸을 때는 잠드는 게 무서웠다. 눈을 감았을 때 색채가 사라진 세상은 제일 무서웠다. 그때는 공포 속에서 색깔의 냄새를 맡았지. 감은 눈 속에 수백 개의 색조가 번지고 있었다. 대충 그린 스케치처럼 흐릿한 너도밤나무 그림자가 청록색 잔물결에 흔들릴 때, 불쑥 7월의 공기가 얼마나 다른지 느꼈다.

길게 펼친 모하의 팔 사이로 낮에 뜬 달이 항해하고 있었다. 파라는 기묘하게 찡그린 얼굴로 손을 태양에 비추어 보았다. 우리가 앉은 곳은 장소라기보다 하나의 상태였다. 그사이 모하가 웅장한 포즈로 바구니를 펼쳤다. 내가 봐도 마네의 〈풀밭 위의 점심 식사〉 못지않았다.

"인생에서 제일 중요한 세 가지를 알려드릴게요. 첫째는 샴페인 한 잔. 오스카 와일드가 모엣 샹동을 제일 좋아했던 거 아세요? 지금은 샴페인이 없으니 화이트 와인 한 잔."

파라가 플라스틱 잔에 샤르도네를 따를 때 소매의 프린지가 흔들렸다. 모하는 자기 볼을 쓰다듬고는 나를 보며 미소 지었다.

"그리고 둘째는 담배 한 개비."

"셋째는?"

파라가 물었다.

"이렇게 셋이 같이 있는 순간의 삼위일체."

모하는 닥터 페퍼를 따며 파라의 테스트를 넘겼다. 냇가의 만찬은 〈해리포터〉의 호그와트 학교 개강 파티처럼 요동치는 뱃속을 기꺼이 채워주었다.

원뿔 모양 모자를 쓴 여자가 구름 다리 옆에 서서 손으로 그늘을 만들며 우리를 보고 있있나. 모하는 실험 하나를 제안했다.

"프루스트가 어렸을 때 친구들하고 뭐든 생각나는 대로 질문을 했대요. 심각하지 않은 걸로요. 그래서 '프루스트의 질문'이라고 불린대요. 한번 같이 해봐요."

우리는 모하를 따라 맞물린 질문 게임을 시작했다. 모하가 먼저 시작했다.

"가장 좋아하는 작가가 누구예요?"

"마크 로스코. 너무 심오해서. 문제는 그 심오함이 너무 거북하다는 거야. 뭔지도 모르겠고. 솔직히 과대평가됐다고 생각해. 사조를 만든 사람한테 내가 할 말은 아니지만. 열다섯 살 땐 쇠라 그림 보고 푹 빠졌어. 화가가 예전에 죽은 사람인 건 아무 상관 없었어. 그런데 가끔 그런 생각은 들어. 왜 내가 좋아하는 예술가들은 다 죽은 사람들일까. 이렇게 하면 돼? 너무 말이 많은 거 아냐?"

모하가 천진하게 웃으며 고개를 저을 때 내 허리에 버릇없이 모인 롤 모양 셀룰라이트가 신경쓰였다.

"모하는 어떤 작가 제일 좋아해?"

"수틴요."

"수틴?"

"네. 언젠가 엄마하고 친한 분 갤러리에서 샤임 수틴 전을 했는데, 그 전시를 본 다음부터 수틴에 대해 엄청 공부했어요. 수틴은 아주 외로운 사람이었대요. 당시 사람들은 수틴이 아주 뚱뚱하고 괴물 같다고 생각했는데, 수틴이 푸시킨 시를 좋아해서 엄청나게 고상하다고 말하는 사람도 있었어요. 모딜리아니도 무척좋아했대요. 죽었을 땐 장례식 가는 걸 싫어하기로 유명한 피카소도 조문갔대요."

나는 우리의 애호 목록이 서로의 체크리스트를 따라간다는 것에 충격을 받았다. 이런 일치를 무엇이라고 불러야 할까.

높은 가지 사이로 불던 바람이 사각거리며 땅을 스쳤다. 나뭇잎에서 톡 쏘는 냄새가 났다. 나는 파라에게 물었다.

"지금 모습에서 단 한 가지만 바꾸고 싶다면 그게 뭐야? 물론바꾸고 싶은 게 하나도 없겠지만."

파라는 눈을 치켜떴다.

"음. 혼다를 야마하로 바꾸는 거?" 그러고는 포크로 혀를 누르며 호호 하고 웃었다.

"아니야. 바꾸고 싶은 건 하나도 없어요. 지금 이렇게 내가 세상에서 제일 사랑하는 두 사람하고 같이 있는걸. 그런데 엄마는 진짜 순수하게 행복하다고 느낄 때는 언제야?"

"완벽의 정의가 사람마다 다르겠지만 지금보다 완벽한 순간은 없었던 것 같아."

"근데 모하는 앞으로 뭘 할 거야? 어차피 서로 대학 갈 생각은 없으니까."

제 또래에게 미래를 묻는 딸이 내 눈에도 어색해 보였다.

"나는 미래를 생각하지 않기 때문에 내일을 걱정하는 게 의미가 없어. 나는 언제든 지금을 살기로 했어."

칙칙한 빛깔의 새가 날개를 급히 움직이며 날아올랐다. 높은 바람, 식물을 씹어 둥지를 만드는 벌, 태양 아래 흔들리는 꽃봉오리는 나와 상관 없이 그저 다른 것이 되었다. 나의 그 시절이 손을 흔들고 있는데도 요즘 아이들의 마음은 들여다볼 수 없었다. 파라는 끄덕일 새도 없이 나를 보았다.

"엄마는 영혼이 있다고 믿어?"

"글쎄, 그냥 전기 같은 것 아닐까?"

모하의 생각은 달랐다.

"나는 있는 것 같아. 우리가 보고 아는 게 다는 아니잖아. 우리는 우주가 존재하는 모든 거라고 생각하지만 우주는 매일 팽창해. 그런데 존재하는 모든 것이 어떻게 움직이겠어? 그건 우주도 더 커다란 우주의 한 부분이라는 얘기잖아."

상어처럼 선악의 개념 없는 급진적 주제가 우리를 에워쌌다.

모하의 질문이 이어졌다.

"살면서 가장 후회되는 게 뭐예요?"

입안의 빵 때문에 말이 바로 빠져나오지 못했다.

"열여덟 살 때 남들 다 가는 르 꼬르동 블루에 가고 싶었는데 알다시피 요리에 재능이 없다는 걸 알고 그림으로 바꾼 것. 그런데 알고 보니 그림에 제일 재능이 없네."

"그러지 마. 엄마는 누구보다 훌륭한 화가야. 그렇지?"

파라가 모하의 동의를 구했다. 모하는 몸을 낮게 구부리고 눈을 최대한 크게 떠 보였다.

"당연히요. 저희는 다 알아요. 어머니가 진정한 화가라는 걸요."

네 개의 눈동자가 나를 주시했다. 나는 주목받지 않는다면 어쩌면 아주 훌륭한 화가가 되었을 것이다.

무대와 집이 합쳐지고 관객과 배우로 같이 숨 쉬는 동안 지적인 명확성이 우리를 감쌌다. 누구도 각자의 숙제에 귀 기울이지 않는 시절에 우리는 서로의 말에 귀 기울였다. 파라가 하늘을 이야기하면 모하는 바닥이 드러난 호수를 떠올리는 식이었다.

우리는 또 다른 영역으로 흘러갔다.

"난 엄마한테 이게 제일 궁금해."

파라가 마지막으로 물었다.

"엄만 뭘로 환생하고 싶어?"

"나는 환생도, 환생에 속하는 신앙이나 희망도 믿지 않아. 그래도 이왕 네가 물었으니까 빛 같은 무형의 존재가 되면 어떨까 싶어. 아니다, 너무 추상적이다. 그냥 너의 딸 할래. 아니면 네가 기르는 강아지? 그것도 아니면 모하 여자친구?"

파라는 "아이, 뭐야?" 하며 눈을 흘겼다.

구름에 뜬 환상은 공중납치되었다. 나는 파라가 내 감정을 못 보게 하려고 너도밤나무를 올려다보았다. 나뭇잎 아래 앉아 있으니 돔 안에 있는 것 같았다.

풀밭 위의 조용한 문답은 이로써 마무리되었다. 나는 구름 너머로 마지막 시선을 던지며 오늘이 내 인생에서 가장 중요한 날이 되리라는 것을 깨달았다.

시간의 잔디 위에 산들바람이 불었다. 우리는 모하의 블루투스 스피커로 그애의 플레이스트를 들으며 서로 귀를 가까이 댔다. 핵이 드리운 대학살의 위협이 어렴풋하던 그 시절, 파바로티의 스크래치 난 〈카루소〉도 들었다. 시간은 여러 구문으로 나뉘었다가 다시 합쳐지고 있었다. 모든 상황이 나의 90년대를 회상하게 만들었다. 어느 퇴색한 밤, 동시상영관의 구닥다리 영화 속에 마모되던 날짜, 그리운 얼굴들이 모여 기타를 치던 날짜, 내 인생의 3분의 1을 잃어버리고 나머지 삶도 나를 비껴간다는 끈질긴 느낌에 괴로워하던 날짜가. 그때, 단 하루를 위해 음악과 춤과 불빛 속에서 날뛰던 친구들은 다 어디 갔을까? 기울어진 탁자에 앉아 대답할 수 없는 질문으로 난처해하던 순간은? 나는 내가 보낸 젊은 세월이 지나간 90년대였다는 것을 믿을 수 없었다.

태양이 멀리 떠 있는 구름 쪽으로 천천히 움직이며 얼룩덜룩한 자국을 만들었다. 오후의 남은 빛이 레이스 같은 태양의 끝자락에 얹히자 나무들이 횃불처럼 타올랐다. 타오르는 빛이 하늘의 것인지 공원의 것인지 온통 모호했다. 나는 이렇게 중요한 순간이 과거가 된다는 사실을 인정할 수 없었다.

"공원에 오니까 해가 지는 걸 느낄 수 있어."

파라의 어조는 마술적으로 낮았다. 벌레에 물렸는지 종아리가 간지러웠다. 나는 머리를 뒤로 쓸어넘겼다. 조금 피곤해서인지 모하의 왼쪽 눈은 밑으로 처져 보였다. 나는 샌들을 벗고 맨발로 일어섰다. 파란 정맥이 보이는 발등 위에 샌들 스트랩의 빨간 자국이 남았다. 멀리, 지붕처럼 하늘을 가린 개암나무가 우리 집으로 쳐들어갈 듯 손을 뻗고 있었다.

47

파라 몸에는 상당한 강도의 바이크 인자와 신체 정보가 새겨져 있었다. 경사진 길을 오르내릴 때의 들숨과, 페달을 힘껏 밟을 때 날숨이 만드는 감각 정보, 바이크를 매만질 때 치솟는 흥분의 정보, 출발선에 잠시 정지했다가 급발진할 때의 육체적 정보, 우주에서 숨쉬고 있다는 자존적 형태로서의 정보.

나를 개종시킨 사이클리스트들의 목소리는 전류를 뿜어내며 바람 위로 휘몰아쳤다. 우리 집 앞 공원 입구는 소년 소녀를 위한 디아스포라가 되었다. 아이들 무리는 오후마다 집결해 서울 외곽으로, 강남대로로, 크롬빛 도시의 흐릿함 속으로 드나들었다. 야행성의 우주를 건너뛰고 도시의 검은 바다를 떠다니며 다른 수송 기관을 뉴 프롤레타리아 계급의 달구지로 만들었다. 도시는 곧 바퀴가 닿는 모든 장소를 소유한 위풍당당 짐승들의 점령지가 되었다.

48

파라의 고등학교는 도시의 그랜드 캐니언, 방대한 스포츠 경기장 근처에 있었다. 작년 가을, 학교 정문으로 학생들이 밀려들어가는 것을 보는데 어쩐지 그애들은 자기들을 위해 준비된 것이 무엇인지 하나도 모른다는 생각이 들었다. 자기 인생을 살지 못하는 삶은 의심할 여지 없이 미로 같은 방식으로 펼쳐질 것이다. 나는 알고 있었다. 학교 담장 밖의 시간이야말로 그들이 경험하고 싶은 가장 큰 자유를 부여하리라는 것, 소녀들은 차라리 폭포로 향하는 개울을 따라가는 게 나으리라는 것. 그러나 나의 경기 날 또한 결코 오지 않을 것이다.

미친 바람이 부는 도로는 파라에겐 잘하는 것을 잘할 수 있는 지점이었다. SUV와 독일차 사이로 빠져나가기, 시속 120킬로미터로 내달리기, 머리끝이 쭈뼛해지는 줄타기 곡예사 되기. 파라는 말했다. "난 타이어가 도로에 밀착되는 느낌을 사랑해. 드라이빙을 사랑해. 스피드를 사랑해."

열흘 뒤, 파라는 11시 넘어서 집에 들어왔다. 며칠 밤을 새운 공장 노동자처럼 완전히 지쳐선 운동화 끈도 바로 풀지 못했다. 평소 파라는 들어오자마자 가방을 던지고 달려와 떨어지지 않을 것처럼 내 목에 얼굴을 묻었다. 어떤 때는 대문 앞에서 기다리는 나를 꼭 안으며 잠깐 사이에도 보고 싶었다고 말했다. 그날 파라는 거의 절망적일 만큼 장렬한 레이싱이었다고만 했다. 자세히 묻진 않았다. 비밀은 나도 있으니까. 나는 소분하지 않고 냉동고에 넣어둔 고기를 해동시키는 동안 남은 샤르도네를 따르는 중이었다. 파라는 곧바로 주방으로 난입해선 빨리 돌아가는 테이프처럼 말했다.

"내 세로토닌 수치가 바닥으로 떨어진 것 같아. 뇌는 글루코코르티코이드로 넘치고 혈관은 아드레날린으로 가득 찼어. 오다가 전봇대를 들이받을 뻔했단 말이야. 그러니까 내 도파민 수치가 올라가야 돼. 나도 샤르도네 좀 부어줘. 그러면 좀 가라앉을 거야."

그러곤 내 잔을 뺏어 단숨에 비우고 자기 방으로 쏙 들어갔다. 카푸치노를 설명하듯 신경 약리학을 설명하곤 엄마 와인을 뺏어 마시는 딸. 나는 쇼를 본 기분으로 내 잔을 다시 채웠다. 와인에서 금빛이 났다. 마음이 한가로워진 밤의 은총이 다시 시작되었다.

새벽에 꿈을 꾸었다. 나는 거실 바닥에 배를 깐 채 코끼리 등 위

에서 한쪽 발끝으로 돌고 있는 발레리나를 그리다 말고 누군가
의 결혼식에 가야 한다는 걸 알았다. 나는 아침부터 어지럽다고
투정하는 파라를 태우고 지그재그 도로를 달렸다. 파라가 갑자
기 괴성을 지르더니 몸이 이상하다고 호소했다. 차를 세우자 마
자 아이 코에서 두 줄기 피가 흘렀다. 파라는 티슈로 가볍게 닦으
며 아무렇지 않은 척하더니 집에 오자마자 그대로 쓰러졌다. 깜
짝 놀라 깼는데, 현실의 파라는 바이크 헤드램프가 없어졌다고
날뛰고 있었다.

"대문 앞에 세워두고 잠깐 들어온 사이에 누가 떼어갔어. 경찰
에 의뢰해서 당장 CCTV를 틀어봐야겠어, 진짜!" 그러더니 곧바
로 이베이로 주문했다. 즉, 파라는 뭐든 빠지는 일에 능숙했다. 그
것도 아주 깊이. 그러고는 금방 빠져나오는 것이다.

49

　헤드램프가 도착한 날, 낮 1시에 모하가 왔다. 흰색 스냅백에 배트맨이 프린트된 의기양양한 브이넥, 랩 가수들이 입음직한 오버사이즈 작업복 바지 차림으로 바이크에서 내리는데 벨트 뒷주머니가 늘어져 있었다. 티셔츠를 입고 있을 땐 발육 좋은 순진한 십대 같았는데 작업복을 입으니 십대에서 마이너 슈퍼히어로로 변한 것 같았다. 한동안 떨어져 있다가 만나는 일은 시간이 흐르고 있다는 것을 상기시킨다. 부재가 만드는 전율은 이렇게 매일 사소한 방식으로 나타났다.

　나는 먹다 남은 리슬링을 꺼냈다. 맛이 달라졌을까 싶어서 2센티미터쯤 따라 마셨다. 모하는 내 표정을 살피곤 잔을 다시 채웠다. 나는 냉장고 야채칸에 둔 350밀리리터 와인을 다시 꺼냈다. 모하에게 와인과 오프너를 건네고, 미리 만들어둔 샐러드와 소시지 볶음으로 상을 차렸다. 모하는 의외로 낑낑댔다. 자세히 보니 코르크가 너무 마른데다 나선 스크루가 굽어서 계속 헛돌았다. 한 가지 방법밖에 없었다. 코르크를 병 안으로 밀어넣거나 스크루를 깊숙이 박은 다음 그대로 뽑거나.

모하는 허벅지 사이에 와인을 끼우고 오프너를 힘주어 당겼다. 잠시 후 츠츠츠 하고 전류가 휘감기는 소리가 들리더니 병 주둥이에 코르크가 꽂힌 채 그대로 찢어졌다. 모하가 아둔한 표정으로 분리된 병을 번갈아 보는데 병을 잡은 왼손에서 피가 솟구쳤다. 나는 설명할 수 없는 흥분을 느꼈다. 우주 괴물 몸 안을 살피는 흥분이 이럴까? 사랑하는 사람의 안쪽을 들여다보는 기묘함은 나의 피하를 검붉게 만들었다. 모하는 티슈를 뽑아 손가락을 감싸며 씩씩하게 웃어 보였다. 무서우면서도 빨개진 귀로 주사가 하나도 아프지 않다고 말하는 아이처럼. 너무나 원시적이고 우울할 만큼 모순이 적은 얼굴이었다. 나는 당황해서 소독약과 반창고를 찾는 파라에게 큰 소리로 지시했다.

"마른 타올 좀 갖고 와. 티슈는 피부에 다 달라붙는다고!"

모하는 반창고로 칭칭 감은 왼손을 들다시피 하고 아빠한테 배웠다는 소위 '프랭크 시나트라 레시피'로 커피를 만들었다.

"얼음 세 개를 넣고 두 손가락으로 휘저은 다음 한 번에 털어넣기."

나는 모하처럼 커피를 다량으로 마시는 사람을 본 적이 없었다. 둥글게 휜 눈썹은 언제나 뛰어난 운율로 '인간은 마신다'고 말해주는지도 몰랐다. 얼음이 작아지자 모하는 양푼에 담가둔 얼음을 집게로 집어 모두의 잔에 넣었다. 모하는 입술을 적시지 않고 마셨다. 가끔 혀로 핥을 때 두툼한 입술에 분홍빛이 났다. 낮게 내려온 구름을 비스듬히 투과하는 광선은 로마 병정 방패처럼 녹슨 금빛으로 변해가고 있었다. 우리는 커피를 부은 머그 잔을 들고 뒤뜰로 나갔다.

나에겐 확실히 구식 감정이 있었다. 그 감정은 의심스럽게도 일정한 원 밖으로 퍼져나가고 있었다.

"좀 조심스러운 질문이긴 한데, 있잖아. 모하는 입시 준비 잘하고 있니? 내가 워낙 공부하란 얘기, 대학 가란 얘기, 그런 얘기하는 사람은 아니지만, 솔직히 궁금해."

"대학교는 안 가려고요. 헤르만 헤세가 누군지도 모르는 아이들이 가는 게 대학교잖아요. 저는 인생을 대학교하고 바꾸기 싫어요."

항상 카운슬러처럼 끄덕이던 모하가 단호하게 말했다.

"대학에 가면 내가 원하는 대로 살 수 있을 거라는 확신은 없어요. 확신한다는 것 자체가 전 힘들어요. 저는 지금도 교실에 들어가기 싫어요. 모두가 서로 잘 아는 이방인일 뿐이니까요."

사람들은 자기가 살았던 기억의 방식과 실제로 살았던 방식 사이에 간극을 넓힌다. 그 생각은 자식에게 향할 것이다. 나는 대학에 관해 어떤 참견도 하지 않는 것으로 파라를 그애가 속한 세상으로부터 떼어놓는 건 아닌지 늘 걱정했다. 결국 내 이름도 미친 부모 인명 사전 맨 위에 등재되는 건 아닌지. 종내 세상이 변할 때까지, 아니 파라가 세상을 변화시킬 때까지 기다려야 하는 건지.

"저는 대학에 가지 않아도 사회학 공부는 따로 하고 싶어요. 연극을 보면 모든 장면에 이유가 있잖아요. 저는 연극을 볼 때마다 저 장면에 무슨 의미가 있지? 하고 내 자신에게 물어봐요. 저는 모든 것에 이유가 있다는 걸 알고 싶어요."

모하의 손이 허공을 갈랐다. 입은 구술을 하지만 손은 말하고 있었다. 파라도 귀를 위성 안테나처럼 쫑긋 세웠다. 오늘처럼 파라가 이상적인 청중이 된 적도 없었다.

나는 모하의 꿈이 과장된 부정확성인지 비범하고 싶은 십대의 허영인지 궁금했다.

"그럼 사회학 공부를 해서 뭐가 되고 싶은 거야? 사회운동가?"

"피아니스트요."

"피아니스트?" 파라와 나는 동그랗게 커진 눈을 서로 맞추었다.

"미래는 정해져 있는 게 아니니까요."

나는 남자에 대한 나의 억측이 얼마나 광대했는지, 긴 기간에 걸쳐 얼마나 확고한 사실로 여겼는지, 동시에 내가 얼마나 위선적이었는지 알았다. 모하가 말하는 사회적 장면의 작은 리얼리티는 나라는 개인의 병리학을 해체하고 있었다.

공원의 나무가 완전히 금빛으로 물들었다. 나는 모하의 우아한 어깨를 응시하며 몽환적인 기분에 빠졌다. 모하 몸에는 확실히 소년과 소녀, 아이와 노인이 섞여 있었다. 실제로도 아이면서 노인의 얼굴을 한 태아 같기도 했다. 초음파로 본 다섯 달째 파라의 얼굴처럼.

나는 늙은 모하를 상상했다. 모하 얼굴이 주름지고 머리카락도 없고 치아도 착색되었을 거라고 상상하며 이상한 슬픔을 느꼈다. 거미가 새벽 거미줄에 매달려 있듯이 어쩐지 안락한 감각이기도 했다.

"존경하는 사람이 있어?"

나는 비로소 질문다운 질문을 했다. 존경하는 위인은 누구인가?라는 문항에 부모님 또는 공자를 쓰는 것처럼 뻔뻔하고 지루한 대답이 있을까? 그러나 상투적이긴 해도 역시 요긴한 질문인 것이다.

"코페르니쿠스요."

"코페르니쿠스?"

"코페르니쿠스는 우주에서 지구가 특별한 존재가 아니라는 것을 알려줬거든요. 우리는 태어나기 전에 삶을 선택할 수 없잖아요. 그러니까 누구도 다른 사람보다 특별하지 않아요."

모하는 무지개를 좇는 아이일까, 미치도록 낭만적인 아이일까? 아니면 자기 땅을 찾아 급히 떠나는 허클베리 핀?

"모하 부모님은 어떤 분들이야? 어떤 분들이길래 이렇게 아들을 멋지게 기르신 거니?"

취향이 좋으나 유난스럽지 않고, 주변을 챙기지만 오지랖 넓지 않고, 지닌 것이 많으나 과시하지 않는 아이의 부모는 대체 어떤 사람일까. 나는 본 적도 없는 여성에게 강렬한 열등감을 느꼈다. 평생 가장 예리한 질투심이었다. 나는 남은 인생에 무슨 유익한 일을 벌일까. 그러나 얼마나 많은 시간을 시기심으로 과호흡하며 보낼까.

"엄마는 항상 그러세요. 위대한 사람도 뒷마당에는 고아가 울고 있어. 엄마는 니체를 좋아하셔서 늘 그 말씀을 하세요. 우리가 아무리 높이 올라가도 날지 못하는 사람이 보면 한없이 작게 보일 거다."

두 개의 검이 발바닥을 찌르는 것 같았다. 너무 비교되어서 파라 앞에서 내동댕이쳐진 것 같았다.

"친엄마는 아니에요. 아빠가 재혼하셔서요. 그렇지만 지금은 누구보다도 존경해요. 아빠보다도. 아빠는 플라스틱 만드는 회사에 소속된 분석 화학자신데, 근본적으로 쓰레기를 만드는 일이라고 말씀하세요."

50

　오후 네 시. 둘이 무심한 얼굴로 소파에 앉아 비스킷을 씹는 소리가 졸린 듯 만족스럽게 들렸다. 청소년의 영혼은 한편 이색적이고 우스꽝스러운 짓으로 채워져 있었다. 모하가 행동의 전후 맥락을 고려하는 아이라고 해도 예외는 아니었다. 스프링이 튀어나온 소파에 앉다가 정글짐처럼 튀어올라 다시 주저앉을 때 모하의 화가 난 불독의 표정. 그러나 이지러지지 않은 표정. 그날 따라 두 사람이 입은 스트라이프 티셔츠가 바코드로 보였다. 저 아이들이 이제 어른이 되었다는 표식일까. 그렇기도 하고 아니기도 하다. 자주는 아니지만 그들도 어쩌다 기묘한 십대의 억양과 단어를 쓰니까.

　우리가 시트콤에 나오는 친구 같을 때도 있었다. 모하가 무릎에 팝콘 그릇을 끼운 채 파라와 나 사이에 앉아 티브이를 보다가 팝콘 알갱이를 찾아 그릇 바닥을 휘저을 때 손이 부딪치기도 한다는 점에서.

가끔 모하는 팔꿈치로 파라의 목을 감고 머리 냄새를 맡기도 했다. 그때마다 파라는 "뭐야? 내가 고양이 같잖아?" 하며 싫은 척 웃었다. 좋아하는 넷플릭스 취향도 비슷했다. 개가 냄새를 알아채는 방법, 와인 메이커가 맛을 조합하는 방식, 몇 개의 소리가 조합된 수퍼 카 엔진 음에 대한 일반 상식. 아이들은 늘 모빌을 갖고 놀듯 이야기했다. 어떤 노래도 포옹도 동물원도 그애들처럼 황홀할 수 없을 것 같았다. 내가 옆에 있다는 걸 잊고 서로에게만 몰입하는 나쁜 아이들이지만.

낮의 주황색이 씻겨나간 창틈 사이로 오후의 푸르스름한 빛이 퍼지고 있었다. 화장실에 다녀온 사이 모하의 왼팔이 파라 어깨 위로 부드럽게 걸쳐져 있었다. 몸을 서로 들썩이지도 훌쩍이지도 않았다. 내 목에서 경고음이 나왔다. 질투라는 태고의 충동을 억누르는 데는 내 가슴에서 쿵쿵거리는 소리로 충분했다. 둘의 신체 각도가 안무 같은 성적 긴장으로 맞춰진 건 아니었다. 그냥, 아이들은 늙어가는 화가의 후회를 불렀다. 모하의 손이 나에게 스칠 때는 타인과 신체적으로 통한다는 느낌이 없었다. 긴장도 무게도 없는 손은 너무 아무렇지 않아서 누가 그 손에 도움을 청할지 궁금할 정도였다. 내가 원하는 것이 단지 육신의 편안함이 아니라는 것을 알려주기 위해 원숭이를 주제로 연구라도 시켜야 했을까. 성년으로 거듭나기 직전, 낙원에 이르는 문과 마주친 아이들에게는 누구도 다음 일을 트집 잡지 못할 것이다.

"나 잠깐 방에 좀 들어가 쉴게. 이따 라면 끓여줄 거니까 우선 얘기하고 있어."

화장실 거울에 벨벳처럼 부드러운 여인은 없었다. 장미를 닮은 탄력 있는 소녀도 없었다. 오직 상추처럼 척척하게 시든 얼굴만 보였다. 나는 인생 중후반기의 길고도 힘든 해체 작업이 시작되었다는 것을 알았다.

나는 언제나 상대성을 믿었다. 오후에는 중년 같고, 저녁에 와인을 마실 때는 경박스러울 만큼 다시 젊다고 느끼고, 그리고 나서 밤 11시에는 아주 늙었다고 느꼈다. 그런데 나는 불시에 정말로 늙었다. 늙은 여자가 미성년 남자 아이에게 반하는 건 세상이 얼마나 외로운 곳인지 말해주는 은유일 것이다.

인중 사이로 흰 털이 두 가닥 나 있었다. 하나는 길고 하나는 짧은데, 긴 것은 너무 가늘어서 보이지도 않았다. 나한테 뭐가 남았을까? 이런 것이 나의 인생이야? 대단해. 나는 각진 턱을 비웃으며 두 개 다 뽑았다.

침대에 걸터앉는데 전신에 열감(熱感)을 느꼈다. 역류하는 피는 고통의 눈부심이었다. 징후는 전적으로 신체적이었다. 목이 말랐다. 거실 불은 꺼져 있었다. 파란 방에서 낮은 웃음소리와 목이 졸리듯 끅끅 소리가 들렸다. 세로로 난 방문 틈으로 움직이는 그림자는 꼬리를 서로 잡아당기는 원숭이 같기도 하고 같이 뛰어넘으며 장난치는 아프리카 사냥개 같기도 했다. 자식에 대한 부모의 관음증은 자식이 부모에게 갖는 그것과 무엇이 다를까. 그림자는 점점 기괴해졌다. 마스크를 쓴 모하가 파라의 등을 커다란 장난감 칼로 때리고 있었다. 나는 기겁했지만 파라는 분명 즐거워하면서 쩍쩍거리고 있었다. 그때 직관적으로 깨달았다. SM 커플 중 바닥에 있는 자가 더 강하다는 것을. 그러니까 바닥에 있는 파라가 둘 사이의 행위를 컨트롤하고 있었다.

51

스무 살의 나에게도 현대 스타일의 인간관계라는 것이 있다면 있었다. 누구를 잠깐 만났다가 곧 다른 사람을 만나는 피상적인 관계. 섹스와 게임으로 아롱진 관계. 나는 즉각적인 만족과 지속적인 후회 사이의 중간 코스에서 헤맸다. 운 좋은 순간은 없었다. 예외 없는 연애 실패와 뒤따르는 비애뿐.

미대 2학년 때 다른 과 전공 수업을 들었다. 그중 하나는 그 자가 강의하는 철학 개론이었다. 어깨가 구부정하고 체격은 호리호리한데 나이를 짐작할 수 없으면서도 기름기 번지는 머리카락 때문에 묘하게 퇴폐적으로 보이는 남자였다. 담배로 착색된 치아는 현실 세계에서는 도무지 찾기 힘든 위생 상태였다. 그런 오묘한 구취는 또 생전 처음이었는데, 그는 줄담배로 구강을 소독하기 때문이라면서 애프터 셰이브 냄새로도 덮을 수 없는 냄새를 변명했다. 그리고 틈만 나면 자기 얼굴은 여자인데 날개 달린 탐욕스러운 괴물 하피 같다고 말했다. 그게 자화자찬인지 자기

비하인지 도무지 헷갈렸다. 자화자찬이 칭찬은 아니듯 자기 비하 역시 비하가 아닐 것이다. 그 와중에 "후우" 하고 긴 숨을 위로 뿜어 앞머리를 헝클어뜨리는 제스처는 비극적 인생 스토리에서 아주 큰 배역을 맡았다는 것에 흡족해하는 듯 보였다.

학생들은 무슨 이유에선지 그를 범접할 수 없는 미래의 교수나 선교사처럼 대했다. 나는 철학이 무엇인지, 또 무엇이어야 하는지에 대해 그가 설파하는 개념에 다다를 수 없었다. 그는 핵심을 설명할 때마다 벌떡 일어나기도 하고, 포인트를 입증할 때마다 소리를 질렀다. 그가 목소리 높이는 추상적 행동 아래 자유의 개념이라는 것도 억지스러워 보였고, 그걸 누가 신경쓰는지도 흐릿했다. 차라리 우리를 행동하게 하고 자유롭게 만드는 근원을 생각하는 게 올바른 일 아닌가? 학생들은 무슨 이야기든 주제에 부딪치면 아무 말이든 해야 했다. 안 그러면 "생각이라는 것이 무엇인지에 대한 학생의 의견은 뭐야?"라는 질문을 피할 도리가 없었다. 나는 사람 기를 팍 죽이는 그의 업신여김만은 피하고 싶었다.

적어도 그의 달변은 난공불락이었다. 가는 곳마다 가속화되었다. 그가 입을 떼면 모두가 달무리처럼 그를 에워싼 채 두 시간 정도는 자리를 뜨지 않았다. 만화, 로맨틱 코미디, 평행 우주, 감정의 생물학, 칸트에 대한 불만까지 지분대는 의견이 반복되는 악

절처럼 공기를 감싸면, 어떤 자리건 연회가 끝난 뒤 내세를 약속하는 종교단체로 변했다.

더러 젊음을 부축하는 소리도 했다.

"너희 제너레이션의 암흑에 대해 다시 생각해야 해. 세대 논리의 희생양이 되어선 안 돼. 그런데 거리에 나가지도 않고 목소리도 높이지 않으면 미래가 훨씬 외로울 거야."

동시에 젊음이라는 가치를 멸시했다.

"역사상 지금만큼 안전하고 자유로운 때가 있었는지 알아? 이 세기에 너희들이 겪는 일들은 그 전에 일어났던 참상에 비하면 앞산으로 마실 가는 거나 같다고. 부모와 할아버지, 고조할아버지가 살던 세상보다 훨씬 스트레스가 덜하다 이 말이야. 너희들은 고작 자판이나 두드리면서 취업 전쟁이나 겪지. 그분들은 눈앞에서 머리통이 날아가는 전장을 기었어. 상상 속의 공포? 정신적 궁핍과 조여드는 괴로움? 관계와 관계의 굶주림? 그게 초근목피, 그분들의 괴로움만 할까?"

과장으로 늘어뜨려진 혀의 설태에도 불구하고 그의 주변은 억울하게 생긴 여자부터 멀쩡한 여자들을 망라하며 탑승 가능한 연애와 새드 엔딩에 관한 후일담으로 흠씬 젖었다. 그리고 놀랍게도 그 안에 나도 있었다.

유별나게 햇빛이 길었던 하짓날, 커피 자판기 앞에서 주춤거리고 있는데 그가 어물쩍 나타나 우체국 소포를 어떻게 보내는 건지 물었다. 내가 발포 비닐을 구해 그가 배송하려는 시계를 겹겹이 싸는 동안 그는 데카르트와 '누구도 부정할 수 없는 몇몇 진리'에 대해 떠들었다. 주소지를 적고 났을 땐 미지근한 인식욕밖에 없는 나에게 플라톤과 플루타르코스로 불을 질렀다.

그날 상수역 카페에서 김을 쐬듯 커피잔에 코를 박고 일본식 강배전 커피의 독한 맛을 배웠다. 커피는 몸뿐만 아니라 마음도 천정으로 뛰어오르게 했다.

사랑(이랄 것도 없는 것)과 관련된 무엇은 복수라기보다(복수라는 순도 높은 낱말조차 아까웠다.) 회한의 울림을 필요로 할 것이다. 그와 관련된 모든 것이 후회를 불렀다. 그때 왜 그랬을까? 왜 그가 헤르만 헤세 소설에 나오는 마르고 연약한 방랑자와 비슷하다고 생각했을까? 어깨 패드가 도드라진 재킷과 쑥색 스카프 때문에? 그럴 리도 없는데 어째서 커피를 테이크아웃해 강의실 의자에 앉는 시간이 그자와의 사적인 대화라고 여겼을까? 그런 단어는 쓰고 싶지 않지만 난 필시 그때 미쳤었다.

중간고사가 끝난 날, 그는 광흥창역 좁디좁은 카페에서 내 옆자리에 앉아 가늘고 긴 팔을 내 어깨에 걸쳤다.

"이건 역사상 가장 위대한 약리학적 측면 포옹이야."

그러면서 내 척추 아래로 손가락을 하나씩 댔다. 나는 몸을 빼

좌우를 살폈다. 색색거리는 숨소리가 200데시벨로 들렸다. 나는 점심때 뭐 먹었어요? 하모니카요? 하고 묻는 대신 중증 탈모로 후퇴해가는 이마와 서글픈 머리카락 몇 가닥을 희한하게 쳐다보았다.

"잠깐!"

그가 엄지손가락으로 내 손을 꽉 눌러 빼지 못하게 하곤, 손바닥을 뒤집었다. 결국 손을 풀어주더니 검지 손가락으로 내 이마를 조준하곤 잔뜩 멋부린 사마귀처럼 검지를 세웠다.

"빵!"

"지금 뭐 하는 거예요?"

"네 속에서 웅크린 소심한 사람 다섯 명을 죽였어."

그는 소년 스토아 학파처럼 보이고 싶은 나머지 중학생보다 못한 형용 모순을 구사했다. 즉, 자기는 만난 적이 없는 네 명의 여자와 세 아이를 가졌고, 자기보다 나이 든 사람을 입양했으며, 마라톤을 뛰지만 항상 41킬로미터 지점에서 멈춘다고 했다. 원할 때 그만두는 사람이고 싶어서. 매년 송년회에는 한 사람만 초대한다고도 했다. 자기 자신. 그러나 올해만은 나를 초대하고 싶다고 말했다. 이유는, 자기 안의 뭔가가 죽었기 때문에.

"나는 나무 꼭대기에 앉은 작은 새인데 오늘은 어쩐지 둥지에서 떨어진 느낌이야. 네가 날 잡아주면 좋겠다."

나는 옷걸이보다 좁은 어깨, 두개골의 형태학 기원을 묻고 싶은 편두족형 두개골, 유착되다시피 몰린 이목구비를 새삼스럽게 쳐다보았다. 그는 맥주잔을 칵테일잔처럼 꽉 쥐곤 단숨에 들이켰다.

"이게 내 뇌를 얼리지 않는다면, 나는 더 마실 거야."

밤 11시. 우리는 밖으로 나가 문을 닫지 않은 술집을 찾았지만 죄다 영업 끝났다는 소리만 들었다. 곧 더러운 양동이에 대걸레가 아무렇지도 않게 꽂혀 있는 삼겹살 집에 자리를 잡았다. 그는 전생이 광부였는지 유달리 허름한 곳을 좋아했다. 그는 화장실 옆자리에 다리를 있는 대로 벌리고 앉아 채 익지도 않은 고기를 적극적으로 입에 집어넣다가 토네이도급 트림을 했다. 쟁반 위의 생고기 두 조각도 짜증스럽게 펄럭거렸다.

"불이 무엇인지 궁금해했던 중세 심리학자들은 생각나는 대로 불의 범위를 정했어. 타오르는 나무, 태양, 혜성, 천둥, 개똥벌레, 북극성. 그런 예제들에 동의한다고 해도 정확히 정의내릴 수는 없었어. 사랑의 정의도 불처럼 갈수록 변해. 그러니까 이 순간이 진실하다고 끝도 진실한 건 아닐 거야. 그렇지만 나를 사랑해줘. 내 하루살이 인생을, 초기 자폐증을 사랑해줘."

나는 큰 소리로 웃을 뻔했는데 그가 눈을 휙 치켜뜨는 바람에 안구를 다칠까 지레 주춤했다.

"연역적 추리력 좀 있다고 지금 비웃는 거지? 맞아. 내가 하는 말은 전부 누가 한 말 따라 하는 거야. 그래서 그게 뭐? 지적인 남자 중에 누가 안 그런데? 라캉이나 비트켄슈타인도 다 누가 한 말 그대로 읊었을걸? 사람들이 몰라서 그렇지."

그는 팔레스타인 난민을 위해 건배를 하곤 화장실에 다녀오면서 잃어버린 상징인 양 지퍼를 내려다보았다. 그가 소주를 두 병째 시켰을 때 음모의 기미가 명확해졌다. 그는 압생트든 물이든 마시는 거라면 뭐든 함께하자며 자기 집으로 가자고 말했다.

"웅크린 것을 해방시켜주는 법을 가르쳐줄게."

나는 발밑에 구르는 먼지의 형태, 사방으로 난반사되는 우주선급 형광등, 무례한 경적 소리 사이에서 뻔한 이야기를 그러모았다. 무슨 이유에서인지 단념할 준비가 되어 있었다. 그리고 자신을 쉽게 버리게 만드는 것과, 나 스스로 쉽게 버릴 것들에 끌리는 성향에 공포를 느꼈다. 조금 뒤 그는 자기 오피스텔에 온 여자들과 보았던 포르노 필름을 속으로 틀고 있는지 모르지만, 나는 광이 나는 인조 가죽 소파에 앉아 엉망진창인 청소 상태에 눈길을 보내고 있었다.

거의 절망적인 혼돈이었다. 화장실 옆면 벽으로 사진이며 편지, 명함이 꽂힌 게시판이 붙어 있고, 종이와 잡지가 넘쳐났다. 그리고 스누트 한 마리의 액자. 그는 엉덩이에 난 갈색 고무줄 자국을 셔츠 바깥에서 긁다 말고 등신대 크기 거울을 보았다. 이번에도 아랫입술을 삐죽 내밀곤 머리카락 한 가닥을 높이 불어 올리더니 내 옆에 앉자마자 점액질의 손을 내 무릎에 얹었다.

그의 손목이 기계처럼 움직였다. 그 손을 치우진 않았다. 내 안의 무엇인가는 다른 사람이 모르는 것을 알고 있었다. 지금도 똑같은 외로움은 그때 내가 가진 전부였다. 안정감이란 누가 나를 사랑해주길 바라는 또 하나의 욕구일 것이다. 그들의 요구에 응함으로써 얻는 친밀감은 고민없이 복종하게 만드는 두려움과 비슷했다.

남자가 섹스 없이 살 수 없다는 것은 나에게 초대이자 경고였다. 나는 사랑, 욕망, 주의, 부드러움 같은 요소들을 함께 묶을 수 없었다. 그리고 섹스에 응하지 않으면 그들을 잃는다고 믿었다. 수순처럼 찌질하고 매력 없는 여자처럼 될 거라고. 복학한 선배가 자기는 불우해 보이는 얼굴 페티시가 있다면서 나를 자기 자취방에 눕히고 위로 휜 것을 밀어넣을 때도 섹스는 그 이상 아무것도 아니었다.

그리고 마른 콘돔을 찢을 정도로 격렬한 골반 움직임. 어느 단계에서 그는 울고 있었다. 눈물에 대한 반응으로 그를 안아주긴 했지만, 약간 엉뚱했다. 나는 눈물의 의제를 해결해줄 수 없었다. 눈물은 눈물 자체가 결론이라고 생각하기 때문에. 그러나 나는 섹스할 때 나 자신을 좋아한 적이 없었다. 본능에 대한 수치심과 성적인 비굴 때문에. 나는 스스로를 위한 인물이 될 수 없었고 내가 누구인지도 알지 못했다. 어쩌면 남자가 철저하게 원하지 않는 여자라는 점을 자신에게 설득시켰는지도 몰랐다. 쾌락을 원했다면 수치심이나 죄책감을 느낄 필요도 없었을 것이다. 성적 동기가 없었다고는 할 수 없었다. 나는 수치심에 졌고, 낙하산은 펴지지 않았다.

52

문제는 그의 모든 관점이 냉소로만 채워져 있었다는 것이다. 소파 양 끝에 떨어져 앉아 레드 제플린의 DVD를 볼 때, 존 본햄의 연주에 입을 떡 벌리는 내 앞에서 그는 로버트 플랜트의 주머니 없는 청바지를 트집 잡았다. "저런 애들은 다 똑같아. 저 딴 걸입고 예술가나 된 척하는 부류들."

데이비드 보위를 보면서 나는 내가 살아가는 비루한 세상보다 훨씬 웅장한 우주가 있다는 것에 충격을 받았는데 명색이 철학을 전공했다는 자가 "저게 사람이냐, 기집애냐?" 하며 칙칙한 입술을 실룩댔다.

"왜 말을 그런 식으로 해요?"

"넌 왜 그렇게 말에 집착해? 표현이 중요한 게 아니고 의미가 중요한 거야. 의표가 아니라 기표."

나는 못 참고 소리쳤다. "지구부터 그쪽 얼굴까지 웃기지 않은 게 하나라도 있으면 말해봐요. 난 모든 것을 비웃기부터 하는 댁

이 더 웃겨."

딱 한 가지 비슷한 데는 있었다. 나는 그가 닿을 수 있는 거리보다 멀리 있었고, 그는 내가 혼자 있길 바랄 때 떠나주었다. 서로를 안 보는 것이 가장 큰 즐거움이었다. 영화관에 가도 잠깐 사이에 제목을 잊고는 화면을 노려보며 같은 생각을 했다. 우리는 각자 자동차 충돌 실험에나 쓸 더미하고 앉아 있었으니까. 남은 피자를 먹으며 플레이오프 야구를 볼 때두 서로 동네 친구 대하듯 했다. 둘다 끌리지 않는 상대와 짝짓기할 만큼 한가하지도 않았다.

그가, 키스할 때 내가 너무 많은 소리를 낸다고 핀잔을 준 뒤로는 두 번 다시 키스하지 않았다. (파라도 키스 없이 낳았다. 내가 아테나의 수태고지를 너무 좋아해서 다른 버전으로 여러 개 그린 탓에 성령으로 잉태한 게 틀림없었다.) 그는 내가 신체적으로 급이 너무 낮아 손 대고 싶은 욕구가 사라졌다고, 섹스는커녕 성욕 자체도 식어버린 비구승 처지가 됐다고 불평했다.

"이거 가슴이 아니라 모기에 물린 거지?" 하며 내 유두를 새끼손가락으로 문지르면서도 내내 비웃었다. "여기 매달린 젖통 말고 네 얼굴 봐주는 사람이 하나라도 있냐?"

그렇게 야비한 말로 희죽거리다가도 여전히 나를 사랑하고 부성애도 있다면서 울먹거렸다. "우리는 두 명의 가족일 뿐이지만, 다른 집처럼 서로를 보호하고 양육하고 신뢰하잖아. 너도 부정하지 않잖아." 뭔가 호소할 때 손톱을 깨무는 것은 그의 틱이었다.

우리 사이는 서로를 밀어붙이는 만성적인 패턴에 묶여 있었다. 그가 유치한 농담을 하면, 그보다 훨씬 생생하고 더욱 치사한 농담을 해야 할 것 같았다. 악의는 걷잡을 수 없었다. 그는 틈만 나면 보라색 혀를 펄럭이며 나를 조롱했다. 내가 그 따위 소리 언제까지 할 거냐고 눈을 부라리면 그는 "내년까지", 심장박동이 멈춘 차가운 미소를 지었다.

그는 나에게 짜증을 내고, 내 뒤에서 걷고, 나에게 부끄러워하고, 모든 것을 내 탓으로 돌렸다. 감정노동은 끝이 없었다. 차라리 근육을 너무 많이 써 젖산만을 분비하며 살아도 좋겠다고 생각했다. 하나같이 졸리는 무감동에 도무지 내성이 생기지 않았다. 레스토랑 메뉴의 모든 페이지를 전두엽에 담을 듯 한없이 더디게 훑는 통에 종업원이 말 없이 떠난 적도 있었다. 앙트레 페이지로 넘어가서도 하도 꾸물거리는 바람에 에피타이저로 무엇을 선택했는지도 잊었다. 점심을 좀 제대로 먹고 싶어서, 아니, 어디서 먹건 확실하게 챙기고 싶어서라는 게 그의 논리였다.

"난 식사가 좀 더 순수한 의미에서 미식 행위에 몰두하는 시대로 떠나고 싶었어."

그렇게 남들이 식재료에 대한 박식함을 알아주길 바라면서도 왜 결론은 늘 크림 파스타 아니면 토마토 파스타였을까.

한번은 똑같은 진을 몇 번씩 입어보며 전보다 꽉 끼는지 아닌지를 강박적으로 살펴보더니, 내가 좋아하는 변칙 줄무늬 블라우스를 보고는 삐에로 옷이라고 명명하기도 했다. 양가죽 치마를 보고는 처음 만난 사람하고 잘 수 있다는 의미라고 이죽거렸다. 그때 그 자의 연필 같은 바지와, 형광 초록 바탕에 피색 베르사체 로고가 새겨진 넥타이와, 그 좁은 어깨로 흘러내리는 자칭 신플라톤주의적인 볏짚색 재킷과, 납작하게 주저앉은 거위 주둥이 구두가 얼마나 한심한지 받아치지 못한 게 생각날 때마다 화가 났다. 허리가 길어 오랑우탄을 방불하는 비율도. 하지만 나의 약점은 진짜 가족, 영웅, 롤모델을 필요로 한다는 것이었다. 나와 엄마 사이에서 평형추가 될 만한 남성적인 무엇을.

53

엄마는 예술이란 좋은 남자가 되는 것이고, 비극이란 나쁜 남자가 되는 거라고 말했다. 그러나 나는 그런 인간을 만났다. 그해 초복 날, 그는 교수 분파의 희생양을 자처하는 강사 무리들과 여행사의 할인 상품으로 통가에 다녀왔다. 그는 공항에서 샀다고 손바닥만 한 액자를 내밀었다. 고갱이 타히티에 머무를 때 그렸던 〈목욕하는 타히티 여자들〉이었다. 선물은 사회학적 문맥을 보여준다는 점에서 아주 민감한 행위인데 액자부터 조악한 플라스틱이라니. 내 시뜻한 표정을 읽은 그는 자기가 워낙 허먼 멜빌, 초창기 탐험가, 해적, 빵나무 열매, 토착 여인들 포함 적도 관련된 건 다 좋아하는데 내가 혹시 고갱도 맘에 들어 할지 몰라서 샀다고 했다. 통가가 낙원이라는 그의 말을 뒤끝 없이 빨아들이면서도 코웃음친 건, 내 탁한 피부를 피해 남태평양까지 내몰린 건가 싶어서였다. 그는 잠깐 묘한 철학적 고독에 잠겼다가 관광지에서 차가운 유리잔에 피치리큐르 베이스의 퍼지네이블을 연거푸

날라다 주는 토착민들에 비해 자기의 상대적인 풍족함이 죄책감을 주었다고 말했다. 고갱에게는 코코넛 섬유로 만든 방갈로 페일과, 망치와, 그만의 해변이 있었지만, 그렇다고 나를 그린 것도 아니다. 나는 오른팔은 굵고 왼쪽 눈은 떠지지 않을 만큼 작고, 허리도 굵은데다 늘 불평하는 나이 든 여자니까.

단오 날에는 자기가 아는 형이 마포에 차린 햄버거 가게로 나를 데리고 갔다. 거기서 파는 샌드위치는 어뢰를 닮았는데 그냥 로스트 비프가 아니었다. 죽은 지 오래된 동물을 같은 종인 다른 동물 지방에 담근 살덩어리였다. 나는 왜 그 메뉴가 그렇게 싼지 이해했다. 그건 데이트 예산 문제에 대한 해결 방법이었다. 내가 그걸 먹으면 배가 불러서 다른 것을 먹을 수 없으니까.

시장통의 실내 포장마차로 자리를 옮겼을 때는 물웅덩이의 잉어처럼 계속 무릎을 떨다가 막걸리를 한 사발 마시곤 예외도 없이 틱 소리를 내며 트림을 했다.

"우리가 생각하는 사랑이 진짜 사랑일까? 사랑은 영원불변한 게 아니야. 철두철미하게 물리적 창조물일 뿐이라고. 화학이란 말이야. 누가 사랑을 증명할 수 있어? 아무리 날고 기는 박식한 신경과학자나 화성인이라 해도 못하는 거야. 진짜 중요한 건 우리가 얼마나 사랑하느냐 하는 건데, 넌 어쩜 생물학적으로 우리가 많은 옥시토신을 교환했다고 믿고 싶겠지만, 그렇다고 해도 우리 관계는 형태와 기능의 결합일 뿐이야. 사랑의 정의도 갈수록 변한다고. 불이 무엇인지 궁금해했던 중세 심리학자들은 생각나는 대로 불의 범위를 정했단 말이야. 타오르는 나무, 태양, 혜성, 천둥, 개똥벌레, 북극성. 그런 예제들에 동의한다고 해도 정의 내릴 수는 없어. 내 말은, 우리는 수선된 생물학에 빠져 허우적거릴 뿐이라는 얘기야. 뒤죽박죽 소비되는 진화의 과정에서 잠깐 특별해졌다고 착각한 거라고. 이런 관계가 의식적으로 우리가 가질 수 있는 것 이상이라고 믿는 거지. 그렇게 책임을 서로에게 얼렁뚱땅 지우면서 말이야."

환풍기에서 죽음의 냄새라고밖에 표현할 수 없는 악취가 났다.

"내가 언제 사랑한다고 말했어요? 헛소리 좀 그만해요, 제발. 입 냄새 나."

그가 내 작품을 끈질기게 부정하자 마침내 결정적 순간이 왔다. 두 번째 개인전을 말아먹고 집에서 우주의 크기를 다룬 다큐를 보고 있을 때 그가 발가락 사이를 훑으며 실실댔다.

"내가 생각해봤는데, 예술가는 반 고흐처럼 죽었을 때만 인정받는 경우가 있어. 근데 네가 죽은들 그렇게 될 리 없다는 확신이 들더라. 해주반을 만든 장인 정도면야 영원히 기억되겠지만."

그가 동묘에서 산 해주반을 손으로 쓸며 보리수 아래에 앉은 척 다 안다는 미소를 짓자 자존심이 계란 껍질같이 부서졌다.

"보험에 들 필요도 딱히 없어. 톡 까놓고 네 그림이 예술이 아니잖아?"

〈최후의 만찬〉 하나면 인류의 다른 미술적 유산은 다 필요없고, 베드로가 다리를 올리건 요한이 팔을 겹치건 예수가 나오지 않는 그림은 가치 없다고 우기는 사람이 할 소리는 아니었다.

"왜 그렇게 나한테 인색하고 공격적이에요? 철학 한답시고 코뿔소도 못 알아들을 소리나 하고. 그림에 대해 뭘 알기나 해요? 피카소가 프랑스 사람이에요, 스페인 사람이에요?"

"국적이 뭐가 중요해?"

"아는 척하자면 중요하지. 르네 마그리트 좋아한다며? 스펠 한번 대봐요."

"내가 시시하게 그런 거나 말해주려고 그 돈 들여 철학 공부 한 줄 알아?"

"그런 것도 모르는 주제에 다른 사람이 좀 떠들면 그걸 또 못 참아 하지, 왜."

"얼씨구. 그렇게 말을 잘 지어내면서 왜 여태 소설 한 편 못 썼대?"

나는 숨을 들이마시며 더러운 창문으로 쓰레기 더미를 내다보았다. 누가 던졌는지 음식 쓰레기 봉투가 터져 있는데다, 여기저기 널린 까만 비닐 봉지가 소용돌이치며 뒤척이고 있었다.

"댁은 정말 속물이란 말도 아까워. 아니, 있다. 퇴물, 인터넷 부스러기나 주워 먹는 퇴물."

그가 피식 웃으며 발가락 사이에 무좀약을 스프레이했다.

"하도 안 팔리니까 그렇지. 걱정 돼서. 어떤 땐 팔리지 않기를 바라는 건가, 나 혼자 그럴 때도 있다니까?"

나는 그 자를 밑단이 처절하게 해진 청바지로 둘둘 만 다음 압축기로 눌러버리고 싶었다.

"우리가 어쩌다 여기까지 왔을까?"

그는 소파 팔걸이에 걸터앉아 꼬불꼬불한 빨대로 콜라를 휘저었다.

"그렇지. 우연의 일치는 없지."

나는 오랫동안 우연의 일치 같은 것은 없다는 평범한 표현에 시달렸다. 그 말이 논란의 여지 없이 널리 퍼진 공적인 진실을 반영하는 것이라면 지금 내 상태를 결코 설명할 수 없을 것이다.

"모든 일에 이유가 있다는 뜻이야?"

"아니, 그냥 말이 그렇다는 거지."

"댁 생각에?"

"아니, 명언 같은 거랄까."

"누가 그런 말 했는데?"

"당연히 프로이트지."

"뭘 좀 알고나 얘기해요. 프로이트는 정확히 우연 같은 건 없다고 했어. 우연의 일치가 없다고 한 게 아니라."

"아참, 칼 융이다. 깜빡했네."

"웃기시네. 융은, 우연의 일치는 상상이 아니라 실제라고 했어. 숨겨진 인과관계일 뿐이라고. 전공이 철학 맞아요?"

틱에 자극받은 그의 앞니가 곡물을 씹듯 쉴 새 없이 딱딱거렸다. 그는 언제나처럼 연극을 하듯 숨을 내쉬었다.

"아이러니네, 아이러니야. 그거 알아? 모든 아이러니의 예가 아이러니하지 않다는 것을."

그건 또 무슨 소리야? 하고 말하려는데 그가 "아, 피곤해. 컴퓨터하고 오목이나 둘란다" 하더니 팔을 머리 뒤로 대고는 다리를 쭉 뻗었다.

54

낡은 방어막이 사라지자 감정의 소화 작용이 일어났다. 나는 내가 주었던 것을 회수하길 원했다. 그리고 끝이라는 말도 아깝다고 말했다. 그는 다 알고 있었다는 듯 눈을 깜박거리고는 보일락 말락 고개를 끄덕였다. 7분 뒤, 에코백을 집어들고 문 쪽으로 가다 말고 갑자기 나를 끌어당기더니 내 손을 자기 앞섶으로 가져갔다. 나는 죽일 듯 질겁했다. 그는 자기가 너무 진지한 걸 원한 것 같다고 말하고는 아예 바지를 까내렸다. 안달나고 비척거리는 것이 오징어처럼 튀어나왔다. 나는 입꼬리를 말면서 앞니로 으르렁거렸다. 그는 찌개 국물이 튄 바지를 올리며 "전화할게"라고 말했다.

"하지 마!"

나는 파멸적인 목소리로 외쳤다.

문이 닫히자 내가 완전히 난잡한 패자처럼 느껴졌다. 내가 갈망한 것이 오르가슴이었는지 관계 이상의 민감한 것이었는지 분명히 하지 못했기 때문에. 그 관계에 내가 무엇을 원했는지는 잘 생각나지 않았다. 냄새나는 욕구와 충족되지 않은 성교라는 불일치뿐. 오직 그 모기 새끼가 내 발을 좋아했다는 것만이 나의 소슬한 자부심이었다.

나는 필수적인 절차를 밟았다. 다 정리하는 의미에서 마지막으로 욕을 했다. 그 욕을 들은 사람은 그가 아니라 내 자신이었다. 아무렇지 않았다. 나는 그만두는 소질이 다분하니까. 버튼을 눌러도 어디가 나의 중심인지 몰랐으니까.

10년 뒤 열한 번째 그룹전에 참가했을 때, 어떻게 알았는지 그가 칸나 열 송이를 들고 갤러리에 왔다. 우리 만난 지 3675일째라면서 고관절 찌그러드는 소리를 지껄이며. 그날 저녁 그는 내 집에 와서 편의점에서 산 9800원짜리 와인을 앞에 두고 또 헛소리를 했다.

"나 오늘 6월의 바람처럼 이상해."

나는 얼마나 살이 쪘는지 보자고 셔츠를 치켜올리는 작자를 저지하지 않았다. 뭔가 책임져야 했다면 시작부터 권리를 부여해야만 그럴 수 있을 것이다.

3주 뒤 생리가 비치지 않는다는 것을 알았다. 나는 아이가 생기면 어떤 식으로든 나라는 패배자로부터 영원히 벗어나지 못할 거라는 생각에 주춤거렸다. 아이를 낳는다는 생각은 문제를 해결하거나 삶의 빈틈을 메우는 방법이 아닐 것이다. 그것이 임신의 결과가 된다면 아이는 완전히 다른 것, 알 수 없는 무엇이 될 것이다. 그러나 나는 그렇게 했다. 내가 평생 후회하는 일은 그를 만난 것인데 가장 잘한 일은 파라를 낳은 것이라니. 나는 이 딜레마를 영원히 극복할 수 없었다.

55

오후 3시에 우 교수가 스캔한 문서를 들고 왔다. 불편한 이야기를 하는 의사를 보는 것에는 하나의 충족감이 있을 것이다. 나쁜 소식이든 아니든 뭔가를 알리기 위해 온 거라면 최악은 아닐 것이다. 그러니까 공포는 그 순간 유일하게 합당한 반응이 아니었다.

"보시겠어요? 아니면 그냥 설명만 들으시겠어요?"

그는 몸을 움츠린 채 조심스럽게 말했다.

"안 볼게요."

나는 세차게 고개를 저었다. 그는 조금 주춤했다. 왜? 파라의 모든 수치가 정상으로 돌아왔다고? 그래서 옛날처럼 같이 웃을 수 있게 되었다는 올바른 진단을 내려주려고? 아니면 지금 당장 금속 집게로 내 두개골을 세로로 잘라 죽은 사람 얼굴을 자석으로 붙이려고?

우 교수의 호흡이 느려졌다. 나는 머뭇거리는 저 얼굴을 '올해의 절제된 표현'으로 선정하고 싶었다. 본성의 나약함을 드러낼 수 없다면 어떻게 더 나은 인생을 살 수 있단 말인가. 침묵 속에서 영원의 짧은 순간이 지나갔다.

"따님, 욕창이 너무 심하고, 골수가 망가진데다 신장도 다 녹아내렸어요. 팔 아래 가슴까지, 폐는 물로 차 있어요. 폐렴은 결정적인 경고예요."

목소리가 떨렸다. 어떻게 보면 기계적으로 들렸다. 나는 눈을 크게 뜬 채 미동 없이 앉아 있었다. 누가 보았다면 아주 무서운 광경이었을 것이다.

"무엇보다 뇌가 완전히 기능을 상실한 상태예요. 제 말씀은, 의학적으로 소생 가능성이 없어요. 연명치료는 불가합니다. 현실적으로 이렇게 될 가능성이 아주 높았다는 걸 우린 모르지 않았지만요."

숨을 뱉을 수 없었다. 사람은 그냥 숨만 쉬면 살아갈 수 있는 존재라는 걸 그 순간에는 몰랐다. 파라가 자가 호흡을 못하게 되었을 때부터 얼마나 더 지탱할 수 있을지 속으로 백만 번은 물었다. 매번 강도를 달리해서 물었다. 대답이 무엇이든 그런 날은 결코 오지 말아야 했다. 파라에게 남은 시간이 얼마나 되냐고 물을 때마다 담당 레지던트는 읽기 싫은 책을 읽듯이 대답했었다. "누구도 모르죠. 저만 해도 당장 내일 차에 치일지 누가 알겠어요?" 틀린 말은 아니지만 그건 광란의 운전자가 너만 겨냥하고 있다는 말과 다를 바 없었다.

"고마워요. 그런데 제대로 된 진단처럼 들리지 않네요."

그날처럼 병원 조명이 퉁명스럽게 느껴진 적도 없었다.

"시간이 없어요."

"시간이 없다니요?"

"저도 파라만 한 딸이 있어요. 그렇지만 이제 남은 건 최악의 상황이에요. 더 이상은 낭비예요."

더는 시간이 없고, 더 이상은 낭비라는 말이 내뿜는 까만 에너지가 나를 에워쌌다. 질문이 떠오르기 전에 질문을 공식화할 시간이 없었다. 그에게 딸이 있는 줄은 몰랐다. 다른 때였다면 처음으로 자기 이야기를 들려준 사람을 끌어안았을 것이다. 그러니까 그는 지금 살아 있는 딸을 부검하라는 얘기일까?

"이제 결정하셔야 합니다."

"그러니까 무엇을요?"

나는 시간을 멈추는 거품 속에서 떨고 있었다. 침묵이 머리 속에서 쿵쾅거렸다. 어떤 침묵은 내 인생이 글렀다는 전제를 깔고 있을 것이다. 그리고 나는 허겁지겁 그 맛을 음미했다. 그의 눈썹 안쪽 부분이 솟아올랐다. 나는 그 표정을 읽었다. 그 순간 마비되어가던 내 인생이 완전히 멈추었다.

"그럴 수 없어요. 아니에요. 그래도 이건 아니에요."

고개를 저은 건 아니었다. 고개를 흔드는 건 이미 다 해봤으니까. 거짓말과 죄책감의 마지막 단계에서 이상하리만치 비인간적인 슬픔이 개처럼 짖어대며 힘을 모으기 시작했다. 나는 정복할 수 없는 분노의 바다, 만질 수도 파괴할 수도 없는 바다 한가운데 방치된 에이합 선장이 되었다.

"당장 대답할 수 없다는 건 알아요. 저라도 금방 답변을 내릴 수 없을 거예요. 시간을 좀 가져보세요."

"얼마나요?" 하고 묻는데 내가 처음부터 울고 있다는 걸 알았다. 상실이 눈물이라는 기능적인 방식으로 나타난다는 것이 너무나 공포스러웠다. 그 순간, 슬픔에 대한 나의 이해가 다른 방향으로 가버렸다. 비통해하는 확정적인 방법은 무엇일까. 나는 비통함을 짜낼 만큼 길게 이야기할 수 없다는 것을 인정해야 했다.

그는 내 어깨에 손을 얹었다. 나는 그 손에 다시 내 손을 얹으며 말했다. "저한테 너무 마음 쓰지 마세요." 그러나 그 시점에는 너무 눈치 없는 얘기였다.

최고의 선택이란 여지없이 최악의 순간이 되었다. 인생이 난폭하게 잘려나가고, 동의할 수 없는 것에 동의해야 하는 와중인데 여전히 깨어 있다는 게 믿을 수 없었다. 파헤쳐진 언어의 틈새속에 검은 상자가 나타났다. 빛도 음악도 없이 의자 끄는 소리가 들리고, 우 교수가 나갔다.

6시밖에 안 됐는데 땅거미가 지고 있었다. 나는 병동과 병동 사이에 배치된 복도로 걸어갔다. 창 쪽으로 가슴 높이의 바가 가로로 길게 놓여 있었다. 나는 등받이 없는 의자에 앉아 밖을 내려다보았다. 밑에서 움직이는 사람들은 회색 블록을 바탕색으로 걷는 반점으로 보였다. 관찰자와 관찰당하는 자가 합류한 순간이었다. 가슴과 머리, 복부에 모든 고통을 안고 걷는 저 사람은 어디 살까. 앰뷸런스의 어느 불빛이 다음 환자를 데리고 올까.

그때 모하가 복도 끝에서 걸어오고 있었다.

모하는 지하 커피 체인점에서 테이크아웃해온 카페 모카를 바에 올려놓고 뚜껑을 열었다. 수증기가 피어올라 모하의 볼이 촉촉해졌다. 할 말이 없는 상태에서 우리는 침묵의 반원을 만들었다.

"너는 카르마가 뭐라고 생각해?"

모하는 바에 흘린 커피 자국을 티슈로 문질렀다. 이야기가 어디로 갈지 생각하는 것처럼.

"왜 나쁜 일은 좋은 사람들한테만 일어날까, 그런 거요?"

커피에서 세제 냄새가 났다.

"너는 카르마를 믿니?"

모하는 내 눈을 보며 고개를 끄덕였다.

"환생, 윤회, 그런 게 엉뚱한 얘기 같진 않아요. 우리가 다른 몸으로 다시 태어난다는 게. 저는 어쩐지 그럴 것 같아요." 그리고 대답이 맘에 들지 않는지 침착한 얼굴을 찌푸렸다.

"제 생각에 카르마는 무슨 마법, 그런 건 아닌 것 같아요. 어떤 행위의 결과? 그냥 그런 것 같아요."

다시 태어난다 해도 무슨 가망이 있다고. 마임 공연이 매일 되풀이되듯 삶을 반복하는 무료함, 아무 희망도 없는 상태에서 끝났다 다시 시작하는 무의미라면 힌두교인이 되는 게 나을 것을. 나는 진공의 암흑 속을 떠다녔다. 오후의 암흑. 축축한 숨, 쉬지 않는 나의 죽음.

"사람이 사랑받기 위해 태어났다는 말은 다 거짓말이야. 인생이란 게 정말 이상해. 영원히 산다고 해도 이상하고, 언젠가 죽는다는 것도 이상해. 솔직히 죽어서 다시 태어난다는 말이 정말이었으면 좋겠어."

형광등이 바닥에서 깜빡이는 하얀 동그라미를 세로로 자르고 있었다. 모하의 눈이 연필처럼 어둑해졌다. 이 상황을 이성적으로 생각하기에는 스피노자라도 시간이 걸릴 것이다.

"스스로 원해서 생을 마감하는 사람이 얼마나 될까? 그런데 나는 그걸 원해. 학교 다닐 땐 프리다 칼로가 세상에서 제일 불행한 줄 알았어. 열차 사고로 골반도 으깨지고, 아이도 뱃속에서 자꾸 죽고, 남편한테 사랑받지도 못했으니까. 그런데 아실 고르키는 더 끔찍하더라. '고르키'라는 이름부터 '쓰라리다'라는 러시아어에서 따왔다니까 말 다 했지. 교통사고가 나 목도 부러지고 팔도 마비되고 암에도 걸렸는데, 아내가 딴 남자하고 바람까지 나서 아예 딸까지 데리고 나간 거지. 고르키는 그 길로 목을 매 그냥 자살해버렸대. 나는, 죽고 나서 아무리 무슨 추상 표현주의의 기원이 되고 미국 미술 신에서 한자리 차지한다 한들 무슨 의미가 있나 싶었거든. 그런데 프리다든 고르키든 지금 나만큼은 아니야."

새로운 증오, 죽음의 미친 재, 마음속에 끝나지 않는 질문이 넘쳤다. 그러나 그게 무엇이든 나는 회고할 자격이 없었다.

"나, 솔직히 파라한테 좋은 부모였는지조차 모르겠어. 그런 생각만 하면 내가 세상에서 제일 외로울 거라는 생각 자체가 말도 안 되는 일 같아."

나는 파라만의 불행이 아닌 나를 위해서도 흐느꼈다.

56

엄마는 마지막 25년을 계동 아줌마와 같이 살았다. 엄마의 양
장점 건물 주인이 느닷없이 월세를 두 배나 올리는 바람에 안 그
래도 몇 되지도 않는 손님을 죄다 기성복에 뺏기고 당신의 예술
성을 알아주는 맞춤 고객들도 멸종 상태인데다, 자꾸만 값을 후
려치는 젊은 것들 때문에 넌덜머리가 난 엄마는 다 때려치우고
다섯 평쯤 되는 화장품 할인점이나 할 심산이었다. 그때 아줌마
가 제안했다. "남편 없는 여자하고, 남편도 자식도 다 없는 여자
가 기댈 게 뭐가 있어? 그냥 같이 살면서 웨딩드레스나 하객 정장
같은 거 알음알음 만들면 되지. 나는 나대로 화랑일 계속하고. 그
럼 두 사람 호구지책이야 못 되겠어? 아, 되고도 남지."

엄마는 새로 찾은 삶에 아주 만족해했다. 무엇보다 아줌마네
이층집은 층계단이 낮아서 좋아했다. 엄마는 일주일에 한 번 평
균 나이 일흔 살인 친구 세 명과 테니스장에도 다녔다.

"너한테 손 벌리지 않을 만큼 모아놓은 돈도 좀 있고, 또 친구

가 일요일마다 교회 데려다주니까 심간이 편해. 요즘은 방광염 때문에 밤에 자꾸 깨는 거하고 여기저기 가려운 것 말고는 딱히 아픈 데도 없어서 마음이 아주 평화로워."

유달리 을씨년스러웠던 그해 3월이 지나자 빛의 음영이 늘었다 줄었다를 반복하는 4월이 되었다. 대학 졸업한 뒤로는 두 달에 한 번 꼴로 계동 집에 들렀는데, 그날은 대문 비밀번호가 생각나지 않았다. 나름대로 조합한 순열로 이리저리 도어락을 누르고 있는데, 엄마와 아줌마는 손을 잡고 야트막한 경사 길을 올라오는 중이었다. 아줌마는 어렸을 때부터 미사도 드리고 성가대에서 노래도 했는데, 엄마를 만나고부터 가톨릭에서 개신교로 개종했다고 했다. 아줌마의 논리는 동정녀가 잉태했다는 말 차제가 워낙 의심스럽기도 했고, 신빙성이 떨어지는 마리아를 흠숭하느니 예수를 찬미하는 게 좀 더 합리적이라는 것이었다. 엄마는 한술 더 떴다. 예수는 언제고 다시 올 거고, 우리는 지금 종말의 시간을 살고 있지만 기독교의 위엄으로 인생의 위기를 타넘을 거라고 주장했다. 내가 대학에 입학하고 나서 코를 높이는 문제로 고민할 때 엄마는 말했다. "그때엔 얼굴과 얼굴을 대하여 서로 만날 텐데, 네 얼굴이 바뀌면 내가 널 어떻게 찾으라는 거니?"

엄마는 가는 목과 꼬불꼬불한 머리카락 때문에 살짝 푸들과 비슷해 보였다. 아줌마는 종아리가 살짝 부은데다 양말 밴드에 눌린 자국이 테를 두르고 있어서 꼭 트위즐러 두 개가 걸어오는 것 같았다. 그런데 두 사람 다 똑같이 귤색 스카프를 두른 채 걸음걸이까지 비슷해서 얼핏 샴쌍둥이처럼 보였다.

햇빛이 잘 드는 오후 2시 반에 엄마는 아줌마 옆에 앉아 장미꽃잎 차를 따랐다.

"전에는 사는 게 참 너무 시들했어. 돈 좀 있다고 뻐기는 것들 비위 맞추며 사는 게, 내가 성격이 못돼서 그런지 겉으론 웃어도 속으론 죽겠더라고. 그리고 아무리 돈을 벌어도 그년들 바짓가랑이는 못 붙잡겠더라니까? 근데 이것저것 다 내려놓고 나니 지금은 매일매일 고마운 것투성이야."

아줌마는 엄마 등에 손을 올렸다.

"이 친구가 없다면 나 진짜 참담했을 거야."

할머니가 됐다는 걸 인정하지 않는 아줌마의 알토 목소리에는 최면을 거는 듯한 느낌이 있었다. 엄마는 햇살에 약간 눈살을 찌푸리고는 손을 모으며 미소를 지었다. 온화하고 지쳐 있고 부드러운 미소.

"나도 평생 이 친구한테서 많은 걸 배웠어. 무엇보다 사랑." 엄마도 화답했다.

아줌마는 엄마의 볼을 집게처럼 집으며 포만하게 웃었다. 미열을 빼앗긴 엄마의 눈길에 달콤한 덫이 쳐 있었다. 노란빛 구름이 안개나 먼지나 연기처럼 불투명하게 두 사람 사이의 공기를 눌렀다. 엄마의 자리는 난공불락인 아줌마의 관리 범위 내에 붙박혀 있었다. 나는 계동 아줌마가 채운 엄마의 빈 공간을 뚫고 들어갈 수 없었다. 나는 언제든 엄마에게 필요한 것이나 가져올 태세로 문 옆에 서 있으면 족한 존재였다.

57

계동 아줌마에게서 엄마가 앰뷸런스로 실려갔다는 전화를 받고 병원으로 달려갔던 날, 엄마는 병원에 오기까지의 과정을 무용담처럼 들려주었다. 사람들은 암 선고를 받은 이가 눈을 하늘로 올리며 "왜 나죠?" 하고 물어보듯 있는 힘을 다해 낙심하기를 기대하는지 모른다. 엄마는 달랐다. 속상해할 시간이 없었거나, 더 정확하게는 속상해하는 데 쓸 에너지가 없었을 것이다.

"내가 직접 119에 전화해서 여기로 데려다달라고 했어."

엄마는 자랑스럽게 트레이의 플라스틱 물컵을 왼쪽에서 오른쪽으로 움직였다.

"우리 아가, 조금 있으면 물구나무라도 설 기세네. 몸 뒤집기 정도는 이제 껌이지?"

아줌마는 어르듯 말했다. 검정 투피스를 입은 아줌마의 왼쪽 가슴에 무궁화 모양의 핀이 달려 있었다. 옅은 분홍색 립스틱에 굽 높은 구두를 보니 여기가 병실이 아니라 무슨 동창회 자리로 보였다. 엄마도 어떤 자리에서든 차려 입어야 하는 아줌마를 보며 이렇게 말했다. "글쎄, 이 친구 집에선 암컷 나방도 구찌를 입는다니까?"

엄마는 침대에 기대앉아 양미리처럼 엮인 약봉지를 좌르륵 펼쳤다.

"내가 먹는 약이 이렇게 많아."

그러면서 병실 벽에 아줌마하고 후쿠오카 여행 갔을 때 찍은 사진을 걸지 못하게 한 간호사 욕을 5분 동안 했다. 엄마는 반짝임이 줄어들 때조차 깜빡거리는 전구 같아서 뭔가 거북했다. 그 거북함의 실체는 도무지 불분명했다. 그날 엄마는 유독 많은 이야기를 했다. 대부분 술회에 가까웠다.

"네가 자식을 낳으면 그애랑 노는 게 너무 좋을 것 같았는데, 난 정작 그러지 못했어. 속으론 다행이다 싶기도 했어. 손자 손녀나 돌보면서 남은 여생 보내고 싶진 않았거든. 지금 와서 보니 참 별것도 없건만. 그래도 가끔 파라한테 미안할 때는 있어. 어찌됐든 난 개 할머니니까."

삼대에 걸쳐 관계의 드라마를 엮는 우리의 그물망은 그다지 촘촘한 편이 아니었다. 더 파고들어가면, 우리는 한 번도 엄마와 딸의 관계를 가지지 못했다. 엄마와 나는 서로에게 추방된 전처이자 일종의 어색한 친구였으니까.

"그러실 필요 없어. 아이가 너무 잘 커준데다 생각도 깊어서 어떤 땐 개가 내 엄마 같은걸 뭐. 그건 그거고, 어디 불편한 데는 없어요? 아픈 데는?"

엄마는 건조한 눈을 깜빡이며 한참 생각했다.

"나는 그냥 머리카락이나 더 안 빠졌음 좋겠어. 솔직히 말하면 내가 싼 오줌에 빠져죽지나 않았으면 좋겠어. 그리고 너무 아프게 죽지만 않았으면 좋겠어."

엄마의 눈에 불명확한 빛이 스쳤다. 계동 아줌마는 엄마의 흰 머리를 매만지곤 머리핀으로 고정시켜주었다. 수녀원 부속학교 소녀가 한센병 환자들의 요양 병원으로 봉사 활동 갈 때처럼 경건한 손길이었다.

엄마는 과거의 특정 지점들을 하나로 모음으로써 머물지도 나아가지도 못하는 시간의 미망에 빠졌다. 엄마는 스물세 살에 장충단 공원에서 찍은 사진을 보여주었다. 남정임을 닮은, 총명하고 도회적인 여성이 스카프를 쓰고 겨울 나무에 기대 서 있었다. 모든 기억 속에서 엄마는 늙은 적이 없었다. 불거진 이마 혈관과 번들거리는 볼을 가리는 파운데이션 없이는 냉면 모임에조차 가지 않았다. 엄마는 50세에 약간 나이 들었다고 느꼈고, 60세가 되자 처음 노화를 느꼈고, 70세가 되자 정말로 늙었다는 느낌이 들었다고 했다.

58

시간의 끄트머리에서 각각의 사례는 끝이 보이지 않을 만큼 늘어났다. 엄마는 구라파를 숭상하는 신여성이었지만 한편, 배호를 유달리 좋아했다. 처음 배호 리사이틀을 보러 영등포 경원극장에 갔던 날, 사람들이 인산인해로 많이 모였는데 배호가 힘도 안 주고 어떻게 그렇게 세 옥타브를 두터운 비브라토로 오르내렸는지 완전히 홀렸다고 말했다.

"나 열두 살 때 수유리 살았는데 벨기에 신부님이 계시는 성당에 다녔어. 그 성당이 얼마나 예뻤는지 마리아상과 창문 스테인드글라스를 볼 때마다 천국이 이런 데라면 죽는 게 무서울 리가 없다고 생각했어. 그 신부님은 한국말도 참 잘했는데 불 병거 타고 하늘로 올라간 엘리야 얘기며, 이집트 왕이 되어서도 자기를 팔아넘긴 형제들을 부둥켜 안은 요셉 이야기를 들려주실 땐 말씀을 얼마나 맛있게 하셨는지, 나, 그 장면에서 눈물을 줄줄 흘렸잖아. 그래서 성당에 갈 때마다 양초에 불도 붙이고 주머니도 샅

삳이 뒤져 10원짜리 하나라도 나오면 기부 상자에 다 집어넣었어. 그렇게 다들 가난하던 때였는데도. 그 신부님은 내가 〈내 친구 예수님〉 같은 성가를 부르면 잘했다고 톰보 연필 세트도 선물해주셨어. 톰보는 일본 말로 잠자리. 겉면에 잠자리가 그려진 연필이었어. 요즘도 나오는지 모르겠네. 여중 다닐 땐 몰몬교 청년들이 우릴 데리고 측백나무 군락에서 풍뎅이며 무당벌레도 잡아주고 그랬는데, 그때 사진 한 장 박아두지 않은 게 지금도 아쉬워. 나는 그렇게 잘 대해준 분들 이름을 다 까먹었다는 게 차라리 신기해. 톰보 연필도 평생 간직하겠다고 해놓고 어느 틈에 잃어버렸네. 사람이 어쩌면 그럴 수 있을까."

아줌마의 손가락은 이야기의 막간마다 엄마 턱 아래로 파고들었다. 그런 친밀함은 이상하게 불편해 보이지 않고, 그냥 "내 친구 몸은 나만 만질 수 있어"라는 선언으로 비쳤다. 거미줄이 뒤덮인 엄마 피부는 아줌마의 손길만 스치면 초유를 쏟은 아크릴마냥 맨들맨들해지고, 가느다란 머리칼엔 전하가 생겨 뿌리까지 일어섰다.

저녁이 길게 늘어뜨려져 있었다. 피곤해진 엄마는 옆으로 누운 자세로 철교를 가로지르는 지하철을 바라보았다.

"오늘은 해가 조금 비추네?"

아줌마는 "쉬이이이" 소리를 내며 엄마를 저지했다. 엄마는 말하고 싶어 죽겠다는 표정으로 아줌마를 보았다.

"그만 쉬어. 오늘, 말 너무 많이 했어."

아줌마는 엄마가 매트리스에 몸을 옆으로 말고 잠들 때까지 하루의 모든 상황을 관장했다. 자식 같던 수고양이가 차에 치이기라도 한 듯 잠결에 구슬픈 신음 소리를 내거나, 추락하지 않으려고 날갯짓하는 새처럼 양손을 팔락일 때도.

"이제 가볼게."

아줌마가 가방을 집어들 때 살 때문에 홈이 파인 무릎에서 똑 소리가 났다. 엄마의 눈꺼풀이 살짝 들썩거리고 흐릿한 목소리가 새어나왔다.

"하루 종일 고양이 노릇 하느라 수고했어."

아줌마는 일어나다 말고 다시 무릎을 굽힌 채 꽃봉오리 자세로 엄마의 턱과 볼을 쓰다듬었다. 나는 엄마와 계동 아줌마의 우정이 정확히 어떤 속성을 띠는지 알 수 없었다. 아줌마가 가고 난 뒤 갑자기 외로워진 나는 무덤덤하려고 애쓰며 엄마에게 물었다.

"도대체 아줌마가 왜 그렇게 좋은 거예요?"

엄마의 희끄무레한 대답은 나를 놀라게 했다.

"누가 나같이 늙은 여자 뺨을 비벼줄 생각을 하겠니? 난 마지막 숨이 넘어갈 때 별로 후회할 게 없을 것 같아. 어제 새벽에 눈을 떴는데 저 친구가 밤새 나를 들여다보고 있는 거야. 잠도 한숨 안 자고. 그런 사랑이 어디 있니?"

나는 깊은 단절감을 느꼈다. 그 순간이 엄마에겐 태어난 날만큼이나 중요하다는 느낌 때문에.

나는 엄마 몸에 손을 대지 않았다. 유년기의 진실은 엄마 역시 내 손을 잡아준 기억이 없다는 것이다. 나는 구차하게 붙어 있는 살에 아직 피가 흐른다는 생각을 하며 엄마의 뼈만 남은 다리를 주물렀다. 엄마의 발은 너무나 찼다. 그러나 만지지 않으면 내 손을 잃을 것 같았다.

59

엄마는 한 번도 죽는다는 이야기를 하지 않았다. 엄마는 죽음을 묘사하지 않음으로써 죽음을 대했다. 여기가 죽음의 회진이 일상적으로 벌어지는 곳이라는 진실은 엄마에게만은 열외였다. 친구들과 통화할 때도 사실을 걸러냈다. "괜찮아. 어디 아픈지도 잘 모르겠는걸. 의사 말이, 신약을 쓰겠대. 나야 모르지. 경과는 지켜보기로 했어. 그런데 지금 좀 피곤해. 눈 좀 붙일게."

엄마는 위엄 있게 고통의 나락으로 빠져들리라 결심한 것 같았다. 그러나 죽어가는데 품위를 갖출 수 있을까? 나는 거미줄을 친 것 같은 엄마의 분홍색 두피를 쳐다보며 다른 궁금증에 빠져들었다. 아주 사소한 것들이었다. 내가 겨울 세일 때 사드린 황옥색 캐시미어 라글란 코트를 다시 꺼내 입을 수 있을까? 교황청이, 엄마가 제일 궁금해하는 UFO의 존재를 공식적으로 인정할 때까지 살아 계실까?

상태가 좋아지자 엄마는 아줌마가 집에서 가져온 애거사 크리스티를 읽었다.

"이 나이가 되니까 좋은 게 있어. 다 읽고 나도 누가 범인인지 까먹는 바람에 금방 다시 읽을 수 있다는 거야."

엄마 입에서 미소가 사라지고 아래로 처질 때 입꼬리에 더 깊은 주름이 파였다. 나이는 나이, 죽음은 죽음. 더 이상 아름답지 않았다. 하지만 엄마는 친절함으로 그것을 감추었다.

"내 싱거 재봉틀은 너 가져. 귀한 거야. 요즘은 전체가 메탈로 된 재봉틀은 더 이상 만들지 않으니까."

엄마는 다른 곳에서 온 방문자의 표정을 지었다.

"솔직히 착하게 살았다는 얘기보다 아름다운 여성으로 기억되고 싶어. 그래도 그렇게 신경쓰이진 않아. 재는 재로, 먼지는 먼지로. 나는 만난 적도 없는 사람이 나에 대해서 막 엄숙하고 경건하게 생각하고 그러는 거 거북살스러워. 나는 그냥 이 나이에도 치아 관리 잘해서 치열이 고르고 가지런했다 소리나 듣고 싶어."

엄마는 탁자로 손을 뻗어 자루가 달린 손거울을 들었다. 엄마는 당신 얼굴을 더 이상 부끄러워하지 않았다. 아직 세상 앞에 더 나아 보이고 싶은 욕구가 남아서 머리칼을 정돈하고, 입술을 혀로 적신 다음 입꼬리를 살짝 올렸다. 아줌마는 환자복의 양어깨 선을 잡아 정리하곤 앞섶의 끈을 당겨 매무새를 가다듬어주었다.

엄마는 갓난아기가 된 중증 환자들과 달리 뭔가 먹을 때도 스스로의 존귀함을 의식했다. 그런데 8월 마지막 금요일에 엄마의 수척한 얼굴에서 못 보던 것을 발견했다. 오후에 중부시장에 들러 엄마가 좋아하던 설탕 범벅 재래식 꽈배기를 샀다. 엄마는 입을 크게 벌려 몇 입 베어 물었는데 입안에서 피가 섞인 침과, 다량의 잔여물이 새어나왔다. 엄마는 얼굴에 석탄빛이 나도록 당황하다가 급기야 화를 내곤 입을 꼭 다물었다. 그 때문에 몇 배나 새침해 보였다.

"이제 이건 꺼낼래."

엄마는 새끼 당근 같은 손가락으로 결연히 틀니를 빼냈다. 나로선 전혀 대비하지 않은 상황이었다. 엄마의 입 모양은 지지대를 잃은 지붕처럼 즉시 일그러졌다. 그것이 틀니였든 타고나길 건강한 치아였든 엄마의 고른 치열은 과거의 것이 되었다. 그리고 치아가 다 사라진 입안을 부푼 혀가 채웠다.

엄마는 손을 들어 입을 가리려다 다시 내리곤 당신의 일흔 살 생신에 내가 선물해드린 부엉이 브로치에 대해 충분히 고마워하지 않은 것을 사과했다.

"이젠 다 끝난 것 같아. 그렇지만 나 때문에 기도는 안 해도 돼. 모르긴 몰라도 지옥 갈 것 같진 않으니까."

푹 꺼진 눈자위가 튀어나온 광대뼈 옆에서 둥근 홀을 만들었다. 그 말 너머에는 아무것도 없었다. 나는 그것이 고통의 눈부심일까 두려워하며 그 명료함에 의심을 품었다. 찰나만 사는 인생에 최고의 보상이라 한들 천국에서 영원히 쉬는 것이 그렇게나 좋은 일일까? 당신을 위한 애도 카드를 다 버린 엄마의 얼굴은 빈방처럼 황량했지만 이상하게 외로워 보이지 않았다.

엄마는 다시 의사들 손에 맡겨졌다. 왼쪽 폐에 응혈이 생기고 양쪽 폐 주변으로 낭이 완전히 가득 찼다. 체액을 빼는 카테터 삽입을 하던 날, "엄마 보는 게 이번이 마지막이면 어떡하지?" 나는 애석한 마음으로 엄마의 마른 얼굴을 쓰다듬었다. 레지던트는 그동안 뽑아낸 체액 중 양이 가장 많았다고 했다. 코로 관이 들어가고 등에 거대한 바늘이 꽂히는 동안에도 엄마는 말똥말똥 깨어 있었다고도 했다. 저녁에 병실이 조용해지자 엄마는 숨 쉬기 어려워 쌕쌕 소리를 내며 말했다.

"내가 에스더처럼 용감해서가 아니라, 그냥 견뎌야 하는 거잖아."

이틀 뒤 담당의가 조용히 나를 불렀다.

"수치가 올랐어요."

무슨 뜻인지 알고 있었다. 종양 표적이나 혈액 내 생성되는 암의 부산물 수치. 지금 검사 결과대로라면, 생존율은 급격히 떨어질 것이다. 새로 등장한 목표는 암이 더 진행되지 않게 막고, 곧바로 화학적인 치료로 돌입하는 것이었다.

화학 방사선 치료는 병변 자체엔 효과적이었지만 엄마를 아주 약하게 만들었다. 엄마는 계속 잠을 잤고, 며칠이 지나도 피곤해했다. 쪼그리고 앉았다가 한쪽 다리에서 다른 쪽 다리로 무게를 옮기며 화장실에 다녀오면 침대에 눕지도 못할 만큼 지쳤다. 피부가 모조지처럼 얇아진데다 근육 섬유가 완전히 닳아 관절이 나사처럼 솟아 있었다.

반응 사이클은 보다 강화되었다. 엄마는 서둘러 천국의 문을 통과하려면 정신이 온전해야 한다는 강박에 시달렸다.

"나 죽는 거지?"

엄마는 고개를 저으며 아줌마에게 옅은 미소를 지었다. 아줌마는 검지손가락을 엄마 입술에 댔다. "쉬이이이. 지금은 그런 말할 때가 아니야. 지금은 싸울 때야."

아줌마는 혈색 좋은 뺨과 표정 없는 눈을 다시 엄마 얼굴 가까이 대고 "편히 숨 쉬어. 그래. 그렇게. 이젠 외롭지 않지?" 하고 속삭였다.

엄마의 눈꺼풀은 아줌마를 잠깐 향했다가 천천히 닫혔다. 그 눈을 죄던 얼굴 피부가 곧 풀렸다. 감긴 눈꺼풀은 아기처럼 부드러웠다.

나에게는 뭔가 잘못됐다는 느낌이 남았다. 아줌마가 엄마와 나 사이를 막고 선 것처럼, 모든 것이 상황에 맞지 않고 부자연스러웠다. 어쩌면 나는 아줌마에 대해 잘 몰랐고, 선의를 잘 받아들이지 못하는 측면도 있었을 것이다.

수요일 이후엔 더 나빠졌다. 간호사가 주삿바늘을 엄마의 살 없는 손등에 꽂을 땐 아무것도 보지 못했고 아무것도 볼 필요가 없다는 듯 엄마의 회갈색 동공이 흐려졌다. 잠시 후 전방위로 산소를 공급해주는 마스크가 얼굴을 뒤덮는데도 엄마는 숨을 쉬지 못했다. 엄마는 위안의 영역 너머 손 닿지 않는 곳까지 숨어버렸다. 의사들이 서둘러 왔다가 간 뒤, 레지던트가 클립보드를 가지고 왔다.

"뭐 좀 물어볼게요." 그는 말을 조금 더듬었다. "사전 지시서를 써두셨어요? 그러니까 가족에게 무슨 일이 일어나면 최후의 수단 같은 걸 원하는지 언급한."

계동 아줌마는 보조 의자에 딱 붙어 앉아 '존엄사 요청서'라벨이 붙은 서류를 오래 들여다보고 나에게 넘겼다. 사망 선택 유언은 책임도 큰데다 남겨둔 재산이랄 게 없는 엄마에겐 좀 터무니없어 보였다. 보호자 동의를 기다리는 사각형 칸은 비워져 있었다. 무의미한 연명 치료를 하지 않는다는 칸에 체크 표시를 하고 나니 이제 정말 끝이라는 생각이 들었다. 나는 레지던트에게 동의서를 건네주며 말했다.

"사인은 했어요. 엄마도 최후의 수단 같은 거 원치 않고요. 그렇지만 엄마가 오늘 돌아가실 것 같지 않은데요?"

레지던트는 똑같은 질문을 반복했다. "정확히 이해하셨는지 확실히 하기 위해선데요."

그의 단호함은 습관적으로 보이지 않았다.

"호흡이 힘들어지면 저희는 관을 삽입할 건데 그게 상당히 불편합니다. 말을 할 수 없을 거예요. 그리고 이후 밀을 할 수 있는 확률은 제로에 가깝습니다."

나는 탈모 부위를 가리는 부분 가발도 거부하고, 상상력에 방해된다고 보청기도 빼놓던 비범한 여자를 보며 고개를 저었다. "그렇게 된다면" 내쉬었던 숨이 낚아채이듯 입안으로 다시 들어왔다. "그냥 엄마를 보내주세요."

내 얼굴에 무감각한 눈물이 흘렀다.

그날 밤, 병실을 나설 때 마지막 희망처럼 힐끗 돌아보았다. 엄마가 숨을 내쉴 때마다 흐늘흐늘하던 눈썹과 뺨이 갑자기 대리석처럼 매끈해졌다. 그렇게 강렬한 서스펜스는 본 적이 없었다. (그것이 삶의 종말에 일어나는 가장 찬란한 생물학적 변화라는 것은 나중에 알았다.)

엄마는 내가 잠깐 집에 다녀간 사이에 급작스럽게 돌아가셨다. 아줌마의 전화에는 작별 의식에 흔히 보이는 떠들썩함이나 슬픔, 당혹스러움이 없었다. 심지어 사별의 의미와 화해하는 표정도 없었다. 약간의 엄숙함마저 없다면 죽음은 일종의 실수 아닌가. 내가 느낀 것은 일종의 충족된 무의미함이었다.

"자는 동안 죽었어. 외롭진 않았을 거다. 내가 옆에 있었으니까."

"내가 있었으니까"라는 말 앞에는 "네가 아닌"이라는 문구가 추가되어야 했을 것이다. 나는 유언은 없었느냐고 물었다.

"임종 때 나를 보더니 이렇게 말했어. 내 인생은 정말 형편없었는데, 네가 있어서 시시하지 않았어. 그러더니 숨이 멎었어."

이것이 엄마 인생의 요약본이었다고? 아줌마는 다시 덧붙였다. "나는 내 제일 친한 친구가 죽음이라는 것에 얼마나 빨리 적응하는지 정말 감명받았어."

냉정하게 들리지 않았다. 엄마와 모든 순간을 함께한 사람만이 할 수 있는 소회였으니까. 휴대폰 너머로 그녀를 위한 승리의 팡파레가 울렸다. 엄마의 장례식은 한 인생 전체를 훑는 예배이자 특권인데, 아줌마가 써온 허구만이 환대받는 예배의 세속 버전을 만들었다. 아줌마는 그렇게 엄마 인생의 최종 목격자가 되었다.

장례를 치른 뒤 며칠 동안 무엇을 해야 할지 몰랐다. 유사한 헤어짐을 겪지 않은 주위 사람들도 혼란스러워하는 것 같았다. 꽃을 보낸 사람은 있었지만 따로 전화한 사람은 없었다. 일주일 후쯤 모르는 번호로 위로의 문자를 받기는 했다. 종교적이라면 도움이 될지 모르지만 다른 좋은 곳으로 간다는 믿음이 나는 없었다.

60

내 눈은 끝나지 않은 잠으로 무거웠다. 멍한 상태에서 병원 로비에 앉아 있는 꿈을 꾸었다. 어떤 목소리가 검사 결과는 나왔냐고 물었다. 내가 느끼는 감정과 입에서 나오는 소리는 하나였다. 나는 소리를 지르고 있는지 울고 있는지 몰랐다. 대답하려고 애를 썼지만 눈을 뜬 현실은 아직 꿈속이었다. 낯선 사람은 여전히 내 대답을 기다리고 있었다. 간신히 눈을 뜨고 나서 꿈속의 질문에 대답하지 않아도 된다는 안도감에 사로잡혔다. 한 번의 숨에 꿈을 나열하며 병리적으로 정의하는데, 우 교수가 나를 내려다보고 있다는 것을 알았다. 나는 반사적으로 일어나 앉았다. 병실 벽에 걸린 시계를 보니 저녁 7시 50분이었다.

땀을 흘렸는지 우 교수의 얼굴이 조금 번들거렸다. 그 얼굴에 연민을 느낄 때 흔히 보이는 표정이 비쳤다. 흐릿함. 이해할 수 없게 뚜렷한 슬픔. 춥지 않은데도 이가 자꾸 부딪쳤다.

"조금 전, 7시 20분에 따님이 사망하셨습니다."

나는 대꾸할 수 없었다. 아무도 내가 단어를 찾도록 도와주지 않았기 때문에. 나는 입술을 통제했다. 마음은 부인했지만 몸은 우주에서 버려진 나를 동정했기 때문에. 그리고 가만히 앉아 있는 3분 동안 회복할 수 없을 정도로 늙어버렸다.

"갑자기 심장마비가 왔어요. 손을 쓸 여지가 없었어요. 심장만 문제가 있는 게 아니라, 전에 말씀드렸듯이 간, 신장, 폐, 모든 기능이 망가진 상태라서 심장 마사지를 했는데도 다른 기능이 올라오지 않았어요."

나는 입을 벌리고 천장을 올려다보았다. 공중의 덮개가 벗겨져 핏빛으로 물들었다. 내부에서 고음의 비명이 기어올라왔다. 간이 침대에 앉아 푸른빛 감도는 천장을 응시하던 모하가 손가락이 하얗게 변하도록 침대 난간을 부여잡았다.

"저는 파라를 살리고 싶어요. 파라를 다시 보고 싶어요."

모하의 눈이 타오르는 성냥처럼 새파래졌다.

"어머니가 파라 얼굴로 바뀐다면 저도 살아 있는 친구를 계속 볼 수 있는 거잖아요. 둘 다 사는 거잖아요."

커다란 스푼이 머릿속을 휘저었다.

"심장에 있는 각각의 세포 근육은 서로 다른 박동을 가져요. 세포 네다섯 개를 환자분 심장에서 꺼내 현미경 아래 두면, 그 작은 것들이 물속에서 나온 물고기처럼 부들부들 떠는 걸 볼 수 있을 거예요. 그런 기적적인 세포들이 서로 닿도록 한데 모으면 다르게 뛰던 박동이 동시에 움직이기 시작하거든요. 한 무리 세포가 서로 알아보고 하나처럼 뛴단 말이에요."

우 교수는 복잡한 개념에서 다음 개념으로 넘어가면서 중간중간 "그렇죠?"라는 말로 구두점을 찍고는 빠르게 말을 이어가다 다시 숨을 들이마셨다.

"저는 따님하고 환자분이 하나가 되어야 한다고 생각해요. 당연히."

횡격막 아래가 들끓으며 경련하기 시작했다. 화장실로 달려가 몸을 떨며 무릎을 꿇었다. 이 순간이 지도 같은 신성함과 죄악을 보여주길 바랐다. 메슥거림이 한 번 지나갈 때마다 다량의 땀이 떨어졌다. 나는 타일 바닥 위에 누워 기절하기를 기다렸다. 사람이 메슥거려서 죽지야 않겠지만 가능하다면 내가 첫 번째 사례가 되고 싶었다.

시간 감각이 희미해지기 시작했다. 어떤 사람들은 진실이 자유롭게 해주리라고 말한다. 그러나 그 진실이라는 것이 단순하고 잔인한 단 하나의 것일 때는 어떻게 할까. 말할 수 없이 무서웠다. 이 순간이 생각도 못한 채 건너야 하는 강이 되었다는 게. 결국 다리를 만드는 사람이 나여야 한다는 게. 나는 딸을 보고 만지고 느끼고 싶은 마음 말고 아무것도 몰랐다. 아이를 눕혀주고 그 팔을 토닥거리고 따뜻한 볼을 다시 느끼고 싶은 마음 말고 어떤 것도 없었다.

61

파라 얼굴은 닦여 있었다. 피부에는 광택이 있지만 아주 많이
는 아니었다. 빛은 피부 안쪽에 있었다. 누군가의 피부를 잘라서
열면, 혈액, 땀, 눈물 속에 빛이 있을 것이다. 몸은 액체를 담고 있
기 때문에 흙으로 돌아간다기보다 물로 돌아갈 것이다. 파라는
이제 땀도 흘리지 않았다. 수분이 말라 더 이상 땀도 배출하지 않
았다. 어쩌면 액체 없는 신체는 먼지로 돌아간다고 말하는 중인
지도 몰랐다. 몸은 삶이 그 안에 있을 때보다 무거워 보였다. 무한
대로 치솟아오르다 턱 밑에서 막혀버린 나의 아이. 부식된 비강
위에 세울 필요도 없이 높은 콧날만 두드러졌다.

파라의 머리칼이 자홍빛으로 보이는 것은 내 눈에 황반변성이
진행되는 탓일 것이다. 머릿결에 흐르는 빛은 더 이상 세상을 알기
위해 여행하지 않아도 되는 이의 충족감으로 물결쳤다. 나는 내 딸
과 함께 있다는 두려움과 더 이상 함께 있을 수 없다는 두려움으로
전율했다. 나는 딸을 떠날 수도 포기할 수도 없었다. 파라에게 한 번

도 거짓말한 적이 없다고 믿었는데 결국 모두를 속인 셈이 되었다.

파라가 나에게 가르쳐준 건 침묵이었다. 필수적이고 영원하며 흔한 침묵. 어두운 자존심이 패배한 것이 아니라 그냥 병원 벽의 그림자로 돌아가는 거라고 말하는 침묵. 모든 것에 무관심한 침묵. 나는 염소처럼 침착하게 속삭였다. 이렇게 되었어. 네가 회복하지 못할 거라는 말과 나아질 거라는 말은 번갈아 들었지만, 난 듣고 싶은 말만 들었어. 모르겠어. 나는 세상에 또 다른 내가 필요해서 널 낳았을까. 난 늘 너에게 말했어. 언제나 네 옆에 있을 거라고. 과거의 모든 게 다 없어졌으니 이게 세상엔 우리 둘만 남았다고. 듣는 사람도 믿지 않는 얘기가 거짓말인데, 그게 거짓말에 대한 진짜 정의일 텐데, 넌 그 말을 믿은 거니? 지금 엄마가 할 말이 있어. 내가 너를 놓았어. 더 붙잡을 수도 있었는데. 그렇지만 네가 엄마의 괴로움을 안고 가면 우리는 다시 태어나는 거래. 나는 파라의 뺨에 내 얼굴을 댔다. 세상을 떠난 딸이 보는 마지막 얼굴은 나여야만 해서.

그날 밤, 모하는 고개를 숙인 채 공손한 몸짓으로 내 손을 잡았다. 동정심 가득한 눈에는 초월적인 우아함이 가득했다. 모하는 몸을 기울여 나를 안았다. 나는 그애 등에 내 손바닥을 올리고 다른 손으론 이마를 더듬었다.

62

수술 당일의 분위기는 뭔가 열광적이고 수선스러웠다. 들어오라는 큐 사인도 없이 수술실 문이 열렸다. 아침 8시였다.

소독된 내 얼굴은 시트 중앙 부분에 부조처럼 올라와 있었다. 내 목부터 흉부, 골반과 다리까지는 시트로 가려져 있었다. 나는 모니터로 눈길을 주었다. 시트 사이로 불룩 솟은 내 얼굴이 저 화면에 나타나 냉랭한 수술실을 밝히게 될까? 건물을 지을 때 허무는 비계처럼 내 얼굴이 철거되고 두개골과, 눈구멍, 근육과 피로 흥건한 물체에 반원형 조각으로 잘려진 얼굴이 덮이면, 태(胎)중에서처럼 서로 짜맞추어질까? 결국 하나가 되어 서로를 알아본다 해도 어떤 면으론 수동적인 무아의 상태로 가는 길 아닌가?

목 아래부터 신발까지 이음새 없는 유체 동물이 혈관에 바늘을 꽂았다. 나는 얕고 옅게 호흡했다. 지금 당장 그만두라고 말하고 싶었다. 어서 플러그를 빼달라고. 표백제로 버무려진 무균실 냄새가 났다. 나는 채광창 같은 천장의 전구들을 올려다보며 구름 없는 아침 하늘 아래 누워 있다고 상상했다. 인생이라는 이상한 것. 끝날 때까지 형태가 없는 것. 파란 하늘과 빛나는 태양을 그리던 유년의 만화 세계는 없었다.

들어낸 파라 얼굴은 지금 얼음 그릇에 뜬 채 혈류 역학을 보여주는 중일까? 그런데 파라는 어디에서 올까? 중환자실? 영안실? 아니면 저 먼 세상에서? 플라톤은 틀렸다. 깨고 자고 다시 깨어나는 것이 불멸하는 영혼의 증거는 아닐 것이다. 아주 위대로운 상황에서 시간은 느려진다고 들었다. 기억에 남은 것은 종이가 눈앞에서 비틀거리다 제멋대로 찢긴 것과, 손을 선반으로 뻗었는데 가방이 위로 떠다니던 장면이었다. 가장 확실한 기억은 공중에 묶였다는 것인데, 틀림없이 앨리스가 토끼굴로 나뒹굴었을때 느꼈던 감각일 것이다.

나는 광대한 바다 한가운데 서서 뭔가를 자르는 팔이 계속 용해되는 꿈을 꾸었다. 그 팔은 자르고 또 자르고, 용해되고 또 용해되었다. 나는 철학자들이 결코 이해하지 못할 이유들로 한 번의 잠에천 번을 깼다. 잠들었다가 깼다가 다시 잤다가, 어느 아침 한 번 더깨어나서 파라가 만든 새 얼굴의 날을 시작했다.

63

　몇 팩째인지 모를 피가 천천히 비워졌다. 수수께끼처럼 최소화된 말만 하던 레지던트가 수술 스케일에 대해 설명했다.

　"원래는 스물네 시간 예정이었는데 거기서 논스톱으로 여섯 시간을 넘겨도 끝나지 않아서 거의 쓰러질 뻔했어요. 이식 부위, 입술과 턱, 코와 볼, 입천장과 치아, 결국 안구와 혀를 뺀 얼굴 전체가 환자분 얼굴에 놓일 때까지만 해도 얼굴은 왁스처럼 창백했어요. 아주 미세한 신경들을 연결하고 전부 다 꿰맨 다음 남은 뼈하고 연부 조직들을 정리하는데, 제 평생 가장 까다로운 수술이었어요. 오래 산 건 아니지만요. 솔직히 내부 정맥을 맞추는 것부터가 문제였어요. 얼굴 크기가 안 맞아서. 그대론 봉합할 수 없을 것 같은데다 짧은 시간에 피를 너무 흘려서 우 교수님이 방법을 바꿨어요. 외부 경동맥을 죄어 얼굴 전체에 흐르는 피를 멈추게 했거든요. 한 20분 지났나? 경동맥을 푸니까 피부 아래 가느다란 동맥이 반짝거리는데 닦아보니 아주 선명한 철쭉색이더라고요. 피가 목에서부터 올라와 입술을 지나가니까 하얗던 코가 팽창하면서 분홍색으로 변하는 거예요. 그때 진짜 마음을 놓았어요. 입술을 핀으로 찌르니까 피가 났는데, 그건 자기 얼굴이 됐다는 얘기거든요. 환자분 침샘도 푹 들어가 있어서 침샘도 붙였어요."

나는 침샘이 있을 법한 부위를 혀로 어루만졌다. 입안의 부드러움은 낯설다 못해 불쾌하기까지 했다. 파라가 아니라 다른 사람의 구강이 내 입안에 있었다면 결코 참을 수 없었을 것이다.

"근데 정말로 중요한 게 뭔지 아세요? 얼굴이 대칭이어야 한다는 거예요. 절대로 삐뚜름하면 안 되죠. 어떻게 얻은 얼굴인데!"

그는 미간에 힘을 주며 재차 강조했다. 이렇게 긴 다이얼로그는 그의 생애 처음이자 마지막이었을 것이다.

64

거즈로 덮인 얼굴은 강철 가마니를 매단 듯 스무 배 이상 무겁게 느껴졌다. 뚱뚱한 고양이가 태어나기 전부터 올라탄 건지, 너무 눌려 있어서 안과 밖이 뒤바뀐 건지. 이대로 계속 압축되다 보면 얼굴이 폭발해 몸 전체로 흘러내릴지도 몰랐다.

"무슨 말 할지 아니까 아무 말도 하지 마."

나는 모하의 벽돌색 머리카락을 올려다보며 들릴 리 없는 소리로 말했다.

모하의 눈은 탐험가가 그렇듯 형광등 빛의 둘레를 통과해 누워 있는 괴물의 행방을 좇았다. 손을 조금 움직이면 그 눈은 내 손으로 이어졌다. 어떻게 보면 동자승같이 태평한 시선이었다. 그러나 나는 모하의 미흡한 표정과 결부되어 식별 곤란한 장애물이 되었다. 모하는 존재감으로 분위기를 따뜻하게 만드는 아이였지만 위로에 적용되는 단계에는 역시 서툴렀다. 이런 감정의 범위 안으로 누가 익숙하게 파고들 수 있을까? 나는 그 눈에서 백만 분의 일 초도 안 되는 찰나에 반짝하는 감정을 잡아내려고 했다. 그애는 늘 내가 말할 때 손의 위치며, 침묵의 지속 시간을 살폈으니까. 그 얼굴은 나에게 무슨 일이 일어났는지에 대한 유일한 단서였으니까.

바보 같은 얼굴을 들어올릴 수조차 없다는 부자유. 나는 더듬거리는 손이 닿는 대로 이불 귀퉁이를 당겨 머리까지 덮었다. 이불 다른 부분은 엉덩이를 꿈틀거려 간신히 밑으로 집어넣었다. 검정의 티끌로 만들어진 성운은 이불 안에서 충전재가 되었다. 나는 직물 깊숙이 숨을 불어넣고, 숨을 향해 손을 뻗었다. 모하가 돌아가길 바랐다. 귀가 윙윙거려서 다시 이불을 내렸다. 모하의 입가에 희미하게 주름이 잡히더니 잠시 멈추었다. 허락을 기다리듯이. 결국 정말로 웃었다. 그리고 미묘하게 모순되는 표정으로 말했다.

"다시는 파란 얼굴을 볼 수 없을 거라고 생각했어요."

나는 그 순간을 거의 불가능한 의지로 머릿속에 담았다.

사이사이, 얼굴 전체에 고압 전류가 흐르고, 드라이어 백만 개를 퍼붓는 것 같은 뜨거움이 끼얹어졌다. 온몸의 증기가 피부로부터 새어나가면서 적대적인 화학의 맛이 신체 시스템에 쌓였다. 끓어오르는 통증은 목 왼쪽에서 얼굴까지 이어지는 모든 길로 확장되었다. 빙글빙글 도는 비이성적 심연. 얼굴을 움직일 수 없는 현실적인 공간. 고개를 5도쯤 기울이는 것만으로도 덜컹거리는 소리가 나고, 모든 근육이 조여지고, 눈이 감겼다. 방향이 바뀌면 머리카락의 필라멘트가 두터운 바다처럼 출렁거렸다. 동시에 급격한 전기적 동통이 세 번째 메아리처럼 부풀어올랐다.

65

거즈를 풀고 수십 개의 스테이플러를 뽑는 날, 그 순간의 따끔한 정도는 다른 흉터를 치료할 때와 달랐다. 레지던트가 거울을 내밀었다. 나는 내가 어떻게 보일지 정확히 알고 있었다. 나는 뚜렷한 손놀림으로 손거울을 받아들었다.

거울을 보게 만든 것은 슬픔이 아니라 분노였다. 신에 대해, 이 세상에 대해, 나에게 활용할 의학 자료가 거의 없다는 것에 대해, 이 상태를 결코 납득하지 못하는 내 기분에 대해.

거울에 비친 것은 무생물처럼 보였다. 무의미하고 공허하며 일체감도 없으며 하나도 중요하게 느껴지지 않았다. 대외적인 인격도, 봉인된 영혼도, 그늘진 면도 보이지 않았다. 그 눈은 내가 투명인간이거나 존재하지도 않는다는 듯 나를 통과해 먼 데를 보고 있었다. 저 얼굴이 혹시 나라면 지금 그걸 보는 나는 대체 누구라는 거지? 누가 나를 둘로 쪼개버린 게 틀림없었다. 그렇지 않다면 거울의 형태가 저렇게 휘어 보일 리 없었다.

나는 입을 벌리려고 했다. 외부에서 주입된 조직인지 피부가 팽창해서 움직임을 제한해서서인지 두껍게 막힌 목구멍 밖으로 목소리를 밀어낼 수 없었다. 나는 손가락을 발톱처럼 말아 입에 구겨넣었다. 편도선 뒤로 수선화 모양의 후두개가 보였다. 철저히 같은 영역 안에 있으면서도 거울에 비치는 것과 나, 그리고 파라와의 관계는 삼중 구도를 만들었다.

66

새로 얻은 얼굴의 생경함은 숨이 멎을 징도였다. 바느질로 기워진 얼굴은 누가 요리용 기름으로 튀겼는지 실제보다 두 배는 커져 있었다. 코브라가 물고 놓지 않은 턱은 살이 몇 겹 겹쳐 있었다. 어쩌면 말벌이나 독거미가 침대 밑에 숨어 있다가 침을 쏘았을 것이다. 병실은 전두엽 피질의 파티로 온통 붐비고 있었다.

부풀어오른 입술은 가지색으로 염색한 자전거 튜브 같았다. 입술을 움직이면 조직이 세게 조여서 단어를 뱉을 수 없었다. 그러나 코가 있었다. 눈썹도 눈꺼풀도 턱도, 사라졌던 얼굴 아래쪽도. 왼쪽 눈은 피가 안 통하는지 별 모양으로 꽉 닫혀 있었다. 오른쪽 눈을 조금 깜빡거리자 속눈썹이 나를 움직이는 것 같았다. 윙크를 하려면 더 연습해야 하겠지만 내가 윙크할 일이 있을까?

젤라틴처럼 딱딱한 피부는 반투명의 색을 띠었다. 나는 파라의 얼굴이었던 내 얼굴을 만졌다. 장갑을 끼지 않았으니까 직접 맞닿았다고 할 수 있을 것이다. 얼굴 전체가 유리 한 장처럼 튼튼

하면서 매끄러웠다. 그러나 얼굴뼈의 어느 부위와도 연결된 것 같지 않았다. 지지하는 것 자체가 없었다(고 느꼈다). 이마는 불가능한 방향으로 틀어진 채 왼쪽 얼굴부터 목 뒤까지 기우뚱하게 늘어져 있었다. 귀 옆 림프선이 얼굴 내부뿐만 아니라 뼈에 달라붙은 피부층을 매달고 있는 셈이었다.

나는 천천히 눈을 굴리며 고개를 오른쪽으로 돌렸다. 절개 자국은 좌측 측면 정수리부터 귀 앞쪽으로 길게 이어져 목 뒤까지 내려왔다. 반흔 조직과 피부색의 대비는 비명을 지르는 입과 목의 핏빛 흉터를 나누었다. 나는 귀밑으로 난 긴 절개, 육류처럼 두툼한 국경에 손을 댔다. 오른손 중지 끝이 1초도 안 되는 찰나, 뇌의 표면에 닿았다. 아니, 뇌를 뚫고 지나갔다. 그사이, 덩어리가 된 얼굴은 강한 풍속에 흔들리는 집채처럼 천천히 기울었다가 묵묵히 되돌아왔다.

다윈의 진화론은 나에게도 적용될 것이다. 나라는 포유류는 발톱이 있기 때문에. 그러나 누구를 할퀼 것인가. 내부의 명령에 복종하는 세포는 어떤 표정을 짓고 있을까? 키스할 때의 표정? 뭔가 씹을 때의 표정? 이제 세계의 검은 정부는 중국에 여자 프랑켄슈타인의 발목에 띠를 달아 가는 곳마다 추적할 것이다. 늑골 안에 칩을 넣고 내 편도선이 어떤 상태인지 매시간마다 모니터할 것이다. 결국 관타나모 담벼락 아래 재감금해 역병 보균자용

발륨 주사 한 방을 놓을 것이다.

　제3의 존재라는 관점은 자꾸 되물었다. 나는 누구를 위해 이렇게 되고 싶었을까? 누구를 만족시키기 위해서였을까? 나는 그냥 뼈 위에 올려둔 두꺼운 장갑과 같았다. 어쩌다 손에 맞아 끼워졌을 뿐인 장갑. 나도 파라도 아닌 내 밖의 무엇. 서로 다른 경계에 접촉한 수수께끼의 존재.

67

일주일 뒤, 이번에는 얼굴 전체가 가려웠다. 시냅스가 천천히 스물거리더니 망치를 들어야 할 것처럼 간지러웠다. 피부에 기생 균과 개미가 기어다니고 작은 유리 조각들이 박혀 있다는 망상이 들었다. 뇌 안쪽이 가렵다는 얘기는 들어본 적이 없었다. 곧 피부 조직 위로 개미 군단이 기어올라왔다. 개미들이 코와 입으로 발을 뻗어 목을 야영지로 정하자, 가려움도 같은 길을 따라 위아래로 움직였다. 피부에 에어컨 바람이 스치거나 환자복 소매며 침대 시트의 실오라기 하나의 자극만으로도 열이 오르고 폭발적으로 가려웠다. 손톱은 내가 잠들었을 때 피부에 다다르는 방법을 찾았다. 나는 경동맥까지 긁다가 죽으면 해방될 거라고 생각하다가 소스라쳤다. 이 얼굴은 내 것도 아니고, 파라는 늘 왼쪽 코 옆에 난 까만 점을 좋아했기 때문에.

다음날 아침, 베개에 녹색 피가 묻어 있었다. 나는 파라를 다치게 할까봐 무서웠다. 자는 동안 얼굴을 뜯어버릴까봐. 면역 체계를 끌어올리고 바이러스가 박테리아와 싸우는 동시에, 힘이 세진 항체가 새 얼굴을 이질적인 세포로 여겨 공격하지 않도록 아침에 여덟 개, 밤에 열 개의 약을 삼켰다. 나의 체액은 위험에 맞서는 덜 위험한 독약으로 가득했다.

가려움이 가라앉자마자 두 번째 거부반응이 일어났다. 목부터 왼쪽 귀까지 이식 부위가 빨갛게 부어올랐다. 더 강한 처방이 이어지자 즉각적으로 신장에 문제가 생겼다. 재처방된 약은 간을 공격했다. 거부반응을 둔화시키는 약의 부작용으로 과도한 콜레스테롤이 몸에 고이고 합병증 위험이 몇 배 높아졌다. 다시 항바이러스 약물이 투여되었다. 극도로 약해진 상태로는 단순한 입 안의 발진이나 혀 밑 살에 얽힌 농포, 콜라 한 모금만으로도 감염될 수 있기 때문에.

한 무리의 불량한 세포들이 다시 군집한 날, 내 얼굴은 맹렬한 네 번째 쿼터에 들어섰다. 지문이 지워지도록 손이 붓고, 통증인지 쥐가 난 건지 뻑뻑한 마비가 전신으로 퍼지고, 심장은 입 밖으로 나올 듯이 뛰었다. 나는 매초마다 터지길 기다리는 간헐 온천이 되었다.

서서히 얼굴 하부 신경이 회복되면서 안륜근이 반응하기 시작했다. 그러나 눈과 볼 사이, 부풀어오르고 처지고 두둑해진 근육만이 얼굴의 특정한 시퀀스를 만든다면 의미 없는 틱에 불과할 것이다.

웃기 위해 광대뼈 근육을 쓸 순 없었다. 의식은 분명한데 얼굴은 다른 표현을 했다. 뺨을 움직이는 신경이 왼쪽 목 근육에 붙었는지 근육이 동시에 수축하지 않아 얼굴 한쪽은 웃고 다른 쪽은 찌푸리는 미소가 생겼다. 오직 안구만이 빠르게 움직였다. 어떤 의미로는 그동안 얼굴로 하지 못했던 말을 눈으로 쓰는 셈이었다. 행복은 웃음을 가져온다. 미소는 행복을 만든다. 그 반대도 그럴 것이다. 나는 미소 지을 수 없었다. 그러니까 파라가 웃는 모습도 볼 수 없었다.

비웃거나 화내는 표정이 하루를 훑고 지나갔다. 나는 눈썹이 올라가고 보조개가 들어가도록 웃어보았다. 관객 앞에서 나의 이야기를 재구성하고 허구의 감정으로 커튼콜 인사를 하듯이.

바깥쪽 눈썹을 올리는 것은 어렵기도 했지만 쓸모도 없었다. 얼굴이 가부키 배우처럼 변했기 때문에. 미간을 뒤틀어 한쪽 눈썹을 내리고 콧등에 주름을 만들자 어린 아이들이 만드는 난센스 표정이 보였다. 힘껏 노려보니 코믹한 고통의 표정이 따라왔다. 입술이 동그란 탁구공 모양을 만들 때 참빗 같은 수직의 선이 잡혔다. 나는 새로 생긴 눈꺼풀을 깜빡이며 세상에서 가장 역겨운 윙크를 보냈다.

그날 밤, 복도를 걸었다. 어떤 여자는 벗은 채로도 주시받길 원한다. 그러나 나는 아예 두개골을 노출하고 걷는 셈이었다. 고막 뒤에서 너무 빨라 알아챌 수 없는 음악 소리가 들렸다. 내 팔뚝에 항히스타민을 주사하던 남자 간호사가 앞에서 걸어오고 있었다. 내 상태는 그의 눈빛을 통과할 수 없을 만큼 약했다. 나는 예전에 웃던 방식을 떠올리려다가 주춤했다. 메소드 배우들이야 생각만으로 자연스럽게 웃는다지만 나의 생체공학적인 입과 철골구조물 같은 치아로 입술 끝을 들어올리는 것만으로는 즐거워 보이지 않을 것이다. 나는 연습한 대로 얼굴을 내리고 턱의 압력으로 고정된 왼쪽 입술 끝을 위로 들어올렸다. 그러나 간호사에게는 아무 상관없는 일이었다.

68

11월 초. 가을의 끝. 겨울의 시작. 내내 쌀쌀하다가 10일이 지나 조금 기온이 올라가더니 그 뒤론 한 자리 수를 벗어나지 못했다. 태양이 새로운 각도로 비치는 오후, 반쪽짜리 달이 하늘 밖으로 사라지고 있었다.

퇴원 전날, 모하와 나는 병원 옥상으로 올라갔다. 타르를 칠한 바닥을 조심조심 디디며 난간까지 걸어갔다. 병원이 호텔을 닮아야 살아남는다는 건 새로운 경향 같았다. 사람들이 나고 죽는 장대한 공공 시설, 발 아래, 높이가 다른 각각의 직육면체 병동은 공리주의 원칙에 따라 진화했다기보다 진료의 성격과 목적에 따라 큐빅처럼 잘리고 썰린 채 들쭉날쭉 이어진 하나의 유기체였다. 결국 나같이 불필요한 잡동사니는 한낱 도시의 세포 알갱이가 되고 말 것이다.

나는 내 슬픔을 측정하고 모하의 상실을 재보았다. 서로의 무게가 얼마만큼인지. 슬픔에 대한 호기심은 나의 것이 얼마나 무거운지 알아보는 방법일 것이다. 슬픔은 슬픔에 대해 이야기할 때 완화될 것이다. 하지만 그럴 수 없다면? 비통함은 양식적이지 않았고, 슬픈 감정의 범위는 여전히 미지수였다.

삐뚤빼뚤해진 인생이 보자기로 꿰매지자, 자동차 사고는 덮개에 덮여 잘 떠오르지 않았다. 천국의 갈망은 잦아들고, 집으로 가고 싶은 희망도 스러졌다. 현실은 오히려 유예된 듯 붕 떠 보였다. 나는 알에서 깨자마자 일곱 달 동안 닭장에서 사육된 병아리였다. 닭장 문이 열리면 푸른 풀밭을 보겠지만, 결국 갇힌 곳으로 되돌아갈 뿐이었다.

내가 행방불명되었던 기간 동안 세상은 끝나지 않았다. 누구도 나의 부재를 입 밖으로 꺼내지 않았다. 어떤 의미로 나의 고립 상태는 일종의 참호가 되어주었다. 대인 관계가 얄팍하다는 것이 지금처럼 위로가 된 적도 없었다. 세상이 계속 돌아가는 동안 나 혼자 고통받지는 않았다. 적어도 병원의 거품 안에선 나를 먹이기 위해 내 입을 열고 치아를 부수진 않았으니까.

69

오전 10시에 모하가 커다란 가방을 들고 들어왔다. 미리 만났
는지 우 교수와 레지던트가 뒤따라 들어왔다.

"기분이 어때요?" 우 교수가 허심탄회한 얼굴로 물었다.

나는 모하에게 눈으로 말을 걸며 머리를 매만졌다. 병실 문 옆
에 달린 거울 표면의 잔물결은 내 얼굴을 여러 형태로 나뉘었다.

"이제 제대로 힘들어할 수 있게 되었네요."

아직 마스크를 벗을 자신은 없었다. 마스크는 여전히 나의 방
패이며 화장이니까. 힘센 팔로 나를 당기고 밀어젖히고 피를 뽑
던 사람들이 웃으니 병실이 꼭 일요일의 성당 유치원 같았다.

"퇴원하면 뭘 제일 하고 싶으세요?"

우 교수가 처음으로 활짝 웃어 보였다. 치열이 고르진 않았다.
라미네이트를 씌울 시간도 없을 테니까.

"아무것도요. 정말 아무것도 안 하고 싶어요."

희망을 품은 대답은 나오지 않았다.

"퇴원하고 싶지 않아요."

"네?"

우 교수의 작은 눈은 크게 떠도 커지지 않았다.

"병실에 좀 더 있고 싶어요. 아무것도 괜찮지 않아서요. 나아지지 않는다면 더 매달릴 게 있었는데, 기어코 오늘이 왔네요."

크롬 뚜껑이 달린 유리 항아리에 드레싱이 있는 날이면 꼭 병원 근처 태국 식당에서 점심 약속을 잡던 간호사 얼굴이 비쳤다.

얼굴을 건져올리고 보니 나는 주시받는 히어로가 돼 있었다. 절망의 깊이는 얕아졌지만 예전 삶으로 되돌릴 수 없다는 사실은 그대로였다. 어느 시점부터 나에게 더 무엇이 필요한지 생각하지 않았다. 나를 위해 할 수 있는 것도 없었고, 무엇을 기대하며 세월을 흘려보낼지조차 관심이 없었다. 어떤 때는 하겠다고 선택한 것뿐 아니라 하지 않겠다고 정한 것들도 나를 충족시켰다. 이대로 낫지 않았으면 좋겠다는 핑계로 퍼질러 앉아 손톱에 비취색 매니큐어나 칠하고 싶었다. 이제부터 내가 괜찮아졌다는 걸 어떻게 증명해야 할까? 오히려 본격적으로 소수자 취급을 당하지 않을까?

모든 사람에겐 성스러운 도피 장소가 있어서 신 혹은 사랑 혹은 진실, 경배하는 게 무엇이건 그것과 가까워질 것이다. 좋건 나쁘건 나의 성지는 병실이었다. 세상에서 가장 불편한 방이었지만 그 자체는 아무것도 아니었다. 병실에서 긴 여행을 마치고 나니 적어도 혈전증에 걸리진 않았으니까. 결국 나에겐 내가 생체적으로 기록된 곳, '마지막'이 그 자신을 알리던 곳이 되었다.

모하는 집에 입고 갈 옷과 모자, 비닐에 담긴 구두를 꺼냈다. 캐비닛에 있던 나의 소지품은 모두 가방에 담았다. 수건도 두 번 접어 단단한 사각형을 만들었다. 슬리퍼를 신는데 내 발 사이즈가 줄었다는 것을 알았다. 파라가 좋아했던 항공 점퍼로 갈아입는데 팔이 저려서 그대로 뻗고 있었다. 내 팔에서 잿빛 냄새가 났다. 모하는 광부처럼 큰 손으로 옷 매무새를 잡아주었다.

백랍색 하늘에 작은 눈발이 날리고 있었다. 흐릿한 겨울 빛은 녹색의 우울함을 주었다. 올해 처음 보는 겨울이었다. 교차로 모퉁이의 택시 정류장은 바닷속처럼 고요했다. 터널을 빠져나오는 차량도 적어서 이 도시에 천만 명 인구가 살고 있다는 사실이 믿기지 않았다. 우리는 본관 앞 벤치에 앉아 어디서 오는지 모르는 눈을 맞았다. 구름다리 창문으로 하늘색 가운을 입고 병동 복도를 오가는 레지던트들이 보였다.

"얼른 차로 가자. 이러다가 여기서 울겠어."

조수석에 앉아 시트를 조금 뒤로 젖히니 허벅지 피부가 위로 당겨졌다. 모하는 조금 어색해하는 내 손을 잡고 조금 기다려주었다.

"이상해. 사고 나던 날 차 타고 달리던 기분이 들어."

나는 고개를 돌려 뒷좌석 사이 협곡에 두 눈을 들이밀고 뒤로 밀려나는 도시를 바라보았다. 전에는 서울이 80년대 도쿄의 SF버전이라고 생각했지만 지금은 오히려 과거의 박제로 보였다.

터널을 빠져나와 우회전하는데 오토바이 운전자가 헬멧이 벗겨진 채로 트럭 앞에 주저앉아 있었다. 차 주인은 어딘가로 전화를 거는 중이었다. 헬멧은 널브러진 오토바이 앞으로 통통 굴렀다. 그때 앰뷸런스가 우리 차를 지나쳐 경사 길 아래로 내달렸다. 나는 눈을 감고 구급차가 우리 집을 지나 멀리 가버리길 바랐다.

안쪽 도로를 점거했던 주택 몇 곳은 그사이 카페며 레스토랑으로 개조되어 도시의 일부로 변해 있었다. 동네 일대를 죄다 사들인 건설 회사가 빌라 공사를 위해 쳐놓은 가림막을 지나자 우리 집과 구두끈처럼 이어진 옆집도 헐리고 있었다. 건물 단면이 잘려 있어서 속이 깨끗이 들여다보였다.

지반 아래에 싱크홀이 있는지 우리 집이 어쩐지 기울어져 보였다. 집에 왔어. 인생을 몽유병자처럼 걸어서 여기까지 왔어. 이 집에서 이웃집 여자보다 훨씬 오래 살고 싶었는데, 아니 동네에서 가장 나이 들도록 지내고 싶었는데, 카드로 만든 집처럼 무너져버렸지.

모하는 골목으로 차가 오는지 살펴서 나를 내리게 한 다음 후진 주차했다. 그리고 내 짐 가방을 든 채 대문 비밀번호를 누르곤 어깨로 밀고 들어갔다.

금속의 음향이 집에 고인 냄새에 섞여 콧속을 파고들었다. 집은 모든 스태프가 다른 곳으로 떠난 촬영장 같았다. 빛은 하나도 없고 두께만 있었다. 계단을 네 개 올라가자 땀이 솟았다.

"올라가기 힘들어. 발이 아프고 폐도 아파."

난간을 잡고 얼굴을 찡그리자 모하는 계단 위에서 나를 들어 올리다시피 당겼다.

서로 다른 장소들이 시간과 공간 속에 개별적으로 존재하고 있었다. 나는 두 점을 연결할 수 없었다. 창문의 형태도 휘어진 듯 정확한 직각이 아니었다. 집 크기 자체도 줄어든 것 같았다. 모하가 부산스럽게 창문을 열어 환기시킬 때 나는 코 주변에서 움직이는 냄새를 찾았다. 어느 저녁에 남은 냄새일까? 모하가 혹시 주방에서 음식을 만들어 먹고는 치우지 않았나? 파라가 크런치를 할 때 쓰던 고무 볼에 습기가 찼을까? 파라가 어렸을 때 스물네 시간 돌보던 강아지가 30분에 한 번씩 싸 갈기던 오줌 냄새가 지금 나는지도 몰랐다. 동물의 본성이 벽 사이사이에 스며들다가 이제 붙박히듯 쉬는 중인지도.

싱크대는 깨끗했고, 가스레인지에는 아무것도 올려져 있지 않았다. 냉장고 내부는 완전히 세척되었으며, 소파 쿠션도 부풀려져 있었고, 책장의 책도 제자리에 꽂힌 채였다. 추가되거나 빠진 것은 없었다. 스타벅스 머그컵이 찬장 두 번째 칸이 아니라 세 번째 칸에 있다는 것만 빼고.

그사이 모하는 뒷 베란다로 나갔다. 배관 파이프 옆에 알 수 없는 틈이 나 있었다. 천장에 거미줄이 몇 가닥 쳐져 있어서 조금 슬픈 기분이 들었다. 창틀에 실수로 흘린 타바스코 소스 자국은 크롭 서클처럼 조형적으로 굳어 있었다. 바이크 사고 전날 파라하고 같이 저녁을 만들 때, 베란다 문턱에 불길이 치솟는 프라이팬을 떨어뜨려 검게 탄 자국도 그대로였다.

나는 큰 창으로 숲을 내다보았다. 개암나무 잎사귀는 생기를 잃고 늘어져선 보이지 않는 그림자를 만들고 있었다. 이 나무 아래서 파라와 커피를 마시고, 첫눈이 내리면 어떤 눈사람을 만들까 이야기했었지.

모하의 기척이 없어서 뒷 베란다로 나갔다. 등을 보이며 뭔가 치우던 모하가 돌아보며 "오지 마세요!" 하며 화들짝 소리쳤다. 발끝이 저절로 움츠러들었다. 에어컨 실외기와 벽 사이에 형체가 삭아 깃털만 남은 비둘기 두 마리의 시신이 보였다. 물받이 통 안에는 부패한 어미 비둘기가, 나뭇가지와 고무줄, 지푸라기로 만든 집 안에는 새끼 비둘기와 부화되지 않은 알 하나가 완전히 바스라져 있었다. 회색과 흰색이 섞인 깃털이 바람에 무심히 뒤

척거렸다. 뱃속의 액체가 급박하게 출렁거렸다. 나는 위장과 일체가 되었다.

"부모 비둘기가 여기다 알을 낳았나봐요. 날지 못하는 새끼를 물고 날아갈 수가 없었는지 실외기 뒤에 두었는데, 계속 돌보려고 옆에 있다가 날이 추워지면서 같이 죽은 것 같아요. 그전에는 빛깔 고운 산비둘기밖에 없었는데 이 잿빛 비둘기는 어디서 왔을까요?"

그때 어떤 덩어리가 위에서 낙하하더니 내 머리를 치고 발 앞에 떨어졌다. 손에 쥐어보니 작은 새의 심장이 고동쳐 온통 따뜻했다. 새들의 울부짖음이 쪼개졌다가 다시 합쳐져선 공중으로 퍼졌다. 새들은 떼지어 두 개의 원을 만들다가 고리 두 개가 교차하도록 날기도 했다. 우리가 자기들 영역을 침범했다고 생각하는 게 틀림없었다. 손 위에서 기절해 있던 새가 정신을 차렸는지 포르르 날아가자 새들도 곧 나뉘어져선 숲속으로 날아갔다. 어쩌면 나라는 유기체가 새에 대한 꿈을 꾸는 중인지도 몰랐다. 히치콕이 살아 있다면 이 장면을 놓친 걸 얼마나 아쉬워할까. 그러나 모든 것을 개인의 경험으로 만드는 사람이라면 죽어 있는 비둘기가 파라의 영혼이라고 믿을 것이다.

모하가 다용도실 서랍에서 비닐을 꺼내 비둘기의 잔해를 담고 소독 스프레이를 뿌릴 때 나는 내 방으로 들어왔다. 모든 사물의 배치가 낯설어 보였다. 눈을 감으니 다시는 침대에서 나올 수 없을 것 같았다. 나는 하얀 이불로 분리된 심연 사이로 곤두박질쳤다. 그리고 곧 어두컴컴한 수면 아래 잠겨 익사체가 되었다.

70

눈을 뜨니 오후 4시였다. 먼지가 내려온 고요는 더 이상 요란하지 않았다. 모하는 그새 비누며 치약, 세정제와 곰팡이 제거제로 화장실 선반을 빼곡 채워놓았다. 수도꼭지를 트니 새끼 공룡이 부화하는 소리가 났다.

파라의 방에는 그애가 없었다. 내가 상상으로 파라를 만들기라도 한 것처럼. 그 방은 누군가 사라진 장소가 아니라 살아 있으나 내 반경 밖의 세계가 되어 있었다. 나는 늘 소망하던 엄마가 되었다. 아이에게 무한한 사랑을 주고 그 사랑을 느낄 공간을 주는 엄마. 그리고 모든 것을 뺏은 엄마.

거울 옆의 발레리나는 그 안에서 영원히 살아가야 할 유리 박스에서 발가락을 세우고 팔을 든 채 서 있었다. 납작한 스티커 눈은 유리 하늘을 올려다보고 있었다. 파라가 나에게 맘속 얘기를 하고 싶지 않을 때 얼굴을 가리고 대신 말하게 하던 인형의 눈. 새카맣게 죽은 눈. 자기 생각만 하는 눈. 그래서 우리 딸이 잠든 것도 볼 수 없는 눈.

은사로 짠 공기가 수의처럼 방 안을 에워쌌다. 파라의 감각이 너무 생생해서 숨을 내쉴 수 없었다. 침대 난간을 잡은 작은 손가락, 쿠션 뒤에 나에게 줄 선물을 감추던 팔목, 깔깔거리던 웃음 소리, 베개 밑으로 앞니가 떨어진 순간, 아이에게 네 아빠는 후안무치한 쓰레기인데 네 엄마는 한술 더 뜬 망나니라고 설명할 때 작은 얼굴에 퍼지던 못 믿겠다는 표정, 줄자를 대고 커가는 딸의 키를 표시한 문틀, 소파에 앉아 처음 함께 읽었던 책, 종이 피아노의 건반을 두드리던 통통한 손목, 모든 것이 그대로였다.

나는 파라의 먼지를 털어낼까봐 최대한 조용히 침대 끄트머리에 앉았다. 크리스마스날 아침, 파라의 즐거운 엉덩이가 움직이기를 기다리던 곳에. 나는 침대에 누워 눈을 감았다. 안구 뒤에서 눈물이 타고 있었다. 나는 거의 울고 있는 태아가 된 것 같았다. 눈물이 귓바퀴로 흘러가게 두었다. 이제 우는 것은 가장 쉬운 일이 되었다.

파라의 기억이 유년의 추억과 성장기의 흔적으로 만든 홀로그램이 아니라면, 침대에는 혹시 우리 애의 본질이 남아 있지 않을까? 지금 귓가에 대고 나를 찾지 않을까? 짓궂게 내 발바닥을 간지럽히지 않을까? 뼈는 공기 안에서 수프같이 부드러울까? 그리고 미소 짓고 있을까?

기억이란 엉덩이에서 튀어나와 덩굴식물처럼 등을 타고 올라간 꼬리뼈. 온갖 것을 끌어모아 강아지와 차 바퀴와 민들레로 고정시킨 꼬챙이. 모든 것이 시간의 뒤로 넘어가 구글에서도 찾을 수 없는 무엇이 되었다. 파라의 느닷없는 질문, 세상을 표현하는 삐뚜름한 방법, 반박할 수 없는 일, 때 이르게 나타난 사건들, 빛이 사라져가는 오후, 아이 속눈썹에 비치던 슬픈 빛, 노란 크레용으로 내 스케치를 엉망으로 만든 일, 비 오는 일요일에 몸이 마비될 정도로 놀던 게임, 일주일간 화를 내고 이틀만 부드럽다가 다시 폭발하던 대화, 반사적인 연민으로 반응했던 이천팔백만 개의 금 간 마음, 그리고 뒤따르는 실수들을 합산하면 어떻게 파라가 세상에 없다고 말할 수 있을까.

파라는 분명 과학자들 말대로 전자적인 영혼 추적장치를 달고 천국에 있을 것이다. 땅에 뿌리를 둔 것도 아니고 유한한 육체에 감금된 것도 아닌, 세속적이면서 순진하고, 무형적이면서 유형적이며, 덧없으면서도 영원한 삶 속에. 무엇이 됐든 어떤 머저리도 다 가는 천국이 아니라 몇몇 천사들도 모르는 비밀의 천국이었으면 좋겠다.

71

사람은 죽은 나이 그대로 남는다. 그러니까 파라는 늘 열일곱 살이었다. 파라 방 앞을 지날 땐 언제나 고개를 숙이거나 멍한 미소를 지으며 벽을 둘러보거나, 밖으로 눈을 돌렸다. 서랍 구석, 빈 틈없이 까만 에나멜 파우치에는 파라가 자주 뿌리던 향수 냄새가 섞여 있었다. 그 냄새는 즉각적으로 파라를 불러와 그애가 잠깐 밖에 나갔다 돌아올 것처럼 방 모퉁이에 퍼졌다. 나는 몸에서 피가 빠져나가듯 향기가 사라질까봐 파우치를 꽉 쥐었다. 그 순간, 나는 파라의 사실적인 부분을 소유하고 있었다. 추억의 가장자리는 날카로워지고, 색깔은 더 선명해지고, 그림자는 그대로 남아 실제로 그 순간을 다시 사는 것 같았다. 나는 파라의 티크 무늬 옷장을 열고 조용히 냄새를 맡았다. 옷은 그 안에 매달렸던 생명체를 마멸시킨 뒤에야 삶을 다시 주인에게 내준다. 나는 미숙아를 다루듯 파라의 옷을 꺼내들고 우스울 만큼의 집중력으로 하나하나 살펴보았다. 패턴이 비슷한 옷들이 많아 서로 숨바꼭

질하는 것 같았다. 파라가 입었을 때 어떤 모습이었는지 떠올리다가 빈 주머니를 들추어보기도 했다. 도트 무늬 원피스는 피 묻은 낯선 사람처럼 숨어 있었다. 여름 교복은 파라가 다시는 입지 못하리라는 사실을 또렷하게 말해주며 하늘거렸다. 코를 묻어도 신체적인 감각은 느껴지지 않았다.

옷장 맨위 선반에 은색 헬멧이 놓여 있었다. 나는 헬멧을 으스러뜨릴 듯 두 손으로 세게 쥐었다. 힘을 주었다가 더 세게 쥐었다. 그때마다 움직이던 모든 것이 잠깐 정지 상태가 되었다. 사물이 말을 할 수 있다면 어떤 이야기를 하는지 듣고 싶었다. 답답했다. 심해처럼 답답했다. 나는 버릴 수 있는 것은 모두 찾았다. 파라 방만은 그대로 두었다. 파라가 살던 대로 두지 않으면 집에 돌아와도 자기 방을 못 찾고 헤맬 것 같았다. 이사는 영원히 가지 못할 것이다. 모르는 가족이 우리 집에 와서 페인트로 지워버리면 응고되었던 과거가 사라질 테니까. 파라가 비틀거리며 걸음마를 떼던 발자국 따라 집 안 전체에 스크래치를 내던 신발은 다시 집어넣었다. 어느 순간, 뒤를 돌아볼 때 따라가고 싶은 출발 표시가 될지 모르니까.

72

식물이 움츠러들고 곤충들은 껍질만 남기는 빙점의 날들이 세차게 지나가고 있었다. 뜨거운 스토브에 손을 대도 열기를 느낄 수 없는 겨울이. 가끔 엄마가 선물해준 시계를 꺼냈다. 멎은 지 오래인 시계에선 과거의 맛이 났다. 나는 시계를 손목에 감았다가 도로 서랍에 두었다. 전에 나의 뇌는 하나의 크로노미터였다. 초, 분, 날짜를 추적하고, 아침과 잠드는 시간, 생일과 기념일에 알람을 맞추었으니까. 이제 나의 시간 감각은 믿을 수 없었다.

나는 벌레들이 웅웅거리는 어둠 속의 만(灣)을 헤엄치고 있었다. 밤 10시가 되면 비둘기들은 남의 불행을 기뻐하는 듯 불쾌한 소리를 내며 울었다. 어떤 밤이 영원히 계속되었으면 좋겠다는 생각을 누군들 안 해봤을까. 이런 어둠이라면 어떤 벌레도 탈출할 수 없을 것이다. 커튼을 닫고 불을 끈 밤이면 나는 속삭였다. 한 마리 여치도 나보다 슬프진 않을 거야.

병실에서 규칙적인 시간을 보낸 결과로 나는 더 늦게 일어났다. 공 안에서처럼 웅크리고 자다가 깨면 파라하고 같이 먹을 때의 감각이 집 전체에 남아 있었다. 나에겐 그것이 세상의 끝이었다. 파라는 달걀 프라이를 잘 만들었다. 올리브유를 팬에 넘치도록 두르고 열을 가하면 밑에서부터 흰자 거품이 차올랐다. 보티첼리의 〈비너스의 탄생〉 못지않다고 유아처럼 환호하며, 절반 접은 식빵에 달걀 프라이를 끼워 먹던 불룩한 볼. 어떤 땐 달걀에서 피가 보일 때도 있었다. 그 피가 팔레트에서 물감이 될 수 있다면 그 색깔로 이 집을 칠할 것이다.

더 이상 음식을 하지 않았다. 장은 언제 봐야 하는지, 칼로리는 걱정해야 할 문제인지도 잊었다. 수돗물이 나오지 않는 이유가 수도꼭지를 오른쪽으로 틀어서라는 것도 몰랐다. 주행로가 사라지고, 어마어마한 나태가 나를 압도했다. 머리를 빗는 것조차 엄청난 일이었다. 슬리퍼 한쪽을 마저 신는 것도 잊고 하루가 지나가는 마법적인 수동성. 낙엽이 집 주변에 폭신하게 덮여도 쓸 생각을 하지 않았다. 식탁에 구청에서 보낸 잡지, 동네 마트 전단지, 공동체 참여를 권유하는 지방자치단체 편지가 쌓였다. 세탁기의 기계적인 구동 방식을 보며 하루 열다섯 시간을 한자리에 앉아 있기도 했다.

플란넬 친환경 행주는 냄새가 나지 않는 소재라고 했는데도 먼지가 위로 올라왔다. 뻣뻣한 녹색 수세미는 고양이 사료 옆에서 죽은 사람한테서 나는 냄새가 풍겼다. 벗어둔 옷이 며칠째 바닥에 떨어져 있는 채 청소기가 냉장고 앞으로 쓰러진 구역, 닫힌 거처의 냄새는 파리들이나 좋아할 것이다. 급기야 내 사타구니에 쥐가 몇 마리 살고 있다고 해도 놀랄 것 같지 않았다. 나에겐 참견할 아이가 없었으므로.

어떤 의미로 이 상태가 안도감을 주었다. 앞으로 나아가지 않아도 되니까. 밖에 나간다는 생각은 하지 않았다. 노트르담의 꼽추가 될 게 뻔했기 때문에. 가끔 차 안으로 도망쳐 차 문을 열어놓고는 어두워지는 겨울 하늘을 내다보았다. 네모난 하늘 아래서 있는 자신을 느끼곤, 언제 밖에 나왔는지 어리둥절할 때도 있었다. 그런 날은 너무 피곤했고, 팔은 자꾸 침대 밖으로 떨어졌다.

73

12월의 어둠은 금세 찾아왔다. 공원 전체가 검은 관 뚜껑으로 덮인 듯 바닥부터 어두워졌다. 공원은 타락한 외설스러움을 드러냈다. 확실히 외설적이었다. 아우슈비츠 정원은 죽음을 앞둔 사람들이 수년에 걸쳐 만들었다. 살해당할 날을 기다리며 정원을 만드는 마음은 무엇이었을까. 모든 것에 죄가 보였다. 뒷마당에 방치한 작은 화분에도 죄가 보였다.

밤중에 벽 뒤에서 소리가 들렸다. 폭포가 딸랑거리는 소리거나, 물이 끓는 주전자 소리거나, 작은 소프라노가 쩍쩍거리는 소리였을 것이다. 가끔 탈수 중인 세탁기의 쿵쿵 턱턱 하는 음향은 모든 소리를 틀어막은 안개를 뚫고 울렸다. 점심과 오후 사이의 짧은 시간에는 다른 소리가 들렸다. 속삭이는 소리, 소리 없는 소리가.

12월 둘째 주의 시큼한 차가움. 전자레인지에서 달걀 반숙을 만들고 있을 때 태양이 서서히 떨어지고 있었다. 6시에 부엌에서 감자 튀김 냄새가 났다. 냉장고는 한 번도 본 적 없는 불빛을 내뿜었다.

7시에 파라 방 벽을 뚫고 휘파람 소리가 들렸다. 그 소리에 아이의 웃음소리가 섞여 있었다. 웃음소리는 더 거세지더니 무게중심이 없는 물체처럼 벽을 타고 지붕으로 올라갔다. 바람이 잠잠한 사이, 발자국 소리는 한 지점에서 멈추었다가 다시 움직였다가 오래 멈추었다. 곧 천장 전체를 돌다다녔다. 고양이가 지붕 위를 돌아다니는 소리나 쥐들이 천장을 달리는 소리 같진 않았다. 나는 어린 파라의 발이 벽에 쿵쿵 리드미컬하게 부딪치는 소리라고 상상했다. 파라가 깨어나 이방저방 돌아다니며 나를 찾는 소리. 익숙한 무의미의 소리.

이어서 대문으로 나가는 계단이 삐꺽거리고, 그릇이 달그락거리는 섬세한 접촉의 음향이 들렸다. 나는 계절이 바뀔 때 집의 맞물린 구조에서 들리는 거의 육체적인 소음일 거라고 생각했다. 나는 반쯤 깨어 귀를 기울였다. 그때 뜨거운 숨소리가 들렸다. 어깨부터 목까지 작은 파문을 느꼈다. 나는 상체를 비틀어 침대 가장자리에 걸터앉았다. 숨소리는 벽지의 꽃무늬 사이로 새어나왔다. 파라가 직물 깊숙이 불어넣은 숨결이 오늘까지 남아 있었는지도 몰랐다. 그러니까 파라 목소리가 튕겨나간 벽이 혀를 얻어 말하는 중일 것이다.

나는 축축한 벽을 따라 스위치를 켰다. 이번에는 톡톡 규칙적인 소리가 창문을 두드렸다. 나뭇가지가 창문에 부딪쳐서라고 생각했지만 다시 잠들 수 없다는 것을 알았다.

조명 때문에 나무가 흐릿하게 비쳤다. 창문을 열고 나뭇가지를 꺾으려고 했는데, 여기까지 닿을 만큼 가지가 긴 나무가 없다는 생각이 들었다. 나는 침울하고 혼란스러웠다. 양쪽 어깨에 단단히 매달린 손이 눈물을 훔치려고 올라갈 때 창문을 두드리는 소리가 아주 크게 들렸다. 피부가 냉기로 떨렸다. 나는 소파에 걸쳐둔 담요를 둘렀다.

이모는 10년 넘게 골수암으로 투병했다. 의사가 끝이 임박했다고 진단하자 이모부는 이모를 집으로 모셨다. 어디서 구했는지 이모부는 죽은 이도 일어나게 만든다는 부적 다섯 장을 현관문 문틀 틈에 끼워놓았다. 부적을 그린 종이마다 의미와 신명이 다르니 다섯 개의 수호령이 신령한 힘으로 휘몰아쳐 이모를 건져올리길 바랐기 때문에.

그러다 부적이 떨어졌는지 통 보이지 않아 이모부 혼자 마음을 앓다가, 이모가 돌아가시자 까맣게 잊고 있었다고 했다. 그런데 언제부턴가 집 안에서 발자국 소리가 들렸다. 그 소리에 괘종시계 타종 소리가 약하게 섞여 있었다. 처음엔 변압기가 웅웅대는 소리거나, 동네 십대 아이들이 밤늦게까지 집 근처에서 수상한 모의를 꾸미는 중이라고 생각했다. 얼마 뒤 이모부는 괘종시계 태엽을 감으려고 유리 뚜껑을 열었다가 시계추 뒤에 부적이 있는 걸 알고 천장까지 튀어오를 만큼 탄식했다. 그날, 이모부는 소리의 근원을 알았다. 이모가 부적의 방책 때문에 집 안으로 들어오지 못해 내내 두리번거리다가 괘종시계에 머리를 부딪치는 소리였다. 이모부는 그 뒤로 이모가 지붕 앞뒤로 날아다니는 딱새가 되었다고 확신했다. 이모가 평소에 딱새를 좋아했기 때문에.

나는 공기의 움직임에 맞춰 공중으로 팔을 뻗었다. 파라의 얼어붙은 손이 내 팔을 잡는 감촉은 착각 같지 않았다. 가속된 파라의 힘이 나를 잡아당길 때 단단한 손이 내 팔을 끌어내렸다. 파라의 유령이 사라지자 당혹해하는 모하의 눈이 보였다.

"천장에서 무슨 소리 안 들려?"

내 목소리는 물이 빠진 습지에서 완전히 길을 잃은 것 같았다. 모하는 깨끗한 흰자위로 천장을 흘낏 올려다보았다.

"지붕에서 무슨 발자국 소리 같은 거 안 들려?"

"그냥 바람 소리 같은데요?"

"파라가 내 손을 잡고 있었어."

나는 엔진이 윙윙거리는 소리를 내며 떨고 있었다.

"꿈이었나 봐요. 아무도 없었어요." 모하가 머리를 흔들었다. 그러나 보이지 않고 만질 수 없다고 해도 명백히 존재하는 것들이 있다. 수증기가 컵 표면에 맺히듯이.

"숨을 깊게 쉬어 보세요. 숨을요."

눈물은 눈이 아니라 온몸에서 흘렀다. 나는 숨을 헐떡이며 손을 뻗어 모하를 안았다. 모하의 부드러운 뺨에 얼굴을 묻고, 그 팔을 만졌다.

"나도 알아. 그 소리는 내 머리에서 들리는 건지도 몰라."

나는 까만 하늘 높이 돌고 있는 인공위성을 떠올리며 파라의 좌표를 상상했다. 다른 세상으로 전화를 걸고 싶었지만, 공간으로 흩뿌려진 사람에게 용건이 있을 리 없었다. 전령비둘기를 이용하는 방법은 나와 있지도 않은걸. 비둘기 귀에 대고 목적지를 속삭인다고 해도 비둘기한테 귀가 있기나 할까? 나는 너무나 감상적이 된 나머지 이성은 어떤 상황도 넘어선다는 말을 믿을 수 없었다.

모하가 가스레인지 옆에 있는 탁자를 밟고 서서 후드를 청소할 때 기억을 지우는 에어졸 냄새가 났다. 배수구로 과거를 흘려보내는 산성 물질의 냄새. 모하는 도망칠 수 없는 우정의 회의적인 맹목 상태로 꼼지락거리는지도 몰랐다.

74

그날은 조금 늦게 일어나 토스트를 구웠다. 공원 사잇길로 후드 티를 입은 남자애가 괴상한 랩을 하면서 이상한 푯말 앞을 지나갔다. 나는 딸의 부재를 슬퍼하지만 파라를 위해서만은 아니었다. 모든 것이 우발적인 세상에 어떤 현재로 옮겨갈 필요가 있다고 생각한 것도 아니었다. 다만 어디서 오는지 모르는 바람을 맞고 싶었다.

직구로 주문한 커피는 화학 공장에서 나는 냄새를 풍겼다. 다른 사람이 나의 괴이함에 신경써야 한다는 사실도 아주 오래 커피를 마시지 않았다는 사실만큼 절대적이지 않았다. 나는 파라와 마시던 커피가 너무나 그리웠다.

나는 파라가 쉰 살 내 생일에 골라준 트위드 코트를 꺼냈다. 코트는 옷장 안에 걸려 있는 게 아니라 거의 주차된 것 같았다. 너무 딱딱해서 슬레이트 지붕을 입은 느낌. 맨 처음 청바지를 입을 때 허벅지 사이에 성인 남자의 턱이 낀 듯한 그 느낌. 트위드 소재는 흡수제까지는 아니지만 수분을 엄청나게 빨아들일 텐데 지금보다 더 추워지면 얼마나 딱딱해질까.

팔로마 피카소는 그녀의 트레이드마크가 된 붉은 립스틱 없이는 결코 마력적인 웃음을 보이지 않았다. 눈은 웃었지만 입술로는 미소를 만들지 않았다. 거리에서 아무것도 바르지 않은 팔로마와 마주친 친구는 이렇게 외쳤다. "세상에, 너도 입술이 있었네?"

나에게도 맨얼굴이란 팔레스타인 상공을 날거나 마취 없이 맹장 수술을 하는 것만큼 무모한 일이었다. 눈꼬리가 올라간 뿔테 안경을 쓰고, 얼굴을 지울 듯 파우더를 두드린 다음 머플러로 목을 동여매고 나니 거울에 동독 여간첩이 보였다.

현관 앞에서 다시 망설였다. 살아 있는 것들의 예측불허한 소리를 감당할 수 있을지, 어떤 자극이 기다릴지 상상할 수도 없었다. 나를 본 사람들이 서로 눈을 마주치며 "봤어?"하며 곁눈질하는 상황을 피할 수 있을까. 죽은 거위는 다시 걸을 수 없을 것이다.

집 밖으로 한 발 디디기도 전에 모든 감각이 일시에 나를 떠밀었다. 나는 오직 셀 수 없는 감각적인 신호에 대해 생각했다. 발밑에 걸어채이는 돌멩이의 곡선, 자동차 바퀴가 2차선 길을 미끄러지는 소리, 차디찬 우윳빛 가로등, 공원 광장에서 들리는 유행가

MR 소리.

약해진 다리가 움직일 수 있게 어깨를 올리고 골반을 앞으로 밀었지만 두 발이 갈라진 것처럼 비틀거렸다. 내가 강요한 걸음걸이는 일종의 공포를 일으켰다. 동시에 친족 의식을 느꼈다. 삶을 이루는 불안과의 친족 관계, 발을 옮길 때 거의 공기 역학에 가까운 감각, 안전망이 적을 때 생기는 불유쾌함. 걸음을 뗄 때마다 내 발이 파라의 살을 누르는 기분이 들었다. 그 사이 색이 사라진 나뭇잎은 나무 아래 검게 변해 있었다.

나는 아래를 내려다보며 잡목의 파편을 헤치고 계절의 잔해 위에 개척한 파라와 나의 지름길을 걸었다. 슬쩍 보이는 공원의 코끼리색 암벽, 순수한 수직의 면을 만드는 울타리, 쿵쿵 울리는 나무 계단은 방치된 공항 같았다. 모서리를 돌자 낯선 비탈과 마주쳤다. 익숙했던 길이 달라지면 나는 살 곳을 잃어버린 짐승이 될 것이다. 몸을 웅크려 죽을 준비가 된 짐승의 소리를 낼 것이다.

파라와 나는 산미가 있거나 베리같이 아카데믹한 향이 나는 라이트 로스팅 에스프레소를 좋아했다. 가끔은 커피의 경계를 확장시키는 싱글 오리진 커피도 좋아했다. 그리고 그 카페에서 기르는 앵무새를 좋아했다. 그 앵무새는 티베트 라싸에 있는 맥도날드에서 왔는지도 몰랐다. 내가 모든 곳에 있고 동시에 어떤 곳에도 없다는 걸 말해주는 엉뚱한 선지자랄까. 그날 근엄하던 앵무새는 보이지 않았다.

견과류를 씹듯 무표정하게 주문을 받는 아르바이트생에게 이디오피아 치레 커피를 조금 강하게 내려달라고 요구하는 목소리는 나에게도 강박적으로 들렸다. 아직까지 입은 내 얼굴에서 움직이는 유일한 기관이었다. 이 얼굴로도 원하는 것을 얻는 게 괜찮다는 사실을 받아들이기까지는 시간이 더 걸릴 것이다. 파라가 마신 잔이 빌 때마다 굳이 자리로 와 커피를 리필해주던 청년은 나를 알아보지 못했다. 그가 기억하는 과거의 나를 지금 얼굴로 바꾼다 해도 그에게 무슨 상관인가.

나무로 덧댄 L자형 바의 3분의 2지점, 우리 집 안방 크기 화단의 소철 나무가 실내로 들이닥치는 창가는 파라와 나의 지정석이었다. 테라코타로 마감한 벽에 빈티지 세이코 괘종시계 두 개가 쉼 없이 째깍거릴 때 나 자신이라고 부르는 덧없는 구조물이 일렁거렸다. 커피를 만드는 순수하고 간결한 과정에 대한 존중. 4천원 이상의 가치가 있는 4천원짜리 커피를 만드는 일을 사랑이라 부를 수 있을까. 둔중한 카페인이 목과 관자놀이를 타고 머리로 올라갔다. 기술적으로는 양성인 감각, 존재적인 측면으로는 악성의 기운. 이번에는 샷을 추가한 아메리카노를 더 시켰다.

나는 심부전 상태로 집에 돌아와 뜨거운 물을 틀고 관을 닮은 직사각형 욕조로 들어갔다. 뜨거운 물이 마른 몸에 퍼부어지자 온몸이 털을 뽑은 닭처럼 빨갛게 달아오르고 죽은 피부가 겹겹이 벗겨졌다. 나는 널브러진 장 폴 마라의 자세를 떠올렸다. 몸은 반쯤 떠 있었다. 옆집 오빠가 제재소 마당에서 발굴한 사람 뼈와 기차에 깔려 몸이 조각난 친구, 유골이 담긴 항아리와 검은 자갈. 모든 것이 기억의 습지에서 한데 엉켰다.

땅속에 묻히는 게 싫어서 가루로 빻아진 뒤엔 누군가의 샐러드 위에 뿌려질 것이다. 기억은 소금 기둥으로 남거나 연기처럼 사라질 것이다. 나의 재가 공원에 뿌려지고 난 다음, 태풍이 불어와 다 쓸어가고 뒷베란다만 남기면 얼마나 좋을까.

분노가 환류를 일으켰다. 파라는 나의 눈 코 입 어디에 숨었을까? 내가 호흡하는 공기 속에 있을까? 공중에 분자로 떠 있을까? 나는 서로 떨어진 입자들이 즉각적인 연관성을 가지는 신비로움으로 파라가 속한 세상의 시공을 나에게 연결시킨다고 믿었다. 만약 인간의 사고가 환상에 불과하다면 생화학적인 차이가 있다 해도 딸을 나라는 유기체로 옮겨 심을 수 있을 것이다. 그렇다면 화장실에 갈 때도 조심해야 했다. 스위치를 켜는 동작 하나조차 파라의 분자를 흐트러뜨리거나 휘저을 수 있으니까.

그사이 물이 식었다. 팔을 뻗고 육신을 일으켜세웠다. 다리를 욕조 밖으로 내밀었다. 설사 파라의 기억이 나의 것이 된다고 해도 내가 느끼는 감정은 파라의 것일 리 없다. 내가 파라처럼 생각한다고 해도 그것을 담은 나의 몸은 그럴 수 없을 것이다. 나는 식은 욕조의 물을 몸에 뿌렸다. 곧 평정심을 잃고 입에 고인 파라의 피를 뱉었다.

75

겨울 안개가 무겁게 덮인 날 아침, 모하가 같이 갈 데가 있다고 문자를 보냈다. 나는 가라앉거나 헤엄치거나를 결정할 수 없었다. 나는 극단적으로 내성적인 아이로 돌아갔다. 누가 방문 밑으로 움직이는 내 그림자를 보고 노크를 해도 없는 척하던 아이, 전화로 피자를 주문하지도 못할 만큼 부끄러움이 많은 아이로. 그러나 모하를 실망시키고 싶지 않았다.

나는 파라가 자주 입던 옷을 골랐다. 도트 무늬가 있는 풀오버 셔츠는 나에게 너무 길어서 거의 원피스가 되었다. 스냅백 모자를 쓰면 젊어 보이긴 하겠지만 그보단 디탱글러를 들고 뒷머리로 접근했다. 딸이 자르지 말라던 머리는 헌책방에서 산 《제인 에어》 표지처럼 목 뒤쪽으로 내려뜨렸다. 그 위에 화사한 스타디움 점퍼를 입었다. 새로 주조된 얼굴에 덮인 갈색 선이 내가 어떤 식으로 비춰질지 말해주기 전에 커다란 선글라스와 마스크, 상체를 휘감는 파시미나를 걸쳤다.

갑작스러운 외출은 경멸과 흥분 사이에 있었다. 크리스마스 스테로이드로 꿈틀대는 도시에 어깨를 구부정하게 구부린 열일곱 살 남자애가 서 있었다. 대문 앞에서 주머니에 손을 넣고는 밝은 노랑 신발로 바닥을 쿡쿡 찌르면서.

저녁 7시의 도로는 원유처럼 미끌거렸다. 죽어가는 차들과 교통사고, 공중 곡예사같이 출렁거리는 사람들과 부서진 차문, 굴러다니는 휠캡과 그것을 뱉어내는 거리. 자동차 미등의 빨강은 신호에 걸릴 때마다 나를 노려보았다. 12월의 클랙슨 소리와 섹슈얼한 충동 중 어느 것이 더 답답할까.

나는 모하를 따라 성수동, 인테리어 묘기로 버무려진 카페 구역으로 들어갔다. 카페 화단의 작은 향나무엔 꼬마 전구들이 전선 뭉치 속에 감겨 있었다. 몰의 분수에서 염소 처리한 분홍빛 물안개가 퍼졌다.

엘리베이터에 버블 모양 불빛이 위아래로 둥둥 떠다녔다. 엔지니어는 틀림없이 탑승자가 샴페인 병 안에 있는 기분이 들도록 의도했을 것이다. 디자인이 잘 되었는지는 더 살펴봐야겠지만. 머뭇대는 사이 엘리베이터는 우리를 5층으로 빨아들였다.

카페 매니저는 플루토늄 덩어리 보듯이 나를 훑어보았다. 자기가 지키는 문으로 들어오지 못할 부류를 간파하는 도어맨의 감각. 우리의 전반적인 관계를 의심하는지도 몰랐다. 그녀는 곧 시선을 거두고 피고용자 특유의 공상 속으로 빠져들었다.

　나는 모하의 팔을 잡고 카운터 앞으로 걸음을 뗐다. 종지뼈 말고 두 다리는 어떤 것과도 이어지지 않은 채 허둥거렸다. 그러나 발을 끌며 주저하는 한, 진실로 상대할 가치가 없는 인물이 될 것이다.

　트랜지스터 라디오 속처럼 밝은 카페에서 모든 사람이 모든 시간을 가진 듯 떠들고 있었다. 연말의 소공동 벤치에 앉은 양 그 안의 모든 사람을 구경하는 아이들도 있었다. 우울한 사람은 아무도 없었다. 전부 다 슬픔을 커피잔에 묻어두었으니까. 아니면 범죄에 탐닉하며 기분 전환 중이거나. 강제로 편 듯 부슬거리는 진노랑 머리의 여자애의 눈은 악착같이 모하를 따라갔다. 그 여자애만 빼고 다들 나를 쳐다보는 것 같았다. 이렇게 부산스러운 사람들 사이에 껴 있다는 것이 현실 같지 않았다. 은하수는 상상 속에 떠 있고, 푸른 피부에 안테나 두 개를 머리에 세운 외계인의 은하수는 현실 밖에 있었다.

　모하는 파라와 같이 먹던 메뉴를 시켰다. 당근 케이크와 치즈 스콘과 플랫 화이트 위에 파라의 청소년기와 나의 성인기가 맞물리고, 과거의 줄기가 현재의 가닥과 포개졌다. 손가락에 휴대폰 코드를 감은 채 커피 트레이를 들고 가던 소녀는 나를 보고 미소 지었다. 나는 알은척 하는 대신 영문 모르겠다는 표정을 지었다. 소녀를 두 번 놀라게 할 수 있기 때문에.

스테인리스 커피잔에 마스크 위로 이글거리는 내 눈이 비쳤
다. 심슨에 나오는 미친 고양이 여자가 따로 없었다. 크리스마스
트리 옆에서 깔깔거리던 여자애 턱이 아주 커서 인상적이라고
생각하고 있는데 바로 눈이 마주쳤다. 나는 소녀의 뇌가 똑딱거
리는 것을 지켜보았다. 이편이 누구인지, 누구였는지 미궁 뒷편
을 헤매던 소녀는 더 커진 눈으로 흠칫 물러섰다. 그리고 그대로
얼어붙은 채 비명을 지르기 시작했다.

"너 파라지? 파라 맞지?"

그녀의 눈이 선지보다 새빨개졌다. 그렇다고 해야 할지 아니
라고 해야 할지 몰랐다(진실은 중요하지 않았다). 나는 난감하게
웃었다.

"어떡해! 어떡해! 파라! 아니 어머니! 아니 파라!"

보나는 쟁반을 든 채로 통곡을 했다. 파라의 추억이 장소와 사
람과 뒤섞일 때, 파라인지 나인지 분간 못하는 보나의 눈물은 나
를 평행 우주로 던져버렸다. 나는 늘 모하가 기억하는 내가 누구
인지, 내 얼굴의 무엇이 모하에게 익숙한지 궁금했다. 그런데 오
늘, 내가 파라가 되었다는 사실을 증명해 보였다는 순진한 안도
감도 들었다.

모하는 카페 안의 모든 유람객이 더 왁자지껄 모이기 전에 내

손을 끌어당겼다. 계단참에 난 창으로 도시가 흘러가고 있었다. 그새 먼지 낀 귤색 하늘이 청색 띤 보랏빛으로 바뀌었다. 개와 늑대의 시간이라 불리는 황혼과 밤 사이. 모하의 피부가 차가워지고 다시 작은 소년처럼 보였다. 우리는 계단을 내려와 사람들이 휘몰아치는 혼잡함 속으로 뛰어들어갔다. 방대함의 감각 안에서는 고독도 소용 없었다. 우리는 더 깊이 움직였다. 나는 우리 사이의 나이차가 상쇄되었다고 상상했다. 떼지어 다니는 낯선 이들에게 소리 지르고 싶었다. 그러나 감정은 나를 겨냥해 상처를 입힐 것이다.

우리는 인파와 택시 사이를 이리저리 빠져나가며 도시를 어슬렁거렸다. 지하철 역에서 회전식 개찰구를 같이 뛰어 넘고, 트럭에서 소스로 얼룩진 핫도그를 사서 벌릴 수 있는 최대치로 입에 집어넣었다. 모하가 환성을 지를때 핫도그 청년은 "여자 분이 많이 배고팠나봐요" 하며 유쾌하게 참견했다. 케첩이 턱을 따라 흘러내리고, 뺨이 당기고, 턱이 아팠다. 나는 단단히 미소 지은 다음 남은 핫도그를 모하에게 건네주었다. 모하는 핫도그 끄트머리를 씹다가 아예 삼키고는 엄지 두 개를 펴 보였다.

헤어지기 전에 타로 점을 보는 간이 부스에 들어갔다. 반다나를 스핑크스처럼 쓴 여자는 종이를 내밀며 "아무 글씨나 적어보세요. 사인도요" 하고 말했다. 나는 '딸 없이 혼자 사는 무명 화가

입니다'라고 적었다. 그녀는 나를 힐끗 보더니 미간 사이에 세로 주름을 만들었다.

"내적 자원이 아주 많은 분이신데 남들이 모르는 엄청난 슬픔이 있네요. 뭔가 계속 부정하고, 부정하고 있는데 그게 뭘까요? 글씨 사이에 큰 간격이 있다는 건 고객분 주변에 공간이 많다는 얘기예요. 텅 빈 공간이요."

그녀는 다시 종이를 노려보았다. "집중력은 떨어져 보여요. '딸'이라고 적었는데 받침 'ㄹ'을 물음표처럼 그리고, 가운데 가로 금을 긋지 않았잖아요. 이건 복합적인 메시지예요. '무명'의 '무'에서 폭이 넓은 'ㅁ'에는 따뜻함이 있지만, 슬픔이 너무 커서 사람들을 차단하고 있어요. 주변은 아주 투명해 보여요. 맑은 사람이니까요. 누군지 모르지만 어떤 젊은 여자분이 손님 뒤에 서서 내년 상반기엔 손님 손이 여러 개 그릇에 담길 거라고, 일이 잘 풀릴 거라고 말하고 있네요."

그녀가 나오는 대로 말을 주워 담는다고 생각하진 않았지만 나는 영매가 필요해서 들어간 건 아니었다. 20년 뒤에 누가 유령이 될지 어떻게 안단 말인가.

76

　나는 고양이나 새처럼 필요한 순간에 본능적이 되었다. 파라
의 방 안에는 여러 번 통과해야 하는 다른 문이 있었다. 그 문 중
하나를 열고 들어갔다. 오싹했지만 더 멀리 들어갔다. 뭔가가 내
머리카락을 만지는 것 같았는데 새로 보이거나 들리는 것은 없
었다. 나는 파라 방에서 전에 같이 읽었던 T. S. 엘리엇의 〈번트
노튼〉을 펼쳤다. "과거 시간과 미래 시간은 약간의 의식만 허용
할 뿐이야. 의식은 시간 속에 있지 않으니까." 나의 여섯 번째 감
각을 설명해주는 시어는 스스로 살아 움직이며 나를 콕콕 쑤셨
다. 그리고 더 이상 들어오지 못하게 막았다.

　나의 휴대폰 프로필 사진은 주방에 서서 콩 한 줌을 쥐고 있는
여섯 살 때의 파라였다. 파라의 작은 손톱에 열 개의 원색이 칠해
져 있는 사진을 볼 때마다 멜로디가 들렸다. 나는 음악 없는 인생
은 실수라던 니체의 말에 동의하지만, 그렇다고 미술 없는 인생
이 딱히 실수 같지는 않았다. 감당할 것은 늘고, 그려야 할 것은

줄어들고 있었지만 그다음에는 어떤 것도 없었기 때문에. 나에게 가장 익숙한 것은 그리지 않는 상태이기 때문에.

나와 그림은 잠긴 방에 갇힌 관계인 줄 알았다. 그러나 작업실은 과거로 떠맡겨진 공간이 되었다. 화가의 최악은 서툰 것이 아니라 미완의 것. 원을 그린다는 측면으로 보면 파라는 내 원의 시작점이자 끝맺음이었다.

시간의 폭력성을 행동으로 바꾸는 나의 방법은 눈을 뜨자마자 그리는 것이었다. 성수동 카페에 다녀온 다음날 아침, 나는 모과처럼 쭈글쭈글한 파자마 차림으로 작업실에 내려갔다. 버려진 무대에 옅은 잿빛이 번졌다. 이젤은 창문 절반 높이에 펼쳐져 있었다. 나는 담요를 어깨에 두르고 손을 비비며 보일러를 넣었다.

나는 이젤 앞에 한 시간을 앉아 있다가 일어서서 다른 방향으로 몇 도씩 조정했다. 그다음 한 시간 더 앉아서 턱을 긁었다. 나는 파라의 작은 감정까지 담고 싶었다. 파라가 고개를 들었을 때의 각도와 손이 놓인 위치, 허리를 뒤튼 형태에 따라 달라지는 감정을 철저하게 계산해서 그리고 싶었다. 내가 아이에게 강한 감정을 갖지 않는다면 옆집 이웃에 불과할 테니까. 그런데 그림 속에는 파라가 아니라 단지 딱한 일을 겪은 어떤 소녀가 앉아 있었다. 연기가 덮인 눈은 내가 어디에 있든 나를 따라다닐 것 같았다. 관자놀이에 내가 밀려듦이라고 부르는 저릿함을 느꼈다. 나의 내부가 코일처럼 감겼다. 얼굴이 있는 그대로 보이지 않는다는 모하의 말은 모욕은 아니지만 그렇다고 꼭 칭찬도 아닐 것이다. 파라의 눈은 캔버스 밖을 보는지 시선을 멀리 두고 있었다. 날씨 같이 중성적인데다 감정없이 무표정하며, 다소 의도적인 초연함은 파라 성격의 한 일면이었다. 어쩐지 내가 약자가 된 느낌이 들었다. 나는 오후 4시까지 붓이 만드는 슥슥슥 소리에 귀 기울이다가, 팔레트 나이프로 회벽 긁는 소리를 내다가, 넓은 집 칠할 때나 쓸 페인트 붓으로 두드리다가, 소파에 그대로 쓰러졌다.

마멸된 마음으로 눈을 뜨니 모하의 등이 보였다. 그림 앞에서 어깨가 굽고 몸통이 앞으로 기울어진 채. 나는 혼곤해져서 다시 잠에 빠졌다가 눈을 번쩍 떴다. 밤 9시가 막 지나가고 있었다.

어깨에 패드를 댄 듯 커다란 모하의 뒷모습이 떨리고 있었다. 나는 감정을 느꼈다. 나에게 상처를 주는 동시에 나를 들뜨게 만드는 감정을. 나는 일어나 모하의 딱딱한 등에 얼굴을 묻었다. 모하의 흉부를 가로질러 뒤에서 감싸안으니 사람 크기의 가필드 인형을 안은 것 같았다. 나는 굳고, 긴장하고, 두려운 그림자가 움직이지 않도록 그대로 가만히 있었다. 술 냄새가 심하게 났다. 모하는 인후를 지져버릴 듯 흐느끼며 몸을 비틀었다. 꿀렁거리는 파도는 점점 커지더니 모든 것을 삼켜버리는 소리로 변했다. 나는 그 몸부림에 매료되었다. 내 다리가 위아래로 떨리고 눈물이 조용히 타올랐다. 나는 모하 앞으로 돌아가 그 얼굴을 올려다보았다. 눈을 보면 피로를 느낄 수 있다. 머리카락은 여전히 짙고 피부는 흠이 없었지만 눈자위의 민첩함은 보이지 않았다. 눈물은 모하의 벌어진 턱 아래로 흩뿌려지듯이 흘렀다. 나는 척척해진 그 얼굴을 손가락으로 씻겨준 다음 두 손으로 감쌌다. 모하는 고개를 좌우로 저었다. 모하는 감정을 표현한 적이 없었다. 오직 자기가 약하다는 걸 허락할 수 없는 소년의 태세만 보였기 때문에.

모하는 화병에 구겨넣어진 듯 제멋대로인 머리를 숙이며 소파에 길게 누웠다. 나는 그애 뒤로 스푼처럼 겹쳐 누웠다. 목 안의 매듭이 부풀어올랐다. 가시가 목 뒤로 파고들어와 질식할 것 같았다. 침을 삼킬 수 없었다. 소리는 사실 소음이었다. 손을 올릴 수도 없었다. 보호 플라스틱 커버에 싸여 있는 것 같아서. 모하는 더 크고 강하게 숨을 쉬었다. 소매를 타고 모하의 단단한 허리를 느꼈다. 나는 파라에게 그랬듯이 모하의 팔을 쓰다듬기 시작했다. 그애를 내 감정으로 끌어당기고 싶었고, 묶이고 싶었다. 동시에 빨려들까봐 두려워했다.

보일러 불빛이 깜빡할 때 모하가 몸을 돌렸다. 모하의 호흡이 조금씩 깊어졌다. 내가 훔친 공기가 그 호흡 안에서 올라오고, 들이킬 수 없는 공기가 그애 밖에서 흘러들어왔다. 모하는 졸린 소리를 내며 머리를 내 어깨에 얹고 한 팔을 내 등뒤로 뻗었다. 그리고 부드러운 손바닥으로 내 손을 쓰다듬었다. 알아차릴 수 없는 순간에 붉은 얼굴이 다가왔다. 내 얼굴에 닿는 모하의 뺨은 얇은 낚싯줄의 감촉처럼 미세하게 따뜻했다. 모하의 부르튼 입술이 얼핏 내 입술에 닿았다. 내 입술은 그애를 삼킬 것처럼 크게 느껴졌다.

전기 상여에 갇힌 듯한 전류가 척추를 파고들었다. 나는 네가 작은 울보 아기라고 생각해. 어떤 흥분이라는 것이 숨이 거칠어지고 칠칠치 못한 소음을 낸다고 해도 죄는 아닐 것이다.

얼마나 오래 이 자세로 누워 있어야 할까? 이것이 둘을 동시에 존중하는 포즈일까? 이런 것을 육체적인 친밀함이라고 부를 수 있을까? 나는 그로테스크한 뻔뻔함으로 난초가 천우신조로 벌이 앉자마자 취했을 교태를 보여야 했을까? 마음의 코르셋이 없어지면 어떤 위험한 일을 저지를지 아무도 모를 것이다. 나는 묻고 또 물었다. 지금 모하가 안은 사람은 온전히 내가 된 파라일까, 파라로 보이는 나의 환영일까? 조금 전의 그것은 방을 떠다니는 바람의 키스였을까? 맹렬한 여자와 어리버리한 소년의 미진한 해프닝일까? 나는 딸의 고교생 남자친구와 실험적인 정사를 벌이려는 림프종 환자일까? 이러다 열일곱 살 소년과 축구장 뒤편 주차장에서 반쯤 벗은 상태로 발견되는 게 아닐까? 세간을 시끌벅적하게 만들 소재를 실컷 제공하고도 아무렇지 않게 살아갈 수 있을까?

　생명은 누워 있을 때 사라지지 않는다. 그러나 차갑게 대한다면 나는 사스에 감염된 사향고양이처럼 비틀거릴 것이다.

　물리적으로 감촉되는 어둠 속에 대답이 쌓였다. 사랑이 게임이라면 끝나기 전에 이길 수 있을 것이다. 진다면 의미 있는 대답을 얻을 것이다. 떠나기로 했다면 미끄러져 내려가기 전, 다시 올라가게 만드는 머무름의 보답이 있을 것이다. 시간을 되돌리고 싶은 건 아니었지만, 동반하는 질투 위에 모하의 마음을 파괴하고 싶은 모순된 욕구가 엎혔다. 보일러의 빨간 불빛이 조그맣게 깜빡거렸다. 마음이 기어를 바꾸자 내 눈에서 유속이 느린 눈물이 흘렀다. 우리는 함께 늙어가지 못할 것이다.

77

오후 5시에 모든 뉴스의 초점이 폭설로 바뀌었다. 도로가 스케이트장이 되지 않도록 구청에서 나온 제설차가 소금을 뿌리며 지나가는 도중에도 눈은 계속 쌓였다. 리포터들은 눈바람 속에서 부드럽게 소란을 떨며 사상 최악의 폭설을 예고했다. 기상학자들은 폭설의 예언자에서 옹호자로 변했다. 조바심 내지 마, 네 인생은 곧 망할 거야,라는 어조로. 일기예보가 맞다면 얼어붙은 눈 위로 하얗게 다시 쌓인 눈을 보며 잠에서 깰 것이다. 거의 종말적 언어로 묘사되는 기상학적 농담 틈새로 보일러가 고장나는 생활의 곤경이 기다리고 있었다.

나는 더는 움직일 수 없는 작은 동물처럼 이불 속에 누워 있었다. 나무들은 평소의 침묵에 다른 침묵을 추가했다. 숲의 무음 속에 싸여 있다 보면 내 실체도 연소되어 사라질 것이다.

다음날 오후 2시에 눈을 떴다. 마당에 쌓인 눈이 얼어붙어 집 대문을 막고 있었다. 무선 온도계는 실내 외의 온도와 시간도 한

꺼번에 알려주었다. 지구 온난화 시대에 왜 아직도 추위와 싸워야 할까. 이런 날 얘기를 한다면 꽁꽁 언 얼굴을 돌릴 수도 없고 말소리도 들리지 않을 것이다.

지붕에 결계를 친 고드름은 비행기 창문으로 보이는 산꼭대기처럼 아름다웠다. 그렇게 많은 눈송이가 나무에 매달린 광경은 처음 보았다. 그 순간은 특히 외로운 기분이 들었다. 갑자기, 나는 정말로 나에게 찾아와줄 친구를 원했다. 눈에 보이는 모든 흰 빛에 안이라는 개념은 없었다. 그러니까 마음을 폐쇄할 필요도 없을 것이다. 나는 자제하라고 자신에게 주의를 주면서도 기계적으로 모하에게 문자를 보냈다. 모하는 거의 오버랩으로 답했다. 7시에 갈게요.

7시 반이 넘었는데도 모하는 오지 않았다. 나는 모하가 바이크를 타고 올까봐 전화도 못하고 있었다. 뉴스에서 차량 열여섯 대의 다중 추돌을 다루었다. 나는 다시 손목 시계를 확인하다가 분침을 조금 앞으로 움직였다. 머리 속이 진득진득한 죽으로 변할 때 초인종이 울렸다.

니트 모자에 머플러 차림의 모하는 얼음을 지치는 마네킹 같기도 하고, 브뤼헐의 그림 속에서 뛰쳐나온 소년 같기도 했다. 나는 모하를 안으로 끌어당기며 차가운 볼을 두 손으로 감쌌다. 평소보다 조금 지쳐 있었고 살도 빠져 보였는데, 그 때문인지 키도 더 크고 머리카락 색도 어두웠다.

센서등이 모하 뒤통수를 비추었다. 머리를 감싼 것은 모자가 아니라 핏자국이 망치 하나가 들어갈 만큼 크게 비친 거즈였다. 자세히 보니 얼굴에 긁힌 자국이 있는데다 눈썹에 피가 굳은 상처도 보였다. 핏자국은 진흙이 묻은 점퍼에도 번져 있었다. 아가미는 진홍색으로 고동치고 있었다. 모하는 어디서 물리고 온 개처럼 슬픈 눈으로 바이크를 타고 터널을 빠져나와 경사진 길로 내려오다가 미끄러져 배수로 경계석에 부딪쳤다고 말했다. 그리고 그 상태로 약국에 갔다. 왜 그렇게 눈 오는 날 바이크를 탔냐고, 왜 엉뚱한 경유지에서 다쳤냐고 묻진 않았다. 열린 문으로 들어오는 바람도 신경쓰지 않았다. 바람은 어디든 들어오게 돼 있으니까.

나는 수건으로 모하 얼굴을 부드럽게 닦고 파라 방에 눕혔다. 베개를 받쳐주고 머리를 바로 누이는데 왼쪽 귀 뒤로 문신이 보였다. 우리가 프루스트의 질문을 주고받았던 날 찍었던 파라 얼굴이 손댈 수 없는 모하의 살 깊숙이 새겨져 있었다.

모하는 그새 옆으로 잠들었다. 입은 비뚤어지고, 왼손은 상상 속의 마이크를 잡듯 본능적으로 말려 있었다. 침대 밖으로 나온 발은 헐벗은 작은 아이의 발처럼 연약해 보였다. 모든 것이 위협적이었다. 공중을 가로지르는 공, 바람, 날카로운 소리, 모든 어두운 밤, 나의 갑작스러운 움직임. 내 손은 어둠 속에서만 드러나는 표정을 찾기 위해 모하의 얼굴을 살폈다. 그리고 거즈를 덮은 이마 주위 피부를 더듬었다.

　모하도 시간의 단계에 따라 다른 사람을 만날 것이다. 나에게 만들어준 요리를 그녀에게도 해줄 것이다. 파라와 하던 오토메 게임으로 그녀를 멋지게 이길지도 모른다. 서로 마음껏 안기도 할 것이다. 모하를 알고 난 뒤 한 번도 보지 못한 큰 웃음도 지을 것이다. 결혼식에선 서로 키스를 하겠지. 모든 것이 땀으로 축축해지지 않고는 일어날 수 없는 꿈, 달라진 것이 없는 이야기였다.

78

12월 22일. 낮과 밤이 똑같이 만나는 날, 저녁부터 다시 눈이 쏟아졌다. 창공을 채운 여섯 방위 입방체가 흰나비 떼처럼 땅으로 돌진하고 있었다. 뿌옇고 어두운 하늘은 은하계 변방 행성에서 딸을 잃은 나의 빈 화면이었다. 가끔 우리 집이 과자로 만든 미니어처 성인지, 돌로 만든 17세기 집인지 헷갈렸는데 그날은 말 그대로 야수의 성이 되었다.

처음엔 트레일러가 눈길에 미끄러져서 집을 강타한 줄 알았다. 아니면 백만 개의 눈송이가 떨어졌거나. 나가보니 차양을 덮은 눈 때문에 프레임이 3분의 2쯤 비회화적으로 휘어 있었다. 이 집에 왔을 땐 비대칭 지붕의 기하학적 기울기가 좋았는데, 차양에 눈이 쌓이니 앵글이 가팔라지고 지붕도 위태로워 보였다.

발목 높이로 쌓인 눈을 헤치는 투덜거림이 찬공기 속에 시큼하게 울렸다. 발코니 옆으로 알루미늄 사다리를 세우고 눈과 난투를 벌이며 올라가는데 히치콕 영화 같은 상상이 들었다. 적당한 등산 장비만 있으면 카지노 지붕으로 뛰어내린 다음 라펠을 타고 벽을 내려가 열린 창문으로 금고를 털 수 있을지 몰라. 플라스틱 빗자루로 눈을 쓸어내자 초콜릿색 기와가 드러났다. 공원 옆 터널로 자동차가 몇 대 다니는지 세어보다가 파라가 눈 내리는 밤 드리프트하던 생각이 났다. 눈이 그치면 바퀴 자국이 파라의 새 길을 만들곤 했었지.

사다리를 치우며 이렇게 엄청난 일을 꿋꿋이 해냈다는 사실에 동정이든 칭찬이든 뭐든 받고 싶었다. 그때 돌풍이 다시 불었다. 볼트가 느슨해졌는지 창문에서 날카로운 소리가 났다. 창문 틀 양쪽에 달린 볼트 하나를 조이자 다른 창문이 악을 썼다. 다시 그쪽으로 달려가 조이고 나니 30분 정도는 잠잠했다. 그동안 나는 렌치를 움켜쥐고 행동 개시를 기다렸다. 지금은 볼트를 조이는 것이 세상의 전부 같았다. 이것이야말로 후퇴한 여자의 새로운 허들이며 태도 아닌가.

오후 8시에 모하가 연락도 없이 찾아왔다. 파라가 살아 있을 때 매번 새로운 경험을 가지고 왔듯이.

맘모스처럼 껴입어서인지 오늘따라 모하는 다 큰 남자처럼 보였다. 손에 든 종이백을 받으려고 하니까 모하는 "조심하세요" 하며 테이크아웃해 온 곰탕을 꺼냈다.

"집이 추워서 저체온증 걸리실까봐 사왔어요."

무릎 길이의 울 코트는 폭우에 흠뻑 젖은 뒤 건조기로 말린 것처럼 우툴두툴했다. 회갈색 곰탕은 내가 상상한 돌맛 그대로였다. 모하는 그릇을 다 치우고 조미 김과 귤 봉지와 하이네켄을 꺼냈다. 지난번 다친 가운뎃손가락이 팽팽한 고무에 싸인 나뭇가지처럼 보였다.

맥주 거품은 잔 위에서 북적대는 표면장력을 만들었다. 나는 허리가 조금 아파서 의자 왼쪽으로 기대 앉았다. 모하는 하이네켄 두 캔을 순식간에 비우고 캔 하나를 다시 땄다. 나는 묵인의 미소를 보냈다. 느슨한 충족감이 모하의 콜라색 눈동자를 다시금 옅게 만들었다.

"저 평소에 되게 불안해 보이지 않으세요?"

"아니. 한 번도. 너는 내가 아는 누구보다도 안정적인 사람이야."

"어렸을 때 아빠가 교통사고로 돌아가시거나 나를 버리고 갈 거라는 불안이 아주 심했어요. 이 증상에 대한 의학적 명칭은 분리불안이래요. 전 그게 비참한 건지 무서운 건지 잘 모르면서 계속 집에서 아빠를 기다렸어요. 꼭 돌아오실 거라고 믿는데도 거의 무자비하게 떨렸어요. 중학교 1학년 몇 달간은 머리가 아파서 집에 가겠다고 매달리다시피 하면서 매일 양호실에서 보냈어요. 3학년 때 두통이 위통으로 변했지만, 양호실 가는 습관은 남아 있었어요. 고등학교에 들어와선 누구하고 테니스를 쳐도 일부러 지고 그랬어요. 사람들하고 경쟁하는 상황이 저를 불안하게 만들었기 때문에."

늦은 밤까지 셋이 같이 있을 때 우리가 러시아 소설에 나오는 인물들 같다던 파라 이야기가 생각났다.

"고등학교 들어갔을 때 딱 한 번 여자애를 만났는데, 저보다 어린 사람이 키스하려고 가까이 오는 거예요. 저는 토할 것 같아서 몸을 확 뗐어요. 무서웠거든요. 그게 너무 부끄러워서 그다음부터 그애 전화를 받지 않았어요. 지금 생각하면 너무 창피해요."

나는 "창피하지 않으려면 죽어야지, 뭐" 하고 생각없이 뱉었다. 그 순간 허리의 금속 벨트가 따끔거렸다. 파라가 없는 한 절대로 입에 담지 말아야 할 말이었다. 내 몸에 불을 지르고 싶은 죄책감이 급습했다. 타인의 죽음은 딸이라고 해도 희미한 비현실일까? 나의 슬픔은 차라리 자기 보존이었다. 내가 파라를 모욕한 순간, 그 아이는 정말로 죽을지도 몰랐다.

모하는 캔을 입에 대다 말고 그새 비워진 내 잔에 맥주를 따랐다.

"전 어렸을 때 무서움을 많이 탔어요. 그런데 파라를 만나고 엄청 좋아졌어요."

"어떤 점 때문에?"

"파라는 지금도 내 마음속에 가장 아름다운 사람이에요. 무엇보다 특별했어요. 그래서 파라를 따라갈 수밖에 없었어요. 그림자까지도."

씻긴 가로등 빛에서 시든 해당화 냄새가 풍겼다.

사람들은 각자의 경험을 기억과 망각으로 재조립한다. 그리고 삶의 단계마다 이야기들을 다듬어간다. 그러나 파라의 기억은 시작점부터 종말까지 파장을 그리며 상호작용 없이 떠다니다 서로 닿지 않는 것들을 들추었다. 앞뒤로 왔다 갔다 하다가 이느 순간 멈추기도 했다. 그러나 파라를 떠올려도 영향받지 않는 날은 결코 오지 않을 것이다.

"너는 파라가 어떤 사람이었다고 생각하니?"

어떤 의미로 나는 파라를 잘 몰랐다. 그애의 삶이 어떤 형태로 퍼져나갔는지 짐작도 못했다. 나는 내가 아는 파라, 파라가 아는 파라, 타인이 아는 파라가 얼마나 일치할까를 생각했다. 그리고 흐트러진 딸의 퍼즐을 하나씩 맞춰보고 싶었다.

"힘센 적을 다 무찌르는 사람. 엄청나게 감정이 강한 사람. 냉정해 보이지만 되게 카리스마 있는 사람. 평소에 세게 말했던 건 약한 속마음을 감추고 싶어서였을 거예요."

기압이 낮아서 땅에 떨어지기도 전에 눈이 녹아버리던 겨울방학 마지막 날, 파라는 평소보다 훨씬 기분이 안 좋아 보였다.

"우리 파라, 외롭구나"하고 말을 걸었더니 "괜찮아. 이젠 익숙해졌어"라고 했다. 익숙해졌다니까 마음이 놓여 더 묻지 않았는데, 가끔 그 생각을 할 때마다 내 발등을 찍고 싶었다. 나는 아이가 무엇 때문에 외로웠는지, 무엇에 익숙해진 건지 왜 묻지 않았을까?

"그리고 진짜 누구보다 멋있었어요. 세상 사람들 다 합쳐도요. 우리가 다퉜을 때도 화해하자고 먼저 손을 잡는 건 언제나 파라였어요, 제가 아니라."

모하는 파라하고 아이스하키 시합을 보았던 이야기를 해주었다. 3피리어드 내내 파라는 편파적인 심판의 오리 주둥이 같은 하키 마스크를 바라보며 "병신"이라고 욕을 해댔다. 모하는 골포스트를 맞고 튕겨나온 퍽이 관중석으로 날아와 이마에 박힐까봐 너무 무서웠는데, 응원하는 팀이 상대팀과 몸싸움할 때 파라가 경기장에 뛰어들까봐 더 조마조마했다고 말했다.

"근데 약은 잘 챙겨드세요?"

"응. 아주 많이. 이젠 몇 개인지 세어보지도 않아. 거부반응은 평생 안고 가야 하는 거니까."

모하는 맥주 거품을 손으로 만지작거렸다.

"파라는 어머니 걱정을 정말 많이 했어요. 어머니는 모든 걸 아는 것 같은데, 실은 아무것도 모른다고, 그래서 늘 자기가 지켜줘야 하는 어린애라고 했어요."

모하 얼굴에 붉은 얼룩이 어른거렸다. 우리는 잃어버린 사람을 떠올리며 괴로운 생각에 잠겨 있다가 서로를 향해 슬프게 웃어 보였다.

"가끔 그런 생각이 들어요. 어머니하고 저, 우리 둘 다 잃어버렸던 가족을 서로에게서 찾는 것 같다고."

나는 실이 닳아 올이 풀린 러그를 내려다보았다. 모하는 다시 만든 임의의 삶에 불을 붙였다. 그래도 내가 딸의 얼굴을 떼어 자기 얼굴에 붙인 마녀라는 사실은 달라지지 않을 것이다.

"내 얼굴 어때 보여? 거울을 보지 않아서 너한테 어떻게 보이는지 모르겠어."

가끔 궁금했다. 내 목에서 파라의 머리가 나온다면 모하가 좋아할까? 내 마음은 모하의 심리적 매트릭스를 통해 움직일 것이다. 나는 가늠할 수 없는 난파선이니까.

"어떤지 아세요? 병에서 회복 중인 사람 같아요."

"무슨 말인지 모르겠어."

"처음 봤을 때하고 하나도 달라지지 않았어요. 그냥 이대로 어머니예요. 어머니 맞아요."

초침 소리가 들리듯 모하 목소리에 리듬 하나가 매달려 있었다. 나는 거실 바닥에 비친 예전 사물들의 윤곽과, 그림이 떼어진 벽에 남은 사각형을 바라보았다.

"너를 사랑해. 네가 파라에게 해준 모든 것을 사랑해."

나는 이 순간까지 나를 데리고 온 모하에게 진심으로 고마운 마음을 전했다. 모하는 내 눈을 응시하며 오래 입을 다물었다.

"하나만 약속해줘. 파라가 그랬던 것처럼 아무런 설명도 없이 사라지지 않겠다고."

한 순간, 모하가 슬픈 얼굴로 속눈썹을 떨었다.

"드릴 말씀이 있어요……."

구름의 무리가 낮은 천장으로 모여들고 있었다. 나는 모하와 함께 있을 때의 나 자신을 좋아했지만 이 순간은 아니었다. 작은 새처럼 참을성 있게 다음 말을 기다리는 지금 나에게도 인생이 필요할까? 실내는 고요했다. 이런 고요 속에서라면 어떤 벌레도 탈출할 수 없을 것이다.

"파라, 사고 난 날……."

모하의 왼팔이 꾸물거렸다. 오른팔은 더 좁게 달라붙었다. 문득 눈썹을 치켜올리고 헐겁게 고개를 흔들었다. 나는 급히 달린 뒤 숨을 고르는 소리와, 고통스러워하는 소리와, 힘을 낼 때 나는 소리를 구별할 수 없었다. 모하 눈이 너무 빨개서 모래로 비빈 것 같았다. 그 눈은 보이지 않으나 뚜렷한 지점을 향하고 있었다.

79

7월 둘째 주 목요일. 하늘은 타르 종이 같은 색깔로 변했다. 뉴스에서 계속 태풍 예보가 떴다. 아침에 뇌의 일부가 다른 곳에 간 것처럼 눈을 뜬 채 누워 있는데 파라가 나를 살짝 건드렸다. 깨어나지 않은 이불 먼지가 제풀에 흠칫거렸다.

"어디 좀 다녀올게."

파라는 흰 블루종에 헬멧까지 쓰고 있었다.

"어딜?"

"모하랑 다녀올 데가 있어."

"조심해서 다녀. 태풍이 불 거래."

나는 침대 협탁으로 팔을 뻗어 주섬주섬 5만 원 권 두 장을 꺼내주었다. 파라는 내 볼에 입을 맞추고 "사랑해"라고 말했다. 전에 수천 번도 더 그랬던 것처럼. 늘 하는 인사는 아니었다. 파라는 "잘 있어"라고 다시 말했다. 각기 다른 목소리로.

문을 닫는 기척에 문득 소스라쳐서 대문으로 달려나갔다.

파라는 부러진 칼 모양으로 휘어진 골목으로 사라졌다. 낮은 구름이 갑판 위에 구부린 병사들처럼 밀려왔다. 대기가 섬뜩할 정도로 조용한데, 척척한 바람은 칠이 벗겨진 우체통을 흔들어댔다.

한때 세계는 모든 것이 일목요연하게 정리된 쇼핑몰이고, 워크맨으로 노래를 들으며 어슬렁거리는 곳이라고 생각했다. 굴뚝이 지붕으로 쓰러지고, 부엌 보일러가 폭발하고, 플레이스테이션이 물에 잠기고, 지난 주에 아이들이 놀던 골목이 이번 주에 진흙탕이 되어 구멍가게를 덮친다고 해도 바다의 재앙 한가운데 있는 것은 아니었다. 우리 집 지붕이 날아간 것도 아니었다. 천재지변이란 조류를 주관하는 달이나 지구를 흔드는 마그마처럼 예상 못한 황량한 날에 일어나는 거니까. 햇빛 한 줄기만 비쳐도 불안은 금방 다른 데로 가버릴 테니까. 곧 모든 창문이 활짝 열리고 수영장 물은 가득 채워질 것이다. 그러나 파라를 낳고 나의 세계는 사소한 걱정으로 뒤흔들렸다. 나와 파라의 건강에 대해, 통장에 남은 돈과 내 작업의 가망성에 대해, 내 차의 덜컹거림과 빗물이 새는 작업실 천장에 대해, 나이 드는 것과 노화의 불가항력에 대해, 모든 것과 아무것도 아닌 무엇에 대해.

가로등이 깜빡거리며 계속 쓰쓰쓰쓰 소리를 냈다. 그러나 그건 한전에서 복구해야 할 전기적 문제일 것이다. 모든 것을 담은 텅빈 무(無)의 단순함, 일어나지 않는 것들의 끝없는 풍요로움.

저녁에도 파라는 오지 않았다. 전화기는 꺼져 있었고, 연락도 없었다. 모하의 것은 지금은 전화를 받을 수 없다는 기계음으로 자꾸 넘어갔다. 나는 더러 다른 엄마들만큼 딸에게 집착이 없는지도 모른다고 생각했다. 어릴 때도 친구들이 플라스틱 아기 병에 물을 채워 인형에게 주는 걸 이해하지 못했으니까. 나에게 모성애가 부족한 이유가 따로 있는지, 내가 워낙 부모가 갖는 책임 자체를 힘들어하는 성격인지는 스스로도 불분명했다. 결국 나는 파라 말대로 내 딸의 대리모였을 것이다.

불안은 담쟁이 덩굴이 정원 벽에 들러 붙는 것처럼, 애면글면 하는 딸이든 글러먹은 세상이든 달라붙을 만한 곳 어디든 달라 붙었다. 그 상태는 곧 내 사고 전체를 짓이겼다.

그날 밤, 태풍 때문에 지하철이 끊겼다는 뉴스가 들렸다. 바람이 방향을 바꾸고, 빗방울을 뿌렸다. 공기의 입자에 거칠고 더러운 회색 가루들이 꽉 차 있었다. 빗소리가 백색 소음이나 쉿 하는 소리처럼 들릴 때도 있었지만, 빗방울의 넓은 면이 지표면에 부딪쳐 터지는 소리는 처음이었다.

비는 곧 총알처럼 내리꽂혔다. 옆집 하수가 막혔는지 맨홀에서 물이 넘쳐 나오고, 맨홀 뚜껑이 도로를 막았다. 집은 공중에 매달린 채 빗물의 바다 위에 떠 있었다. 짚이는 추리는 하나뿐이었다. 휴대폰 배터리가 바닥나 어딘가에서 꼼짝 못하고 비를 피하는 중일 것이다. 파라는 원하는 곳은 어디든, 파미르 고원이든 파타고니아든 다 갈 수 있는 아이니까. 지하철이 끊긴 시간이라도 택시를 타고 올 수는 있을 것이다.

나는 베개 밑에 휴대폰을 두고 누웠다. 밤 10시에 휴대폰 벨이 울렸다. 순간적으로 공기가 폐로 흐르지 않았다. 휴대폰으로 손을 뻗다가 협탁 위의 물잔을 쳤다.

"파라가 다쳤어요."

모하였다. 고층 건물 난간에 아슬아슬하게 선 나를 누가 뒤에서 밀었을 때처럼 호(呼)와 흡(吸), 공기의 드나듦이 멎었다.

"파라가 운전하고, 저는 같이 타고 있었는데, 차하고 부딪혔어요. 지금 병원에 같이 있어요."

휴대폰 보호막을 뚫고 나온 파멸의 목소리는 음절마다 목걸이처럼 끊겨 있어서 오히려 잘 들렸다. 어쩌면 지워지지 않은 오래전의 모하 목소리를 듣는 중인지도 몰랐다.

"제 말 들리세요?"

손이 너무 빠르게 회전해서 뿌리째 뽑힐 것 같았다.

"그런데 파라가 좀 안 좋아요."

나는 뱃속 깊은 곳에서 목소리를 꺼냈다.

"정확히 말해! 어디가 어떻게 됐다는 거야?"

나는 침대 모서리에 부딪치며 일어났다. 그다음엔 딱, 하고 반으로 부러졌다.

80

모하는 눈을 마주치지 않고 고개를 숙였다. 부정형의 호흡 아래 가슴뼈만 조용히 들먹거렸다.

"그날 바이크 운전을 한 건 파라가 아니에요. 그땐 무서워서 파라가 몰았다고 말씀드린 거예요."

나는 모하의 볼록한 눈두덩이를 쳐다보았다. 무슨 말을 할지 짐작도 되지 않는 상태에서 다음 말을 기다리는 모호한 서성거림.

"운전은 제가 했어요. 파라는 뒤에 타고 있었어요."

뼈대가 단단한 모하의 어깨가 들썩거렸다. 나의 돌출된 눈을 어느 안전한 곳에 숨겨야 할까. 온몸을 한꺼번에 터뜨릴 것 같은 역설적인 힘. 바람에 아무렇게나 뿌려지는 씨앗의 느낌. 균형을 부수고 침범하는 놀람. 나는 두 손으로 모하 얼굴을 잡고 꽉 눌렀다. 이 얼굴을 꼭 기억하라고 밀어붙이듯이.

"승합차가, 제가 탄 바이크를 뒤에서 살짝 쳤는데, 바이크가 비틀리면서 반대편 차선으로 갔어요. 실뱀처럼요. 저는 방어 운전을 했어요. 그 순간에 앞으로 달려드는 차를 피하려고 본능적으로 핸들을 오른쪽으로 틀었는데, 그 바람에 바퀴가 헛돌면서 앞차에 부딪치고는 그대로 승합차 밑으로 빨려들어갔어요. 제가 핸들을 왼쪽으로 틀었다면 약간 부딪치고 말았을 거예요. 그랬으면 파라는 안 죽었을 거예요."

모하가 되감는 소리 사이사이마다 기계적으로 정지했다. 강펀치를 맞은 권투 선수처럼 내 몸이 홱 돌아갔다. 나는 불타는 토치가 되었다.

그날 바이크는 6차선 도로의 2차선에서 좌회전 신호를 기다리고 있었다. 장충동에서 오는 길과 을지로가 만나는 교차로였다. 좌회전 신호가 깜빡이자 모든 차량이 움직였다. 그때 3차선에 있던 SUV가 파라의 바이크를 추월하려고 그 앞으로 크게 원을 그렸다. 충분히 속도를 내지 못한 승합차는 바이크의 뒷바퀴를 거의 벗길 듯 스쳤다. 그 순간 바이크는 순식간에 봅슬레이처럼 승합차 밑으로 빨려들어갔고, 모하는 SUV의 뒷바퀴 사이로 미끄러져나가 뒤따라오던 차에 부딪쳤다. 모하는 헬멧이 아스팔트에 튕겨지는 소리를 분명히 들었다고 생각했다. 다음 순간 사방이 밤보다 캄캄해졌다. 빛도 없고, 진동도 멈췄다. 처음에 모하는 피가 코에서 나온 거라고 생각했다. 곧 왼쪽 귀에 압력이 치솟더니 뭔가 터져버렸다. 머리와 목 전체가 뜨거웠다. 눈앞에 어두운 움직임이 윙윙거리며 돌았다. 모하는 차 뒤로 기어갔다. 하늘이 구름 덩어리가 되어 눈앞에 내려와 있었다. 피가 계속 흘렀다. 목을 더듬었는데 뒷목과 귀 뒤 사이에 쇠 살이 박혀 있었다. 그 순간 SUV 앞 바퀴가 파라의 오른쪽 어깨 위에서 멈췄다는 것을 알았다. 아무도 나서는 이가 없었다. "차 빼! 차 빼!" 텅 빈 하늘 아래 고함 소리가 들렸다. 모하의 외침은 그 소리에 먹혔다. 혼이 나간 승합차 운전자는 차를 빼기 위해 다시 시동을 걸었다. 그리고 파라에게 최후의 동력을 전달했다.

우리는 도로를 달리는 다른 사람들을 모른다. 그들에게 말을 걸거나 이야기를 들을 수도 없다. 살아 있는 모습도 죽어 있는 모습도 서로 볼 일이 없다. 그러니까 그들은 파라의 답답한 폐를 마사지해주기 위해 아이 목구멍에 손을 넣지 못할 것이다.

도로에 파라의 모든 것이 흩어졌다. 헬멧과, 지갑과, 쥐스킨트의 연두색 《비둘기》가 든 백팩은 분쇄기에 썰려진 바이크 주위로 넓게 흩어져 있었다. 법석대는 쇼핑에서 돌아오는 길, 너무 들떠서 자기들을 가둔 이로부터 벗어나고 싶은 파라의 사물들이 스스로를 길에 떨어트린 듯.

모하 무릎이 어깨 위로 올라오고 굽은 팔꿈치가 머리를 감쌌다. 그 일은 왜 그렇게 햇살도 없는 날에 일어났을까. 마른 도로에서 노래하는 차들의 사운드트랙도 없이, 전선 위에 앉은 새들의 지저귐도 없이.

　나는 집 밖으로 나갔다. 나는 10미터도 못 가고 물에 빠진 서퍼처럼 방향을 잃어버렸다. 습격할 기회를 노리는 무엇이 머리 위, 닿지 않는 곳에서 맴돌며 냄새를 풍겼다. 그날 밤, 나를 본 누구라도 내가 행실 나쁜 여자거나 술 취한 여자라고 생각했을 것이다.

81

화가에게는 세 부류가 있다. 낮을 좋아하는 화가, 오후를 좋아하는 화가, 밤을 좋아하는 화가. 각각의 부류는 동물을 닮았다. 첫 번째는 고양이, 두 번째는 비버, 세 번째는 부엉이. 나 같은 부엉이과 야행성 미술가에겐 조용히 우주의 소리를 듣는 시간이 따로 있다고 믿었다. 그러나 그림을 그리는 것은 나에겐 여전히 내부를 스스로 청소하는 것만큼 어려운 일이었다.

컨디션은 오전의 희미한 일광, 광량이 많은 오후의 빛, 공간의 조도에 따라 매번 바뀌었다. 어느 틈에 시간이 더디게 가는 시기가 찾아왔다. 그래서 오히려 그림에 몰두할 수 있었다. 그주는 너무 소중해서 1초도 과거에 쓰고 싶지 않았다. 죽은 딸을 그릴 때 듣는 음악이 따로 있으면 좋겠다고 생각했다. 거의 언제나 모차르트겠지만. 그러나 '주피터'는 피아니스트를 위한 프로그램이지, 나 같은 화가를 위한 것은 아니었다.

날씨가 타박상을 입힐 정도로 추운 날, 두피가 시리얼 박스처럼 알록달록해지도록 머리를 감았다. 나는 무엇보다 하늘 가득 붉음이 퍼지는 일몰을 좋아했다. 얼마나 빛이 들어오는가에 따라 달랐지만. 그날은 너무 문질러서 테레빈유에 담근 것 같은 분홍색 얼굴로 작업실에 내려갔다.

그림으로 그려지지 않은 세상은 밖, 다시 말해 태반의 밖에 존재한다. 그리고 현재로 떠오른다. 그 현재는 댄서의 몸을 스치는 바람이나 모래 같아서 소녀를 그 자리에서 움직이지 못하게 하고, 노인의 볼에 웃음을 띠게 할 것이다. 이때 그림은 하나의 육체에 머무는 것이 아니라 끝없이 이동한다. 대상이 무엇이든 몸체에 녹아들고 자기 것으로 만든다. 그러나 그림이 완성되어갈수록 파라는 내가 그 아이를 안다고 믿는 가정에 불과하다는 생각이 들었다. 몇 걸음 물러나서 보니 내 시선은 파라 얼굴이 아니라 손을 주시하고 있었다. 파라의 달빛 손톱은 붓놀림의 끝자락에 놓여 있었다. 문제는 내가 파라 얼굴에서 한사코 나를 찾으려 한다는 것이었다. 그렇다면 저 그림은 딸을 소유하려고 그애 얼굴에 새긴 나의 윤곽에 불과할 것이다. 파라는 자기가 이렇게 그려지는 방식에 동의할 리가 없었다. 내 귀청에 "나를 그린 거야, 추상화를 그린 거야?" 하고 힐난하는 목소리가 박혔다. 실은 나의 본성은 강한 추상주의자였기 때문에.

파라를 흡수하는 것은 '나'가 아니라 '눈'이 되어야 했다. 파라의 초상은 파라 자체가 아니라 그애의 부재에 대한 것이어야 했다. 물이 닿았거나 물감이 새어나온 것처럼 캔버스 아래쪽 가장자리가 축축했다. 손가락을 대보니 피부에 닿는 느낌이 끈적끈적했다. 감상적이고 격렬한 터치는 나의 실재적인 감정으로 걸러져야 했다. 그렇지 않다면 파라의 마지막을 함께한 모하는 신뢰할 수 없는 목격자가 될 것이다.

나는 매번 전시를 앞두고 알고리즘처럼 아침 6시에 일어나 밤 12시에 끝내던 노동의 엄격한 시간표를 다시 시작했다. 늘 잠옷 차림이었다. 정색하고 옷을 갈아입으면 그날은 작업 끝. 현실의 세계가 올라와 자리를 바꾸지 않도록 잠이 덜 깬 상태가 나았다.

문을 연다는 것은 새로운 세계로 들어가는 비유인 줄 알았는데 그날 작업실에는 안에서 밖으로 나가는 문이 없었다. 동굴 속은 시간을 벗어난 장소. 햇빛을 등지는 순간, 시간은 잊힌다. 사건이 일어나지 않는 동굴 속의 시간 감각은 기준을 상실하고 갑자기 영원에 도달한다. 브람스 1번 피아노 협주곡이 끝나면 45분이 경과된 것이다. 물결이 왔다. 나는 붓을 든 채 손으로 관자놀이를 누르고 눈을 감았다. 통증이 눈 위의 뼈를 긁고 사라지는 것을 느꼈다. 나는 흐릿해진 머리를 투시하며 죽음의 선고로부터 들어올린 파라 얼굴을 뒤졌다. 꽃처럼 잘린 채 영원히 내 것이 된 소녀를. 인체의 어두운 안쪽과 죽은 딸의 도식을 넘어 내 얼굴에 안치

된 아이를. 내가 붓으로 묘기나 부리며 이 작은 집에서 같이 인생을 끝내리라고 믿었던 딸을.

그러나 도저히 딸의 부재를 압정으로 고정시킬 수 없었다. 고분고분하지 않은 마음을 뚫고 찾아온 생각은, 이것을 알기 위해 상실이 필요했다는 것일까,였다. 아무리 잘 그려도 그림이 파라를 돌려주지 않는걸. 그림이 파라를 대체할 수도 없는걸. 펴지지 않는 각색에 아무리 골몰해도 결론은 무(無), 아무것도 없었다.

82

겨울은 자기의 주기를 잘 알고 있었다. 시간이 되면 해결된다는 밑도 끝도 없는 말 속에서 달력은 빠른 속도로 찢겨나갔다. 나는 서랍장 긴팔 옷 사이에 접어놓았던 커튼 천을 꺼냈다. 파라가 중학교에 들어가자마자 커튼을 바꿔준다고 동대문 종합상가에서 샀던 순면 옷감은 빨간 오리엔탈 무늬와 뾰족한 녹색 사이프러스가 과감하게 섞인 인디언 패턴이었다. 나는 커튼봉에 천을 끼워 바닥까지 늘어뜨린 다음 양쪽으로 펼쳤다. 겨울 빛이 걸러져 오히려 빛의 강도가 증폭되었다.

밤의 길이가 짧아지고 있었다. 새 얼굴을 씻을 때, 고무보다 강인한 뺨이 거울에 비치면 캐스터네츠처럼 이가 떨렸다. 혀 끝으로 긁으면 아직 두 개의 입을 연결하는 흉터가 느껴졌다. 그러나 더 이상 턱이 붙어 있는지 확인하기 위해 손을 대지 않았다. 이질적인 감각은 줄어들었고, 후각은 더 예민해졌다. 그러나 너무 밝은 불빛 아래에선 결코 거울을 보지 않았다. 나는 누가 나를 보는 느낌이 거울로 나를 보는 느낌과 어떻게 다른지 알 수 없었다. 아침에 일어날 때와 자려고 누울 때 나는 분명 다른 사람이었다. 내가 누군지 모르니 앞으로 어떻게 될지는 역시 오리무중이었다. 모든 일이 아주 오래전에 벌어진 일처럼 느껴졌다. 아니, 정말 그 일이 있기나 했을까?

칙칙하게 파릇한 작업실에서 거울을 보며 뒤로 쏠린 머리를 앞으로 쏠었다. 머리카락이, 이마에 그은 사선이 괜히 못마땅해 보였다. 핀을 꽂아도 어슷어슷했다. 드라이어로 앞머리 방향을 바꾸니 겨우 파라와 비슷해졌다. 이상하게 내 얼굴에서 눈을 뗄 수 없었다. 어떤 의기양양함 때문에 입술에 자꾸 힘이 들어갔다. 나는 손가락으로 입가를 세게 당겨 납작하게 또는 길게 만들었다. 다시 장난꾸러기처럼 웃으며 입과 뺨을 풀었다. 그리고 안심했다. 이 정도면 안면 근육 조절의 베테랑쯤 되려나 싶어서. 그동안 숨겼던 표정을 꺼내자 조금 뻔뻔한 사람으로 보였다.

한때 인간에 가까웠던 가면 아래, 고동치는 심장, 변형된 살육, 아이소토프 혈액, 감정의 무질서가 욱신거렸다. 이렇게 주름이 사라진 입술로 말하고, 편두형 머리로 생각하고, 열풍선 기구 같은 코로 냄새 맡는 것은 새 얼굴을 가져서일 것이다. 갈라지는 목소리로 다시 말하게 된 것도. 나를 닮은 누군가의 초상을 사랑한다는 것은 틀림없이 내가 자신을 의식하지 않게 되었다는 말일 것이다.

왼쪽 눈 밑 살에 나도 모르게 불에 뎄는지 눈물 두 방울이 떨어진 자국이 보였다. 처음으로 내 얼굴이 비극에 잘 어울린다는 생각이 들었다. 그 순간, 나는 카메라를 180도 회전하듯 파라의 시각이 되어 나 자신을 보고 있었다. 내 얼굴이 위협적인 약탈자인지 철학적인 보모인지 모르지만, 요컨대 나는 파라가 되어가고 있었다. 내가 혼자가 아니라 이중의 자아를 가진 존재라는 발상은 혼란스럽지만 사실이었다.

스피노자와 아인슈타인 둘 다 신은 자연이라고 했다. 신은 오후 동안에만 사는 나비 안에 있다. 블레이크는 모래 알갱이 하나에서 세상을 보고 야생화 한 송이에서 천국을 보았다. 나는 내 얼굴을 조금 사무적인 평화 속에서 보기 시작했다.

날개가 젖은 나방 한 마리가 히터 위에 앉아 있었다. 점선이 있는 주황색 패턴은 꽃처럼 구겨져 있었다. 내 손이 닿자 날개의 참을성 없는 움직임이 멎었다. 파라의 초상화는 우측 하단에 사인할 공간만 남겨두고 있었다. 나는 가만히 캔버스의 작은 여백에 내 이름을 그려넣었다.

그날 밤, 잠들기 전에 파라가 한때 내 것이었던 삼십대 중반의 내가 어떤 감정이었는지 이해했다. 다음날 일어나 거울을 보니 파라가 자다가 방금 일어난 것 같았다.

83

계절은 더디 바뀌고 서둘러 끝이 났다. 3년 만에 돌아온 윤달 2월이었다. 공원에서 뗏장을 파고들어가 죽은 잔디를 떼내는 강철 날의 소음이 들렸다. 공원 관리사무소의 인부들은 우리 집으로 달려올 듯 가지를 넓게 펼친 나무들을 죄다 무거운 체인 톱으로 자르기 시작했다. 나도 부엉이도 그들과는 상관없는 일이었다. 그 순간은 밀도 높은 도시와 가난한 화가 사이를 말해주는 보존의 우화였다. 공원은 내 것이 아니라 시의 것이라는.

후크 교수의 부고 소식을 듣는 오후는 이유와 목적이 결여돼 있었다. 잘린 무를 보는 것 같은 무미한 감정은 자멸적인 방법으로 나를 방어하기 위한 것인지도 몰랐다.

저녁에 시호가 아이슬란드에서 왔다고 문자를 보냈다. 우리가 잠깐 반겼던 시간이 지나자 그전처럼 비둘기 똥을 뒤집어쓰건 말건 서로 신경쓰지 않는 사이가 된 줄 알았다. 제 아버지 이야기는 한마디도 없었다. 시호는 레이캬비크 스토커에서 벗어나 돌아온 지 한 달 됐다고 했다. 나는 비현실을 사는 소녀 문자에 답을 하지 않았다.

마트에 가면 항상 엉뚱한 일이 일어났다. 나이 든 여자들이 기운차게 앞을 가로막거나, 내가 자기 발을 밟았다고 따지는 신경쇠약 직전의 여자애들이 내 뒤에서 노려보거나. 그날만큼은 마트에서 땡처리 식품들을 쓸어 부엌에 부려놓는 짓은 하지 않겠다고 단단히 마음먹었다.

수입 양지조차 너무 비싸서 자리를 뜨려다가 나는 기다란 형체를 알아보았다. 생닭 코너에서 노란 카디건의 점잖은 유럽 숙녀 차림으로 포장육을 훑는 사람은 틀림없이 시호였다. 큐비스트의 작품이 떠오르는 얼굴은 여전한데 머리를 편안하게 묶은 탓에 더 홀쭉해 보였다. 시호는 닭다리를 들여다보다가 냉장고에 휙 던지고, 닭가슴살을 살펴보더니 권태롭게 툭 떨어뜨렸다. 밝은 보라색 핸드백이 팔꿈치 안쪽에서 흔들거릴 때 종아리에 면도하다가 베인 게 분명한 상처 자국이 보였다.

나는 표현하기 힘든 수치심 때문에 다른 코너로 돌아섰다. 그 순간, 시호가 점프 컷처럼 내 앞에 섰다. 나는 들이마신 숨의 양 때문에 재채기를 했다. 시호의 흑담비 속눈썹이 냉동 인간이 된 나를 무심히 훑었다. 나는 흔하디흔한 중년 여자의 얼빠진 표정으로 그녀를 바라보았다. 내가 변했다는 것 말고는 할 말이 없었다. 나는 죽은 것 이상이니까. 그리고 나 스스로 얼마나 다른 사람이 되었는지 알았다. 시호는 문득 미소 짓는 것처럼 보였다. 그다음에 일어난 일을 생각해보면, 그녀는 단지 찡그렸는지도 몰랐다. 나를 오래 쳐다보는 눈은 내가 아는 사람의 것이었지만, 나를 알아본 것 같지는 않았다. 시호는 집어든 포장육을 뜻없이 카트에 놓고는 혈관이 비치는 손으로 휴대폰을 만지작거렸다. 넓은 실버 팔찌가 새삼 건들거렸다. 그때 수박이 쌓인 수레 뒤에서 모하가 걸어왔다. 시호는 반원을 그리며 뒤돌아보곤 모하 어깨를 바짝 당겼다. 모하는 시호의 쇼핑 카트를 끌며 라면 코너로 옮겨갔다.

이렇게 시적인 강렬함과 비틀린 위트를 전에는 겪은 적이 없었다. 내 생애 가장 불가해한 오후 4시였다. 나는 혼미해져서 굴러 떨어지다시피 회전문으로 갔다. 출입구 대신 회전문으로 나가려고 한 것이 내가 미쳤다는 증거라면 좋았을 것이다. 나는 회전문이 세 번 돌았는데도 문 안으로 들어가지 못했다.

안개비 속에 엷은 차 빛깔의 구름이 퍼지고 있었다. 택시에서 내리는데 곤충 껍데기가 발밑에서 소리를 냈다. 공원 외등이 공원 진입로 철책 앞에 세워진 바이크 후드 위에서 반짝거렸다. 나는 내가 본 것이 맞는지 확인했다. 라벤더색 불빛. 혼다 슈퍼커브였다.

모하는 대문 앞에서 볼이 무릎에 닿도록 웅크리고 앉아 있었다. 그애가 고개를 들었을 때 부스스한 머리카락이 풀썩거렸다. 모하에겐 지하철 옆자리에 앉은 사람에게 이따금 받는 데자뷰의 느낌이 없었다. 목 뒤에 난 가시가 다시 안으로 파고들었다. 모하는 너무 가까이 다가선다는 것에 주저하듯이 내 팔꿈치를 잡았다. 나는 그애가 나의 시무룩함을 잘못 이해했다고 생각했다.

모하는 내 손을 잡고 자기 가슴에 가져다댔다. 내가 잡을 수 없는 심장에.

"그동안 어떻게 숨 쉬는지 다 잊은 것 같아요."

차가움이 나에게서 배어나왔다. 원망의 뉘앙스는 아니었다.

"보여드리고 싶은 게 있어요."

모하는 내 손을 잡고 우리 집으로 이끌었다.

거실은 몰입감 넘치는 감각의 웅덩이가 되었다. 파라의 사진 열일곱 장이 B4 크기로 인화되어 집 안 곳곳에 붙어 있었다. 소파 옆으로 주먹만 한 스피커에서 따뜻하게 리믹스된 재즈 코드가 흘렀다. 끝이 없는 동시에 원형적이며 이상한 에너지가 끓어올랐다. 느낌표 뭉치로 빽빽해진 내 눈 앞에서 열일곱 개의 파라 얼굴이 웃고 있었다. 낮게 깜빡이는 불빛 속에서 모든 것이 불규칙하게 춤을 추는 붓놀림으로 다가왔다. 나는 커진 눈을 감았다. 모하는 소리없이 내 손을 잡고 파라 방문에 붙인 사각 거울로 나를 데려갔다. 거울은 평평한 스크린이 되어 작은 빛을 내뿜고 있었다.

"이건 호흡하는 거울이에요."

나는 숨을 삼키며 거울 앞에 섰다.

"그냥 이케아 같은데?"

"거울에 입김을 불면 사진이 나타날 거예요. 아주 미세하게 그려지니까 조심조심 숨을 불어야 돼요."

모하가 어떤 아이디어를 밀고 나갔는지 감이 오지 않았다. 나는 거울에 비친 내 얼굴로 천천히 입김을 불었다. 성에 낀 유리창에 더운 숨을 불어 손가락으로 좋아하는 아이의 이름을 쓰듯이, 한 번 그리고 또 한 번. 나의 입김에 모하의 숨결이 섞였다. 나는 거울 표면으로 손을 뻗었다. 나는 깜짝 놀라 거울에서 떨어져나와 3차원으로 조립되는 파라의 얼굴을 바라보았다. 표정을 가리는 그림자가 없어서 반투명의 느낌이 들었다.

이산화질소 박스 안에 들어간 것처럼 숨을 쉴 수 없었다. 파라얼굴은 나로부터 떠났다가 다시 나에게 와 내 얼굴을 끌어당겼다. 유한함과 재생 사이에서 건져올린 얼굴은 서로를 움켜쥔 채물리적으로 분리하는 신비스러운 막을 녹였다. 밥을 삼키듯 내감정이 파라에게 스며들고, 그 감정은 다시 나를 삼켰다. 그리고파라는 내가 자기 딸인 것처럼 나를 감쌌다. 시간이 펼쳐졌다가접히고, 뚫렸다가 휘는 관념의 공간에서 파라와 나는 무한한 영역으로 퍼졌다.나는 거의 초자연적인 정확성으로 그 장면 안에 머물렀다.

나는 파라의 마음이 (아마도 정말로 작은 세포 주머니가) 그 얼굴의 집이 되었다고 믿었다. (텔레비전이 영상을 만드는 방식으로) 발전기가 되어 내 속에 퍼졌거나. 잊히지 않는 이야기에 또 다른 이야기를 덧붙이고, 거기에 또다시 수백 가지 이야기를 덧대고 싶은 마음이 유령을 보는 심안(心眼)을 열었는지도 몰랐다. 조금 뒤 파라 얼굴은 주문이 끝난 것처럼 천천히 흐려지다가 다시 내 얼굴로 돌아왔다. 한 끝은 나의 죽음, 다른 한 끝은 파라의 삶으로 이어진 띠처럼.

"기적 같아."

"모든 게요."

"좋은 일은 전부 기적이야. 그런데 지금보다 더 멋진 기적은 본 적이 없어."

새벽의 밝음이 우리 사이로 스며들었다. 모하가 두 손으로 내 뺨을 감쌀 때 나는 파라의 감정을 느꼈다. 그럴지도 모른다고 생각했다. 내가 딸이 되어 모하를 보는 거라고. 내가 파라 속으로 들어가 파라처럼 느끼고 있다고. 하나의 눈길과 또 하나의 눈길이 뒤섞여 같은 욕망을 뿜어내는 거라고. 그 순간, 파라의 몸을 통해 세상을 감촉하는 것 같은 일시적인 흥분이 일었다.

84

부모들은 자식이 살아날 수 없는 상태라는 것을 알고 나면 몇 가지 중 하나를 할 것이다. 뒤로 물러나 세계가 자기들을 공격했다고 읊조리거나, 아이 이름으로 자선 기구를 만들고 돈을 모아 기념비를 세우거나, 아무 상대나 맞받아치거나, 차라리 무엇을 결심하지도 못하고 주저앉거나.

문명은 죽은 사람들을 땅에 묻어주면서 시작될 것이다. 땅에 묻는 것은 깊은 존중감으로 인간과 다른 생명을 구분하는 행위니까. 그러나 나의 헤아릴 수 없는 무지는 딸을 위해 아무것도 하지 못했다. 애도를 전하지도 못했고 파라 시신을 보지도 못했고 장례를 치러주지도 못했으니, 묘비도 흙도 없는 묘지에 매장한 것과 같았다.

조문객을 맞은 건 모하였다. 모하는 같이 바이크를 타던 친구들과 모여 파라를 위한 짧은 애도의 순간을 가졌다고 했다. 그리고 파라가 좋아하던 붓꽃을 사서 관 전체를 덮었다고 했다.

오후에 공원을 걸었다. 샛길은 종종 끊겨선 사유지를 파고들듯 아슬아슬하게 이어져 있었다. 풀더미 사이로 난 길은 햇살이 내리쬐는 아침과 동떨어진 암흑의 시간을 기억하는 것 같았다. 나는 철쭉 꽃 화단과 마주한 빈터로 걸었다. 자전거 한 대가 장미 화단 경계석에 뉘여 있었다. 버킷햇을 쓴 남자와 그를 따라가는 개를 제외하면 그곳은 온전히 나와 내 딸만 향유하는 장소였다. 죽은 빛깔의 돌로 쌓은 화단은 꽃 대신 돌을 얹는 애도의 방식과 비슷해 보였다. 죽음의 실제란 묘지를 갈망하는지도 몰랐다. 그러니까 파라에게도 애석해할 장소가 필요했다. 내가 마음껏 비통해할 확정적인 방법이.

저녁에 모하는 파라의 재를 넣은 쇼트브레드 통을 가지고 왔다. 파라는 길고 뚱뚱하고 속이 빈 시가 모양 초콜릿 칩을 좋아했다. 파라가 어렸을 때 나는 깡통을 냉장고 위에 올려놓고 하루에 쿠키 한 개만 먹게 했다. 파라는 쿠키를 입에 넣는 상상만으로도 하루를 보내는 아이였다. 모하는 그동안 파라의 유골을 그애가 좋아하던 쇼트브레드 통에 담고 자기 방에 두었다고 했다.

우리는 짙은 그늘이 있는 초목을 바라보았다. 당나귀를 닮은 구름은 황혼 속에 길을 만든 뒤 금세 밤 하늘의 일부가 되었다. 겨울이 밤하늘에 오리온을 불러오듯이, 2월의 은하수도 별자리로 채워져 있었다.

우리는 사랑하는 사람이 담긴 통을 바라보는 몇 분 동안 고인의 일생을 요약했다. 나는 파라도 땅에 닿고 싶은지 궁금했다. 아니면 비처럼 스며들고 싶은지. 삶은 죽음의 마디, 죽음은 삶의 가지. 나는 적어도 매장 관습의 조종으로부터 벗어나 파라를 곁에 두고 싶었다.

우리는 쇼트브레드 통을 들고 셋이서 프루스트의 문답을 주고받던 너도밤나무를 찾아갔다. 별빛은 침중하게 너풀거리는 모하의 코트를 비추었다. 우리는 양철통 안에 든 파라와 속세에서의 마지막 여행을 하고 있었다.

모하는 가지고 온 모종삽으로 흙을 파헤쳤다. 생애 첫 번째 범법 행위를 하는 모하의 손길은 광휘에 휩싸였다. 별빛이 모하의 치아에 반사되었다. 나는 어둠의 눈부심을 참으며 가쁜 숨을 내쉬었다.

숲은 어둡고 깊고 추웠다. 우리는 은빛 달의 파편과 흙 한 줌과 나뭇가지로 파라를 덮어주었다. 이제 파라는 밀폐되지 않았다. 우울한 곳, 피해서 멀리 돌아가고 싶은 곳에 있지도 않았다. 밑동에 손톱 크기로 파라의 생몰연도를 새긴 너도밤나무는 나의 위엄 있는 원형이자 순례지가 되었다.

"저기 좀 보세요."

모하가 하늘을 가리켰다. 어둠 속에서 빛 하나가 부풀어오르더니 새들이 백금빛 파동을 그리며 떠다니고 있었다. 허공을 나는 새와 지상 사이의 거리는 짐작할 수 없었다. 이제 너는 새로운 장소, 새로운 시간으로 날아간 거야. 나는 눈물을 참고 미소 지었다. 더 이상 흘릴 눈물은 없었다. 내가 담은 모든 눈물을 이미 흘렸기 때문에.

2월 아침은 종처럼 맑았다. 원반 던지기 선수 차림의 남자가 임산부 아내와 공원을 걷고 있었다. 파라의 표시 부호를 알아본 건지 여자가 너도밤나무 앞에서 잠깐 멈추었다. 가슴이 뛰었다. 곧 태어날 아기 이름을 고르기 위해 글자를 찾는 중일까. 파라는 그들에게 어떤 참고가 될까.

텅빈 바람이 내 얼굴을 덮었다. 파라에게서 한 번도 받아보지 못했던 작별의 포옹 같았다. ■

이 글은 아이패드 광고에 나오는 탱크 책상 앞에 앉아 썼습니다. 처음 몇 초 안에는 아무 생각이 없습니다. 차가운 책상을 더듬으며 조금 쓰고, 빼고, 넘어가고, 다시 넣고. 시공간에 내러티브를 만들어야 한다는 압박감에는 설명이 뒤따를 것입니다. 그렇지만 그건 나에게 맞지 않아, 하고 나는 생각합니다. 이미 쓴 낱말 이상으로 무엇을 더 보탠다는 건 괴로운 일입니다.

나는 손가락 사이에서 트릭이(실은 모순되지 않는 소설이) 폭발하기를 바라는 순진한 학생 같았습니다. 지루하면 연필을 깎았습니다. 다시 보면 방금 꺼낸 연필이 손톱 크기로 줄어들고, 나무의 잔해가 무신경하게 흩어져 있었습니다.

연필 부스러기는 간혹 문장기호처럼 보였습니다. 그게 격려인지 그만 쓰라는 작별의 표시인지는 몰랐습니다. 그때마다 기차역에서 어슬렁거리다 방금 기차가 떠났다는 걸 알았을 때 같은 감정이 들었습니다. 빌어먹을 마침표를 찍기 위해 도시의 끝으로 갔으나 친구들은 막 나갔고, 테이블에서 지불하지 않은 계산서와 더러운 그릇을 보았을 때의 비참함. 그렇다면 무엇이 이 소설을 자체의 결함으로부터 구해주고, 쓴 사람도 꺼내줄 수 있을까요?

소설을 쓴다는 것은 남들이 나를 소설 쓰는 이로 인정해주길 바라는 것과 다른 층위를 갖습니다. 불안은 지속적입니다. 허구를 생산하는 미안함, 작품이 될 수 없다는 따분함, 스토리텔링의 고단함과 기묘한 즐거움, 사건을 만드는 매개변수가 자주 움직일 때의 당황스러움, 어떻게 될지 모르는 일을 겪고 싶지 않은 난감함. 더 곤란한 것은 하나의 두려움이 포괄적인 두려움으로 변이되는 방식이었습니다. 이윽고 게토화된 두려움.

나는 궁금했습니다. 문학적 전쟁터에서 이 글을 소설이라고 부를 수 있을까? 오랜 소설의 명예로운 문법과 얼마나 닮았을까? 드라마를 무리하게 배치한 건 아닐까? 그 사람의 감정은 현실적일까, 획득된 것일까? 그것이 세계의 새로움과 무슨 상관일까? 나는 내키지 않는 청자(聽者)를 설득할 수 있을까? 그들은 재창작된 자아의 감정을 느끼고 부풀릴 수 있을까?

독자가 작가의 목소리를 좋아한다는 말은 매우 단순한 은유입니다. 실은 글이 함유한 소리의 유사체, 쓰여진 음성이 말할 때의 음성을 표현하는 방식을 좋아할 것입니다. 작가는 목소리 안에 있고, 원하든 아니든 스스로를 토해내기 때문입니다. 그런데 흔히 쓴 사람과 그가 쓴 글 사이에는 분리가 없다고 말합니다. 이 글을 쓰는 동안 나는 화자가 나만큼 나약하고 따뜻하고 멍청하다고 생각했습니다. 어리둥절한 나와 어리둥절한 인물이 내가 쓸 수 있는 방식으로 나아가길 바랐습니다. 나는 흥미진진한 현실이 아니라 긴박한 대안 세계, 사실적인 이야기로는 긁어 모을 수 없는 세계, 어디로 갈지 알 필요조차 없는 세계, 존재할 시간이 없는 시간이 존재하는 세계를 만들고 싶었습니다. 이때 사건의 의미는 사건의 결과와 관련이 없습니다. 의미를 만드는 것은 이야기의 내부 역학, A가 B에 저항하는 패턴, C를 차지하는 D의 존재감, 그리고 그들이 서로를 밀어내는 방식이기 때문입니다.

그러자면 내러티브 자체를 휘저을 필요가 있었습니다. 또한 글이 포함하는 음악적 요소로서 리듬과 속도도 중요했습니다. 마음은 소리를 내지 않지만 문장의 리듬은 입안의 언어와 입 밖의 언어를 바꿉니다. 어쩌면 글은 속도의 감각이라는 생각도 듭니다. 동시에 모든 것을 덮을 만큼 얇게 당겨진 피부를, 신경섬유 같은 문장을 찾았습니다.

소설은 언어로 쓰이되 경험 바깥의 경험을 전제로 합니다. 전인미답의 우주가 배경인 소설에 설득되는 것은 그래서입니다. 우리는 전쟁과 평화, 그것이 무엇이든, 상상력이 공포로 확장되는 장면을 시뮬레이션합니다. 그러나 아무리 그로테스크한 이야기라도 말 그대로 누군가를 죽일 수는 없습니다. 한편 소설은 삶의 복잡성을 상기시키는 동시에 비인간적인 것과 관계를 맺기도 합니다. 그것과 결부되기 위해서가 아니라 보다 심화된 관점으로 인간을 보기 위해서.

나는 질문 받지 않을 때 나 자신에게 그다지 관여하지 않습니다. 어떤 때는 내가 아무도 아니라는 생각이 듭니다. 너무 오래 숙고한 나머지 스스로에게 무관심해졌는지도 모르겠습니다. 사실 누구를 지칭하는 것이 정말로 그 사람은 아닙니다. 새는 조류지 조류학자가 아닌 것처럼. 나에게 소설은 직설적 리얼리즘이 아니라 제3의 부분입니다. 나는 누가 이 책을 소설로 분류할 수 없다고 해도 괘념하지 않습니다. 나는 내가 읽고 싶은 것을 쓸 뿐입니다. 단지 나는 모든 사람이 모든 것을 잃는 것은 아니라고 말하고 싶었습니다. 불가능함 속에 깃든 쓰디쓴 기쁨을, 새로운 형태의 고통을 '되찾는' 일을 들려주고 싶었습니다.

내가 정말로 원하는 건 사랑 받았으나 잊힌 소설, 읽혔으나 간과된 소설, 도난 당했으나 회수되지 않은 소설이었습니다. 나는 내가 아는 가장 비문학적인 사람이지만, 분명한 것은 이 소설은 나의 방식으로 플레이한 문학적 게임이라는 것입니다.

2024년 봄

이충걸

너의 얼굴

1판 1쇄 발행 2024년 4월 15일

옮긴이·이충걸
펴낸이·주연선

(주)은행나무
04035 서울특별시 마포구 양화로11길 54
전화·02)3143-0651~3 | 팩스·02)3143-0654
신고번호·제 1997—000168호(1997. 12. 12)
www.ehbook.co.kr
ehbook@ehbook.co.kr

ISBN 979-11-6737-421-9 (03810)